国家社会科学基金重大项目“中国诗词曲源流史”（11&ZD105）子课题成果
“广西一流学科·中国语言文学”经费资助成果

两汉魏晋南北朝诗体形式的生成与流变研究

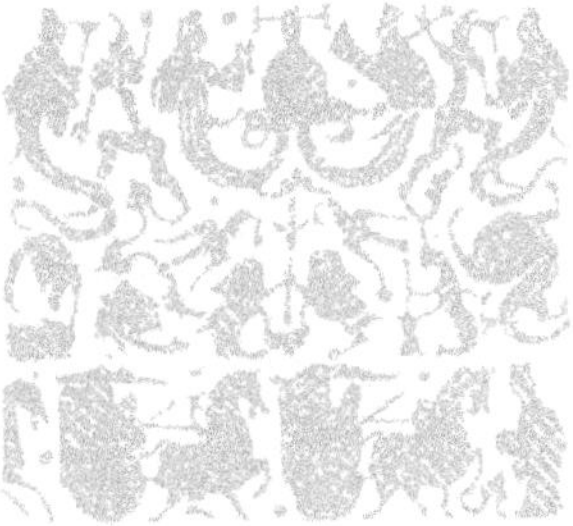

吴大顺 著

陕西新华出版传媒集团
陕西人民出版社

图书在版编目（CIP）数据

两汉魏晋南北朝诗体形式的生成与流变研究 / 吴大顺著. —西安：陕西人民出版社，2022.10
ISBN 978-7-224-14672-1

Ⅰ.①两… Ⅱ.①吴… Ⅲ.①诗歌史—中国—汉代 ②诗歌史—中国—魏晋南北朝时代 Ⅳ.①I207.209

中国版本图书馆 CIP 数据核字(2022)第 169514 号

责任编辑：王　凌
封面设计：哲　峰

两汉魏晋南北朝诗体形式的生成与流变研究

作　　者　吴大顺
出版发行　陕西新华出版传媒集团　陕西人民出版社
（西安市北大街 147 号　邮编：710003）
印　　刷　广东虎彩云印刷有限公司
开　　本　787 毫米×1092 毫米　1/16
印　　张　23.75 印张
字　　数　310 千字
版　　次　2022 年 10 月第 1 版
印　　次　2022 年 10 月第 1 次印刷
书　　号　ISBN 978-7-224-14672-1
定　　价　78.00 元

目录

Contents

下编：南北朝乐府诗的体式建构与流变研究

绪论

先秦韵文体的生成机制：汉魏诗体的历史根基

在某种意义上，汉代的诗体是周秦韵文体在汉代历史条件下的衍生。先秦诗歌的运行机制在汉代新的历史条件下，以新的面目对诗歌体式生成产生作用、发生影响，从而构成汉魏诗体生成的历史根基。因此，本课题拟在绪论部分对先秦诗歌体式形态及其运行机制做简要梳理，以此作为探讨汉魏诗体生成的基础。《诗经》《楚辞》是目前所见两种先秦时期主要的韵文总集，集中反映了先秦时代韵文体的结构特征。此外，先秦典籍中还保留了一些《诗经》《楚辞》未予收录的先秦古歌谣。这些古歌谣与《诗经》《楚辞》一样，也是研究先秦韵文体的重要文献资料。

第一节　先秦韵文体的诸种类型

从现存先秦典籍保留的韵文材料看，先秦韵文体主要有四言、五言、杂言和骚体四种。在此，以《诗经》《楚辞》及先秦古歌谣为例，对先秦几种主要韵文体式及其结构做简略梳理。

一、四言体式

四言体式是先秦韵文的主要体式，《诗经》最为典型。《诗经》的体式特征反映了周代诗体的基本面貌。从现存《诗经》的句式看，305 篇中共有诗句 7297 句，其中四言 6612 句，杂言 685 句，四言占全部诗句的

91%。[①] 雅诗的四言句比例最高，超过 95%；颂诗的四言句占 87%；十五国风中的四言句占 86%，相比雅诗、颂诗都低。

据现代学者基本一致的观点，《周颂》全部和《大雅》的大部是西周初年的作品；《大雅》小部和《小雅》大部是西周末年的作品；《国风》的大部和《鲁颂》《商颂》的全部是东迁以后至春秋中叶的作品。[②] 就《诗》的文化功能说，产生于西周时期的《周颂》和定型于春秋时期的《商颂》《鲁颂》，都是周代宗庙祭祀的仪式乐歌，是周代上层礼乐文化的代表。从《周颂》《商颂》到《鲁颂》，在时间上涵盖了周代诗歌形成的全过程。四言句式在“三颂”中的分布也呈现逐渐增多的趋势。《大雅》与《周颂》大致同时，《小雅》大部分产生于西周末期。四言句式在《大雅》中的分布约占 93%，在《小雅》中的分布约占 96%，也反映出逐渐四言化的趋势。十五《国风》作为民间歌谣，其文本化经历了一个长时间的过程，《左传》载“季札观乐”的顺序则与今本《诗经》文本大致相同，后来又有孔子删诗，使“雅、颂各得其所”。十五《国风》文本的定型大致在春秋中叶，至于十五《国风》中四言句的比例仅占 86%，低于“三颂”和“大小雅”，这大概与其民间歌谣的身份有密切关系。

在韵格上，“三颂”呈现出从无韵到不规则韵，从一章多韵到一章一韵，甚至一篇一韵的变化规律。风、雅两类诗歌的韵格变化也大致反映了这一发展趋势，《大雅》31 篇，其中 24 篇使用通韵、合韵共 62 例；《小雅》74 篇，36 篇使用通韵、合韵共 58 例，十五《国风》160 篇，仅 47 篇使用通韵、合韵共 51 例。这一变化规律反映了《诗经》体式建构从初型到完型的发展历史。[③]

先秦典籍引用的古歌谣与《诗经》的句式特点大体一致，以四言体式为主间杂散言句。先秦典籍存留的古歌谣，大致有以下几种类型：

---

① 本稿对《诗经》的断句，以王力《诗经韵读》为准，上海古籍出版社 1980 年版。

② 参马银琴《两周诗史》，社会科学文献出版社 2006 年版。

③ 参李昌集《周诗体式生成论：文化文体学的视角》，《中国社会科学》2014 年第 7 期。

第一类，史前原始宗教仪式中的祝祷之辞及咒语。先秦诸子文献中传录有几首殷周时期的仪式祭歌，如《墨子》载商王驱旱祷辞曰："万方有罪，即当朕身。朕身有罪，无及万方。"①《荀子·大略》载商王祷雨辞曰："政不节与，使民疾与。何以不雨，至斯极也。宫室荣与，妇谒盛与。何以不雨，至斯极也。苞苴行与，谗夫兴与。何以不雨，至斯极也。"②《礼记·郊特牲》载《蜡辞》曰："土反其宅，水归其壑，昆虫勿作，草木归其泽。"③其句式结构以"4，4"为主，前后两句句义延承，形成相对完整的意义单元。其中驱旱祷辞的节奏为"2+2"；祷雨辞的节奏有"1+3""2+2"两式，多数句末有"与""也"等虚字；《蜡辞》的节奏也有"1+3""2+2"两式。这些仪式祭歌当是历史的真实反映。

第二类，《周易》中的"爻辞"，部分应是采录的民间谣歌。《周易》卦爻辞中包含较多的古"歌谣"。④ 这类卦爻辞与远古社会流行的谣占关系密切。⑤ 如《国语·晋语二》载，献公问于卜偃曰："攻虢何月也？"对曰："童谣有之曰：'丙之晨，龙尾伏辰，均服振振，取虢之旂。鹑之贲贲，天策焞焞，火中成军，虢公其奔。'火中而旦，其九月十月之交乎？"《周易》部分卦爻辞是通过对民间歌谣的拆并、重组和意义赋予等方式形成的。依据其占筮功能，分为记事、取象、说事和断占四类。⑥ "断占之辞"是诸如"吉""凶""悔""吝""贞""利""无咎"等判辞，其余三类是关于事象的描述之辞。描述事象的部分卦爻辞，有明显的歌谣韵语特点，其节奏、句式组合方式与《诗经》相似而更显简短古朴。如《周易·同人》：

同人：同人于野，亨。利涉大川。利君子贞。

① 孙诒让：《墨子间诂》，《诸子集成》，上海书店 1986 年影印本，第 77 页。

② 王先谦：《荀子集解》，《诸子集成》，上海书店 1986 年影印本，第 331—332 页。

③ 孔颖达：《礼记正义》，《十三经注疏》，上海古籍出版社 1997 年影印本，第 1454 页。

④ 关于《周易》的成书时间，学界一般持"殷末周初"说。高亨《周易古经今注》，清华大学出版社 2010 年版；张善文《周易卦爻辞诗歌辨析》，《文学遗产》1984 年第 1 期。

⑤ 参过常宝《简论〈周易〉卦爻辞的来源和特征》，《求索》2007 年第 10 期。

⑥ 高亨：《周易古经今注》，清华大学出版社 2010 年版，第 40 页。

初九：同人于门，无咎。

六二：同人于宗，吝。

九三：伏戎于莽，升其高陵，三岁不兴。

九四：乘其墉，弗克攻，吉。

九五：同人先号咷而后笑，大师克，相遇。

上九：同人于郊。无悔。①

若将断占之辞剥离，其韵语歌谣的面貌大致如下：

同人于门，同人于宗。

伏戎于莽，升其高陵，三岁不兴。

乘其墉，弗克攻。

同人先号咷而后笑，同人于郊。

《渐》卦的古歌大致如：

鸿渐于干，鸿渐于磐，饮食衎衎。

鸿渐于陆，夫征不复，妇孕不育。

鸿渐于木，或得其桷。

鸿渐于陵，妇三岁不孕，终莫之胜。

鸿渐于陆，其羽可用为仪。②

从韵部看，《周易》卦爻辞有爻内押韵、邻爻押韵和隔爻押韵三种情形，与《诗经》的用韵大致相同。③

先秦文献对《周易》爻辞多有引述④。《左传》等先秦文献引述的爻辞与《周易》爻辞相比较，发现三种情况：一是《左传》所引与《周易》一致，如襄公二十五年载，崔武子欲娶棠姜而筮，遇困卦，引其繇曰："困于

---

① 〔唐〕孔颖达：《周易正义》，《十三经注疏》，上海古籍出版社 1997 年影印本，第 29—30 页。

② 对"古歌"的辨识，参黄玉顺《〈易经〉古歌的发现和开掘》，《文学遗产》1993 年第 5 期。

③ 本稿对先秦韵文的用韵考察，依据王力《古代汉语》(第二册)附录三：《上古韵部及常用字归部表》，中华书局 1999 年版，第 677—688 页。

④ 《左传》《国语》等先秦典籍引用《周易》爻辞皆作"繇"，不作"爻"。

石，据于蒺梨，入于其宫，不见其妻，凶。”[①]爻辞见《周易》困卦六三爻。二是《左传》所引与《周易》爻辞在文字上存在一定差异，如僖公十五年载，《归妹》繇辞曰：“士刲羊，亦无衁也；女承筐，亦无贶也。西邻责言，不可偿也。”[②]《周易》“归妹”上六爻曰：“女承筐无实，士刲羊无血，无攸利。”三是《左传》引爻《周易》无载，如僖公十五年，秦伯伐晋，卜徒父筮遇蛊卦，其辞曰：“千乘三去，三去之余，获其雄狐。”复核《周易》六十四卦及蛊卦，未见“千乘三去，三去之余，获其雄狐”之“系辞”。

由此可知：其一，当时各诸侯国的占筮方式有多种，如伏羲《易经》、《连山》易、《归藏》易等。晋公子重耳命筮“尚有晋国”的筮例，佐证了周代各种占筮系统在各诸侯国皆有流传。晋公子重耳流亡秦国期间，亲筮“尚有晋国”，得到贞《屯》悔《豫》二卦，使筮史占之，皆曰“不吉”。司空季子曰：“吉。是在《周易》，皆利建侯。”然后释卦引《屯》卦繇辞曰：“元，享，利贞，勿用，有攸往，利建侯。”又引《豫》卦繇辞曰：“利建侯行师。”徐元诰《国语集解》引吴曾祺语：“此当是以《连山》《归藏》占之，故有‘皆八’之语。观下‘是在《周易》’云云，其义自见。”其后下断语曰：“筮史，筮人，掌以三易辨九筮之名。一夏《连山》，二殷《归藏》，三《周易》。以《连山》《归藏》占此两卦，皆言不吉。”[③]

其二，《周易》占筮系统内部还有各种不同的爻辞文本流传。若《周易》成书于殷末周初，那么《左传》僖公十五年引《归妹》繇辞当在《周易》后产生，比较两段爻辞，《周易》“女承筐无实，士刲羊无血”更像是提炼过的齐言形式，而僖公十五年《归妹》繇辞，齐言杂言相间，更像古歌谣的原生形态。

在句式上，《周易》卦爻中的歌谣，以四言居多，也有二言、三言、

---

① 杨伯峻：《春秋左传注》，中华书局 1990 年版，第 1096 页。
② 杨伯峻：《春秋左传注》，中华书局 1990 年版，第 363 页。
③ 徐元诰：《国语集解》，中华书局 2002 年版，第 340 页。

五言、六言句，四言句的比例较《诗经》相对要低一些，其节奏有“2+2”“1+3”等式。《周易》卦爻是先民在占筮时使用“歌谣”预示吉凶的，显然经过了“断章取义”的加工，难以呈现古“歌谣”的完整形态，只能说《周易》卦爻辞中的古歌谣，反映了先周歌谣的历史片段。但其语言的句式结构和用韵特点，为我们认识先秦韵语特别是《诗经》的句式结构及发展向路提供了重要参照。

第三类，历史叙述语境中的“古歌”。先秦诸子文献中记录了不少主名和无主名的远古歌辞。如《尚书·虞书·益稷》系名虞舜皋陶的《赓歌》：“股肱喜哉，元首起哉，百工熙哉。/元首明哉，股肱良哉，庶事康哉。/元首丛脞哉，股肱惰哉，万事堕哉。”①其句式以三个实字加一虚字“哉”构成，其节奏以“2+2”为主，仅一句“2+2+虚字”节奏的五言句。《尚书·夏书》系名太康的《五子歌》五首也以四言居多，如其第五首曰：“呜呼曷归？予怀之悲。万姓仇予，予将畴依？郁陶乎予心，颜厚有忸怩。弗慎厥德，虽悔可追。”②两句五言，余皆四言。虞舜时代没有文字，是口语传播时代。这些歌谣应是通过口语代代传唱保留下来的。口语传播的最大特点，是每一个传播者同时也是歌谣接受者和加工者，其歌谣的大致内容可能不会变化，但其语言甚至部分内容的结构都会处于不断的变动之中，因此《尚书》传录的这些歌谣，显然是书写者在历史叙述语境中对虞舜远古历史记忆的当下记录，歌辞的语言特征不过是书写者当下语言风貌的反映，加之《尚书》成书流传过程复杂，真伪难辨。

第四类，先秦诸子与早期“小说”话语中的“古歌”，多为书写者依托历史记忆的虚构。③

综合以上因素，基本可以判定这些歌谣与《周易》《诗经》应大致同时或稍后。类似者如《吕氏春秋》载夏禹的《涂山歌》当视为与《诗经》大致

① 孔颖达：《尚书正义》，《十三经注疏》，上海古籍出版社 1997 年版，第 144 页。
② 孔颖达：《尚书正义》，《十三经注疏》，上海古籍出版社 1997 年版，第 157 页。
③ 对“古歌”类别的划分及其真伪的判定，参李昌集《先秦文献中的“古歌”真伪及其文学史意义》，未刊稿。

同时或稍后的作品。《左传》《国语》中载录的四言体歌谣也当与《诗经》大致同时或稍后。如《国语·晋语》载《暇豫歌》，《左传》载《狐裘歌》《梦歌》《乡人歌》《莱人歌》《齐人歌》等，均以四言为主，兼杂五言杂言。

二、五言体式

目前能见到的最早“五言”韵语，当数殷商甲骨卜辞中的一则求雨龟占辞：“癸卯卜，今日雨。其自西来雨？其自东来雨？其自北来雨？其自南来雨？”①

占辞的前两句记载占卜时间和求雨事项，后四句是一组五言韵语，预示下雨的方位，有学者称其为“最早的五言诗歌形式”②。

1. 先秦古歌中的“五言”句式

如上文所举《礼记·郊特牲》载《蜡辞》最后一句“草木归其泽”；《尚书·夏书》载《五子歌》第五首中间两句“郁陶乎予心，颜厚有忸怩”等。《周易》卦爻辞中保留了较多的“五言”韵语句，如上举歌谣中的“同人先号咷，而后笑，大师克相遇”(《同人》)；“鸿渐于陵，妇三岁不孕，终莫之胜”(《渐》卦)；“咸其脢，咸其辅颊舌”(《咸》卦)；“女承筐无实，士刲羊无血”(《归妹》)；“日昃之离，不鼓缶而歌，则大耋之嗟”(《离》卦)；“我有好爵，吾与尔靡之”(《中孚》)；“臀困于株木，困于幽谷”(《困》卦)；“见舆曳，其牛掣，其人天且劓”(《睽》卦)；等等。这些“五言”句，在节奏上以“×+4”句型居多，如“妇三岁不孕”“不鼓缶而歌”“女承筐无实”“士刲羊无血”“臀困于株木”等。也有“2+3”句型，如“咸其辅颊舌”“同人先号咷”等。句式组合方式上大多夹杂在三言、四言句中间，形成“3，5”或“4，5”句式结构，也有少数“5，5”结构，在内容上往往构成对比关系，如“女承筐无实，士刲羊无血”等。

---

① 郭沫若：《卜辞通纂》第375片上的文字，科学出版社1983年版，第369页。

② 吴小平：《中古五言诗研究》，江苏古籍出版社1998年版，第14页。

2. 春秋战国歌谣中的“五言”句式

《左传》《国语》等文献记载的古歌谣中的“五言”句式也较多。① 如《左传》载《梦歌》曰：“济洹之水，赠我以琼瑰。”②《乡人歌》曰：“从我者子乎，去我者鄙乎，倍其邻者耻乎。”③《野人歌》曰：“既定尔娄豬，盍归吾艾豭。”④《国语》载《暇豫歌》曰：“暇豫之吾吾，不如鸟乌。人皆集于苑，己独集于枯。”⑤《庄子·大宗师》载《相和歌》曰：“嗟来桑户乎，嗟来桑户乎。而已反其真，而我犹为人猗。”⑥《孟子·离娄篇》载《孺子歌》曰：“沧浪之水清兮，可以濯我缨。沧浪之水浊兮，可以濯我足。”⑦

《论语》《庄子》《史记》三种文献均载录有《楚狂接舆歌》，可值注意。孔子《论语》载：“凤兮凤兮，何德之衰。往者不可谏，来者犹可追。已而已而，今之从政者殆而。”⑧《庄子·人世间》载：“凤兮凤兮，何如德之衰也。来世不可待，往世不可追也。”⑨《史记·孔子世家》载：“凤兮凤兮，何德之衰！往者不可谏兮，来者犹可追也。已而已而，今之从政者殆而！”⑩比较三书所载，《论语》“往者不可谏，来者犹可追”是两个对比型“五言”句；《庄子》“来世不可待，往世不可追也”句式与《论语》相同，而在尾句末加一“也”字构成散文句式；司马迁《史记》最后出，载录的是“楚歌”句式。从《论语》所载“楚狂接舆歌而过孔子”看，楚国狂士当是用“楚歌”歌唱的，但《论语》重在记录其歌辞意义，所以没有完全按

---

① 《吕氏春秋》《史记》《说苑》《新序》《淮南子》等秦汉文献传录了大量先秦古歌谣，多为各书作者的一种当下记录，此文均不采。

② 杨伯峻：《春秋左传注》，中华书局 1990 年版，第 899 页。

③ 杨伯峻：《春秋左传注》，中华书局 1990 年版，第 1338 页。

④ 杨伯峻：《春秋左传注》，中华书局 1990 年版，第 1597 页。

⑤ 徐元诰：《国语集解》，中华书局 2002 年版，第 276 页。

⑥ 王先谦：《庄子集解》，《诸子集成》，上海书店 1986 年影印本，第 44 页。

⑦ 孙奭：《孟子注疏》，《十三经注疏》，上海古籍出版社 1997 年影印本，第 2719 页。

⑧ 邢昺：《论语注疏》，《十三经注疏》，上海古籍出版社 1997 年影印本，第 2529 页。

⑨ 王先谦：《庄子集解》，《诸子集成》，上海书店 1986 年影印本，第 30 页。

⑩ 司马迁：《史记》，中华书局 1982 年版，第 1933 页。

照“楚歌”体记录，省略了“兮”字，《庄子》所记也基本保留《论语》句式，而《史记》用“楚歌”体记录则很值得注意。《史记》作为一部历史著作，当尽量还原历史真相，狂士接舆是楚国人，用“楚歌”体则更加符合对历史记忆的逻辑。问题是，司马迁是如何知道歌辞就如他所记呢？他应该是考虑了两方面事实：一是楚歌在春秋中后期开始广泛传播，诸多文献对楚歌有所记载；二是司马迁时代是楚歌风靡全汉朝野的时代，西汉当下的楚歌文化为其书写提供了重要依据。

总体而言，春秋战国时期的歌谣还是以四言为主间杂五言的句式居多，其句式结构多以“4，5”为主，也有“5，5”句式，其节奏有“2+×+2”“1+4”“2+3”“3+2”等诸多类型，以“2+3”结构居多，也有“4+1”型的，即四言加上一个虚字构成，如“从我者子乎，去我者鄙乎”(《乡人歌》)。

3.《诗经》中的“五言”句式

《诗经》在语言体式上以四言为主体，但其中存在较多的三、五、七杂言句，尤以五言居多。《诗经》中仅《魏风·十亩之间》是完整的五言诗：“十亩之间兮，桑者闲闲兮。行与子还兮。十亩之外兮，桑者泄泄兮。行与子逝兮。”而在四言中夹杂五言句的作品共115首，其中“国风”52首，小雅23首，大雅22首，颂18首。“大雅”和“三颂”的比例最高。按照“周颂”—“大雅”—“小雅”—“国风”的年代顺序，《诗经》“五言”句也呈现逐渐减少的趋势，说明《诗经》生成中的逐渐“齐言”化现象。《诗经》中的“五言”句大致有四种类型：

第一类：“1+×+3”或“×+1+3”。在四言句前或四言句第一字后加一字构成。如《召南·行露》“谁谓雀无角，何以穿我屋？谁谓女无家，何以速我狱”；《豳风·七月》“其始播百谷”；等等。《诗经》共6例，国风3例，小雅3例。

第二类：“2+×+2”。在四言的两个双音节间加虚字构成。如《卫风·木瓜》“投我以木瓜，报之以琼琚”；《邶风·静女》“静女其姝，俟我于城隅”；等等。《诗经》共15例，国风10例，小雅3例，周颂2例。

第三类：“X+4”。在四言句前加一个实字或虚字构成。如《小雅·北山》“或燕燕居息，或尽瘁事国，或息偃在床，或不已于行”；《邶风·泉水》“远父母兄弟”；等等。《诗经》共29例，国风6例，小雅12例，大雅8例，颂3例。

第四类：“2+3”或“2+3+兮”。这类五言句在《诗经》中的比例最大，有80首作品。如《邶风·匏有苦叶》“济盈不濡轨，雉鸣求其牡”；《唐风·山有枢》“子有酒食，何不日鼓瑟”；等等。

此外，《诗经》雅颂中有部分五言句的节奏不强，散言化明显。如《大雅·皇矣》“帝作邦作对，自大伯王季”；《大雅·板》“民之方殿屎，则莫我敢葵”；《大雅·烝民》“仲山甫将之”“仲山甫出祖”；等等。

总体而言，第二、第四类“五言”句型在“国风”中比例很大。这类句型接近于“口语”，节奏性强。第三类句型主要在“大雅”“小雅”中居多，这类句型在内容上“叙事”色彩较突出。而无规则的“散化”五言句也主要出现在“周颂”“大雅”之中。

《诗经》五言句在组合方式上存在两大特点：

其一，大部分五言句在四言句段末或中间出现，构成“4，5”或“4，4，5”结构。如《郑风·狡童》“维子之故，使我不能餐兮”；《唐风·杕杜》“岂无他人，不如我同父”；《秦风·蒹葭》“溯游从之，宛在水中央”；《郑风·将仲子》“将仲子兮，无逾我墙，无折我树桑”；《郑风·溱洧》“维士与女，伊其相谑，赠之以芍药”；等等。在“国风”“小雅”中较多。

其二，在《国风》等由复沓语段构成的诗歌中，五言在各段的位置和句式结构往往相同。如《王风·扬之水》“彼其之子，不与我戍申”“彼其之子，不与我戍甫”“彼其之子，不与我戍许”；《鄘风·桑中》“期我乎桑中，要我乎上宫”在三段相同位置重复。《秦风·蒹葭》“溯游从之，宛在水中央”“溯游从之，宛在水中坻”“溯游从之，宛在水中沚”。而没有复沓的诗歌则集中在一段中构成排比句式。如《郑风·女曰鸡鸣》“知子之来之，杂佩以赠之。知子之顺之，杂佩以问之。知子之好之，杂佩以报之”；《大雅·荡》“不明尔德，时无背无侧；尔德不明，以无陪无卿”；《鲁颂·閟宫》“俾尔昌而炽，俾尔寿而富”“俾尔昌而大，俾尔耆而艾”；等等。①

从以上对“五言”句在先秦歌谣、祭辞、爻辞中分布情况的梳理，可以得出这样几个基本结论：第一，先秦时期“五言”韵语在殷周甲骨卜辞中就已出现，说明自语言产生起，二言、三言、四言、五言等语言表达所需的基本句式就已经存在，先秦古歌的“五言”句是当时语言风貌的真实反映。《周易》卦爻辞的占筮及《诗经》祭祀仪式咏颂等特殊目的，促使韵语的齐言化发展，使四言句逐渐增多，成为当时韵语的基本结构，但五言及其他杂言并未消失，而是间杂在四言中出现。在句段构造上，以“4，5”句型居多，间有少量“5，5”句型。第二，《诗经》“五言”句存在“1+×+4”“2+×+2”“×+4”“2+3”等几种常见句式，基本能满足《诗经》的“二分”节奏要求，当是西周“采诗”“献诗”活动中对方俗歌谣“五言”韵语的保留。在雅言对民间口语的翻写中，既要符合《诗经》仪式咏颂的“二分”节奏，又要保留原歌谣民间风味，一部分“五言”韵语被保留下来。

三、杂言体式

在先秦时期，杂言韵语当是一种基本状态，从《尚书》《周易》《左传》《国语》等传录的歌谣看，完整的齐言占少数，多数是四言间杂三言、五言，还有四言间杂三言、四言、六言、七言等句式。如《左传》载《梦歌》曰：“济洹之水，赠我以琼瑰。归乎归乎，琼瑰盈吾怀乎。”《左传》

① 关于《诗经》五言句的节奏及句式特点，参葛晓音《论早期五言体的生成途径及其对汉诗艺术的影响》，见《先秦汉魏六朝诗歌体式研究》，北京大学出版社 2012 年版，第 275—299 页。

载《莱人歌》曰："景公死乎不与埋，三军之事乎不与谋，师乎师乎，何党之乎。"《庄子》载《相和歌》曰："嗟来桑户乎，嗟来桑户乎。而已反其真，而我犹为人猗。"这些歌谣都是杂言体。《诗经》中也有很多杂言体，如《周南・螽斯》《卫风・木瓜》《王风・缁衣》等。据统计，《诗经》305篇，完整的四言有143篇，四言间杂三、五、六、七等162篇，杂言的比例还是略高于四言，十五国风160篇，四言体81篇，杂言体79篇，各占一半；小雅74篇，四言体41篇，杂言体33篇，四言体明显高于杂言体。但《诗经》四言句的绝对数量要远远高于三言、五言、六言、七言句。毫无疑问，《诗经》的主导句式是四言体。

四、楚辞体式

所谓楚辞体，本稿主要指战国时期，以屈原《离骚》《九歌》《九章》，宋玉《九辩》《招魂》为代表的文人诗歌体式。王逸《楚辞章句》"九辩序"曰："屈原怀忠贞之性，而被谗邪，伤君闇蔽，国将危亡，乃援天地之数，列人形之要，而作《九歌》《九章》之颂，以讽谏怀王。明己所言，与天地合度，可履而行也。宋玉者，屈原弟子也。闵惜其师，忠而放逐，故作《九辩》以述其志。至于汉兴，刘向、王褒之徒，咸悲其文，依而作词，故号为'楚词'。"①

1. 楚辞体句式的基本类型

对屈原、宋玉作品的句式结构进行统计，得出楚辞句式的几种类型：

第一式："6+兮，6"。屈原《离骚》和《九章》，宋玉《九辩》绝大部分是这种句式，部分句子则在此基础上对前句或后句的字数做增减，构成"6+兮，7"或"7+兮，6"句式。

---

① 洪兴祖：《楚辞补注》，中华书局1983年版，第182页。

第二式："4，3+兮"。这是屈原《九章》之《橘颂》的主体句式，《涉江》《抽思》《怀沙》三篇"乱辞"的主体句式也是这种。宋玉《招魂》招辞中的主体句式有"4，4+些""4，3+些"两种。

第三式："3+兮+2"。这是屈原《九歌》之《东皇太一》《云中君》《湘君》《湘夫人》《大司命》《东君》《河伯》《礼魂》等八篇的主体句式。

第四式："3+兮+3"。这是屈原《九歌》之《山鬼》《国殇》两篇的主体句式，宋玉《九辩》中这种句式也较多。

第五式："4+兮+3"。宋玉《九辩》开头部分和《招魂》"乱辞"以此作为主体句式。

楚辞句式的突出特点是在句子间使用"兮""些"等虚词，调节句子的平衡。从以上五种句式结构看，又存在两种情况：一种是在一个句节中使用"兮"字，有的在前句尾，有的在后句尾，如第一、第二式；一种是在一句的句腰使用"兮"字，如第三、第四、第五式。

关于楚辞体的来源，一般认为是屈原在楚歌基础上的加工创造。此说总体上符合历史事实，但又显得过于简单，楚歌的句式结构是怎样的？屈原做了哪些改造？屈原现存作品中哪些句式因循楚歌，哪些句式是屈原的独创？对这些问题细加追究，有利于把握中国古代诗体建构中，民间文学与文人文学的交流与互动的历史细节。

2. 先秦民间谣歌的"兮"字句式

春秋战国时期，"兮"字结尾的四言句或四言、三言中间夹"兮"字的句式结构开始出现于文献记载。如《左传》哀公十三年吴国大夫《申叔仪乞粮歌》："佩玉繠兮，余无所系之；旨酒一盛兮，余与褐之父睨之。"①《晏子春秋》载《穗歌》："穗兮不得穫，秋风至兮殚零落。"②其中《孺子

① 杨伯峻：《春秋左传注》，中华书局1990年版，第1631、1679页。

② 张纯一：《晏子春秋校注》，《诸子集成》，上海书店1986年影印本，第44页。《晏子春秋》的成书时间，目前学界一般看法是春秋末至战国初年。见周云钊《晏子春秋论稿》，曲阜师范大学博士论文，2015年，第47页。

歌》可值注意。《孟子·离娄》载，《孺子歌》曰："沧浪之水清兮，可以濯我缨。沧浪之水浊兮，可以濯我足。孔子曰：小子听之，清斯濯缨，浊斯濯足矣，自取之也。"焦循疏引《水经注》曰："《地说》曰，水出荆山东南流，为沧浪之水，是近楚都。按歌出孺子，孔子所闻，远在屈原之前，屈原取此假为渔父之辞耳。"①从焦注可以明确两点：一是此歌为汉水流域的孺子童谣，是楚歌。二是此辞为孔子所闻，春秋末已广为流传。以上这些春秋战国时期的歌谣，已具有"楚歌"的句式特征，说明当时南方的"楚歌"已经广泛传播。

可值注意的是，其中很多带有楚歌句式的歌谣并非楚人在楚地所歌，如晏子对齐景公所歌之《穗歌》。说明这种带"兮"字的歌谣在先秦民间歌谣中是比较常见的句式。

3.《诗经》"兮"字句分析

《诗经》带"兮"字较多的诗歌绝大部分在《国风》中。据考，《周南》有《螽斯》《麟之趾》2 篇，《召南》有《摽有梅》《野有死麇》2 篇，《邶风》有《绿衣》《日月》《击鼓》《旄丘》《简兮》5 篇，《鄘风》有《君子偕老》1 篇，《卫风》有《淇奥》1 篇，《王风》有《采葛》1 篇，《郑风》有《缁衣》《将仲子》《羔裘》《遵大路》《狡童》《丰》《子衿》7 篇，《齐风》有《还》《东方之日》《甫田》《猗嗟》4 篇，《魏风》有《陟岵》《十亩之间》《伐檀》3 篇，《唐风》有《无衣》1 篇，《陈风》有《宛丘》《月出》2 篇，《桧风》有《素冠》《匪风》2 篇，《曹风》有《候人》《九罭》2 篇。此外，《小雅》有《蓼萧》《巷伯》《无将大车》《裳裳者华》《车辖》《白华》6 篇。

十五国风中带"兮"的句式涉及 13 国，其中郑风、邶风、齐风三国最多。邶、鄘、卫三诸侯国旧皆殷商王畿之地，周灭商后，对殷商王畿一分为三，由管叔、蔡叔、霍叔三监管理，三监之乱平息后，其地尽封

① 焦循：《孟子正义》，《诸子集成》，上海书店 1986 年影印本，第 293—294 页。

于卫康叔。《邶风》《鄘风》《卫风》所录诗歌实全为卫诗。这样，卫风实有7篇作品有“兮”字句式。康叔封卫后，“皆啟以商政，疆以周索”，以商地风俗治理其民，“殷人尚声”(《礼记·郊特牲》)的传统习俗得到发扬光大。郑国也处于殷商文化的中心区域。郑卫两国都受到殷商文化的浸淫。《史记·货殖列传》载：“中山地薄人众，犹有沙丘纣淫地遗民，民俗懁急，仰机利而食。丈夫相聚游戏，悲歌忼慨，起则相随椎剽，休则掘冢作巧奸冶，多美物，为倡优。女子则鼓鸣瑟，跕屣，游媚富贵，入后宫，遍诸侯。”[①]又云“郑卫俗与赵相类”。《汉书·地理志》载：郑国“土陿而险，山居谷汲，男女亟聚会，故其俗淫。”又载：“卫地有桑间濮上之阻，男女亦亟聚会，声色生焉，故俗称郑卫之音。”[②]可见，“郑卫之音”与殷商“尚声”的音乐习俗密切相关。后来被称为与古乐相对立的“新声”。《礼记·乐记》载：“魏文侯问于子夏曰：‘吾端冕而听古乐，则唯恐卧，听郑卫之音，则不知倦。敢问古乐之如彼何也？新乐之如此何也?’子夏对曰：‘……今夫新乐，进俯退俯，奸声以滥，溺而不止，及优、侏儒，犹杂子女，不知父子，乐终，不可以语，不可以道古。’”孙希旦注曰：“愚谓进俯退俯，则与进退齐一者异矣。而又有俳优、侏儒之戏，杂男女，乱尊卑，盖其舞之失如此。奸声以滥，则与和正以广者异矣。而又沉溺而不止，盖其声之失如此。”[③]“魏文侯曰：‘敢问溺音何从出也?’子夏对曰：‘郑音好滥淫志，宋音燕女溺志，卫音趋数烦志，齐音敖辟乔(骄)志。此四者，皆淫于色而害于德。’”[④]孙希旦注曰：“周乐十五国之《郑风》《卫风》即郑卫之淫声，周乐岂当有之？盖国风、雅、颂皆雅乐之所歌也，若郑卫之声，则别为当时之俗乐，虽亦必有歌曲，

---

① 司马迁：《史记·货殖列传》，中华书局，第3263页。班固《汉书·地理志》云：“赵、中山地薄人众……”所记与《史记》同，见《汉书》，第1655页。

② 班固：《汉书·地理志》，中华书局1962年版，第1665页。

③ 孙希旦：《礼记集解》，中华书局1989年版，第1014—1015页。

④ 郑玄、孔颖达等：《礼记正义》，《十三经注疏》，上海古籍出版社1997年影印本，第1540页。

然其所歌，必非十五国风之诗也。”[①]说明当时郑、卫、宋、齐诸国俗乐发达，音乐风格“滥淫”“燕女”“趋数”“敖辟”，与雅乐多不类，故“祭祀弗用”。

可见，《郑风》《卫风》《齐风》中“兮”字句式的诗歌最多，当是其独特的演唱风格的反映。从其在诗中的位置看，大致有三种类型：第一，全篇用“兮”字句；第二，首章用“兮”字句；第三，卒章用“兮”字句。这正好说明在采诗、献诗活动中，对民间俗乐风格一定程度的保留。

《诗经》的句子结构以二句节和三句节居多[②]，其“兮”字句结构也分二句节和三句节两种，具体句型则多达十余种，其主体句型有如下四类：

第一类：“4，3+兮”型。如“求我庶士，迨其吉兮。”（周南《摽有梅》）“一日不见，如三月兮。”（王风《采葛》）“彼其之子，邦之彦兮。”（郑风《羔裘》）“一日不见，如三月兮。”（郑风《子衿》）“顾瞻周道，中心怛兮。”（桧风《匪风》）“蓼彼萧斯，零露湑兮。既见君子，我心写兮。”（小雅《蓼萧》）“无将大车，祇自尘兮。无思百忧，祇自疧兮。”（小雅《无将大车》）“裳裳者华，其叶湑兮。我觏之子，我心写兮。”（小雅《裳裳者华》）“析其柞薪，其叶湑兮。鲜我觏尔，我心写兮。”（小雅《车辖》）“有扁斯石，履之卑兮。之子之远，俾我疧兮。”（小雅《白华》）此种句型延伸出的句型是“4，4+兮”型，如“有匪君子，终不可谖兮。”（卫风《淇奥》）

第二类：“3+兮，3+兮”型。如“于嗟阔兮，不我活兮。”（邶风《击鼓》）“宽兮绰兮，猗重较兮。善戏谑兮，不为虐兮。”（卫风《淇奥》）“羔

① 孙希旦：《礼记集解》，中华书局1989年版，第1016—1017页。

② “语节”“语句”“句节”“句段”是指声音语言由小到大的各种结构单元，“语节”指声音语言的基本意义单元，“语句”指由语节构成的相对完整的语意单元，“句节”则指由语句构成的相对完整的句子单元，“句段”指由句节构成的相对完整的句组意义单元。“二句节”指由两句构成一小节，“三句节”指由三句构成一小节。参李昌集《周诗体式生成论：文化文体学的视角》，《中国社会科学》2014年第7期。

裘晏兮，三英粲兮”（郑风《羔裘》）“在我室兮，履我即兮。”（齐风《东方之日》）“未几见兮，突而弁兮。”（齐风《甫田》）“猗嗟昌兮，颀而长兮。抑若扬兮，美目扬兮。巧趋跄兮，射则臧兮。”（齐风《猗嗟》）“陟彼岵兮，瞻望父兮”（魏风《陟岵》）“月出皎兮，佼人僚兮。舒窈纠兮，劳心悄兮。”（陈风《月出》）

第三类：“1+兮+1+兮，4”型。如“绿兮衣兮，绿衣黄里。”（邶风《绿衣》）“父兮母兮，畜我不卒。”（邶风《日月》）“叔兮伯兮，何多日也。”（邶风《旄丘》）“玼兮玼兮，其之翟也”（鄘风《君子偕老》）“荟兮蔚兮，南山朝隮。婉兮娈兮，季女斯饥。”（曹风《候人》）“萋兮斐兮，成是贝锦。”（小雅《巷伯》）

第四类：“4+兮，4”型。如“乃如之人兮，逝不古处”（邶风《日月》）“展如之人兮，邦之媛也。”（鄘风《君子偕老》）“东方之日兮，彼姝者子。”（齐风《东方之日》）

四种常用句型中，第二类，是在三言句末尾普遍加“兮”字，构成《诗经》的四言句式；第三类句型往往在每章首句使用；第四类是在两个四言句之间加一“兮”字，使前后对句形成变化。《诗经》“兮”字句型的灵活多样，体现了各地民歌，特别是郑、卫、齐等国音乐风格的丰富性。

可值注意的是第一类句型。首先，这类句型在《诗经》中比较普遍，涉及“周南”“王风”“郑风”“曹风”等四国，特别是小雅使用最多，是小雅“兮”字句的主体句型。朱熹《诗集传》曰：“正小雅，燕飨之乐也，正大雅，会朝之乐，受釐陈戒之辞也。”①据《毛诗序》载，小雅大多是有作者的，是当时公卿、列士所献之诗。说明公卿列士献诗活动中，对各地民歌进行了一定程度的取舍，其“兮”字句也在这个过程中被格式化，逐渐形成“4，3+兮”句型。其次，这种句型也是屈原楚辞体的重要句型。

---

① 朱熹：《诗集传》，中华书局2017年版，第155页。

《九章·橘颂》共36句，18句节，其中“4，3+兮”型有11句节，“4，4+兮”型有7句节。《九章·涉江》“乱辞”有6句节，其中4句节使用“4，3+兮”型，1句节使用“4，4+兮”型。《抽思》“乱辞”10句节均由“4，3+兮”型和“4，4+兮”型构成。《怀沙》“乱辞”也主要由“4，3+兮”型和“4，4+兮”构成。这里是否可以说，屈原在创造楚辞体时，不仅借鉴了楚歌，还吸收了《诗经》中的“兮”字句型，通过小雅的这些“兮”字句型的使用表达其“美刺”的意图。

当然，在先秦时代，四言体是经集体确认的一种正统、规范和普行的主流体式，与之相应形成了诗歌典范形式的“齐言意识”。

第二节 先秦诗歌的运行机制与体式建构

诗歌的体式是在诗歌具体的运行活动中逐渐形成的，诗歌的运行机制是诗体建构的重要因素。机制是指有机体的构造、功能和相互关系，泛指一个工作系统的组织或部分之间相互作用的过程和方式。先秦诗歌的运行机制是指诗歌生成、发展、流变等运行活动中各种构成要素及其功能的相互关系。如运行的空间、动力机制、功能和行为主体、接受对象等，这些因素的相互作用、相互影响，决定着诗歌的社会功能、文化属性，从而对诗歌的体式产生制约与促进作用。在此，重点对先秦诗歌的运行环境、文化功能及传播方式进行简略勾勒。

一、先秦诗歌体的运行环境及其文化属性

早期的韵文体是在舞、乐、诗合一的原始宗教和巫术实践中孕育而生的。王国维《宋元戏曲史》说：“歌舞之兴，其起于古之巫术乎。”①在上古先民的原始信仰中，巫术能够沟通神灵，达到“神人以和”的目的。

① 王国维：《宋元戏曲史》，上海古籍出版社1998年版，第2页。

《说文解字》曰："巫，祝也，始能事无形以舞降神者也。"《说文》释雩曰："雩，夏祭，乐于赤帝以祈甘雨也，从雨，于声，雩，羽舞也。"①舞的第一义项通雩，指求雨巫术仪式中的羽舞。甲骨文中有"辛巳卜宾贞乎舞有从雨"②的记载。《商书》曰："恒舞于宫，酣歌于室，时谓之巫风。"可见在早期社会"舞""巫"所指是同一事项，即女巫师的巫术仪式以及巫师祈祷神灵的姿态，后用舞蹈指巫师姿态，而巫专指巫师这一类职事人员。

当然，巫之上通神灵，下接民意的行为是通过乐舞等仪式实现的。所以，中国韵文体之源头可以追溯到原始宗教和巫术活动，是在乐舞仪式活动中产生的。夏、商、周以来，因管理国家的现实需要，而逐渐将原始宗教的内容政治化、人文化，于是使诗歌拓展了许多新的文化内涵，但其本质属性和功能没能脱离礼乐文化和仪式、政治和教化等基本功能。

总体而言，先秦诗歌的文化属性大致有这么几类：一是"饥者歌其食，劳者歌其事"的民间歌谣，如《击壤歌》《涂山氏歌》《麦秀歌》等。二是宗族及国家的祭歌，如《墨子》载商王驱旱祷辞、《荀子·大略》载商王祷雨辞，以及《礼记·郊特牲》载《蜡辞》。三是反映政治的讽谏之歌，如《尚书·夏书五子之歌》载："太康尸位以逸豫，灭厥德。黎民咸贰，乃盘游无度，田于有洛之表。十旬弗返。有穷后羿，因民弗忍，距于河。厥弟五人，御其母以从，徯于洛之汭。五子咸怨，述大禹之戒以作歌。"③四是占卜之谣辞，如《周易》卦爻辞中保存的"古歌谣"等。五是外交聘问中的用诗。如《左传》《国语》大量引诗等等。

《诗经》作为先秦诗歌的代表，从其"风""雅""颂"的分类中体现了三种不同的音乐文化属性。"十五国风"是周南、召南、邶、鄘、卫、

① 段玉裁：《说文解学注》，上海古籍出版社1988年版，第201、574页。
② 徐中舒：《甲骨文字典》，四川辞书出版社1998年版，第630页。
③ 孔颖达：《尚书正义》，《十三经注疏》，上海古籍出版社1997年影印本，第156页。

王、郑、齐、魏、唐、秦、陈、桧、曹、豳等十五个地区的地方民间歌谣。朱熹《诗集传序》曰："凡《诗》之所谓《风》者，多出于里巷歌谣之作，所谓男女相与咏歌，各言其情者也。"①大致为下层文化圈。"雅"指朝廷的正乐，是西周王畿地区的歌谣。朱熹《诗集传》曰："雅者，正也，正乐之歌也。……以今考之，正小雅，燕飨之乐也。正大雅，朝会之乐也。"②大雅三十一篇，大部分作于西周初期，小部分作于西周晚期，作者大多为周代上层贵族，主题多数为"述祖考之美"，其余有刺也有美，但多针对当朝之王。小雅七十四篇，大部分作于西周晚期，小部分作于东周，作者多为周代贵族，其主题，部分为"宴劳嘉宾""亲睦九族"的燕飨之辞，部分为颂美宣王之辞，大部分则为刺幽厉王的讽谏诗。属于上层文化圈。"颂"是周王朝的祭祀之歌，多数为舞曲。周颂，大部分产生于西周早期，小部分产生于西周中期的穆王时代；商颂、鲁颂均产生于春秋时期，商颂早于鲁颂。③"颂"作为王室祭祀歌辞，是由宫廷乐人唱奏的神圣庄严的仪式之辞。属于典型的上层文化圈，具有权威性。

从《诗经》的分类可以见出其国家祭祀、社会政治、民间娱乐等雅俗文化的分野。可值注意的是，这些不同的文化属性不是截然区分的，其间存在着交织、互通与融合。周代以观风为目的的呈诗、献诗和采诗制度及其运行机制，是"诗三百"雅俗文化互通、融合的重要机制。

二、先秦诗歌的活动空间及其功能

诗歌在具体的运行机制中所承担的功能，往往对其节奏、语言、结构，甚至语体等提出相应要求。早期诗歌往往在仪式、娱乐等活动中实现其政治、教化、教育等多种功能，诗歌体式往往在诗歌的功能运行以及诸功能相互支撑、相互渗透的关系中得以确认。尤其在文体发轫初期

---

① 朱熹：《诗集传》，中华书局1958年版，第2页。

② 朱熹：《诗集传》，中华书局1958年版，第99页。

③ 关于"诗三百"的产生年代，多依马银琴《两周诗史》的相关考订，中国社会科学文献出版社2006年版；关于"诗三百"的主题多依《毛诗序》的提示。

的先秦时代，一定的文体总是运用于一定性质的行为之中，从而形成以功能来确定文体的传统。①

与韵文体母体、原始宗教和巫术相关联，先秦诗歌最为重要的活动就是仪式活动。《诗经》的“颂”诗对周王朝开疆拓土历史的颂赞、对周王朝“祖宗”盛德的赞美，都是在仪式咏歌活动中进行的，具有鲜明的仪式功能。二“雅”中也有一部分是“宴劳嘉宾”“亲睦九族”燕飨仪式中的咏唱，其仪式性特征明显。就是十五国风，也多是地方诸侯国的民俗仪式歌辞，如《周南》《召南》。《仪礼·乡饮酒礼》载仪式用乐曰：

> 乐正先升，立于西阶东。工入，升自西阶，北面坐。相者东面坐，遂授瑟，乃降。工歌《鹿鸣》《四牡》《皇皇者华》。卒歌，主人献工。工左瑟一人拜，不兴受爵。……笙入堂下，磬南北面立，乐《南陔》《白华》《华黍》。……乃间歌《鱼丽》，笙《由庚》；歌《南有嘉鱼》，笙《崇丘》；歌《南山有台》，笙《由仪》。乃合乐《周南·关雎》《葛覃》《卷耳》，召南《鹊巢》《采蘩》《采蘋》。工告于乐正曰：正歌备。乐正告于宾，乃降。②

《仪礼》之《乡射礼》《燕礼》《大射仪》等皆有相关仪式用乐的记载。这些用乐记载所及曲调主要有《周南》《召南》和小雅，其中有奏有笙，也有歌。关于其仪式功能，《左传》《国语》多有提及。如《左传·襄公四年》载，穆叔如晋，晋侯享之。金奏《肆夏》之三，不拜。工歌《文王》之三，又不拜。歌《鹿鸣》之三，三拜。韩献子使行人子员问之……对曰：‘《三夏》，天子所以享元侯也，使臣弗敢与闻。《文王》，两君相见之乐也，使臣不敢及。《鹿鸣》，君所以嘉寡君也，敢不拜嘉？《四牡》，君所以劳使臣也，敢不重拜？’”③

最能体现先秦诗歌政治功能的当数《诗经》二雅中的美刺类诗歌。如

---

① 参赵辉《中国文学发生发展的内在机制研究》，《文学评论》2013年第6期。

② 〔唐〕贾公彦：《仪礼注疏》，《十三经注疏》，上海古籍出版社1997年影印本，第985—987页。

③ 杨伯峻：《春秋左传注》，中华书局1990年版，第932—933页。

《大雅》之《假乐》乃“嘉成王也”;《泂酌》《卷阿》乃“召康公戒成王也”①。《小雅》之《裳裳者华》《采菽》“刺幽王也”②;等等。西周中叶以后,特别是西周末年到平王东迁时期“王道衰”“周室大坏”,政治怨刺之诗也随之增多。如《大雅》之《民劳》《板》《抑》《桑柔》等“刺厉王”③、《瞻卬》《召旻》“刺幽王大坏”④。《小雅》之《节南山》《正月》《十月之交》《雨无正》《小旻》《小宛》《小弁》等“刺幽王”⑤;《巧言》《巷伯》之“伤于谗”⑥。这些政治美刺作品,直接体现了诗歌的政治功能。

从其运行的机制看,一是先秦时期献诗、陈诗的制度。《国语·周语上》载邵公言于周厉王曰:“故天子听政,使公卿至于列士献诗,瞽献曲,史献书,师箴,瞍赋,矇诵,百工谏,庶人传语,近臣尽规,亲戚补察,瞽史教诲,耆艾修之,而后王斟酌焉,是以事行而不悖。”⑦二是诗歌的仪式、娱乐等活动。二雅诗多是“宴劳嘉宾”“亲睦九族”等燕飨活动的乐歌。如上所举,燕飨活动也是周代礼乐活动的重要内容,具有很强的仪式性质,如周代的燕飨诗原本是燕礼、乡饮酒礼等典礼仪式上的咏唱曲,因此燕飨之诗“并非纯粹表现欢聚宴饮的活动场面,而是用诗歌的形式告诫人们要遵循宴飨礼仪,重在突出宴飨能够联络情谊、巩固统治的政治功利作用。”⑧

对于《诗》的教化功能的理解,《诗》中“风”诗的采集和结集是最好的说明。朱熹《诗集传》曰:“风者,民俗歌谣之诗也。谓之风者,以其被上之化以有言,而其言又足以感人,如物因风之动以有声,而其声又

① 孔颖达:《毛诗正义》,《十三经注疏》,上海古籍出版社1997年影印本,第540、544、545页。
② 孔颖达:《毛诗正义》,《十三经注疏》,上海古籍出版社1997年影印本,第478页。
③ 孔颖达:《毛诗正义》,《十三经注疏》,上海古籍出版社1997年影印本,第547—558页。
④ 孔颖达:《毛诗正义》,《十三经注疏》,上海古籍出版社1997年影印本,第577页。
⑤ 孔颖达:《毛诗正义》,《十三经注疏》,上海古籍出版社1997年影印本,第440—451页。
⑥ 孔颖达:《毛诗正义》,《十三经注疏》,上海古籍出版社1997年影印本,第453—456页。
⑦ 徐元诰撰:《国语集解》,中华书局2002年版,第11—12页。
⑧ 褚斌杰:《〈诗经〉与〈楚辞〉》,北京大学出版社2002年版,第59页。

足以动物也。是以诸侯采之，以贡于天子；天子受之，而列于乐官。于以考其俗尚之美恶，而知其政治之得失焉。旧说《二南》为正风，所以用之闺门、乡党、邦国，而化天下也。十三国为变风，则亦领在乐官，以时存肆，备观省而垂监戒耳。"又曰："武王崩，子成王诵立。周公相之，制作礼乐，乃采文王之世风化所及民俗之诗，被之管弦，以为房中之乐，而又推之以及于乡党、邦国，所以著明先王风俗之盛，而使天下后世之修身、齐家、治国、平天下者，皆得以取法焉。"①朱熹对"风"诗的解释，突出了风诗的教化功能。十五国风不断地被采集和文本化，其实也是出于周王朝教化的需要。

诗之教育功能既与诗的教化有关，也与诗的政治功能有关。在周代的礼乐教育中，"诗"是士子教育的"四术"之一。《礼记·王制》曰："乐正崇四术，立四教，顺先王《诗》《书》《礼》《乐》以造士。春秋教以礼、乐，冬夏教以《诗》《书》。"②其中又有"瞽矇之教"与"国子之教"的分工。以大师、小师、瞽矇、眡瞭、磬师、笙师等职官构成的"瞽矇之教"系统，其实质是培养服务于国家礼乐仪式的乐工，重在培养音乐表演的技能。如《周礼·春官·大师》："教六诗，曰风，曰赋，曰比，曰兴，曰雅，曰颂。以六德为之本，以六律为之音。"③而以乐师、大胥、小胥等职官构成的"国子之教"系统，其目的是培养国家礼仪主持者、布政聘向的使者等精通礼乐的政治人才，除音乐技能外，音乐之德义和言语是其重要内容。④《周记·春官·大司乐》载："以乐德教国子，中和，祗庸，孝友；以乐语教国子，兴，道，讽，颂，言，语；以乐舞教国子，舞《云门大卷》《大咸》《大韶》《大夏》《大濩》《大武》。"⑤

《论语·阳货》载，子曰："小子何莫学夫诗？诗，可以兴，可以观，

① 朱熹：《诗集传》，中华书局2017年版，第1页。

② 孔颖达：《礼记正义》，《十三经注疏》，上海古籍出版社1997年影印本，第1342页。

③ 贾公彦：《周礼注疏》，《十三经注疏》，上海古籍出版社1997年影印本，第796页。

④ 参马银琴《周秦时代诗的传播史》，社会科学文献出版社2011年版，第23页。

⑤ 贾公彦：《周礼注疏》，《十三经注疏》，上海古籍出版社1997年影印本，第787页。

可以群，可以怨。迩之事父，远之事君；多识于鸟兽草木之名。"①《左传·僖公二十七年》载晋赵衰曰："《诗》《书》义之府也，礼、乐德之则也。"②《国语·楚语上》载申叔时语曰："教之《诗》，而为之导广显德，以耀明其志。"③可见，到了春秋时代人们对《诗》之教育功能是特别推崇的。

三、先秦诗歌的传播方式及其转化

先秦诗歌有的源于民间采诗，有的来自公卿士大夫"献诗"，也有的直接出自邦国史官，成分复杂多样，其传播形态也十分复杂。归纳起来，不外乎口头传播和文本传播两大类型。在此重点梳理与先秦诗体建构关系密切的几种方式和传播现象。

1. 音乐传播及其"乐歌"性质

《诗》是伴随周代礼乐制度而产生的，作为周代礼乐制度的重要组成部分，《诗》的早期传播主要是伴随周代礼乐活动展开的，具有典型的"乐歌"性质。在周代礼乐制度下，《诗》在生成过程中，形成了"风""雅""颂"的音乐分类；又因周代礼乐制度之需，西周形成了以传授音乐演唱技能为主的"瞽矇之教"和以传授"诗"之意义的"国子之教"两种方式。瞽矇之教是注重"诗"之"声"的诗歌传授系统，国子之教是注重"诗"之"德义""言语"的传授系统，二者施教的职官、对象和内容多有不同。从"诗"的传播历史看，随着周代礼乐文化制度本身的发展变革，"诗"的两种传授方式也大致经历了三个历史阶段：即以"声"教为主导的西周时代，"声教"和"义教"并重的春秋时代和"声教"衰落、"义教"盛

① 邢昺：《论语注疏》，《十三经注疏》，上海古籍出版社 1997 年影印本，第 2525 页。
② 杨伯峻：《春秋左传注》，中华书局 1990 年版，第 445 页。
③ 徐元诰撰：《国语集解》，中华书局 2002 年版，第 489 页。

行的战国时代。[①] 西周时代，“诗”文本的编辑主要目的是为了仪式配乐的演奏；春秋时期，“变风变雅入诗”，使“诗”的讽谏目的逐渐取代仪式功能，乐歌开始出现于仪式之外的外交、聘问等许多场合，使“赋诗言志”成为仪式乐歌之外最引人注目的诗歌传播方式。

在此要强调的是，春秋时期，尽管“诗”文本编辑的目的由仪式乐歌向讽谏怨刺转化，“赋诗言志”以断章取义的方式大大彰显了歌辞的德义内涵，但其传播的具体环境还是在具有仪式氛围的聘问、燕飨等音乐演奏活动中，其“乐歌”的性质并未改变。

2. 文本传播及其“文学”身份

梳理《诗》的文本传播，不得不关注西周中后期就已出现的“引诗”之风。《国语·周语上》载，穆王将征犬戎，祭公谋父谏曰：“不可。先王耀德不观兵。夫兵戢而时动，动则威，观则玩，玩则无震。是故周文公之《颂》曰：‘载戢干戈，载櫜弓矢。我求懿德，肆于时夏，允王保之。’”[②]“文公”，周公旦之谥，诗乃《周颂·时迈》。此为现存文献所见最早的“引诗”之例。“如果说歌诗偏重注意诗的乐章义，赋诗偏重注意诗的情景义或象征义，它们所实现的是交际功能和仪式功能，那么引诗所强调的是诗句的思想内容，实现以道德陶冶人的伦理功能。”[③]可见，引诗是摆脱了音乐和仪式的限制，而立足于歌辞文本意义的相对自由的用诗方式，这也是“诗”文本传播的早期形态。春秋末期，“赋诗”之风随着“礼崩乐坏”“聘问歌咏不行于列国”而逐渐消亡，只有独立于仪式歌咏之外的“引诗”之风兴盛不绝。

关于《诗》文本传播的另一重大事件是孔子“删诗”。春秋末年，孔子

① 马银琴：《周秦时代诗的传播史》，社会科学文献出版社 2011 年版，第 36 页。

② 徐元诰：《国语集解》，中华书局 2002 年版，第 2 页。

③ 王小盾：《诗六义原始》，《扬州大学中国文化研究所集刊》第一辑，江苏古籍出版社 1998 年版，第 31—32 页。

“删诗”并以之传授弟子的行为，使“诗”文本最终定型。孔子的这次“删诗”，虽是出于复礼、正乐目的，但事与愿违，此举进一步加速了“诗”与乐的分离，使“诗”的文本传播最终取代了音乐仪式传播，成为主要的传播方式。由此，诗教也最终摆脱乐教，走上德义化、伦理化之路。“诗”的“文学”身份则在德义化、伦理化的阐释中得以凸显。

四、先秦诗歌体式建构的重要机制

从某种意义上说，诗歌的体式建构，是诗人在使用语言进行文学创作的实践中，对口语和书面语、雅言与俗语选择和取舍的结果。这种语言的选择和取舍既涉及语言自身的发展状态，也关系到诗人的审美追求和诗歌的运行方式。就先秦诗歌体式建构而言，有几条重要的机制不容忽视。

1. 诗歌的口语传播与雅言翻写

从传播史看，先周的远古时期，是以口传为主的时代。黄帝使“仓颉作书”，文字才孕育产生。在此之前，上古先民交流和记事的主要方式应是口耳相传的口语，因此口语是上古先民使用的主要传播载体。口语具有生动、鲜活、及时的特点，其不足是稍纵即逝，难以记忆和保存。为了解决口语的记忆问题，先民充分利用口语语音特点，把生活中的重要事象和部落历史编成韵语，以歌谣形式进行传播，远古歌谣当是在这种传播语境中产生并活跃起来的。殷商时期甲骨文的产生和使用，增强了文字记录的精准性，但书写载体和书写工具没有得到改进，书写十分困难，记录也十分有限，口头歌谣仍然是先民记事的重要方式。

值得注意的是，随着文字的演进、书写载体和书写技术的发展，文字记载的功能日渐强大，开始出现了口语与文字两种传播方式并存的局面，并形成了各自的语法规范，即所谓口语和书面语、雅言与俗语系统。由于交流和记事的需要，两种传播方式彼此之间又有互相吸收与转化的传播态势，出现了雅言对俗语的吸收借鉴、书面语对口语的影响等互动和渗透现象。《诗经》十五国风，来自十五个语言方俗各异的地区，而现存十五国风的语言体式却大体一致，四言句达到80%以上，特别是《曹风》四言句达到100%，《桧风》四言句达到96%，四言句最低的《魏风》也达到71%。对此现象，钱穆先生曾有过精辟的分析：

《诗经》里的十五国风，乃当时西周王室随时分派采诗之官到各地去，搜集一些当时在各地流行的民间歌谣，再经过西周政府一番“随俗雅化”的工作，始得成其为诗的。所谓随俗，是说依随于各地的原俗，采用了它的原辞句、原情味、原格调、原音节。所谓雅化，则是把它来译成雅言，谱成雅乐，经过这样一番润饰修改，于是遂得普遍流传于中国境内。①

十五国风体式以四言为主，间杂五言的语言体式和复沓的结构模式，当是在采诗、献诗实践中，对各地民间歌谣雅言化翻写的结果。

2. 仪式咏诵与“四言”诗体的生成

周代礼乐文化制度下，诗歌被广泛使用于仪式咏诵行为，周诗体就是在这种文化行为中生成的。目前研究发现的关键性证据有两方面：一是产生于西周中期的“一钟双音”技术与西周中后期青铜铭文的齐言化、韵语化现象基本同步。② 二者的逻辑关系是，“一钟双音”技术规定了仪式咏歌的双音行进节奏，而四言连句是双音节行声最简要的规则化形式。二是仪式咏诵行为早在商代就已产生，周代将之提升为一种专门技艺。周诗“颂”类的韵化，是在渊源久长的传统仪式歌咏活动中成

① 钱穆：《略论中国韵文起源》，《中国文学论丛》，三联书店2002年版，第107页。

② 陈致：《从〈周颂〉与金文中成语的运用来看古歌诗之用韵及四言诗体的形成》，《诗书礼乐中的传统——陈致自选集》，上海人民出版社2012年版，第14页。

熟的。

3. 周代文士群体的审美追求与四言诗体的确认

先秦“诗”的创作有群体性创作和个体性创作两种类型，十五《国风》和《颂》大致属于集体性创作，二《雅》中的仪式歌辞及史诗性作品属于集体创作，其中美刺性作品当数个人创作。《毛诗序》对个人性创作的作品多有提示，如《小雅》之《白驹》《节南山》《正月》《十月之交》《雨无正》《小旻》《小宛》《小弁》《巧言》《何斯人》《角弓》等诗。《大雅》之《公刘》《泂酌》《卷阿》《民劳》《桑柔》《崧高》《烝民》《韩奕》《江汉》等诗。“诗”文本中也有关于作者的提示，如《小雅·巷伯》曰：“寺人孟子，作为此诗。”《大雅·崧高》曰：“吉甫作诵，其诗孔硕。”这些诗歌的作者涉及召康公、召穆公、苏公、大夫，以及尹吉甫、芮伯等人，包括上层贵族、王室成员以及诸侯各级中下层官吏，是周代的“文士”群体。这些文士群体对整饬化、美感化的共同追求，成为写作中一种集体行为，从而使“四言”诗的体式得以确认，成为一种范式。可以说，雅言诗的个人写作和民间歌谣的雅言翻写，是周代“四言”诗体范式生成的直接行为机制。①

总之，先秦诗体从句式上说有四言体、杂言体和楚辞体，从语体上说有口语体和雅言体，但总体趋势是，句式上以“四言”诗体为主流，语体形态上则口语与雅言兼备，并逐渐雅言化。这些体式特征的生成与先秦诗歌运行的空间、功能和运行动力等机制关系十分密切。

① 关于先秦诗体建构的机制问题，参李昌集《周诗体式生成论：文化文体学的视角》，《中国社会科学》2014 年第 7 期。

第三节　本课题研究目标及主要思路

一、本课题研究目标

文体是在人的活动和各种文化关系中生成的。一种文体的生成是多种因素综合作用的结果，至少包括语言发展水平、文体功能、传播形态、人们使用文体的群体性选择等因素。以往文体学研究，重在对文体形态特征的梳理，部分成果涉及到语言发展与使用对文体形成的作用。其实，语言的发展水平只是某种特定文体形成的基础，而不是直接原因，人们在精神文化活动中对某种文体的选择和使用是文体形成的原初动力。文体的生成和演变，归根结底是一种文化现象。近年来，有学者提出文化文体学的研究视角。与一般文体形态学有所不同的是，文化文体学是对文体生态、文体功能、文体行为的贯通性考察，将单一的、静态的文体形态学扩展为立体的、动态的文体发生学研究，揭示文体历史生成中的文化意义。①

基于以上的理解，本课题试图从文化文体学视角，对两汉魏晋南北朝诗歌体式的生成方式及其历史演变进行观照，揭示诗歌体式生成的文化功能和运行机制。

两汉魏晋南北朝时期，是中国古代诗歌发展史上的重要阶段。汉代乐府诗兴盛繁荣，大放异彩；魏晋文人拟乐府的盛行，形成了文人拟乐府的创作传统，使乐府诗成为中国诗歌史上的一大宗。文人诗也在这一

① 文化文体学，是李昌集先生提出的文体学研究的一种视角，主张将文体形态学、文体功能学和文体行为学三者进行贯通考察，揭示文体形态背后人们应用文体的行为活动及其文化意义。文体形态，指文体在人们文化活动中的存在方式和状况，大致有存在方式（如口头传唱、案头写作、文本传播等）和生存空间（如地域、文化圈、宫廷、民间等）两个方面；文体功能，指达成人之目的和预期的文体应用效果；文体行为，指人们应用文体的各种行为和行为方式。见李昌集《周诗体式生成论：文化文体学的视角》，《中国社会科学》2014 年第 7 期。

时期逐渐兴起、繁荣，特别是文人五言诗的兴起和繁荣，成为此一时期诗歌史的主潮；其次，文人七言诗也在这一时期开始兴起。各种诗类、诗体在两汉魏晋南北朝时期都竞相发展，此一时期的诗体形式复杂多样。本课题既要对此一时期各类诗歌体式结构的生成方式进行梳理，更想从文化文体学角度探讨各类诗歌体式的生成方式、文化功能、运行机制等问题。具体而言，研究目标大体有三个方面：第一，详细梳理两汉魏晋南北朝时期各类诗歌的体式形态及其演进历史；第二，重点梳理两汉魏晋南北朝时期各类乐府诗体式形态的生成方式及其历史演变，揭示其中的文化行为。第三，探讨乐府诗文体形态、文体功能及文体行为对文人五言诗体制建构的意义，最后对两汉魏晋南北朝文人五言诗的体式生成提出新的阐释思路和视角。

二、研究思路与框架

两汉魏晋南北朝的诗歌类别、体式形态虽然复杂多样，但总体上主要由乐府歌诗、民间谣歌、文人徒诗等几大类别构成。各类诗歌的体式形态及其历史演变轨迹虽各有不同，但大体上有迹可循。

具体而言，根据文化功能和活动空间的不同，乐府诗可以分为宫廷仪式乐歌、乐府娱乐歌诗和军乐鼓吹铙歌等几类，魏晋以后，随着文人拟作的兴起，又出现了文人拟乐府。乐府诗的体式建构与两汉魏晋南北朝礼乐文化建构的体制、机制及其文化功能密切相关，但文人拟乐府的体式建构是基于乐府诗特定的类别特征和文人现实关怀两方面因素的共同作用，自有其特殊的生成方式。文人徒诗在两汉魏晋时期形成和演变的历史过程比较清晰、完整：两汉，特别是东汉中后期是文人徒诗创作的初兴期，也是构型期，汉末建安是创作的鼎盛期，也是体式建构的完型期，两晋是创作的稳定期，也是体式建构的定型期。民间歌谣是指未进入乐府机关演唱的各地谣歌俗曲，两汉魏晋民间歌谣体式的演进变迁是考察各类乐府诗和文人徒诗体式建构中雅俗文化交流的一个重要视角，对之进行系统梳理对研究乐府诗和文人徒诗的体式建构具有独特的参考价值。

综合以上各方面因素，本课题采用上、中、下三编建构论述框架，具体结构如下：

上编“汉代诗歌体式生成与流变研究”由“汉代宫廷仪式乐歌的音乐类别与诗体形式”“汉代乐府娱乐歌诗的体式特征”“《汉鼓吹铙歌》十八曲歌诗的体式建构”“汉代杂歌谣辞的体式特征”“两汉魏晋文人诗歌的体式建构”五章构成；中编“魏晋诗歌体式建构与流变研究”由“魏晋宫廷仪式乐歌的音乐类别与歌辞体式”“魏晋娱乐乐歌的音乐类别与歌辞体式”“魏晋礼乐文化建设与文人拟乐府的体式建构”“魏晋文人拟乐府与文人乐府体的建构”“乐府文本生成与汉魏五言诗体式建构”五章构成；下编“南北朝乐府诗的体式建构与流变”由“南北朝宫廷仪式乐歌的体式特征”“南北朝文人拟乐府与乐府体的新变”两章构成。

在此要特别说明的是，上、中、下三编的安排，主要以此一时期诗歌体式生成与流变的历史发展阶段为线索，但每种诗体生成、演进的历史过程各有不同，并非完全一致，因此在具体梳理和分析每种诗体生成、演进的历史过程时，又不完全按照上、中、下三编的历史节点安排章节，而是根据每种诗体的实际，进行相对集中的论述，如上编“两汉魏晋文人诗歌的体式建构”虽然安排在汉代，但讨论的问题则已下延到魏晋时期，又如中编“乐府文本生成与汉魏五言诗体式建构”一章，因文人五言诗体的形式建构在魏晋时期已基本完成①，所以安排在魏晋论述，但乐府文本生成的起始至少可以追溯到西汉武帝时期。这样处理的主要目的是便于对某些具体问题作相对集中的探讨。

① 南朝时期出现的“宫体诗”是有关诗体风格的，“永明”新体诗强调声韵格律等诗体形式，为唐代格律诗的体式建构奠定了基础，将另有唐代格律诗体的形式生成研究课题专题论述，本课题不予讨论。

上编

汉代诗歌体式生成与流变研究

汉代是中国诗歌发展的重要阶段。汉武帝“立乐府”而“采歌谣”，使乐府歌诗在汉代得到迅速发展，并成为汉代主要的诗体形式。东汉中后期，随着文人参与乐府歌诗创作的逐渐增多，使文人诗歌逐渐由音乐的附庸走向独立。所以汉代诗歌的形态多样、演变复杂：从其与音乐的关系看，有歌诗与徒诗的分别，从其创作主体看，有文人诗与乐府诗和民间歌谣的不同，从其文化功能看，有仪式歌诗与娱乐歌诗的区分。加之，汉代礼乐文化建构中，通过“采诗”与“作诗”满足乐歌的需要，呈现出民间歌谣、文人歌诗和乐府歌诗互相交流和渗透的现象。对其进行严格的诗体分类较为困难。综合以上情况，本稿将汉代诗歌分为乐府歌诗、民间歌谣和文人诗歌三类进行诗体学考察。乐府诗是在汉代乐府机关配乐演唱的歌诗；民间歌谣是指没有进入音乐机关的各地民间谣歌辞；文人诗是指脱离音乐附庸的文人徒诗。

汉武帝“立乐府”而“采歌谣”的动机主要有两方面：一是为了郊祀，二是为了观风。因此“乐府”的职能相应得到极大地扩展，乐府音乐的类别和功能也增多了。从《汉书·艺文志》“诗赋略”著录的乐府歌诗的标题看，大概有三大类：一是祭祀歌诗，如《太一甘泉寿宫歌诗十四篇》《宗庙歌诗五篇》《诸神歌诗三篇》《送迎灵颂歌诗三篇》等。二是帝王及王室成员的主名歌诗，如《高祖歌诗二篇》《临江王及愁思节士歌诗四篇》《李夫人及幸贵人歌诗三篇》。三是代、赵、秦、楚等地方谣歌诗，如《吴楚汝南歌诗十五篇》《燕代讴雁门云中陇西歌诗九篇》等。从作者身份看，三类乐歌可分为贵族乐府、文人乐府和民间乐府。蔡邕《礼乐志》按照用乐场所及功能，分为郊庙上陵所用的《太予乐》、辟雍飨射所用的《雅颂乐》、天子宴群臣所用的《黄门鼓吹乐》、军中所用的《短箫铙歌》，即汉乐四品。可惜很多乐调与歌辞都已亡失不存，就现存歌辞来看，主要有宫廷仪式歌诗、乐府娱乐歌诗和军乐歌诗三类。

第一章
汉代宫廷仪式乐歌的音乐类别与诗体形式

宫廷仪式乐歌，指朝廷各种仪式活动中产生的礼乐歌辞。宫廷最重要的仪式有祭祀天地山川诸神的郊祀仪式和祭祀祖先的宗庙仪式歌辞；其次是朝廷重大的节庆仪式，如元会等节庆中天子燕飨诸侯及群臣的仪式；再者如出兵征战、庆功封赏仪式等。这些仪式都要用乐，相应地则有音乐歌辞，如郊祀歌辞、宗庙歌辞、燕射歌辞①、军乐歌辞，以及用于这些仪式的雅舞歌辞等。

第一节　汉代宫廷仪式乐歌的诗体形式

现存的汉代宫廷仪式歌辞有《郊祀歌》十九章、《安世房中歌》十七

① 沈约：《宋书·乐志》载：汉章帝元和二年，“食举乐有《鹿鸣》《承元气》二曲。三年，自作诗四篇，一曰《思齐皇姚》，二曰《六骐驎》，三曰《竭肃雍》，四曰《陟叱根》。合前六曲，以为宗庙食举……减宗庙食举《承元气》一曲，加《惟天之命》《天之历数》二曲，合七曲为殿中御食举。又汉太乐食举十三曲：一曰《鹿鸣》，二曰《重来》，三曰《初造》，四曰《侠安》，五曰《归来》，六曰《远期》，七曰《有所思》，八曰《明星》，九曰《清凉》，十曰《涉大海》，十一曰《大置酒》，十二曰《承元气》，十三曰《海淡淡》。”中华书局 1974 年版，第 538—539 页。

章、《鼓吹铙歌》十八曲等。本节主要讨论《郊祀歌》和《安世房中歌》的体式结构。

一、汉《郊祀歌》十九章的体式

《郊祀歌》十九章，多撰制于武帝时代。《汉书·礼乐志》曰："至武帝定郊祀之礼，祠太一于甘泉，就乾位也；祭后土于汾阴，泽中方丘也……以李延年为协律都尉，多举司马相如等数十人造为诗赋，略论律吕，以合八音之调，作十九章之歌。"①十九章之歌，实为二十首，其中《天马》一题二首，多是祭祀、颂瑞歌辞，作者涉及到汉武帝、司马相如、邹子等数十人。现对每章的句式及篇章结构描述如下：

《练时日》："3，3，3，3"三言结构，齐言，凡48句。

《帝临》："4，4"四言结构，齐言，凡12句。

《青阳》："4，4"四言结构，齐言，凡12句。

《朱明》："4，4"四言结构，齐言，凡12句。

《西颢》："4，4"四言结构，齐言，凡12句。

《玄冥》："4，4"四言结构，齐言，凡12句。

《惟泰元》："4，4"四言结构，齐言，凡24句。

《天地》："4，4"结构8句，"7，7"结构4句，"4，4"结构4句，"7，3，3"结构3句，"7，7"结构8句，凡27句。

《日出入》："5，6。5，4，4，4。6，6。4，4，4，4。7"杂言结构，凡13句。

《天马》其一："3，3，3，3"三言结构，齐言，凡12句。

《天马》其二："3，3，3，3"三言结构，齐言，凡24句。

《天门》："3，3，3，3"三言结构8句，接"4，4，6，6。3，3，3，3。5，5。6，6。5，5。6，6"杂言结构16句，结尾"7，7"结构

① 班固：《汉书》，中华书局1962年版，第1045页。

8句，凡32句。

《景星》："4，4，4，4"四言结构12句，接"7，7"七言结构12句，凡24句。

《齐房》："4，4，4，4"四言结构，齐言，凡8句。

《后皇》："4，4，4，4"四言结构，齐言，凡8句。

《华烨烨》："3，3，3，3"三言结构，齐言，凡38句。

《五神》："3，3，3，3"三言结构，齐言，凡20句。

《朝陇首》："3，3，3，3"三言结构，齐言，凡20句。

《象载瑜》："3，3，3，3"三言结构，齐言，凡12句。

《赤蛟》："3，3，3，3"三言结构，齐言，凡28句。①

汉《郊祀歌》中，"3，3，3，3"的齐言结构，有《练时日》《天马二首》《华烨烨》《五神》《朝陇首》《象载瑜》《赤蛟》8首；"4，4，4，4"的齐言结构，有《帝临》《青阳》《朱明》《西颢》《玄冥》《惟泰元》《齐房》《后皇》8首；《天地》《日出入》《天门》《景星》4首属于杂言结构。其中，《天地》《景星》2首由四言和七言结构组成；《天门》以三言结构为主，间杂四言、六言和五言；《日出入》以四言为主，间杂六言、七言和五言。特别值得注意的是，五言结构的句子在汉《郊祀歌》中仅有6句。

二、汉《安世房中歌》十七章的体式

汉代宗庙歌辞仅有《安世房中歌》十七章存于班固《汉书》中。《汉书·礼乐志》载："又有《房中祠乐》，高祖唐山夫人所作也。周有房中乐，至秦名曰寿人。凡乐，乐其所生，礼不忘本。高祖乐楚声，故房中乐楚声也。孝惠二年，使乐府令夏侯宽备其箫管，更名曰安世乐。"②。"房中"兼有后妃夫人之"房中"与"祖庙"祠堂"房中"两义。周代的"房中乐"是对路寝、后妃房中、祭祀房中之作乐的通称，唐山夫人以"房中乐"为其

① 班固：《汉书·礼乐志》，中华书局1962年版，第1052—1070页。
② 班固：《汉书》，中华书局1962年版，第1043页。

所作歌诗的专名后，房中乐便由周代各类房中乐俗称，成为唐山夫人《房中祠乐》的专称。[①] 班固《汉书·礼乐志》收录的《安世房中歌》十七章，未署名唐山夫人。歌辞“多称孝述德，歌功颂烈，敬祖荐神之语”，其文辞“古奥中带和平之音”，与楚声多口语虚词的语言习惯也不类，而与汉武帝时代的《郊祀歌》非常相近，当是汉武帝定郊庙时的新辞。

《大孝》：“4，4”四言结构，齐言，凡8句。

《七始》：“4，4”四言结构，齐言，凡10句。

《我定》：“4，4”四言结构，齐言，凡8句。

《王侯》：“4，4，4。4，4。4，4”四言结构，齐言，凡7句。

《海内》：“4，4”四言结构，齐言，凡8句。

《大海》：“7，7。3，3。3，3”杂言，凡6句。

《安其所》：“3，3”三言结构，齐言，凡8句。

《丰草葽》：“3，3”三言结构，齐言，凡8句。

《雷震震》：“3，3”三言结构，齐言，凡10句。

《桂华》：“4，4”四言结构，齐言，凡10句。

《美若》：“4，4”四言结构，齐言，凡8句。

《硙硙》：“4，4”四言结构，齐言，凡8句。

《嘉荐》：“4，4”四言结构，齐言，凡8句。

《皇皇》：“4，4”四言结构，齐言，凡6句。

《浚则》：“4，4”四言结构，齐言，凡4句。

《孔容》：“4，4”四言结构，齐言，凡8句。

《承帝》：“4，4”四言结构，齐言，凡8句。[②]

汉《安世房中歌》十七章，“4，4”齐言结构占多数，有《大孝》《七始》《我定》《王侯》《海内》《桂华》《美若》《硙硙》《嘉荐》《皇皇》《浚则》《孔容》《承帝》13首；“3，3”齐言结构有《安其所》《丰草葽》《雷震震》3

① 钱志熙：《周汉“房中乐”考论》，《文史》2007年第二辑。
② 班固：《汉书·礼乐志》，中华书局1962年版，第1046—1051页。

首；杂言结构仅《大海》1首。《安世房中歌》中无五言句。

第二节　汉武帝“独尊儒术”与礼乐文化建构

汉武帝“罢黜百家”“独尊儒术”的文化政策，是汉代宫廷仪式乐歌产生的直接动因，不仅对宫廷礼乐歌辞的功能起着决定性作用，也对这些歌辞的体式形成产生重要影响。

一、汉武帝“独尊儒术”的文化政策

汉武帝即位后，“卓然罢黜百家，表章《六经》”，开始其以“儒术”为主导的文化建构活动。

建元元年(前140)冬，诏丞相、御史、列侯等举贤良方正直言极谏之士，因“所举贤良，或治申、商、韩非、苏秦、张仪之言”，皆罢。元光元年(前134)五月，再次下诏举贤良，“于是董仲舒、公孙弘等出焉”[①]。《汉书·董仲舒传》对汉武帝与董仲舒之间的问对有详细记载。汉武帝首先问及“天命与情性”的关系，以及如何使上古五帝三王之道“风流而令行”。董仲舒以《春秋》史实，“以观天人相与之际”，提出“天人感应”的思想。关于“道”，他认为是“所繇适于治之路也，仁义礼乐皆其具也”。即道是适于通向天下治理的路，仁义礼乐都是天下治理的方法，所以，圣王已没，而子孙可以数百年长久安宁，“皆礼乐教化之功”。“乐者，所以变民风，化民俗也，其变民也易，其化人也著。故声发于和而本于情，接于肌肤，藏于骨髓。故王道虽微缺，而管弦之声未衰也。”指出“礼乐教化”对王道治理的作用。其后进一步探求“王道”的起始问题，提出“王道之端，得之于正”的观点：“春者天之所为，正者，王之所为也。其意曰，上承天之所为，而下以正其所为。”[②]强调君权神

① 班固：《汉书·武帝纪》，中华书局1962年版，第155—161页。
② 班固：《汉书·董仲舒传》，中华书局1962年版，第2495—2506页。

授的合法性和权威性。又“复册之”两问后，董仲舒最后向汉武帝提出建议曰：“《春秋》大一统者，天地之常经，古今之通谊也。今师异道，人异论，百家殊方，指意不同，是以上亡以持一统；法制数变，下不知所守。臣愚以为诸不在六艺之科孔子之术者，皆绝其道，勿使并进。邪辟之说灭息，然后统纪可一而法度可明，民知所从矣。”①。董仲舒以儒家“王道”和“天人感应”为核心的对答，特别是他为构建“大一统”的文化制度而罢黜百家的建议得到汉武帝的高度认同，从而坚定了汉武帝“独尊儒术”、推行“六经”为主导的礼乐文化重建的决心。如班固所言：“自武帝初立，魏其、武安侯为相而隆儒矣。及仲舒对册，推明孔氏，抑黜百家。立学校之官，州郡举茂才孝廉，皆自仲舒发之。”②

二、汉武帝“定郊祀”“立乐府”的礼乐文化建构

汉武帝礼乐文化建构的内容十分丰富，正如班固《汉书·武帝纪》“赞”论所述：“孝武初立，卓然罢黜百家，表章《六经》，遂畴咨海内，举其俊茂，与之立功。兴太学，修郊祀，改正朔，定历数，协音律，作诗乐，建封禅，礼百神，绍周后，号令文章，焕焉可述。后嗣得遵洪业，而有三代之风。”③如元朔元年(前128)《议不举孝廉者罪诏》曰：

公卿大夫，所使总方略，一统类，广教化，美风俗也。夫本仁祖义，褒德禄贤，劝善刑暴，五帝三皇所繇倡也。朕夙兴夜寐，嘉与宇内之士臻于斯路。故旅耆老，复孝敬，选豪俊，讲文学，稽参政事，祈进民心，深诏执事，兴孝举廉，庶几成风，绍休圣绪。夫十室之邑，必有忠信；三人并行，厥有我师。今或至阖郡而不荐一人，是化不下究，而积行之君子雍于上闻也。二千石官长纪纲人伦，将何以佐朕烛幽隐，劝元元，厉蒸庶，崇乡党之训哉？且进贤

① 班固：《汉书·董仲舒传》，中华书局1962年版，第2523页。
② 班固：《汉书·董仲舒传》，中华书局1962年版，第2525页。
③ 班固：《汉书·武帝纪》，中华书局1962年版，第212页。

受上赏，蔽贤蒙显戮，古之道也。其与中二千石、礼官、博士议，不举者罪。[①]

又元朔五年（前124）夏六月《劝学诏》曰：

盖闻导民以礼，风之以乐，今礼坏乐崩，朕甚闵焉。故详延天下方闻之士咸荐诸朝，其令礼官劝学，讲议洽闻，举遗兴礼，以为天下先。太常其议予博士弟子，崇乡党之化，以厉贤材焉。[②]

汉武帝“立乐府而采歌谣”的活动是其“修郊祀”“协音律”“作诗乐”等礼乐建设的重要内容之一。概括来说，汉武帝在礼乐文化建构方面重点做了两件大事：

一是重定郊祀之礼。《礼记·乐记》曰：“王者功成作乐，治定制礼。其功大者其乐备，其治辩者其礼具……五帝殊时，不相沿乐，三王异世，不相袭礼。”[③]制礼作乐是一个王朝政治文化生活中的重大事件，汉代自不例外。

西汉之初，刘邦“命叔孙通制礼仪，以正君臣之位”，“叔孙通因秦乐人制宗庙乐”[④]开始了汉代的礼乐建设活动。在制定郊祀礼乐方面，汉高祖刘邦也多有建树，秦代帝王一般郊祀白帝、青帝、黄帝、赤帝四帝，刘邦增立了“黑帝祠，名曰北畤”[⑤]。汉文帝十五年夏四月，“始幸雍郊见五畤，祠衣皆上赤”，第二年又“作渭阳五帝庙，同宇，帝一殿，面五门，各如其帝色。祠所用及仪亦如雍五畤”[⑥]。汉武帝重定郊祀之礼，在汉代礼乐文化建构中算得上一件惊天动地的大事。

《汉书·武帝纪》对“祠太一于甘泉”之事载录曰：

（元鼎五年）十一月辛巳朔旦，冬至。立泰畤于甘泉。天子亲郊

---

① 班固：《汉书·武帝纪》，中华书局1962年版，第166—167页。
② 班固：《汉书·武帝纪》，中华书局1962年版，第171—172页。
③ 孙希旦：《礼记集解》，中华书局1989年版，第991页。
④ 班固：《汉书·礼乐志》，中华书局1962年版，第1030、1043页。
⑤ 司马迁：《史记·封禅书》，中华书局1982年版，第1378页。
⑥ 司马迁：《史记·封禅书》，中华书局1982年版，第1382页。

见，朝日夕月。诏曰："朕以眇身讬于王侯之上，德未能绥民，民或饥寒，故巡祭后土以祈丰年。冀州脽壤乃显文鼎，获荐于庙。渥洼水出马，朕其御焉。战战兢兢，惧不克任，思昭天地，内惟自新。《诗》云：'四牡翼翼，以征不服。'亲省边陲，用事所极。望见泰一，修天文禅。辛卯夜，若景光十有二明。《易》曰：'先甲三日，后甲三日。'朕甚念年岁未咸登，饬躬斋戒，丁酉，拜况于郊。"①

《汉书·礼乐志》记载曰：

至武帝定郊祀之礼，祠太一于甘泉，就乾位也。祭后土于汾阴，泽中方丘也。乃立乐府，采诗夜诵，有赵代秦楚之讴。以李延年为协律都尉，多举司马相如等数十人造为诗赋，略论律吕，以合八音之调，作十九章之歌。以正月上辛用事甘泉圜丘，使童男女七十人俱歌，昏祠至明。夜常有神光如流星止集于祠坛，天子自竹宫而望拜，百官侍祠者数百人皆肃然动心焉。②

汉武帝重定郊祀之礼中，新增了"泰一"神，并将之置于其他众神之首，这是班固重点载录此事的重要原因。因为这一举措的目的是要通过提高"太一"神在国家祭祀中的核心地位，以确立汉王朝大一统的地位和尊严。③ 董仲舒"天人感应"和"君权神授"思想的最终目的是建构"大一统"的国家治理模式。他曾在"对册"中反复强调"大一统"观点："《春秋》谓一元之意，一者万物之所从始也，元者辞之所谓大也。谓一为元者，视大始而欲正本也。""《春秋》大一统者，天地之常经，古今之通谊也。"④

汉武帝重定郊祀之礼的活动是渐次展开的。汉武帝即位之初，招赵绾、王臧等儒士，"欲议古立明堂于城南，以朝诸侯，草巡守封禅改历服色事未就"。七年后的元光二年，汉武帝"初至雍，郊见五畤。后常三

① 班固：《汉书·武帝纪》，中华书局 1962 年版，第 185 页。

② 班固：《汉书·礼乐志》，中华书局 1962 年版，第 1045 页。

③ 参赵敏俐《汉代乐府制度与歌诗研究》，商务印书馆 2009 年版，第 68—74 页。

④ 班固：《汉书·董仲舒传》，中华书局 1962 年版，第 2502、2523 页。

岁一郊。"①又有济阴亳县人谬忌上奏曰:"天神贵者泰一,泰一佐曰五帝。古者天子以春秋祭泰一东南郊,用太牢,七日,为坛开八通之鬼道。"汉武帝采纳谬忌的建议,"令太祝立其祠长安东南郊,常奉祠如忌方。"②元鼎四年,武帝幸雍郊,有人建议曰:"五帝,太一之佐也,宜立太一而上亲郊之。"武帝疑而未定。直到元鼎五年十一月,武帝"至陇西,西登崆峒,幸甘泉。令祠官宽舒等具太一祠坛,祠坛放薄忌太一坛,坛三垓。五帝坛环居其下,各如其方,黄帝西南,除八通鬼道。太一,其所用如雍一畤物,而加醴枣脯之属,杀一狸牛以为俎豆牢具。而五帝独有俎豆醴进。其下四方地,为醊食群神从者及北斗云……十一月辛巳朔旦冬至,昧爽,天子始郊拜太一。朝朝日,夕夕月,则揖;而见太一如雍郊礼。"③从在长安城东南郊立泰一祠到立泰一祠坛于甘泉,再到武帝亲郊拜"泰一",经历了较长的时间。

班固《武帝纪》《礼乐志》重点记载了元鼎五年武帝"立泰畤于甘泉""祠太一于甘泉"的事件,标志着元鼎五年汉武帝重定郊祀之礼的完成和此事的重大意义。

二是扩大乐府的功能。"乐府"作为朝廷的音乐机关,本始于秦代,④班固《汉书·礼乐志》载,至汉武帝"乃立乐府",主要指"扩充"汉乐府的规模和职能。⑤ 武帝时期的音乐机构有太乐和乐府两个部门。传统的宗庙祭祀雅乐主要由太乐掌管,但是当时雅乐已残败不堪,"但能纪其铿锵鼓舞,而不能言其义"⑥。武帝时期,诸如定郊祀祭礼、采集地方歌谣、召集文人写作歌辞、为歌辞配乐等重大的礼乐活动,都是依托乐府机关进行的,乐府机关的规模和职能因此得到极大拓展,不仅掌管《安

① 司马迁:《史记·封禅书》,中华书局1982年版,第1384页。

② 司马迁:《史记·封禅书》,中华书局1982年版,第1386页。

③ 司马迁:《史记·封禅书》,中华书局1982年版,第1394—1395页。

④ 乐府始于秦代的最重要证据是刻有"乐府"二字的秦代错金甬钟的考古发现。见寇效信《秦汉乐府考》,《陕西师范大学学报》1978年第1期。

⑤ 参赵敏俐《汉代乐府制度与歌诗研究》,商务印书馆2009年版,第69页。

⑥ 班固:《汉书·礼乐志》,中华书局1962年版,第1043页。

世房中乐》《郊祀乐》等宫廷和郊祭礼乐，还负责采集和整理各地的娱乐音乐。从汉哀帝罢乐府时汉代乐府机关的人员分工，可见汉代乐府职能之一斑。据《汉书·礼乐志》记载，汉哀帝“罢乐府官”时，乐府官员共有829人，有“郊祭乐”人员、“太乐鼓员”、“《嘉至》鼓员”、“外郊祭员”，有“兼《云招》给祠南北郊用”、“兼给事雅乐用”的诸族乐人，也有“不应经法或郑卫之声”的乐员、鼓员等，可见当时乐府机关的规模之大、职能之广。扩大乐府，其实是汉武帝礼乐文化建构的需要，即需要从朝廷立场出发，通过礼乐文化，构建一套体现儒家精神的政治伦理话语。

总而言之，郊祀之乐重在祭神娱神，通过对天神和四方之神的膜拜，宣扬“君权神授”的合法性、权威性，宗庙之乐重在宣扬祖先之“功德”，以达到“上下齐同”而“壹于正”的目的。而其他各种礼俗活动之用“乐”，如“朝聘”“燕享”之乐，均能达到“教化黎庶”之作用。汉武帝“立乐府而采歌谣”，应该具有两方面的意图：一是通过采集赵代秦楚之风，作为祭祀乐歌的素材。所以《汉书·礼乐志》载，至武帝定郊祀之礼，祠太一于甘泉，祭后土于汾阴，“乃立乐府，采诗夜诵”，“以李延年为协律都尉，多举司马相如等数十人造为诗赋，略论律吕，以合八音之调，作十九章之歌”①。其立乐府，采诗夜诵与李延年作十九章之歌放在一起叙述，足见乐府“采诗夜诵”之用意。二是通过“立乐府采歌谣”达到音乐的移风易俗目的。②

第三节　汉代宫廷仪式歌辞的生成机制

整体上看，汉代《郊祀歌》《安世房中歌》以三言、四言句式的齐言歌辞为主，兼有少量杂言歌辞。这些宫廷仪式歌辞的体式与其特定的仪式

---

① 班固：《汉书·礼乐志》，中华书局1962年版，第1045页。

② 关于汉武帝“定郊祀”“立乐府”的礼乐文化建构活动，又见拙文《论汉武帝礼乐文化建构与汉代乐府学的价值取向》，《乐府学》2018年第1期。

功能及作者的兴趣有密切关系，因此欲探究汉代宫廷仪式歌辞的体式生成，先须对其仪式功能进行分析。

一、祭神颂瑞之歌：汉代《郊祀歌》的仪式功能

汉代的《郊祀歌》是祭祀、颂瑞歌辞，其功能依次为：《练时日》迎神曲，《帝临》祀中央黄帝之曲，《青阳》祀东方春季青帝之曲，《朱明》祀南方夏季赤帝之曲，《西颢》祀西方秋季白帝之曲，《玄冥》祀北方冬季玄帝之曲，《惟泰元》祀太一之神，《天地》祀天地之神，《日出入》祀太阳之神，《后皇》祀后土，《华烨烨》祀后土毕济黄河作之曲，《五神》云阳始郊见太一所作之曲，《赤蛟》送神之曲，以上为山川诸神的祭歌。其他如《天马》颂得天马，《景星》颂得宝鼎，《齐房》颂产灵芝，《朝陇首》颂获白麟，《象载瑜》颂获赤雁，《天门》武帝祷颂天神祈得长生作，以上诸曲是歌颂祥瑞的乐歌。[①] 相较之下，叙写祖先功业的内容很少。正如《宋书·乐志》所言："汉武帝虽颇造新歌，然不以光扬祖考、崇述正德为先，但多咏祭祀见事及其祥瑞而已。商周雅颂之体阙焉。"[②]这种状况与汉武帝时期的郊祀活动有很大关系。通检汉武帝时期的郊祀活动，几乎没有见到祖先配飨天地、山川诸神的情况。直到汉平帝元始年间，南郊天地之神时，才出现以太祖高皇帝配天、高皇后配地而祭的情况。东汉建武帝平陇蜀，"增广郊祀，高皇帝配食，乐奏《青阳》《朱明》《西皓》《玄冥》《云翘》《育命》之舞"[③]。汉明帝永平二年正月辛未，"初祀五帝于明堂，光武帝配。五帝坐位堂上，各处其方。黄帝在未，皆如南郊之位。光武帝位在青帝之南少退，西面。牲各一犊，奏乐如南郊。"[④]明堂祭祀天地之神是东汉以后才恢复的。

---

① 参张永鑫《汉乐府研究》，江苏古籍出版社 1992 年版，第 165 页。
② 沈约：《宋书·乐志》，中华书局 1974 年版，第 550 页。
③ 沈约：《宋书·乐志》，中华书局 1974 年版，第 538 页。
④ 范晔：《后汉书·祭祀中》，中华书局 1965 年版，第 3181 页。

二、祭祖颂功之歌：汉代《安世房中歌》的仪式功能

汉代的宗庙乐，《汉书·礼乐志》等文献多有记载。如《汉书·礼乐志》载：

> 高祖时，叔孙通因秦乐人制宗庙乐。大祝迎神于庙门，奏《嘉至》，犹古降神之乐也。皇帝入庙门，奏《永至》，以为行步之节，犹古《采荠》《肆夏》也。乾豆上，奏《登歌》，独上歌，不以管弦乱人声，欲在位者遍闻之，犹古《清庙》之歌也。《登歌》再终，下奏《休成》之乐，美神明既飨也。皇帝就酒东厢，坐定，奏《永安》之乐，美礼已成也。①

惜其众乐歌辞现已不存，无从得知其具体内容。仅有《安世房中歌》十七章存于班固的《汉书·礼乐志》，但关于《安世房中歌》十七章作者及音乐性质，学术界存在分歧。

《汉书·礼乐志》有关《房中乐》记载曰：

> 又有《房中祠乐》，高祖唐山夫人所作也。周有房中乐，至秦名曰寿人。凡乐，乐其所生，礼不忘本。高祖乐楚声，故房中乐楚声也。孝惠二年，使乐府令夏侯宽备其箫管，更名曰安世乐。②

从这条材料我们可以得知三方面信息：一是汉“房中乐”与周“房中乐”、秦“寿人”乐有密切联系；二是“房中祠乐”是汉代宗庙乐一部分，作者是高祖唐山夫人，用楚声演唱；三是孝惠帝二年（前 193 年）更名“安世乐”，备其箫管。

对于《汉书·礼乐志》涉及的三个问题，近年，钱志熙、王福利等学者结合《仪礼》《周礼》和《毛诗传》等相关文献进行了较深入考证。钱志熙据《仪礼·燕礼》《诗经·毛传》等文献关于周“房中之乐”“国君有房中之乐”的记载，认为周代确实存在“房中乐”。又通过对郑玄《仪礼·燕

---

① 班固：《汉书·礼乐志》，中华书局 1962 年版，第 1043 页。
② 班固：《汉书·礼乐志》，中华书局 1962 年版，第 1043 页。

礼》《周礼·春官·磬师》《毛诗谱》等注中有关“房中之乐”文献的梳理考证，认为周“房中乐”为国君夫人燕娱之乐，其中也有房中祭祀之乐。“房中”之义兼有后妃夫人之“房中”与“祖庙”祠堂“房中”两义。周代的“房中乐”是对路寝、后妃房中、祭祀房中之作乐的通称。

汉代唐山夫人以后宫材人身份作《房中祠乐》，是以周房中乐上述意思为依据的，唐山夫人以“房中乐”为其所作歌诗的专名后，房中乐便由周代各类房中乐俗称，成为唐山夫人《房中祠乐》的专称。文章对周“房中乐”的燕乐和祭祀两重性质和功能及唐山夫人《房中祠乐》的得名依据的论证堪称灼见。① 王福利则认为，唐山夫人《房中祠乐》是在说明汉之能够有天下、备宫悬并具万世鸿业的真正原因，是在祈求所得后向神明的“报福”“还愿”，并在还愿的过程中，面向神灵歌颂当今主上的丰功伟业，以对后继者的宣导昭示之意。②

萧涤非根据歌辞文本，认为《安世房中歌》“纯为儒家思想，尤侧重于孝道”③。沈德潜认为：“《房中歌》近雅，古奥中带和平之音……首言‘大孝备矣’，以下反反复复，屡称孝德。汉朝数百年家法，自此开出；累代庙号，首冠以孝，有以也。”④据首章如“高张四悬，乐充宫廷”，次章如“神来宴娱，庶几是听”，第三章如“乃立祖庙，敬明尊亲”等诗句，可以推测这些歌辞当是宗庙祭祀的内容。

《汉书·礼乐志》殿本《考证》齐召南云：汉《安世房中歌》，直是祀神之乐，故曹魏初改名《正始之乐》。后因缪袭言，又改名《享神歌》也。丘琼荪曰：“齐召南云《安世房中歌》直祀神之乐，其言良是。诗中多称孝述德，歌功颂烈，敬祖荐神之语，绝无人伦夫妇、《关雎》后妃

① 钱志熙：《周汉“房中乐”考论》（曾发表于《文史》2007年第二辑，收入其《汉魏乐府艺术研究》，学苑出版社2011年出版。

② 王福利：《论汉代的“房中乐”“房中歌”》，《徐州师范大学学报》2007年第2期。

③ 萧涤非：《汉魏六朝乐府文学史》，人民文学出版社1984年版，第35页。

④ 沈德潜：《古诗源》，中华书局2006年版，第34页。

之说。”[1]

一般认为唐山夫人《房中祠乐》作于汉高祖五年。[2] 叔孙通所制宗庙乐也大致在高祖五年至七年间，据《史记·叔孙通列传》载，高祖五年，叔孙通“颇采古礼与秦仪杂就”而成汉代的元会朝贺礼仪。高祖七年，长乐宫修建完成时，诸侯群臣皆朝十月，元会朝贺礼仪开始使用。其仪如次：先平明，谒者治礼，引以次入殿门，廷中陈车骑步卒卫宫，设兵张旗志(帜)。传言“趋”。殿下郎中侠陛，陛数百人。功臣列侯诸将军军吏以次陈西方，东向；文官丞相以下陈东方，西向。大行设九宾，胪传。于是皇帝辇出房，百官执职传警，引诸侯王以下至吏六百石以次奉贺。自诸侯王以下莫不振恐肃敬。至礼毕，复置法酒。诸侍坐殿上皆伏抑首，以尊卑次起上寿。觞九行，谒者言“罢酒”。汉高祖经历了这番仪式后，感慨曰：“吾乃今日知为皇帝之贵也。”[3]因此，叔孙通被任命为太常，主持初汉礼乐之事。

叔制宗庙之仪已见上文《汉书·礼乐志》。问题是叔的宗庙仪式中，演奏的是《嘉至》《永至》《登歌》《休成》《永安》五首歌乐，而不见《房中祠乐》。又《汉书·艺文志》著录的二十八家歌诗中有“宗庙歌诗五篇”，陆侃如先生以为这五篇歌诗就是自《嘉至》至《永安》的五篇《宗庙乐》歌诗。[4] 虽然这种结论是一种直觉判断，没有充分的证据，但至少说明《房中祠乐》与汉初叔制之《宗庙乐》关系不大。

《汉书·礼乐志》载：“高庙奏《舞德》《文始》《五行》之舞；孝文庙奏《昭德》《文始》《四时》《五行》之舞；孝武庙奏《盛德》《文始》《四时》《五行》之舞。……高祖六年又作《昭容乐》《礼容乐》。”[5]在西汉高祖、孝文、孝武庙乐中不见有《房中祠乐》存在。那么，唐山夫人的《房中祠乐》到底

① 丘琼荪：《历代乐志律志校释》，中华书局 1999 年版，第 185 页。
② 陆侃如、冯沅君：《中国诗史》，百花文艺出版社 2008 年版，第 98 页。
③ 司马迁：《史记》，中华书局 1982 年版，第 2723 页。
④ 陆侃如、冯沅君：《中国诗史》，百花文艺出版社 2008 年版，第 99 页。
⑤ 班固：《汉书》，中华书局 1962 年版，第 1044 页。

在什么场合表演呢？郑樵《通志》曰：“房中乐者，妇人祷祠于房中也，故宫中用之。”①陈本礼《汉诗统笺》云：“诗名《房中》，当是宫中之庙，非祫祭大享之太庙也。”②

周代“房中乐”也有用于宫中祭祀的。如《采蘩》，《左传·隐公三年》载：苟有明信，涧、溪、沼、沚之毛，苹、蘩、薀藻之菜，筐、筥、锜、釜之器，潢、汙、行潦之水，可荐于鬼神，可羞于王公。”③《毛传》曰：“《采蘩》，夫人不失职也。夫人可以奉祭祀，则不失职矣。”④又《采苹》，毛传曰：“大夫妻能循法度也，能循法度，则可以承先祖，供祭祀矣。”⑤可见，汉唐山夫人的《房中祠乐》早期当也是宫中祭祀之用的。西汉初、中期，皇帝的宗庙大致有京庙、陵庙、郡国庙三种类型，宗庙数总计一百七十六所，远远超过了天子七庙的古礼规定。如汉高帝十年（前197），刘邦的父亲太上皇去世，“八月，令诸侯王皆立太上皇庙于国都。”⑥惠帝“令郡国诸侯各立高祖庙，以岁时祠。”⑦景帝谥文帝庙号为太宗，“郡国诸侯宜各为孝文皇帝立太宗之庙。”⑧

又《汉书·韦贤传》载：“至惠帝尊高帝庙为太祖庙，景帝尊孝文庙为太宗庙，行所尝幸郡国各立太祖、太宗庙。”⑨汉代宗庙情况非常混乱，不能排除宫中庙祭的可能。《汉书·礼乐志》关于高祖沛宫原庙的祭祀就是一个旁证。《汉书·礼乐志》：“初，高祖既定天下，过沛，与故人父老相乐，醉酒欢哀，作‘风起’之诗，令沛中童儿百二十人习而歌之。至

---

① 郑樵：《通志·乐一》，浙江古籍出版社2000年影万有文库本第一册，第635页上。
② 陈本礼：《汉诗通笺》，中华书局2020年版，第303页。
③ 杨伯峻：《春秋左传注》，中华书局1990年版，第27—28页。
④ 郑玄笺、〔唐〕孔颖达等正义：《毛诗正义》，《十三经注疏》，上海古籍出版社1997年影印本，第284页。
⑤ 郑玄笺、〔唐〕孔颖达等正义：《毛诗正义》，《十三经注疏》，上海古籍出版社1997年影印本，第286页。
⑥ 班固：《汉书·高帝纪下》，中华书局1962年版，第68页。
⑦ 司马迁：《史记·高祖本纪》，中华书局1982年版，第392页。
⑧ 司马迁：《史记·孝文本纪》，中华书局1982年版，第436页。
⑨ 班固：《汉书》，中华书局1962年版，第3115页。

孝惠时，以沛宫为原庙，皆令歌儿习吹以相和，常以百二十人为员。”①这当是郡国庙祭。又《后汉书·桓帝纪》载：“坏郡国诸房祀。”注曰：“房谓祠堂也。”并引《王涣传》曰：“时唯密县存故太傅卓茂庙，洛阳留令王涣祠。”②可见，郡国庙也称为“房”。

到汉元帝下诏罢郡国庙，“因罢昭灵后、武哀后、昭哀后、卫思后、戾太子、戾后园，皆不奉祠，裁置吏卒守焉。”③建立“祖宗之庙世世不毁，继祖以下，五庙而迭毁”的宗庙祭祀制度，作出“太上庙主宜瘗园，孝惠皇帝为穆，主迁于太祖庙，寝园皆无复修”④的决定，基本完成汉代宗庙祭祀的“七庙”制度。⑤

《汉书·礼乐志》曰：“孝惠二年，使乐府令夏侯宽备其箫管，更名曰安世乐。”⑥可见，汉《房中乐》不在叔孙通作为太常管辖的太乐中，而是在乐府中，乐府所管多为燕乐俗曲，这与汉《房中乐》的楚声音乐性质相符。班固《汉书·礼乐志》收录的《安世房中歌》十七章，并未署名唐山夫人。歌辞“多称孝述德，歌功颂烈，敬祖荐神之语”，其文辞“古奥中带和平之音”，与楚声多口语虚词的语言习惯不同，其语言结构与汉武帝时代的《郊祀歌》非常相近。又郭茂倩《乐府诗集》“郊庙歌辞”解题曰：“武帝时，诏司马相如等造《郊祀歌》诗十九章，五郊互奏之。又作《安世歌》诗十七章，荐之宗庙。”⑦

陈旸《乐书》曰：“汉高帝时，叔孙通制宗庙礼，有《房中祠乐》，其声则楚也。孝惠更名为《安世》，文、景之朝无所增损。至武帝定郊祀礼，令司马相如等造为《安世曲》，合八音之调，《安世房中歌》有十七章

① 班固：《汉书》，中华书局 1962 年版，第 1045 页。
② 范晔：《后汉书》，中华书局 1965 年版，第 314 页。
③ 班固：《汉书》，中华书局 1962 年版，第 3117 页。
④ 班固：《汉书·韦贤传》，中华书局 1962 年版，第 3120 页。
⑤ 参郭善兵《西汉元帝永光年间皇帝宗庙礼制改革考论》，《烟台师范学院学报》2004 年第 4 期。
⑥ 班固：《汉书》，中华书局 1962 年版，第 1043 页。
⑦ 郭茂倩：《乐府诗集》，中华书局 1979 年版，第 1 页。

存焉。”①

由上举文献可见，《安世房中歌》十七章当不是唐山夫人《房中祠乐》的始辞，而是汉武帝定郊庙时的新作。正如逯钦立所言：“《汉书》仅谓唐山夫人作乐，乐与辞非一事。此质之汉志可知，似不得即署唐山夫人。”②

下面从歌辞的具体内容进行分析。《安世房中歌》第五章曰：“海内有奸，纷乱东北。诏抚成师，武臣承德。”颜师古注曰：“谓匈奴。”③翻检《汉书·高帝纪》，仅一次出与匈奴作战的记载，其起因是韩信降匈奴。文帝、景帝时期匈奴寇边的记载逐渐增多，记载最多的是汉武帝时期。因此，歌辞“海内有奸，纷乱东北”当不是指高祖时期，这样看来，歌辞为高祖姬唐山夫人所作的可能性不大。第十一章曰：“冯冯翼翼，承天之则。吾易久远，烛明四极。”晋灼注曰：“易，疆易也。久，固也。武帝自言拓境广远安固也。”④

综上可见，汉代的《房中乐》是唐山夫人沿袭周《房中乐》后妃夫人女乐，身兼宾燕、祭祀性质的一种乐歌。汉代早期的《房中乐》当以燕娱为主，隶属乐府机关，孝惠二年乐府令夏侯宽对之进行加工，增加了箫管乐器，并改名为《安世乐》。汉武帝定郊庙礼乐时将之纳入国家宗庙音乐，并创作了《安世歌》十七章歌诗，配合宗庙祭祀演奏。班固《汉书·礼乐志》结合前后二名，称之为《安世房中歌》。如萧涤非所言：“班固以《安世》既出自《房中》故录此歌时，乃合前后二名题曰《安世房中歌》。此《房中歌》以楚声而用周名及其更名之故也。”⑤武帝以后，《安世房中歌》在宗庙祭祀和朝贺燕享中兼用。如汉哀帝罢乐府前，包括《安世乐》

① 陈旸：《乐书》，文渊阁《四库全书》第211册，第745页。
② 逯钦立：《先秦汉魏晋南北朝诗》，中华书局1983年版，第147页。
③ 班固：《汉书》，中华书局1962年版，第1047页。
④ 班固：《汉书》，中华书局1962年版，第1050页。
⑤ 萧涤非：《汉魏六朝乐府文学史》，人民文学出版社1984年版，第35页。

鼓员二十人在内的一百二十八鼓员，“朝贺置酒，陈前殿房中”①。

三、汉代宫廷仪式歌诗的体式渊源与生成方式

汉代《郊祀歌》祭神颂瑞、《安世房中歌》祭祖颂功的仪式功能，决定了其内容的庄重严肃性。这种庄重严肃的内容又一定程度上决定了歌辞的体式选择。汉代宫廷仪式歌辞以四言为主的体式结构，其实是对《诗经》体式的继承和延续。《诗经》“颂”类诗歌“祭祖颂功”的功能及其仪式咏诵活动，对《诗经》四言体完型产生了决定性作用。汉代宫廷仪式歌辞在继承《诗经》传统中选择四言体，就不难理解了。汉代宫廷仪式歌辞“三言”体式的生成机制则是需要深入探究的问题。

现存汉代宫廷仪式歌辞《郊祀歌》和《安世房中歌》中，除四言体外，还存在大量“3，3”结构的三言体。究其渊源，主要来自楚辞，当是省略楚辞体“3+兮+3，3+兮+3”句式的句腰虚词“兮”而形成的。明郝敬《艺圃伧谈》曰：“汉《郊祀》等歌，大抵仿《楚辞》‘九歌’而变其体。”②清叶矫然《龙性堂诗话初集》曰：“汉《郊祀词》幽音峻旨，典奥绝伦，体裁实本《离骚》。”③

关于汉《郊祀歌》的生成方式，《汉书·礼乐志》有一段文字记载可值注意：

> 至武帝定郊祀之礼，祠太一于甘泉，就乾位也；祭后土于汾阴，泽中方丘也。乃立乐府，采诗夜诵，有赵代秦楚之讴。以李延年为协律都尉，多举司马相如等数十人造为诗赋，略论律吕，以合八音之调，作十九章之歌。④

这里提到“多举司马相如等数十人造为诗赋”，可见“十九章之歌”是李延

① 班固：《汉书》，中华书局1962年版，第1073页。
② 周维德：《全明诗话》，齐鲁书社2005年版，第2898页。
③ 郭绍虞：《清诗话续编》，上海古籍出版社1983年版，第952页。
④ 班固：《汉书》，中华书局1962年版，第1045页。

年在司马相如等数十人“诗赋”基础上加工而成的。

《史记·乐书》载：

汉家常以正月上辛祠太一甘泉，以昏时夜祠，到明而终。常有流星经于祠坛上。使童男女七十人俱歌。春歌《青阳》，夏歌《朱明》，秋歌《西皞》，冬歌《玄冥》。

又尝得神马渥洼水中，复次以为《太一之歌》。歌曲曰：“太一贡兮天马下，霑赤汗兮沫流赭。骋容与兮跇万里，今安匹兮龙为友。”后伐大宛得七里马，马名蒲梢，次作以为歌。歌诗曰：“天马来兮从西极，经万里兮归有德。承灵威兮降外国，涉流沙兮四夷服。”①

《汉书·艺文志》载，《青阳》《朱明》《西颢》《玄冥》皆为“邹子乐”，其句式为四言结构；而《天马》二首为三言结构，此录如下：

太一况，天马下，霑赤汗，沫流赭。志俶傥，精權奇，籋浮云，晻上驰。体容与，迣万里，今安匹，龙为友。

天马徕，从西极，涉流沙，九夷服。天马徕，出泉水，虎脊两，化若鬼。天马徕，历无草，经千里，循东道。天马徕，执徐时，将摇举，谁与期。天马徕，开远门，竦予身，逝昆仑。天马徕，龙之媒，游阊阖，观玉台。②

两相比较发现，《史记·乐书》的《天马歌》是“3+兮+3，3+兮+3”的骚体结构，《汉书·礼乐志》的《天马歌》是“3，3，3，3”的“三言体”结构。其次，歌辞内容及语词上也有不少变化，《史记》两首《天马歌》的歌辞均只有四句，而《汉书》的歌辞篇幅要长得多，语词也比《史记》更显典雅。

关于歌辞的篇幅，应该是可以理解的，《史记·乐书》不是以载录歌辞为主，而是在叙述《天马歌》来历时“略举”了汉武帝原初歌辞的部分内

① 司马迁：《史记》，中华书局1982年版，第1178页。

② 《汉书·礼乐志》载，歌辞后有“元狩三年马生渥洼水中作”“太初四年诛宛王获宛马作”的备注。班固《汉书》，中华书局1962年版，第1060—1061页。

容，并非“全篇”。[①]《汉书·礼乐志》著录的当是汉代《郊祀歌》仪式唱诵歌辞，所以内容完整，语词典雅庄重。至于骚体变成“三言”体，是乐工配乐时的加工，还是班固《汉书·礼乐志》载录歌辞时的省略，则不得而知了。但《史记·乐书》有载，汲黯向武帝进言曰：“凡王者作乐，上以承祖宗，下以化兆民。今陛下得马，诗以为歌，协于宗庙，先帝百姓岂能知其音邪?”[②]《汉书·礼乐志》也有载，“常御及郊庙皆非雅声”；“今汉郊庙诗歌，未有祖宗之事，八音调韵，又不协于钟律，而内有掖庭材人，外有上林乐府，皆以郑声施于朝廷”[③]。

又，汉武帝乐楚声，所作《瓠子歌》《秋风辞》与《天马歌》均为楚歌，其体式结构以“3+兮+3，3+兮+3”为主，西汉其他帝王、王子所作杂歌，也主要是楚歌体，其句式也以“3+兮+3，3+兮+3”结构为主。看来，汉《郊庙歌》的仪式唱诵辞，应较多地保留了在西汉王宫和上层社会流行的楚歌体式。[④]

现存汉《郊祀歌》的“三言体”结构，是对楚歌体句腰“兮”字的省略，当是可信的。班固《汉书》中，省略楚歌体“兮”字的情况还有多处，如贾谊《鵩鸟赋》，《史记·屈原贾生列传》著录的文本句末有“兮”字，而《汉书·贾谊传》句末“兮”字全被省略了。值得注意的还有贾谊《吊屈原赋》文本的“兮”字，在《史记》和《汉书》中的区别。总体看，《汉书·贾谊传》是根据《史记·屈原贾生列传》改定而成的，《吊屈原赋》的“兮”字在二传中均有保留，但仔细比对发现，《汉书·贾谊传》很多句中的“兮”字与《史记》的位置有了变化，如：

---

① 王先谦：《汉书补注》曰：“歌辞略举之，非全篇也。”上海古籍出版社 2008 年版，第 488 页(上)。

② 司马迁：《史记》，中华书局 1982 年版，第 1178 页。

③ 班固：《汉书》，中华书局 1962 年版，第 1070—1071 页。

④ 郭茂倩：《乐府诗集》收录楚歌体《灵芝歌》一首，署名《汉郊祀歌》，见《乐府诗集》，中华书局 1979 年版，第 9 页。徐坚《初学记》题班固《汉颂论功歌》，见《初学记》，中华书局 2004 年版，第 377 页。当是班固《汉颂》之“系歌”，颂美元封二年甘泉宫生九茎连叶灵芝的祥瑞事件，后来是否被收入《郊祀歌》不得而知，郭茂倩署名《汉郊祀歌》不知何据。

《史记·屈原贾生列传》：

于嗟嚜嚜兮，生之无故！斡弃周鼎兮宝康瓠，腾驾罢牛兮骖蹇驴，骥垂两耳兮服盐车。章甫荐屦兮，渐不可久；嗟苦先生兮，独离此咎！①

《汉书·贾谊传》：

于嗟默默，生之亡故兮！斡弃周鼎，宝康瓠兮，腾驾罢牛，骖蹇驴兮，骥垂两耳，服盐车兮。章父荐屦，渐不可久兮；嗟苦先生，独离此咎兮！②

通过比较发现，《史记》的"兮"字多用在句腰，而《汉书》将句腰的"兮"字放在了句尾。《汉书》中还有个别句子直接将句腰的"兮"字省略，如《吊屈原赋》"独堙郁兮其谁语？"(《史记》)"子独堙郁其谁语？"(《汉书》)又如司马相如《长杨赋》："岩岩深山之谾谾兮，通谷豁兮谽谺。""操行之不得兮，坟墓芜秽而不修兮，魂无归而不食。"③"岩岩深山之谾谾兮，通谷豁乎谽谺。""操行之不得，墓芜秽而不修兮，魂亡归而不食。"④第一句中，《汉书》将第二分句的"兮"字改成了"乎"字；第二句中，《汉书》直接省掉了第一分句末的"兮"字。此类情形，还有如汉武帝《瓠子歌》："瓠子决兮将奈何？皓皓旰旰兮闾殚为河！"⑤"瓠子决兮将奈何？皓皓洋洋，虑殚为河！"⑥《汉书》直接将第二分句句腰的"兮"字省略了。

可见，《汉书》对楚辞体句式"兮"字，特别是句腰"兮"字是有意识地一种省略，班固在《汉书》中习惯于将句腰的"兮"字用"逗点"替代。"3+兮+3，3+兮+3"结构的楚歌体，一旦句腰的"兮"字省略，便成了"3，3，3，3"结构的"三言"体式。省略楚歌体"兮"字成汉《郊祀歌》"三

① 司马迁：《史记》，中华书局1982年版，第2493页。
② 班固：《汉书》，中华书局1962年版，第2223页。
③ 司马迁：《史记》，中华书局1982年版，第3055页。
④ 班固：《汉书》，中华书局1962年版，第2591页。
⑤ 司马迁：《史记》，中华书局1982年版，第1413页。
⑥ 班固：《汉书》，中华书局1962年版，第1682页。

言”体的行为，是李延年等宫廷乐工所为，还是班固所为，抑或是在歌辞文本传抄中形成的呢？因文献失传，已无从得知了。综合来看，应是多方面因素形成的，而不是班固的个人喜好所为。据《汉书・艺文志》记载，汉成帝时期，刘向、刘歆父子校理群书时，是在广求“遗书于天下”的基础上进行的，“每一书已，向辄条其篇目，撮其指意，录而奏之”。《七略》是刘歆“总群书”而成的目录提要。也就是说，《汉书・艺文志》所录书籍及篇目是刘向、刘歆目睹其书而成的，有文本依据。那么，《汉书・艺文志》“诗赋略”中著录的包括《宗庙歌诗》五篇在内的三百一十四篇歌诗都是有文本依据的，《贾谊赋》七篇也是有文本依据的。这些文本具体样态不得而知，但班固写《贾谊传》时应该是能见到的，《汉书》中贾谊“赋作”与《史记》中的文本区别，特别是《鹏鸟赋》的“兮”字全部省略，当不是班固所为，而是另有省略“兮”字的文本。说明楚歌一旦离开口语和歌唱环境，其文本中的“兮”字已经没有音乐上的意义，仅仅起到停顿的作用，在文本传播中成为可有可无的存在，于是在辗转传抄中，便逐渐被省略了。

此外，《郊祀歌》十九章中的五言句有：“日出入安穷”（《日出入》），“故春非我春”（《日出入》），“幡比狘回集，贰双飞常羊”（《天门》），“假清风轧忽，激长至重觞”（《天门》）等6句。这些诗句的句式结构均为“1+2+2”结构，若二分则为“3+2”结构，与相和歌辞“2+3”结构的五言句式有明显差别。从这些诗句在诗歌句群中的位置更能清楚其结构特点，如“故春非我春”（《日出入》）的“故”字，是领起“春非我春，夏非我夏，秋非我秋，冬非我冬”四句的。“幡比狘回集，贰双飞常羊”（《天门》），王先谦以为“狘”“飞”下皆有“兮”字，[①] 若依王先谦的理解，这句诗应是“幡比狘兮回集，贰双飞兮常羊”的省略。“假清风轧忽，激长至重觞”（《天门》）两句则是承“月穆穆以金波，日华耀以宣明”两句的句

① 王先谦：《汉书补注》，上海古籍出版社2008年版，第489页（上）。

式结构，为了避免重复，中间省去了“以”字，当是“3+虚词+2”结构的省略。这种句式在《楚辞》中是比较常见的，如“去故乡而就远兮，遵江夏以流亡。”(《哀郢》)；“曼余目以流观兮，翼壹反之何时。”(《哀郢》)；“道卓远而日忘兮，愿自申而不得。望北山而流涕兮，临流水而太息。”(《抽思》)可见，汉《郊祀歌》中的“五言”句应是楚辞体句式的某种变形，与相和歌辞中的“2+3”结构的五言句式有本质的区别。

第二章
汉代乐府娱乐歌诗的体式特征

宫廷娱乐歌诗，是指在天子、诸侯等宫廷宴饮等娱乐活动中演唱的歌诗，是汉代乐府歌诗的重要组成部分。《汉书·艺文志》载："自孝武立乐府而采歌谣，于是有代赵之讴，秦楚之风，皆感于哀乐，缘事而发，亦可以观风俗，知薄厚云。"[①]汉武帝时期曾将"代赵之讴，秦楚之风"等四方谣曲大量采入乐府，成为汉代乐府歌诗的重要来源之一。《宋书·乐志》曰："凡乐章古词，今之存者，并汉世街陌谣讴，《江南可采莲》《乌生》《十五》《白头吟》之属是也。"[②]又曰："《相和》，汉旧歌也。丝竹更相和，执节者歌。"[③]据沈约的说法，《宋书·乐志》收录的"古辞"均为汉代的"街陌谣讴"，是汉代乐府机关采集四方谣讴加工而成的。清商三调是汉魏乐人在汉代相和歌"一人唱三人和"的徒歌基础上加工改造而成的，既有汉代的古辞，也有魏晋文人的拟歌辞。下文拟以现存的相和歌和清商三调古辞为基础，对汉代乐府娱乐歌诗的体式特征进行分析。

第一节　汉代乐府娱乐歌诗的体式结构

现存的汉代乐府娱乐歌诗主要有相和歌"古辞"和清商三调"古辞"两

---

① 班固：《汉书》，中华书局 1962 年版，第 1756 页。
② 沈约：《宋书》，中华书局 1974 年版，第 549 页。
③ 沈约：《宋书》，中华书局 1974 年版，第 603 页。

部分。

一、相和歌古辞的体式结构

《宋书·乐志》收录的“相和歌”有《气出倡》“驾六龙”、《精列》“厥初生”、《江南》“江南可采莲”、《度关山》“天地间”、《东光乎》“东光乎”、《十五》“登山有远望”、《薤露》“惟汉二十二世”、《蒿里行》“关东有义士”、《对酒》“对酒歌太平时”、《鸡鸣》“鸡鸣高树巅”、《乌生》“乌生八九子”、《平陵》“平陵东”、《陌上桑》“弃故乡”“今有人”“驾虹蜺”等“十三”曲十五首歌诗。其中“古辞”6首[①]，其体式结构如下：

《江南》“江南可采莲”：“5，5”五言结构，凡7句。

《东光乎》“东光乎，苍梧何不乎”：首句“3，5”结构2句，接“5，5”结构4句，凡6句。

《鸡鸣》“鸡鸣高树巅”：“5，5”五言结构，凡30句。

《乌生》“乌生八九子”：由“1”“5”“6”“7”“8”“9”等不规则的杂言构成，凡25句。

《平陵东》“平陵东，松柏桐”：“3，3，7”结构3句，接“3，4，7”3句，再接“3，3，7”结构6句，凡12句。

《陌上桑》“今有人”：“3，3，7”杂言三句结构，凡24句。[②]

《乐府诗集》“相和曲”另著录“古辞”2首。

《薤露》“薤上露，何易晞”：“3，3”结构2句，接“7，7”结构2句，凡4句。

《蒿里》“蒿里谁家地”：“5，7”结构2句，接“7，7”结构2句，凡4句。[③]

这几首相和歌辞的文本主要有三种句式结构：一是“5，5”五言结

① 《陌上桑》“今有人”来自《楚辞钞》，系根据屈原《九歌·山鬼》翻写而成，亦可视为“古辞”。

② 沈约：《宋书·乐志》，中华书局1974年版，第604—608页。

③ 郭茂倩：《乐府诗集》卷二十七，中华书局1979年版，第396、398页。

构，如《江南可采莲》《东光》《鸡鸣高树巅》3首；二是“3，3，7”杂言结构，如《平陵东》《今有人》2首；三是无规则的杂言结构，如《乌生八九子》。这三种句式结构，在秦汉民间歌谣中也是普遍存在的。

二、相和歌古辞体式的渊源

第一，“5，5”五言结构。在先秦时期，《周易》“爻辞”中就存在“五言”韵语，如“女承筐无实，士刲羊无血”(《归妹》)；如“咸其辅颊舌”(《咸》)、“同人先号眺”(《同人》)等。《诗经》中“五言”韵语分布更广一些，《诗经》在四言中夹杂五言句的作品共111首，其中“国风”53首，小雅20首，大雅21首，颂17首。如《召南·行露》“谁谓雀无角，何以穿我屋？谁谓女无家，何以速我狱”。《卫风·木瓜》“投我以木瓜，报之以琼琚”。《周易》爻辞和《诗经》中的“五言”韵语，多掺杂在四言中，以“4，5”“5，4”结构居多，五言单句又以“2+X+2”“2+3”节奏为最多，出现了少量“2+3”节奏的“5，5”五言结构，如《邶风·匏有苦叶》“济盈不濡轨，雉鸣求其牡”。

春秋战国时期的《楚狂接舆歌》可值注意。孔子《论语》载：“凤兮凤兮，何德之衰。往者不可谏，来者犹可追。已而已而，今之从政者殆而。”①《庄子·人世间》载：“凤兮凤兮，何如德之衰也。来世不可待，往世不可追也。”②又《史记·孔子世家》载：“凤兮凤兮，何德之衰！往者不可谏兮，来者犹可追也。已而已而，今之从政者殆而！”③这首楚歌，《论语》《庄子》《史记》载录的文本有一定出入，去掉《庄子》《史记》句末的“兮”“也”，“往者不可谏，来者犹可追”或“来世不可待，往世不可追”这两句，已是“2+3”节奏的“5，5”五言结构，与汉代相和歌的“5，5”五言结构是一致的。又如《孟子·离娄》载，《孺子歌》曰：“沧浪之水

① 邢昺：《论语注疏》，《十三经注疏》，上海古籍出版社1997年影印本，第2529页。
② 王先谦：《庄子集解》，《诸子集成》，上海书店1986年影印本，第30页。
③ 司马迁：《史记》，中华书局1982年版，第1933页。

清兮，可以濯我缨。沧浪之水浊兮，可以濯我足。”这也是一首楚地童谣，若将句末“兮”字去掉，则成为一首完整的五言四句歌谣。春秋战国楚歌中完整的五言结构，使我们有理由相信，楚歌是汉代相和歌五言句式结构的重要来源之一。汉代楚歌中还能找到此类句式结构。如《楚汉春秋》载虞姬和项羽《垓下歌》诗：“汉兵已略地，四方楚歌声。大王意气尽，贱妾何聊生。”①戚夫人《春歌》：“子为王，母为虏，终日舂薄暮，常与死为伍！相离三千里，当谁使告汝？”②这两首都是楚汉时期的楚歌，其体式结构与汉代“5，5”结构的相和歌也是基本一致的。

第二，“3，3，7”杂言结构。相和古辞《平陵东》《陌上桑》(《楚辞钞》)是“3，3，7”句式结构，这种结构在荀子《成相篇》中就已经成规模地出现了。今举《成相篇》开头一节如下：

请成相，世之殃，愚闇愚闇堕贤良。人主无贤，如瞽无相何伥伥。

请布基，慎圣人，愚而自专事不治。主忌苟胜，群臣莫谏必逢灾。

论臣过，反其施，尊主安国尚贤义。拒谏饰非，愚而上同国必祸。

……

请成相，道圣王，尧舜尚贤身辞让。许由善卷，重义轻利行显明。

尧让贤，以为民，泛利兼爱德施均。辨治上下，贵贱有等明君臣。

……

请成相，言治方，君论有五约以明。君谨守之，下皆平正国乃昌。

① 司马迁：《史记》，中华书局1982年版，第334页。
② 班固：《汉书》，中华书局1962年版，第3937页。

臣下职，莫游食，务本节用财无极。事业听上，莫得相使一民力。①

《成相篇》共五十六章，其中“3，3，7”结构有五十六句，“4，7”结构(或“4，4，3”结构)四十八句。“3，3，7”结构的句式在《成相篇》中大规模出现，应该不是偶然的，而是一种有意识的普遍行为。“成”有“击”“奏”之意，“相”为“送杵声”。“请成相”即“请成词曲”“请奏词曲”之意。《汉书·艺文志》称“成相杂辞”，可能是后世“弹词”一类的民间说唱艺术。② 姜书阁认为：“《成相》就是战国后期楚地一种民间歌谣俚曲的名称，其最初来源当是某种劳动号子，在长期流行中已经形成一定的形式和格调，至迟荀况时，便为士大夫文人取用，抒发政治思想和对时政的意见，连缀若干章以成篇，亦即早期赋之一体。”③荀子曾为楚国的兰陵令，后死于楚国，深受楚国文化熏陶，《成相篇》是荀子晚年废居兰陵时模仿楚歌俚曲写成的一篇歌谣体作品。④ 今人倪其心说：“战国末，荀子《成相歌》就是三三七的节奏和句式，实际是楚国歌谣的一种形式。”⑤

湖北省云梦睡虎地秦简《为吏之道》文末附有八章韵文，与荀子《成相篇》句式结构几乎完全相同。现摘录如下：

凡治事，敢为固，谒私图，画局陈卑卑以为耤。肖人聂心，不敢徒语恐见恶。

凡戾人，表以身，民将望表以戾真。表若不正，民心将移乃难亲。

操邦柄，慎度量，来者有稽莫敢忘。贤鄙溉辥，禄立(位)有续孰暋上？

---

① 王先谦：《荀子集解》，《诸子集成》，上海书店 1986 年影印本，第 304—311 页。
② 参王先谦《荀子集解》，《诸子集成》，上海书店 1986 年影印本，第 304 页。
③ 姜书阁：《先秦辞赋原论》，齐鲁书社 1983 年版，第 164 页。
④ 郭建勋：《楚辞与中国古代韵文》，湖南师范大学出版社 2001 年版，第 122 页。
⑤ 倪其心：《汉代诗歌新论》，百花洲文艺出版社 1992 年版，第 29 页。

邦之急，在体级，掇民之欲政乃立。上毋间阹，下虽善欲独可(何)急?

审民能，以賃(任)吏，非以官禄夬助治。不賃(任)其人，及官之晵岂可悔。

申之义，以毄畸，欲令之具下勿议。彼邦之倾，下恒行巧而威故移。

将发令，索其政，毋发可异史(使)烦请。令数囚环，百姓榣(摇)贰乃难请。

听有方，辩短长，困造之士久不阳。①

《为吏之道》文末的韵文是由民间说唱体改编而成的训诫歌诀。②《睡虎地秦墓竹简》墓主喜“所抄存的成相杂辞自仍是在本地长期流传的楚风作品，而不可能是远从秦京咸阳传来的，虽然这时候焉、郢、安陆、云梦已入秦国版图。”③这种说唱体也当是楚歌的一种形式。可见，相和歌“3，3，7”的杂言句式结构，是来自于“成相”这种楚歌体。《陌上桑》“今有人”歌辞更是直接由屈原《九歌·山鬼》改写而成。

屈原《山鬼》：

若有人兮山之阿，被薜荔兮带女萝。既含睇兮又宜笑，子慕予兮善窈窕。乘赤豹兮从文狸，辛夷车兮结桂旗。被石兰兮带杜衡，折芳馨兮遗所思。

余处幽篁兮终不见天，路险难兮独后来。表独立兮山之上，云容容兮而在下。杳冥冥兮羌昼晦，东风飘兮神灵雨。留灵修兮憺忘归，岁既晏兮孰华予。

采三秀兮于山间，石磊磊兮葛蔓蔓。怨公子兮怅忘归。君思我兮不得闲。山中人兮芳杜若，饮石泉兮荫松柏。君思我兮然疑作。

---

① 睡虎地秦墓竹简整理小组《睡虎地秦墓竹简》，文物出版社 1978 年版，第 290—291 页。
② 袁世硕等：《中国古代文学史》(上册)，高等教育出版社 2018 年版，第 101 页。
③ 姜书阁：《睡虎地秦墓竹简中的一篇成相杂辞》，《中国韵文学刊》1990 年第 2 期。

雷填填兮雨冥冥，猨啾啾兮狖夜鸣。风飒飒兮木萧萧，思公子兮徒离忧。①

《陌上桑》"今有人"：

今有人，山之阿，被服薜荔带女萝。既含睇，又宜笑，子恋慕予善窈窕。乘赤豹，从文狸，辛夷车驾结桂旗。被石兰，带杜衡，折芳拔荃遗所思。处幽室，终不见，天路险艰独后来。表独立，山之上，云何容容而在下。杳冥冥，羌昼晦，东风飘飖神灵雨。风瑟瑟，木搜搜，思念公子徒以忧。②

通过比较发现，《陌上桑》"今有人"歌辞对《山鬼》的改写主要采用了两种方式：一是去掉楚辞体上句"3+兮+3"结构的"兮"字，构成"3，3"结构；二是在去掉楚辞体下句"3+兮+3"结构的"兮"字基础上，将其中的单音节词改成双音节词，构成"七言"结构。如将"被薜荔兮带女萝"改成"被服薜荔带女萝"；将"子慕予兮善窈窕"改成"子恋慕予善窈窕"；将"辛夷车兮结桂旗"改成"辛夷车驾结桂旗"等，这样使楚辞体"3+兮+3"结构中首三字的"1+2"节奏，变成"2+2"节奏。现存汉魏文人"五言"诗中也有类似改写的痕迹。如王粲《七哀诗》"登城望亭隧，翩翩飞羽旗"是改写刘歆《遂初赋》"望亭隧之皦皦兮，飞旗帜之翩翩"之句而成；谢灵运"游子憺忘归"（《石壁精舍还湖中作》）则源自《九歌·东君》"观者憺兮忘归"。

第三，不规则的杂言结构。相和歌古辞中，《乌生》"乌生八九子"是不规则的杂言结构，其生成方式当与该乐曲特殊的表演方式密切相关。

乌生八九子，端坐秦氏桂树间（元）。唶！我秦氏家有游荡子，工用睢阳强苏合弹（元）。/左手持强弹，两丸出入乌东西（真）。/唶！我一丸即发中乌身，乌死魂魄飞扬上天（真）。/阿母生乌子时，乃在南山岩石间（元）。/唶！我人民安知乌子处，蹊径窈窕安从通

① 〔宋〕洪兴祖：《楚辞补注》，中华书局1983年版，第79—81页。
② 沈约：《宋书·乐志》，中华书局1974年版，第608页。

(东)。/白鹿乃在上林西苑中，射工尚复得白鹿脯(鱼)。/唶！我黄鹄摩天极高飞，后宫尚复得烹煮之(之)。/鲤鱼乃在洛水深渊中，钓钩尚得鲤鱼口(鱼韵)。唶！我人民生各各有寿命，死生何须复道前后(鱼韵)。①

全诗共五节，每节中间用一个拟声词“唶”字，“托鸟语以发之”②。用韵上，五节均在末句押韵，第一节押元韵，第二节押真韵，第三节元/东叶韵，第四节鱼/之叶韵，第五节押鱼韵，韵句与散句相间。语言风格上口语化色彩浓厚，带有鲜明的民间说唱艺术的风格。

第二节　清商三调古辞的体式结构

一、《宋书·乐志》三调歌辞

《宋书·乐志》著录清商三调“古辞”共十一首，其中清调曲《董桃行》“上谒”一首，瑟调曲《善哉行》“来日”一首，大曲《东门行》“东门”、《艳歌罗敷行》“罗敷”、《西门行》“西门”、《折扬柳行》“默默”、《艳歌何尝行》“白鹄”“何尝”、《满歌行》“为乐”、《雁门太守行》“洛阳令”、《櫂歌行》“白头吟”九首。

《董桃行》“上谒”五解：7，6。5，6。4，4。(一解)3，3。4，5。4，9。(二解)6，5。5，5。6，5。(三解)6，7。9，7，7。(四解)4，4。6，6。6，8。(五解)

《善哉行》“来日”六解：“4，4”结构，凡24句。

《东门行》“东门”四解：3，3。3，3。5，7。(一解)5，5。6，7。(二解)3，6，6。4，4，7。(三解)4，4，7。1，4，3，3。(四解)

《艳歌罗敷行》“罗敷”三解：“5，5”结构，凡53句。

① 郭茂倩：《乐府诗集》，中华书局1979年版，第408页。
② 黄节：《汉魏乐府风笺》，中华书局2008年版，第12页。

《西门行》"西门"六解：3，3。5，4。(一解)3，5。6，5。(二解)3，3。5，5。(三解)5，5。5，5。(四解)7，7。7，7。(五解)5，5。5，5。(六解)

《折杨柳行》"默默"四解："5，5"结构，凡18句。

《艳歌何尝行》"白鹄"四解：5，5。4，4。(一解)4，5。5，5。(二解)5，5。5，5。(三解)5，5。5，5。(四解)5，5。5，5。5，5。5，5。5，5。(趋)

《艳歌何尝行》"何尝"五解：6。5，3。(一解)6，5。(二解)6，4，7。(三解)7，6，4。(四解)4，4。4，4。(五解)：5，5，5，8。5，5。6，6。7，5。(趋)

《满歌行》"为乐"四解：5，4，4。4，4。4，4。4，4。(一解)5，4。4，4，4。4，4。4，4。(二解)5。4，4。5，4。4，5。4，4。(三解)5，4，4。5，4。4，4。4，4。(四解)4，4。6，4。4，4。4，4。6，6。6，6。6，6。(趋)

《雁门太守行》"洛阳令"八解：5，5，7，3，5。(一解)4，4。6，4，4，4。(二解)4，4。4，4，5，5。(三解)3，6。5，5，4，4。(四解)4，4，4，4。5，4。(五解)4，4。5，4。4，4。(六解)4，4。4，4。4，4。(七解)4，4。4，4。4，4。(八解)

《白头吟》"晴如山上云"五解："5，5"五言结构25句，六言1句，凡26句。①

《宋书·乐志》著录的这些三调歌辞，《艳歌罗敷行》《白头吟》《折杨柳行》3首是整齐的五言，《善哉行》为整齐的四言。其他7首都是杂言，其中《艳歌何尝行》"白鹄"以"5，5"五言结构为主，间杂三句四言，《满歌行》"为乐""正曲"四解以"4，4"四言结构为主，"趋"曲则四言、六言各半，《雁门太守行》"洛阳令"以"4，4"四言结构为主，间杂三言、五

① 沈约：《宋书》，中华书局1974年版，第612—623页。

言、六言、七言。《董桃行》《东门行》《西门行》3 首则是无规律的杂言体。总体而言，三调歌辞与相和歌辞比较，其五言、四言的齐言化趋势还是比较明显的。《宋书·乐志》作为乐工演唱的“乐辞本”，很多歌辞保留了演唱的“套语”和“泛声”，歌辞口语化特征明显。四言、五言结构为主的杂言歌辞，一是歌辞对方俗语及口语的保留；二是由于三调曲辞正曲中加入“套语”和“艳”“趋”“乱”等插曲歌辞导致的。而无规律的杂言歌辞更多是对演唱中角色对话、说唱等语言记录的结果，如《东门行》“他家但愿富贵，贱妾与君共餔糜”，就是妻子劝戒丈夫的对话。另外，清商三调兴起于曹魏、定型于西晋，现存歌辞是“荀勖撰旧词施用者”[①]。作为魏晋时期的乐奏辞，魏晋时期甚为流行的五言诗体式结构自然会在歌辞中得到反映，歌辞中的五言化趋势与此也密切相关。

二、《乐府诗集》增录三调歌辞

除《宋书·乐志》著录的三调歌辞外，《乐府诗集》另增录了平调曲《长歌行》“青青园中葵”“仙人骑白鹿”“岧岧山上亭”3 首、《君子行》“君子防未然”1 首、清调曲《豫章行》“白杨”1 首、《相逢行》“相逢狭路间”1 首、《长安有狭斜行》1 首、瑟调曲《陇西行》“天上何所有”1 首、《步出夏门行》“邪径过空庐”1 首、《饮马长城窟行》“青青河畔草”1 首、《妇病行》“妇病”1 首、《孤儿行》“孤儿生”1 首、《艳歌行》“翩翩堂前燕”“南山石嵬嵬”2 首、楚调曲《怨诗行》“天德悠且长”1 首，共 15 首。

《长歌行》“青青园中葵”：“5，5”五言结构，凡 10 句。

《长歌行》“仙人骑白鹿”：“5，5”五言结构，凡 10 句。

《长歌行》“岧岧山上亭”：“5，5”五言结构，凡 12 句。[②]

《君子行》“君子防未然”：“5，5”五言结构，凡 12 句。[③]

---

① 沈约：《宋书》，中华书局 1974 年版，第 608 页。

② 郭茂倩：《乐府诗集》，中华书局 1979 年版，第 442 页。

③ 郭茂倩：《乐府诗集》，中华书局 1979 年版，第 467 页。

《豫章行》“白杨”：“5，5”五言结构，凡24句。

《相逢行》“相逢狭路间”：“5，5”五言结构，凡30句。

《长安有狭斜行》“长安有狭斜”：“5，5”五言结构，凡18句。①

《陇西行》“天上何所有”：“5，5”五言结构，凡32句。

《步出夏门行》“邪径过空庐”：“5，5”五言结构，凡14句。

《饮马长城窟行》“青青河畔草”：“5，5”五言结构，凡20句。

《妇病行》“妇病连年累岁”：由四、五、六、七、八言构成，四言、五言居多。正曲9句，乱曲15句，凡24句。

《孤儿行》“孤儿生”：由三、四、五、六言构成，四言居多。正曲47句，乱曲4句，凡51句。

《艳歌行》“翩翩堂前燕”：“5，5”五言结构，凡14句。

《艳歌行》“南山石嵬嵬”：“5，5”五言结构，凡18句。②

楚调曲《怨诗行》“天德悠且长”：“5，5”五言结构，凡12句。③

《乐府诗集》增录的这些三调歌辞，除《病妇行》《孤儿行》两首杂言外，其余13首全是整齐的五言结构。其齐言化程度既高于《宋书·乐志》载录的三调“乐奏辞”，也高于相和歌古辞。这与清商三调在魏晋时期的兴盛繁荣，以及三调歌辞在广泛的传播中被文人传抄、翻写等文本化过程有直接关系。

总体上，汉代乐府娱乐歌诗的句式结构有齐言结构和杂言结构两种类型。齐言结构又分“5，5”齐言、“4，4”齐言两种体式。杂言结构情况比较复杂，有“3，3，7”结构的杂言、五言为主的杂言、四言为主的杂言和无规则杂言等四种体式。其中相和古辞“5，5”齐言和“3，3，7”杂言结构均是在楚歌体基础上加工改造而形成的；《宋书·乐志》三调歌辞的“4，4”齐言结构则是对《诗经》四言句式的传承和延续；《宋书·乐

① 郭茂倩：《乐府诗集》，中华书局1979年版，第501、508、514页。
② 郭茂倩：《乐府诗集》，中华书局1979年版，第542、545、556、566、567、579页。
③ 郭茂倩：《乐府诗集》，中华书局1979年版，第610页。

志》三调歌辞中以五言、四言为主的杂言，则是五言、四言齐言结构的变体，是歌辞配乐演唱的音乐形态，其中有演唱的“套语”，也有“艳”“趋”“乱”等插曲与正曲相互组合形成的；至于无规则的杂言结构，除“套语”“艳”“趋”“乱”外，则更多的是因为乐曲特定的演唱内容和演唱方式导致的。至于《乐府诗集》在《宋书·乐志》以外增录的三调歌辞，均无演唱的记载，当是文本传抄之辞，其大规模的“5，5”齐言结构，当是这些歌辞在文本传播中被不断传抄和翻写的结果。

第三节　汉代乐府娱乐歌诗的生成机制

在主体功能上，广义的汉代乐府歌诗大致可以分为郊庙仪式乐歌和社会娱乐歌曲两大类型，《安世房中歌》和《郊祀歌》属于娱神敬宗的郊庙仪式歌曲，多由帝王及贵族文人受命而作。从音乐性质说，《汉鼓吹铙歌》属于帝王和王公贵族的专属之乐，而且多用于朝会和道路等仪式活动，其生成多元复杂、歌辞内容也广泛驳杂。相和歌和杂曲歌辞则是比较典型的娱乐歌曲，而且大多是由汉代的乐府机关在各地民间歌谣基础上加工而成的。①

一、正俗与汉代乐府娱乐歌诗的生成背景

汉武帝“立乐府而采歌谣”的重要目的之一是“正俗”。汉武帝时期的音乐机构有太乐和乐府两个部门。虽然传统的宗庙祭祀雅乐主要由太乐掌管，但当时的雅乐已残破不堪，“但能纪其铿锵鼓舞，而不能言其

① 郭茂倩《乐府诗集》收录相和歌古辞30余首，杂曲古辞10余首，学界通常将这些古辞视为汉代作品。因汉乐府文本缺失严重，已无法确知现存汉乐府古辞具体的生成时间和原貌，部分古辞虽保留了汉代的面貌，但可能在魏晋时期曾被再次加工。《宋书·乐志》曰：“清商三调歌诗，荀勖撰旧词施用者。”《乐府诗集》著录的“清商三调”部分歌辞中有本辞和乐奏辞的区别，乐奏辞反映了魏晋时期清商三调的表演形态。因此本文用例尽量以相和歌辞为主，凡涉及“清商三调”古辞，一概以“本辞”为据。

义”[①]。所以汉武帝大规模的乐舞活动，诸如定郊祀祭礼、采集整理地方歌谣、让文人写作歌词、令李延年为歌词配乐等，都是以乐府机关为依托进行的。[②] 乐府机关因此得到极大的发展，不仅掌管《安世房中乐》《郊祀乐》等宫廷和郊祭礼乐，还负责采集和表演各种娱乐音乐。

汉武帝将“立乐府而采歌谣”活动放在“定郊祀”“崇礼官”等礼乐文化建设中展开，其目的除“观风”外，显然还有“正俗”意图，即从朝廷立场出发，通过礼乐文化建设构建一套体现儒家精神的社会伦理制度。“采诗观风”始于周天子，《国语·周语上》有“天子听政，使公卿至于列士献诗，瞽献曲，史献书，师箴，瞍赋，矇诵，百工谏，庶人传语。近臣尽规，亲戚补察，瞽史教诲，耆艾修之，而后王斟酌焉”的记载。颜师古《汉书注》曰：“采诗，依古遒人徇路，采取百姓讴谣，以知政教得失也。”[③]可见，周天子“采诗”主要目的在于“知政教得失”。

汉武帝“立乐府而采歌谣”的“正俗”活动，主要是从两方面展开的：第一，通过重定郊祀之礼，提高“太一”尊神在国家祭祀中的核心地位，以确立大汉王朝的地位与尊严，巩固其统治。[④] 第二，通过对各地音乐的加工改造，达到“移风易俗”的“正俗”目的。第一点在汉代宫廷仪式歌诗的体式建构中已有论述，此不赘述。在此，重点分析汉武帝“正俗”与汉代乐府娱乐歌诗生成的关系。

关于“立乐府而采歌谣”与“正俗”之间的逻辑理路，董仲舒向汉武帝的“对策”中有较清晰的表述。董仲舒曰：“臣谨案，《春秋》谓一元之意，一者，万物之所从始也，元者辞之所谓大也。谓一为元者，视大始而欲正本也。《春秋》深探其本，而反自贵者始。故为人君者，正心以正朝廷，正朝廷以正百官，正百官以正万民，正万民以正四方。四方正，

---

① 班固：《汉书》，中华书局 1962 年版，第 1043 页。
② 张永鑫：《汉乐府研究》，江苏古籍出版社 1992 年版，第 69—80 页。
③ 班固：《汉书》，中华书局 1962 年版，第 1045 页。
④ 参赵敏俐《汉代乐府制度与歌诗研究》，商务印书馆 2009 年版，第 63—73 页。

远近莫敢不壹于正，而亡有邪气奸其间者。”①又曰：今陛下贵为天子，“行高而恩厚，知明而意美，爱民而好士，可谓谊主矣。然而天地未应而美祥莫至者，何也？凡以教化不立而万民不正也。……(古之王者)莫不以教化为大务。立大学以教于国，设庠序以化于邑，渐民以仁，摩民以谊，节民以礼，故其刑罚甚轻而禁不犯者，教化行而习俗美也。”“乐者，所以变民风，化民俗也；其变民也易，其化人也著。”②他认为，要达到“四方正于一”的治国境界，须自上而下推行“正朝廷”“正百官”“正万民”的教化工作。武帝即位之初，汉代社会的主要问题是“教化不立而万民不正”，希望汉武帝能像古之王者“以教化为务，立大学以教于国，设庠序以化于邑，渐民以仁，摩民以谊，节民以礼”，从而实现“教化行而习俗美”的理想社会。而音乐是“变民风，化民俗”的最好载体，所以“正俗”得从礼乐文化入手。《史记·乐书》太史公曰：“夫上古明王举乐者，非以娱心自乐，快意恣欲，将欲为治也。正教者皆始于音，音正而行正。故音乐者，所以动荡血脉，通流精神而和正心也。……故乐所以内辅正心，而外异贵贱也。上以事宗庙，下以变化黎庶也。”③

虽然汉代乐府的音乐演唱活动大多面向宫廷，观看者多是帝王后妃、达官贵人，但宫廷的娱乐风尚往往对百姓产生重大影响。“上好是物，下必有甚者矣”(《礼记·缁衣》)。东汉马廖曾上疏曰：“夫改政移风，必有其本。传曰：‘吴王好剑客，百姓多创瘢；楚王好细腰，宫中多饿死’。长安语曰：‘城中好高髻，四方高一尺；城中好广眉，四方且半额；城中好大袖，四方全匹帛。’斯言如戏，有切事实。”④宣帝朝，益州刺史王襄使王褒“作《中和》《乐职》《宣布》诗，选好事者令依《鹿鸣》之声习而歌之”⑤，其意也是为宣导风化民众提供一州之“本”。

---

① 班固：《汉书·董仲舒传》，中华书局1962年版，第2502—2503页。
② 班固：《汉书》，中华书局1962年版，第2499—2504页。
③ 司马迁：《史记》，中华书局1982年版，第1236页。
④ 范晔：《后汉书》，中华书局1965年版，第853页。
⑤ 班固：《汉书》，中华书局1962年版，第2821页。

因汉武帝“立乐府而采歌谣”的“正俗”目的，使乐府机关对歌谣的加工、改造和配乐活动具有鲜明的朝廷意志和国家意识形态特征。音乐是“正俗”的最好方式，音乐“上事宗庙”“下化黎庶”的功能，其根本指向还是为国家“治理”，而达到“移风易俗”的效果。董仲舒说：“王者未作乐之时，乃用先王之乐宜于世者，而以深入教化于民。教化之情不得，雅颂之乐不成，故王者功成作乐，乐其德也。”①

二、乐府机关对歌谣的加工改造

现存汉乐府中，除《安世房中歌》《郊祀歌》是帝王及文人受命作辞，乐府机关配乐而成外，其他几类歌辞大多是乐府机关按照“正俗”要求对各地歌谣进行加工、改造的结果。至于如何加工、改造，《史记·乐书》的一段文字透露了一些信息：

> 凡作乐者，所以节乐。君子以谦退为礼，以损减为乐，乐其如此也。以为州异国殊，情习不同，故博采风俗，协比声律，以补短移化，助流政教。天子躬于明堂临观，而万民咸荡涤邪秽，斟酌饱满，以饰厥性。故云雅颂之音理而民正，嘄嗷之声兴而士奋，郑卫之曲动而心淫。及其调和谐合，鸟兽尽感，而况怀五常，含好恶，自然之势也。②

这段文字大致有四层意思：第一，大凡作乐的目的在于使欢乐有所节制；第二，因各地性情习俗不同，所以要通过“博采风俗，协比声律”的作乐，帮助政教的推行；第三，天子亲临明堂观乐，百姓受乐的感化，涤除邪秽而使性情得以整饬；第四，对各种不同风格的音乐进行“调和谐合”后，怀五常之性、含好恶之情的人自然会受到感染。虽然这段文字主要从历代圣王作乐目的以及音乐对正俗的作用来说的，并非特指汉代乐府机关，但值得注意的是其中对乐官“博采风俗，协比声律”原

① 班固：《汉书·董仲舒传》，中华书局1962年版，第2499页。
② 司马迁：《史记》，中华书局1982年版，第1175—1176页。

因、内容及作用的说明，与汉代“立乐府而采歌谣”的音乐活动具有一定的类似性。所谓“博采风俗，协比声律”是指乐府机关到各地采集歌谣，并对之整理、加工和配乐的工作。乐府机关整理、加工的主要内容是对“情习不同”的各地歌谣进行“补短移化”，最终实现“助流政教”目的。当然，“补短移化”既指从音乐技术层面进行的“移化”，如对噍噭之声和郑卫之曲从音乐风格上进行调整，使其达到“乐而不淫”的审美效果；也指从歌辞内容层面进行“补短”，剔除歌辞的“邪秽之情”，筛选歌辞的颂美性或讽谏性内容，并适时补充劝世主题。通过乐府机构这两方面的“创作”，使乐府诗满足移风易俗、教化万民的要求。

1. 配乐：乐府机关对歌谣音乐风格的移化

乐府机关从音乐技术方面对歌谣的加工主要是为歌谣配乐：即对有的歌谣配上乐器表演，对有的歌谣配上新的乐曲，还有的在歌谣结尾添加乱曲。

第一，配乐器表演。相和歌是西汉最流行的音乐艺术形式，《宋书·乐志》曰：“相和，汉旧歌也。丝竹更相和，执节者歌。”①在演唱方式上，先是丝弦乐器和管乐器更迭表演，然后歌者“执节而歌”。就相和歌言，所谓配乐其实是配上乐器表演。乐工增加了“丝竹更相和”的部分，“执节者歌”的部分是没有乐器表演的，其歌辞和旋律可能较多地保留了歌谣的原始面貌，乐府机关只是做了“筛选”工作。因此，各地歌谣的语言风格和“故事”内容得以保留，乐府机关在采诗夜诵中，才有“赵代之讴，秦楚之风”的不同歌唱形式。《汉书·艺文志》著录的300多篇歌诗中大多数以地域为名，如“吴楚汝南歌诗”“燕代讴雁门云中陇西歌诗”“邯郸河间歌诗”“齐郑歌诗”“淮南歌诗”“左冯翊秦歌诗”“京兆尹秦歌诗”“河东蒲反歌诗”“洛阳歌诗”“河南周歌诗”“周谣歌诗”“周歌诗”“南

① 沈约：《宋书》，中华书局1974年版，第603页。

郡歌诗"等①，也说明各地歌谣基本内容和歌咏风格得以保留的事实。

第二，配以新的乐曲。因各地歌谣风格各异，有的是"噍噭之声"，有的是"郑卫之曲"，不合"中和"之美。乐府机关的乐工们就得对这些歌谣进行重新配乐。在制礼作乐中，乐工并未完全按照传统雅乐要求选择音乐，而是加入当下流行的新声俗曲。《汉书·李延年传》载："延年善歌，为新变声。是时上方兴天地诸祠，欲造乐，令司马相如等作诗颂。延年辄承意弦歌所造诗，为之新声曲。"②李延年为仪式乐歌《郊祀歌》配乐采用的都是当时流行的新声，采用新声为各地歌谣配乐也在情理之中。

第三，添加"乱"曲。"乱"作为一种音乐演唱方式，最早见于《论语》。《论语·泰伯》载，子曰："师挚之始，《关雎》之乱，洋洋乎，盈耳哉。"朱熹注曰："乱，乐之卒章也。"③说明《诗经》中就有"乱"这种音乐演唱方式了。《关雎》属《周南》，据方玉润《诗经原始》，周地以南的诗称为"周南"，主要在汉水流域广大地区，春秋战国属楚地。

《楚辞》有"乱辞"者凡六篇，即屈原《离骚》《涉江》《哀郢》《抽思》《怀沙》，宋玉《招魂》。清人蒋骥《山带阁楚辞余论》曰："余意乱者，盖乐之将终，众音毕会，而诗歌之节，亦与相赴，繁音促节，交错纷乱，故有是名耳。"《楚辞》究竟是否合乐演唱不得而知，但《楚辞》的句式、篇章结构主要来源于楚地歌谣则可以肯定。楚歌的演唱方式文献多有载录，《文选·宋玉对楚王问》载："客有歌于郢中者，其始曰《下里》《巴人》，国中属而和者数千人；其为《阳阿》《薤露》，国中属而和者数百人；其为《阳春》《白雪》，国中属而和者不过数十人；引商刻羽，杂以流徵，国中属而和者不过数人而已。"④又《寰宇记案·甲乙存稿》载："扬

---

① 班固：《汉书》，中华书局1962年版，第1754—1755页。
② 班固：《汉书》，中华书局1962年版，第3725页。
③ 朱熹：《四书章句集注》，中华书局1983年版，第106页。
④ 萧统撰、李善注：《文选》，上海古籍出版社1986年版，第1999页。

歌，郢中田歌也。其别为三声子，五声子，一曰噍声，通谓之扬歌。一人唱，和者以百数，音节极悲，水调歌或即是类。”①“一人领唱，众人以和”就是楚歌的基本演唱方式，《楚辞》的“乱辞”当是这种演唱方式在文本上的体现。

汉代相和歌“丝竹更相和，执节者歌”的演唱方式，可能来源于乐府机关对楚歌的加工改造，相和歌“瑟调曲”《妇病行》《孤儿行》古辞就有“乱辞”。汉乐府的“乱”曲是乐府机关根据楚歌的演唱方式添加的。乱是乐曲结尾时的众乐合奏，与之相伴的乱辞也可以总结全篇主旨，因此，乐府机关往往在“乱辞”中添加“劝世”主题以实现“正俗”功能。当然，经乐工的配乐，汉乐府歌曲的音乐风格得到移化，表演艺术得到普遍提高。

2. 对歌谣辞句的增删：歌谣本事的意义化

乐府机关对歌谣内容的加工主要采取两种方式：即歌谣本事的“意义化”和歌谣本事的“故事化”。

歌谣本事的意义化是指乐府机关在原歌谣本事基础上通过添加歌辞内容，或揭示歌谣本事的意义，或从歌谣本事中引申出新主题。至于如何添加、在何处添加，则往往根据汉乐府的演唱特点和歌辞结构灵活处理。从现存汉乐府歌辞文本结构来看，有的添加在歌辞中间，有的添加在开头，更多的则添加在歌辞的结尾。

第一，在原歌辞中间添加内容。如瑟调曲《东门行》古辞：

> 出东门，不顾归。来入门，怅欲悲。盎中无斗米储，还视架上无悬衣。拔剑东门去，舍中儿母牵衣啼。他家但愿富贵，贱妾与君共餔糜。上用仓浪天故，下当用此黄口儿。今非！咄，行！吾去为迟，白发时下难久居。②

---

① 《湖北通志》第21卷，湖北省长官公署1921年编。

② 郭茂倩：《乐府诗集》，中华书局1979年版，第550页。

诗歌以第一人称视角叙写一个男子在无衣无食的境地下不得不铤而走险的故事。从故事语境看，中间“他家但愿富贵，贱妾与君共餔糜。上用仓浪天故，下当用此黄口儿。今非！”等诗句是妻子对主人公的劝诫之词，希望他能留下来，不要铤而走险。但在实际效果上，这段对话通过角色的表演，已经传达出明显的社会劝诫意义。“舍中儿母牵衣啼”的情节大概是乐府机构为了教化需要而添加进去的。乐府诗的这种创作机制，在瑟调曲《东门行》晋代乐奏辞中表现得更为明显。

《东门行》乐奏辞曰：

出东门，不顾归。来入门，怅欲悲。盎中无斗米储，还视架上无悬衣。(一解)拔剑东门去，儿女牵衣啼。他家但愿富贵，贱妾与君共餔糜。(二解)共餔糜，上用仓浪天故，下为黄口小儿。今时清廉，难犯教言，君复自爱莫为非。(三解)今时清廉，难犯教言，君复自爱莫为非。行！吾去为迟，平慎行，望君归。①

较之本辞，乐奏辞去掉了主人公“白发时下难久居”的控诉内容，增添了“今时清廉，难犯教言，君复自爱莫为非”等粉饰太平的语言，并通过歌曲复踏表演予以强化。晋代清商三调歌辞是荀勖根据旧词加工整理而成的②。这首乐奏辞虽然不是汉乐府的原貌，但从中能够看到乐工是如何对原歌词进行加工改编的。

第二，在原歌辞开头和结尾添加内容。如相和歌辞《鸡鸣》篇：

鸡鸣高树巅，狗吠深宫中。荡子何所之，天下方太平。刑法非有贷，柔协正乱名。黄金为君门，璧玉为轩堂。上有双樽酒，作使邯郸倡。刘王碧青甓，后出郭门王。舍后有方池，池中双鸳鸯。鸳鸯七十二，罗列自成行。鸣声何啾啾，闻我殿东厢。兄弟四五人，皆为侍中郎。五日一时来，观者满道旁。黄金络马头，颎颎何煌

① 沈约：《宋书·乐志》，中华书局1974年版，第616页。

② 沈约：《宋书·乐志》曰：“清商三调歌诗，荀勖撰旧词施用者。”中华书局1974年版，第608页。

煌。桃生露井上，李树生桃旁，虫来吃桃根，李树代桃僵。树木身相代，兄弟还相忘。①

该诗在结构上，以每六句组成一段，全诗三十句共五段。第一段以“鸡鸣高树巅，狗吠深宫中”开头，反映“天下方太平”的景象。“刑法非有贷”的“贷”是宽恕之意；“柔协正乱名”的“柔协”是柔服之意，即安抚顺从者。《左传·宣公十二年》曰：“伐叛，刑也；柔服，德也。”杨伯峻注曰：“对已服者用柔德安抚之。”②这两句诗是说当今法治严明，对柔服者安之以德，对乱纲纪者则正之以刑，以此规劝和警告“荡子”不要四处逃亡。“黄金为君门，璧玉为轩堂”以下三段，叙述兄弟四五人的显赫地位和奢靡生活。最后一段则以“虫来吃桃根，李树代桃僵”为喻，反衬汉代社会的那些显赫家族，一旦遭遇祸难，往往“兄弟还相忘”的现象。诗歌开头和结尾多议论，内容彼此照应，中间叙述兄弟四五人的三段内容，则与清调曲《相逢行》古辞的中间部分在结构、用韵及内容上都大致相同。说明《鸡鸣》篇“兄弟四五人”部分是一个相对独立的故事，可能是一首原始歌谣，而且曾配以多种曲调演唱。由此看来，《鸡鸣》篇是以一个显赫家族的奢侈生活故事为基础加工而成的，开头和结尾明显的劝世诫俗的内容当是乐府机关在加工、配乐的过程中添加的。

第三，在原歌辞结尾添加内容。这种类型在现存汉乐府古辞中最为普遍，相和曲《乌生》，平调曲《长歌行》，瑟调曲《陇西行》，《孤儿行》，楚调曲《白头吟》等古辞的结尾都有类似劝诫的内容。相和曲古辞《乌生》曰：

乌生八九子，端坐秦氏桂树间。唶！我秦氏家有游遨荡子，工用睢阳强、苏合弹。左手持强弹，两丸出入乌东西。唶！我一丸即发中乌身，乌死魂魄飞扬上天。阿母生乌子时，乃在南山岩石间。唶！我人民安知乌子处，蹊径窈窕安从通？白鹿乃在上林西苑中，

① 沈约：《宋书·乐志》，中华书局1974年版，第606页。
② 杨伯峻：《春秋左传注》（修订本），中华书局1990年版，第722页。

射工尚复得白鹿脯。唶！我黄鹄摩天极高飞，后宫尚复得烹煮之。鲤鱼乃在洛水深渊中，钓钩尚得鲤鱼口。唶！我人民生各各有寿命，死生何须复道前后。[1]

该诗主旨当是劝诫世人“及时为乐”的。《乐府解题》曰：“言乌母生子，本在南山岩石间，而来为秦氏弹丸所杀。白鹿在苑中，人可得以为脯。黄鹄摩天，鲤在深渊，人可得而烹煮之。则寿命各有定分，死生何叹前后也。”[2]李子德曰：“弹乌、射鹿、煮鹄、钓鱼，总借喻年寿之有穷，世途之难测，以劝人及时为乐。”[3]全诗二十句，前十句以赋笔叙述乌母生子南山岩石间，而为秦氏游荡子弹丸所杀的故事。后十句则以弹乌、射鹿、煮鹄、钓鱼为喻，感叹寿命各有定分，世途难测，劝诫“人民”及时为乐。诗歌不仅前后的笔法多不相类，而且用韵也不相同。细读此诗发现，前十句似是一首以乌为题材的歌谣，通过乌遭秦氏游荡子弹丸所杀的遭遇，表达对世途的忧惧之情；后十句则是乐府机关在原歌谣忧惧世途主题上，对“死生何须复道前后”的感慨，劝诫人们“及时行乐”。瑟调曲《孤儿行》古辞则通过添加“乱”曲，强调“兄嫂难与久居”的家庭伦理问题。

3. 以歌谣为素材的故事新编：歌谣本事的故事化

歌谣本事的故事化是指以歌谣本事为素材新编故事。歌谣一般是歌咏当事人、当时事，人和事都是大家所熟知的，无须详细叙述，重在表达对相关的人和事的态度和情感倾向。因此现存汉代歌谣普遍存在两个共同特点：一是多从百姓角度叙事、抒情；二是很少对具体事件做完整叙述。而乐府机关新编的乐府诗则不然，大多是以第三人称为视角的完整故事。

① 郭茂倩：《乐府诗集》，中华书局 1979 年版，第 408 页。
② 郭茂倩：《乐府诗集》，中华书局 1979 年版，第 408 页。
③ 李因笃：《汉诗音注》，中华书局 2020 年版，第 129 页。

《雁门太守行》古辞曰：

孝和帝在时，洛阳令王君，本自益州广汉民。少行宦，学通五经论。(一解)明知法令，历世衣冠。从温补洛阳令。治行致贤，拥护百姓，子养万民。(二解)外行猛政，内怀慈仁。文武备具，料民富贫，移恶子姓名，五篇著里端。(三解)伤杀人，比伍同罪对门。禁锢矛八尺，捕轻薄少年，加笞决罪，诣马市论。(四解)无妄发赋，念在理冤，敕吏正狱，不得苛烦。财用钱三十，买绳礼竿。(五解)贤哉贤哉，我县王君。臣吏衣冠，奉事皇帝。功曹主簿，皆得其人。(六解)临部居职，不敢行恩。清身苦体，夙夜劳勤。治有能名，远近所闻。(七解)天年不遂，早就奄昏。为君作祠，安阳亭西。欲令后世，莫不称传。(八解)①

从古辞结构看，全诗以第三人称视角叙述，前后连贯，结构完整，属于一次性完成的作品。古辞与《后汉书》本传的记载基本吻合，开头和结尾对王涣生平的叙述，大体一致，中间对王涣美政细节的叙述则各有侧重，说明《本传》与古辞也不存在文本上的依循关系。可见，《雁门太守行》古辞是乐府机关根据王涣美政事迹和相关歌谣为素材新编的美政故事。

从创作机制看，西汉末年以至整个东汉，朝廷以"风谣"课考州郡官员的制度，激发了百姓以歌谣反映吏治的热情，促进了吏治歌谣的创作。自武帝以来，汉代帝王特别重视"循行天下"以"观览风谣"②，宣帝、成帝、平帝时期，均有关于徇行天下、览观风俗的记载③。东汉以来，"观览风谣"制度进一步突出了其作为课考地方郡守的管理功能。

---

① 沈约：《宋书·乐志》，中华书局1974年版，第662页。

② 班固《汉书·武帝纪》载，武帝元鼎二年诏曰："遣博士中等分循行，谕告所抵，无令重困，吏民有振救饥民免其戹者，具举以闻。"中华书局1962年版，第182页。

③ 汉宣帝元康四年，"遣大中大夫强等十二人循行天下，存问鳏寡，览观风俗，察吏治得失。"汉平帝元始四年，"遣太仆王恽等八人置副，假节，分行天下，览观风俗。"班固《汉书》，中华书局1962年版，第258、357页。

《后汉书·循吏传》曰："初，光武长于民间，颇达情伪。……广求民瘼，观纳风谣，故能内外匪懈，百姓宽息。……然建武、永平之间，吏事刻深，亟以谣言单辞，转易守长。"①东汉，以"谣言"课考地方郡守之事多有载籍，如《刘陶传》："光和五年，诏公卿以谣言举刺史、二千石为民蠹害者。……由是诸坐谣言征者悉拜议郎。"②《范滂传》："后诏三府掾属举谣言，滂奏刺史、二千石权豪之党二十余人。"③

以"风谣"课考官员，其初衷是促使郡州官员勤于吏治、推行德化，很多官员也因此获得升迁。如《汉书·王尊传》载，王尊迁益州刺史，"尊居部二岁，怀来徼外，蛮夷附其威信。博士郑宽中使行风俗，举奏尊治状，迁为东平相。"④因"风谣"制度的驱使，有的郡州官员则诱导百姓创作歌谣，甚至凭空编造美政歌谣。如《汉书·王莽传》载，元始四年四月，遣大司徒司直陈崇等八人分行天下，览观风俗。……五年秋，"风俗使者八人还，言天下风俗齐同，诈为郡国造歌谣，颂功德，凡三万言。"⑤为了配合"观览风谣"课考制度的实施，朝廷往往会从文化舆论上树立一些地方州郡官员的典型，以引导地方郡州吏治。乐府机关便以吏治歌谣为素材，结合一些地方官员的吏治事迹，新编典型故事，并通过乐府的演唱广泛传播。《雁门太守行》等乐府古辞大概就是在这种机制中生成的。吴兢《乐府解题》曰："古歌词，历述涣本末，与传合，而曰《雁门太守行》，所未详。"⑥对《雁门太守行》曲名与歌辞故事内容不一致问题提出了质疑。《雁门太守行》古辞的历史细节可能是这样的：最早有"雁门太守歌"之类的颂美雁门某太守的歌谣流传，后来乐工采之入乐，并改编成乐府曲调《雁门太守行》；因《雁门太守行》是颂美吏治的乐曲，

---

① 范晔：《后汉书》，中华书局 1965 年版，第 2457 页。
② 范晔：《后汉书》，中华书局 1965 年版，第 1851 页。
③ 范晔：《后汉书》，中华书局 1965 年版，第 2204 页。
④ 班固：《汉书》，中华书局 1962 年版，第 3229 页。
⑤ 班固：《汉书》，中华书局 1962 年版，第 4076 页。
⑥ 郭茂倩：《乐府诗集》，中华书局 1979 年版，第 574 页。

乐府机关往往用它演唱各地美政故事，王涣故事是其中之一。王涣美政故事发生在东汉孝和帝永元、元兴年间，和帝确曾分遣使者，各至州县“观采风谣”①。萧涤非先生说：“夫既遣使者以行风俗，因谣言而为黜陟，则自必存录，以为黜陟之张本，而乐工因采以入乐，此事理之当然者，前举《雁门太守行》，即其明例也。”②

其他类型的汉乐府作品也存在故事新编的方式。如《陌上桑》古辞，崔豹《古今注》曰：“《陌上桑》者，出秦氏女子。秦氏，邯郸人有女名罗敷，为邑人千乘王仁妻。王仁后为赵王家令。罗敷出采桑于陌上，赵王登台见而悦之，因置酒欲夺焉。罗敷巧弹筝，乃作《陌上桑》之歌以自明，赵王乃止。”③现存《陌上桑》古辞最早见于《宋书·乐志》大曲《艳歌罗敷行》，《玉台新咏》收入“古乐府”作《日出东南隅行》，《乐府诗集》收入“相和曲”作《陌上桑》。从《古今注》知，《陌上桑》最初是罗敷弹筝而歌的自述之辞，而古辞则以第三人称视角叙述罗敷勤劳、美丽和坚贞的品格。在结构上，古辞与“相和曲”中的另三首《陌上桑》歌辞完全不类。可见，《陌上桑》古辞是以《陌上桑》歌谣及罗敷事迹为素材新编的乐府故事。又如《秋胡行》，《乐府解题》曰：“后人哀而赋之，为《秋胡行》。”④

当然，汉武帝的礼乐活动并未完全按照西周礼乐传统进行。一是周代雅乐体制已亡失。经春秋战国的“礼崩乐坏”，秦国的“焚典籍，《乐经》用亡”，汉代乐家对雅乐声律“但能纪其铿锵鼓舞，而不能言其义”，已无从恢复。二是汉代帝王对楚声的喜爱。如《汉书·李延年传》载，武帝“方兴天地诸祠，欲造乐，令司马相如等作诗颂，延年辄承意弦歌所造诗，为之新声曲”⑤。汉武帝“立乐府而采歌谣”的音乐文化活动，一方面承袭了周代礼乐“安上治民，移风易俗”传统精神；另一方面又积极

① 范晔：《后汉书》，中华书局1965年版，第2717页。
② 萧涤非：《汉魏六朝乐府文学史》，人民文学出版社1984年版，第75页。
③ 郭茂倩：《乐府诗集》，中华书局1979年版，第410页。
④ 郭茂倩：《乐府诗集》，中华书局1979年版，第526页。
⑤ 班固：《汉书》，中华书局1962年版，第3725页。

吸收楚歌及其他方俗之乐感荡性灵的艺术特质，极大地提高了乐府音乐的艺术水平。乐府音乐艺术在汉代及魏晋的广泛传播与其抑扬美妙的音乐风格不无关系。但也因其对方俗之乐的吸收，而饱受历代儒学之士的诟病。

第四节　汉代乐府娱乐歌诗的诗体特征

乐府诗作为一种音乐语境中的特殊诗歌类型，其句式结构复杂多样，各体皆有。如胡应麟《诗薮》所言："世以乐府为诗之一体，余历考汉魏六朝唐人诗，有三言、四言、五言、六言、七言、杂言、近体、排律、绝句，乐府皆备有之。"①正因为乐府诗在句式上并无定体，所以对乐府诗的句式研究，重点是考察乐府诗句式的各种体式形成的音乐基础，梳理各种句式的发展演变过程，以及与文人诗歌发展之间的复杂关系，从中国诗歌形式发展史的立场分析其诗歌史意义。

一、汉代乐府娱乐歌诗的句式特征

通过详细梳理和对比分析汉代相和歌辞、清商三调歌辞、杂曲歌辞以及两汉民间谣歌辞的句式结构，可知汉代乐府民间歌诗的句式结构具有如下一些特点：

其一，相和歌辞、杂曲古辞和民间谣歌辞三类作品在句式结构上存在明显的类似性。相和歌辞主要有"5，5""3，3，7"和无规则杂言三种句式结构，而"5，5""3，3，7"这两种句式结构与秦汉民间谣歌辞句式结构存在一定的类似性。西汉谣歌辞也有"5，5""4，4""3，3"等齐言结构，但以"4，4，7""5，3，3""7，5，5""7，4，4""3，3，7"等多种杂言结构为主，特别是"3，3，7"最多。《乐府诗集》收录的杂曲"古辞"

① 胡应麟：《诗薮》，上海古籍出版社1979年版，第12页。

以“5，5”结构和不规则杂言结构居多，也偶有“7，7”结构。三者句式之间的类似性，说明四言、五言、七言和杂言在秦汉时期的民间谣歌中是普遍存在的。“5，5”齐言、“3，3，7”杂言这两种结构在以上三类歌辞中的占比都很高，说明汉代相和歌辞是以秦汉歌谣为基础加工而成的，这两种句式是秦汉楚歌的两种主要类型，特别是“3，3，7”句式结构在荀子《成相杂辞》中有规律的呈现，则进一步说明汉代相和歌来源于楚歌。

其二，清商三调歌辞句式结构相比相和歌辞的某些变化，多与乐府机关对民间谣歌辞的加工改造有关。《宋书·乐志》著录的三调歌辞作为“乐奏辞”，较多反映出乐工加工改造的某些痕迹。如歌辞的“4，4”齐言结构，当是对《诗经》四言句格的传承和延续；歌辞中以五言、四言为主的杂言句式，则大多是五言、四言的齐言句式的音乐形变，其中有演唱的“套语”，也有“艳”“趋”“乱”等插曲；至于无规则的杂言结构，应是“套语”“艳”“趋”“乱”等音乐因素以外的乐曲特定演唱内容和演唱方式导致的，与相和歌辞无规则杂言结构具有内在的逻辑关联。《乐府诗集》所增录的三调歌辞，多不知其来源，也无演唱记载，当是文本传抄之辞，其大规模的“5，5”齐言结构，应是文人不断传抄和翻写的结果。

其三，在历时性上，乐府歌辞存在明显的齐言化趋势。相和歌辞有“5，5”“3，3，7”及无规则杂言三种句式结构，这三种结构，在秦汉民间歌谣中也是普遍存在的。《宋书·乐志》著录的清商三调歌辞，虽然杂言居多，但这些杂言要么以“5，5”结构为主，要么以“4，4”结构为主，“5，5”“4，4”结构的语段在整篇作品中的比列最高，特别是《乐府诗集》增录的清商三调歌辞，除《病妇行》《孤儿行》两首杂言外，其余全是整齐的五言结构。两汉乐府民间歌诗句式的齐言化趋势与东汉文人诗歌创作的齐言化建构具有明显的同向性，这种现象说明，东汉文人的审美追求是以整饬的齐言为标准的，这种审美趣向在一定程度上影响到文人对歌谣再次记录和翻写中的齐言化倾向。

二、汉代乐府娱乐歌诗的风格特征

汉代乐府娱乐歌诗在整体风格上与文人诗体具有很大的不同。与文人诗歌整体风格的差异性更具有标志汉乐府体式特征的意义。总体而言，与后世一般文人徒诗的区别主要体现为三个方面：一是题材的世俗性；二是情感表达的普世化；三是文本的叙事性。这些特点与汉代乐府娱乐歌诗的生成模式是密不可分的。

其一，汉乐府题材的世俗性特点与汉武帝“正俗”目的有关。钱志熙先生认为，与后世的文人诗歌相比，汉乐府完全以世俗生活为表现对象，体现了一种淳朴而生动的世俗生活的美感价值。① 赵敏俐先生则将相和诸调歌诗的内容分为“以描摹世俗生活为主”和“以抒写人生感受为主”两大类别。② 汉乐府题材虽然极其广泛，涉及家庭、婚姻、爱情、妇德、战争、吏治、社会、忧生等各方面，但这些题材绝大部分都与百姓的世俗生活息息相关。这与汉武帝“立乐府而采歌谣”的“正俗”意图关系密切。乐府机关对歌谣的整理加工往往是按照“正俗”意图进行的，因此在加工改造中自然倾向于选择那些表现风俗、反映风俗的题材，让百姓在喜闻乐见的题材中受到教化。

其二，汉乐府情感表达的普世化倾向，在本质上是由汉乐府的“劝世”主题决定的③。在抒情方式上，汉乐府往往从社会大众的角度表现社会的普世化情感，个体化的抒情成分较少。赵敏俐先生将这种特点称为“泛主体抒情”，并从汉乐府的表演艺术角度分析其成因。葛晓音先生也认为传统乐府的常见主题是盛衰、贫贱、世态、人生苦短、及时行乐

---

① 钱志熙：《汉魏乐府艺术研究》，学苑出版社 2011 年版，第 113 页。

② 赵敏俐：《汉代乐府制度与歌诗研究》，商务印书馆 2009 年版，第 228 页。

③ 关于汉乐府的“劝世”主题，参拙文《论汉乐府的“劝世”精神》，《广西师范大学学报》2016 年第 4 期。

等，普世性内容突出。① 其实，是汉乐府歌曲的“正俗”目的驱动着乐府歌辞的“劝世”功能。为了更好地表达“劝世”主题，乐府机关往往将各地歌谣的一人一时之事、一己之情，升华为全社会的众人之事和普世之情，汉乐府的普世化倾向就是在这种转换机制中形成的。如相和歌《鸡鸣高树巅》古辞“兄弟四五人”的故事，当其作为独立的故事传唱时，其“刺时”的意味很突出，当乐府机关将之加工成《鸡鸣高树巅》乐曲后，“刺时”意味被弱化，而如何处理兄弟亲情这一社会普世性问题得到突出。诗歌对兄弟亲情伦理问题的告诫比对兄弟四五人奢靡生活的讽刺更具超越时空的普世性。

其三，汉乐府文本上的叙事特点也是在乐府机关的加工过程中完成的。现存汉乐府古辞，绝大多数是第三人称的全知视角，其次是由“角色”视角转化为第三人称视角，仅有少数作品始终以“角色”视角叙事。② 从生成机制看，汉乐府是在歌谣基础上加工改造而成的，歌谣又是“缘事而发”的。因此“事件”或“本事”是歌谣本身具有的因素，无论乐府机关对歌谣音乐上的“移化”，还是歌辞上的“补短”，都会不同程度地保留歌谣的“本事”。汉乐府以第三人称为主的叙事视角，也是在乐府机关的加工过程中完成的。汉乐府往往是通过“歌者”的讲述方式进行的，部分演唱通过“演员”模仿故事中的人物完成故事。这两种方式与歌谣“饥者歌其食，劳者歌其事”的直陈方式均存在很大区别。乐府机关在配乐、加工过程中自然要考虑汉乐府的表演特点，将歌谣的第一人称转换成第三人称或者“角色”表达方式。从“角色”转向第三人称的叙事结构，则是汉乐府“乱”这种演唱方式在歌辞文本上的反映。

汉武帝“立乐府而采歌谣”的高明之处是“以俗正俗”：一方面把民间俗曲引进典雅庄重的仪式中，丰富了仪式音乐的艺术形式，另一方面通

---

① 葛晓音：《鲍照代乐府体探析——兼论汉魏乐府创作传统的特征》，上海大学学报 2009 年第 2 期。

② 王传飞：《歌诗表演与汉魏相和歌辞艺术新探》，《乐府学》（第一辑），2006 年出版。

过对歌谣的改造，既突出娱乐音乐的劝世功能和教化意义，也大大提高了各地歌谣的艺术品位，使其深受汉代宫廷、贵戚乃至平民百姓的欢迎。更重要的是，各地歌谣经过乐府机关“补短移化”的加工改造，完成了其身份的转变，即：由抒发百姓世俗之情为主的街陌讴谣转换成代表汉代朝廷意志和传达“正俗”意图的乐府诗。其题材上的世俗性、情感表达上的普世化，以及文本上的叙事性特征也在加工过程中悄然形成。

第三章
汉代杂歌谣辞的体式特征

民间歌谣主要指各地的方乐俗曲之辞，其中有少量主名的歌辞，但大量的是无主名的歌谣之辞。有主名的歌辞称为杂歌，无主名的歌辞称为民歌、民谣，统称为杂歌谣辞。严格地说汉代的杂歌谣辞并不属于汉代的乐府歌诗，但它却是汉代乐府歌诗的重要来源之一，与汉代乐府歌诗的关系十分密切。北宋郭茂倩编撰《乐府诗集》时，将“杂歌谣辞”作为乐府诗的一类进行收录。

第一节　汉代杂歌诗的体式特征

有主名的“杂歌”，是指创作主体和传播主体一致的徒歌。《乐府诗集》有“杂歌谣辞”类，《文选》则有“杂歌”类。

西汉时期，文人们往往触景生情，即兴作歌。如汉高祖刘邦的《大风歌》，戚夫人的《舂歌》，汉武帝的《秋风辞》《李夫人歌》，李延年的《北方有佳人》，等等。这些主名的即兴歌，古代文献记录多重其辞，至于其歌法大多记载模糊，语焉不详。本文姑且称之为“文人杂歌”，但从音乐属性上看，其歌法当以民歌俗曲居多。如《史记·项羽本纪》载：“于是项王乃悲歌慷慨，自为诗曰：‘力拔山兮气盖世，时不利兮骓不逝。骓不逝兮可奈何，虞兮虞兮奈若何！’歌数阕，美人和之。”[①]从语境

① 司马迁：《史记》，中华书局1982年版，第333页。

和歌辞可推断，项王当是以楚歌的调式歌唱的。梁启超将这类咏歌统称为“歌谣”①。有的文人咏歌被乐府配乐后成为宫廷乐歌，如刘邦的《大风歌》，谱曲后称为《三侯之章》，并令沛中童儿一百二十人习而歌之，孝惠帝时，作为刘邦沛宫原庙的祭祀乐曲。② 当然，多数文人咏歌并没有机会进入宫廷，成为乐歌。《乐府诗集·杂歌谣辞》收录了西汉文人咏歌十余首。除上所举，还有如《乌孙公主歌》、汉武帝《瓠子歌》二首、《李陵歌》《广川王歌》二首、汉昭帝《黄鹄歌》《燕王歌》《华容夫人歌》《广陵王歌》、梁鸿《五噫歌》等，西汉的文人咏歌多为楚歌体。

刘邦《大风歌》曰：

大风起兮云飞扬，威加海内兮归故乡，安得猛士兮守四方(3+兮+3，4+兮+3，4+兮+3)！

《乐府诗集·杂歌谣辞》收录汉高帝刘邦楚歌《鸿鹄歌》曰：

鸿鹄高飞，一举千里。羽翼已就，横绝四海。横绝四海，又可奈何。虽有缯缴，尚安所施(4，4 结构，凡 8 句)。③

《史记·留侯世家》载：“戚夫人泣，上曰：‘为我楚舞，吾为若楚歌。’歌曰……”④《汉书·高帝纪》颜师古注曰：“楚歌者，为楚人之歌。”⑤

项羽《垓下歌》曰：

力拔山兮气盖世，时不利兮骓不逝。骓不逝兮可奈何，虞兮虞兮奈若何(3+兮+3，3+兮+3。3+兮+3，3+兮+3)！

张守节《史记正义》，引《楚汉春秋》虞姬和诗云：

汉兵已略地，四方楚歌声。大王意气尽，贱妾何聊生(5，5 结构，凡 4 句)。⑥

---

① 梁启超：《中国之美文及其历史》，东方出版社 1996 年版，第 14 页。

② 班固：《汉书·礼乐志》，中华书局 1962 年版，第 1045 页。

③ 郭茂倩：《乐府诗集》，中华书局 1979 年版，第 1175 页。

④ 司马迁：《史记》，中华书局 1982 年版，第 2047 页。

⑤ 班固：《汉书》，中华书局 1962 年版，第 51 页。

⑥ 司马迁：《史记》，中华书局 1982 年版，第 333—334 页。

戚夫人《舂歌》曰：

子为王，母为虏，终日舂薄暮，常与死为伍！相离三千里，当谁使告汝(3，3，5，5。5，5)？①

《赵幽王歌》曰：

诸吕用事兮刘氏微，迫胁王侯兮强受我妃。我妃既妒兮诬我以恶，谗女乱国兮上曾不寤。我无忠诚兮何故弃国。自快中野兮苍天与直！于嗟不可悔兮宁早自贼！为王饿死兮谁者怜之？吕氏绝理兮托天报仇！②

其句式结构有“4+兮+3”“4+兮+4”“5+兮+4”三种，凡9句。

《汉武帝故事》载《秋风辞》曰：

秋风起兮白云飞，草木黄落兮雁南归。兰有秀兮菊有芳，怀佳人兮不能忘。泛楼船兮济汾河，横中流兮扬素波。箫鼓鸣兮发棹歌，欢乐极兮哀情多，少壮几时兮奈老何。③

其句式结构有“3+兮+3”“4+兮+3”两种，凡9句。

汉武帝《瓠子歌》其一曰：

瓠子决兮将奈何？晧晧旰旰兮闾殚为河。殚为河兮地不得宁，功无已时兮吾山平。吾山平兮鉅野溢，鱼弗郁兮柏冬日。延道驰兮离常流，蛟龙骋兮方远游。归旧川兮神哉沛，不封禅兮安知外。为我谓河伯兮何不仁，泛滥不止兮愁吾人。齧桑浮兮淮泗满，久不反兮水维缓。

其句式结构有“3+兮+3”“4+兮+4”“3+兮+4”“4+兮+3”“5+兮+3”等五种句型，凡14句。

其二曰：

河汤汤兮激潺湲，北渡污兮浚流难。搴长茭兮沉美玉，河伯许

---

① 班固：《汉书》，中华书局1962年版，第3937页。
② 班固：《汉书》，中华书局1962年版，第1989页。
③ 郭茂倩：《乐府诗集》，中华书局1979年版，第1180页。

兮薪不属。薪不属兮卫人罪，烧萧条兮噫乎何以御水。穨林竹兮楗石菑，宣防塞兮万福来(3+兮+3)。①

《李陵歌》曰：

径万里兮度沙漠，为君将兮奋匈奴。路穷绝兮矢刃摧，士众灭兮名已隤。老母已死，虽欲报恩将安归！②

其句式结构为"3+兮+3"句型4句，结尾为"4，7"结构，无"兮"字。

《广川王歌》其一曰：

背尊章，嫖以忽。谋屈奇，起自绝。行周流，自生患。谅非望，今难怨(3，3)。

其二曰：

愁莫愁，居无聊。心重结，意不舒。内弗郁，忧哀积。上不见天，生何益！日崔隤，时不再。愿弃躯，死无悔。③

其句式多为"3，3"结构，"4，3"结构2句，句末无"兮"字，凡12句。

汉昭帝弗陵《黄鹄歌》曰：

黄鹄飞兮下建章，羽肃肃兮行跄跄。金为衣兮菊为裳，唼喋荷荇，出入蒹葭。自顾菲薄，愧尔嘉祥。④

其句式有"3+兮+3，3+兮+3""4，4"两种。可值注意的是，该诗前三句为楚辞体，后四句为四言体。

《燕王歌》曰：

归空城兮狗不吠，鸡不鸣。横术何广广兮，固知国中之无人(3+兮+3，3。5+兮，7)。

《华容夫人歌》曰：

发纷纷兮寘渠，骨籍籍兮亡居。母求死子兮，妻求死夫。裴回

---

① 司马迁：《史记·河渠书》，中华书局1982年版，第1413页。
② 班固：《汉书·苏武传》，中华书局1962年版，第2466页。
③ 班固：《汉书·景十三王传》，中华书局1962年版，第2429、2431页。
④ 郭茂倩：《乐府诗集》，中华书局1979年版，第1189页。

两渠间兮，君子独安居！①

其句式有“3+兮+2”“4+兮+4”“5+兮+5”三种，凡6句。

《广陵王歌》曰：

欲久生兮无终，长不乐兮安穷。奉天期兮不得须臾，千里马兮驻待路。黄泉下兮幽深，人生要死，何为苦心。何用为乐心所喜，出入无悰为乐亟。蒿里召兮郭门阅，死不得取代庸，身自逝。②

其句式有“3+兮+2”“3+兮+4”“3+兮+3”三种，另有“4，4”“7，7”“6，3”三种句式，句末无“兮”字。

梁鸿《五噫歌》曰：

陟彼北邙兮，噫！顾瞻帝京兮，噫！宫阙崔嵬兮，噫！民之劬劳兮，噫！辽辽未央兮，噫(4+兮)！③

因汉代开国皇帝刘邦“乐楚声”，楚歌在西汉贵族文人中广泛流传，所以，上举汉代的杂歌诗多为楚歌。汉代楚歌的体式，以“3+兮+3”“4+兮+3”“3+兮+4”结构为主，这些都是楚辞体的典型句式。值得注意的是，很多楚歌，句末不用“兮”字，有的整篇不用“兮”字，如虞姬对项羽的和歌、戚夫人《舂歌》、刘邦《鸿鹄歌》、《广川王歌》二首等，与五言诗、四言诗、三言诗没有分别。还有的前半段末有“兮”字，后半段无“兮”字，如汉昭帝《黄鹄歌》，前三句为楚辞体，后四句为四言体；《广陵王歌》在其间夹杂“4，4”“7，7”等没有“兮”字的句式。这种现象当是歌辞文本书写的省略，而这种省略又与汉代赋体的用语习惯有关。

汉初的骚体赋，内容上继承《楚辞》“怨刺”传统，形式上通篇用韵，句中保留“兮”字，带有明显的“楚辞”体痕迹。如刘勰《文心雕龙·诠赋》曰：“赋也者，受命于诗人，拓宇于《楚辞》也。”④但在汉代，赋体已

① 班固：《汉书·武五子传》，中华书局1979年版，第2757页。
② 郭茂倩：《乐府诗集》，中华书局1979年版，第1193页。
③ 班固：《汉书·武五子传》，中华书局1962年版，第2762页。
④ 范文澜：《文心雕龙注》，人民文学出版社1958年版，第134页。

经成为一种以诵读为主的文本，所谓“不歌而颂谓之赋”①。作为诵读的文本，赋的语体逐渐书面化、文本化。汉代骚体赋在书面化、文本化的发展趋势中，其句式也逐渐书面化，句中“兮”字的意义被逐渐弱化，如贾谊《吊屈原赋》《鹏鸟赋》两篇作品，句中是有“兮”字的，董仲舒《士不遇赋》前部分句式，如“呜呼嗟乎，遐哉邈矣。时来曷迟，去之速矣”等，是没有“兮”字的；后部分句式，如“生不丁三代之盛隆兮，而丁三季之末俗。末俗以辩诈而期通兮，贞士以耿介而自束”②等，又是有“兮”字的。

司马迁《悲士不遇赋》仅“使公于公者，彼我同兮；私于私者，自相悲兮。天道微哉，吁嗟阔兮。人理显然，相倾夺兮”四句句末有“兮”字，其余均不用“兮”字，如开头句：“悲夫，士生之不辰，愧顾影而独存。恒克己而复礼，惧志行而无闻。”结尾句：“无造福先，无触祸始，委之自然，终归一矣。”③《史记》载录的贾谊《吊屈原赋》和《鹏鸟赋》，句子中均有“兮”字，《汉书》对《鹏鸟赋》所有句子的“兮”字则全部省略，对《吊屈原赋》部分句子的“兮”字从句腰调整到句末。表面上看这是班固对“兮”字功能的有意弱化甚至省略，其实质是汉代辞赋语体形态由口语向书面语转化的结果。

第二节　汉代民间歌谣的体式特征

民歌是指在民间闾里巷路歌唱的徒歌，内容上多为社会政治、民间风俗和民情世故的反映。创作主体是谁往往模糊不清，歌唱主体是大众百姓。如“齐楚之风，代赵之讴”“吴歈越吟”等。因歌辞没有具体的作者归属，文献所载往往称“百姓歌之”“民而歌之”“闾里歌之”“百姓为之

① 班固：《汉书》，中华书局1962年版，第1755页。
② 欧阳询：《艺文类聚》，上海古籍出版社1999年版，第541页。
③ 欧阳询：《艺文类聚》，上海古籍出版社1999年版，第541页。

歌”“时人歌之”“吴人歌之”“奔走道路而歌之”“童儿歌之”“父老歌之”等等。如《汉书·循吏传》载：“汉兴之初，反秦之敝，与民休息，凡事简易，禁罔疏阔，而相国萧、曹以宽厚清静为天下帅，民作《画一》之歌。”颜师古注引《画一歌》曰：“萧何为法，讲若画一；曹参代之，守而勿失。”①

《说文解字》释谣曰“徒歌”。《尔雅》也说：“徒歌谓之谣。”其实，在民间歌曲的层面上，歌与谣很难做出具体区分，往往歌谣连称，如《汉书·五行志》载：“成帝时歌谣又曰：邪径败良田，谗口乱善人。桂树华不实，黄爵巢其颠。故为人所羡，今为人所怜。”②因民谣有预见政治的作用，又多称为“谶谣”。本稿则统称之为“民间歌谣”。

刘跃进先生综合历史、地理、语言、文化等因素，将秦汉文学分为三辅、河西、巴蜀、幽并、江南、荆楚、齐鲁、河洛八个区域。③ 歌谣作为语言和民俗的主要载体，最能体现地域性文化特征。在此，对现存两汉歌谣的地理分布及其体式流变进行考察。

一、西汉歌谣的地理分布

1. 三辅地区歌谣

今见三辅地区歌谣有西汉《郑白渠歌》《长安为尹赏歌》《长安百姓为王氏五侯歌》《成帝时歌谣》《元帝时童谣》《成帝时童谣》《长安谣》《鲍司隶歌》等8首。

《郑白渠歌》曰：

田于何所？池阳谷口。郑国在前，白渠起后。举臿如云，决渠为雨。水流灶下，鱼跃入釜。泾水一石，其泥数斗。且溉且粪，长我禾黍。衣食京师，亿万之口(4，4)。④

① 班固：《汉书》，中华书局1962年版，第3623页。
② 班固：《汉书》，中华书局1962年版，第1396页。
③ 刘跃进：《秦汉文学地理与文人分布》，中国社会科学出版社2012年版，第10页。
④ 郭茂倩：《乐府诗集》，中华书局1979年版，第1172页。

《长安为尹赏歌》曰：

安所求子死，桓东少年场。生时谅不谨，枯骨后何葬(5，5)。①

《长安百姓为王氏五侯歌》曰：

五侯初起，曲阳最怒。坏决高都，连竟外杜。土山渐台西白虎(4，4。4，4。7)。②

《成帝时歌谣》曰：

邪径败良田，谗口乱善人。桂树华不实，黄爵巢其颠。故为人所羡，今为人所怜(5，5)。

《元帝时童谣》曰：

井水溢，灭灶烟。灌玉堂，流金门(3，3)。

《成帝时童谣》曰：

燕燕尾涎涎，张公子，时相见。木门仓琅根，燕飞来，啄皇孙。皇孙死，燕啄矢(5，3，3。5，3，3。3，3)。③

《长安谣》曰：

伊徙雁，鹿徙菟，去牢与陈实无贯(3，3，7)。④

《鲍司隶歌》曰：

鲍氏骢，三人司隶再入公。马虽瘦，行步工(3，7。3，3)。⑤

其中，四言体2首、五言体2首、三言体1首、杂言体3首。

2. 河洛地区歌谣

《颍川儿歌》曰：

颍水清，灌氏宁。颍水浊，灌氏族(3，3)。⑥

---

① 班固：《汉书·酷吏传》，中华书局1962年版，第3674页。
② 班固：《汉书·元后传》，中华书局1962年版，第4024页。
③ 班固：《汉书·五行志》，中华书局1962年版，第1395—1396页。
④ 班固：《汉书·佞幸传》，中华书局1962年版，第3730页。
⑤ 郭茂倩：《乐府诗集》，中华书局1979年版，第1193页。
⑥ 司马迁：《史记·魏其武安侯列传》，中华书局1982年版，第2847页。

《汝南鸿隙陂童谣》曰：

坏陂谁，翟子威。饭我豆食羹芋葵。反乎覆，陂当复。谁云者，两黄鹄(3，3。7。3，3，。3，3)。[①]

3. 幽并地区歌谣

《平城歌》曰：

平城之下亦诚苦，七日不食，不能彀弩(7，4，4)。[②]

《上郡吏民为冯氏兄弟歌》曰：

大冯君，小冯君，兄弟继踵相因循。聪明贤知惠吏民，政如鲁卫德化均，周公康叔犹二君(3，3，7。7，7，7)。[③]

4. 荆楚地区歌谣

《民为淮南厉王歌》曰：

一尺布，尚可缝，一斗粟，尚可舂。兄弟二人不相容(3，3。3，3。7)。[④]

5. 河西地区歌谣

王莽末《天水童谣》曰：

出吴门，见缇群。见一蹇人，言欲上天。令天可上，地上安得民(3，3，4，4。4，5)。[⑤]

6. 地域不明之歌谣

《天下为卫子夫歌》曰：

---

① 班固：《汉书·翟方进传》，中华书局1962年版，第3440页。
② 班固：《汉书·匈奴传》，中华书局1962年版，第3755页。
③ 班固：《汉书·冯奉世传》，中华书局1962年版，第3305页。
④ 司马迁：《史记·淮南衡山列传》，中华书局1982年版，第3080页。
⑤ 司马彪：《后汉书志·五行》，中华书局1965年版，第3281页。

生男无喜，生女无怒，独不见，卫子夫，霸天下(4，4。3，3，3)。①

上举西汉时期歌谣共15首，其中三辅地区8首，河洛地区2首，幽并、荆楚、河西各1首，地域不明者1首。在体式上，“5，5”齐言结构2首、“3，3”齐言结构2首、“4，4”齐言结构1首，其余10首均为杂言，有“4，4，7”“5，3，3”“3，3，7”“7，4，4”等多种句式结构，而以“3，3，7”结构为最多。

二、东汉歌谣的地理分布

1. 三辅地区歌谣

《长安城中谣》曰：

城中好高髻，四方高一尺。城中好广眉，四方且半额。城中好大袖，四方全匹帛(5，5)。②

《京兆为李燮谣》曰：

我府君，道教举。恩如春，威如虎。刚不吐，弱不茹。爱如母，训如父(3，3)。③

《初平中长安谣》曰：

头白皓然，食不充粮。裹衣褰裳，当还故乡。圣王愍念，悉用补郎。舍是布衣，被彼玄黄(4，4)。④

2. 河洛地区歌谣

《洛阳人为祝良歌》曰：

① 司马迁：《史记·外戚世家》，中华书局1982年版，第1983页。
② 范晔：《后汉书·马廖传》，中华书局1965年版，第853页。
③ 郭茂倩：《乐府诗集》，中华书局1979年版，第1224页。
④ 范晔：《后汉书·孝献帝纪》，中华书局1965年版，第374页。

天久不雨，烝民失所。天王自出，祝令特苦。精符感应，滂沱下雨(4，4)。①

《汲县长老为崔瑗歌》曰：

天降神明君，锡我仁慈父。临民布德泽，恩惠施以序。穿沟广溉灌，决渠作甘雨(5，5)。②

《董逃歌》曰：

承乐世董逃，游四郭董逃。蒙天恩董逃，带金紫董逃。行谢恩董逃，整车骑董逃。垂欲发董逃，与中辞董逃。出西门董逃，瞻宫殿董逃。望京城董逃，日夜绝董逃。心摧伤董逃(5，5)。③

《河内谣》曰：

王稚子，代未有。平徭役，百姓喜(3，3)。④

《顺帝末京都童谣》曰：

直如弦，死道边。曲如钩，反封侯(3，3)。

《桓帝初城上乌童谣》曰：

城上乌，尾毕逋。公为吏，子为徒。一徒死，百乘车。车班班，入河间。河间姹女工数钱，以钱为室金为堂。石上慊慊舂黄粱。梁下有悬鼓，我欲击之丞卿怒(3，3。3，3。3，3。3，3。7，7。7。5，7)。

《桓帝时京都童谣》曰：

游平卖印自有平，不避豪贤与大姓(7，7)。

《桓帝末京都童谣》曰：

白盖小车何延延，河间来合谐，河间来合谐(7。5，5)。

《桓帝末京都童谣》曰：

茅田一顷中有井，四方纤纤不可整。嚼复嚼，今年尚可后年铙

---

① 郭茂倩：《乐府诗集》，中华书局1979年版，第1196页。

② 李昉：《太平御览》卷二六八，中华书局1960年影印本，第1255页。

③ 司马彪：《后汉书志·五行》，中华书局1965年版，第3284页。

④ 李昉：《太平御览》卷四六五，中华书局1960年影印本，第2139页。

(7，7。3，7)。

《灵帝末京都童谣》曰：

侯非侯，王非王，千乘万骑上北邙(3，3，7)。

《献帝初京都童谣》曰：

千里草，何青青。十日卜，不得生(3，3。3，3)。[①]

《汉末洛中童谣》曰：

虽有千黄金，无如我斗粟。斗粟自可饱，千金何所值(5，5)。[②]

《京师为光禄茂才谣》曰：

欲得不能，光禄茂才(4，4)。[③]

3. 幽并地区歌谣

《渔阳民为张堪歌》曰：

桑无附枝，麦穗两歧。张君为政，乐不可支(4，4)。[④]

《魏郡舆人歌》曰：

我有枳棘，岑君伐之。我有蟊贼，岑君遏之。狗吠不惊，足下生氂。含脯鼓腹，焉知凶灾。我喜我生，独于斯时。美矣岑君，于戏休兹(4，4)。[⑤]

《皇甫嵩歌》曰：

天下大乱兮市为墟，母不保子兮妻失夫。赖得皇甫兮复安居(4+兮+3)。[⑥]

① 司马彪：《后汉书志·五行》，中华书局1965年版，第3281、3282、8283、3284页。
② 李昉：《太平御览》卷八四〇，中华书局1960年影印本，第3757页。
③ 范晔：《后汉书·黄琬传》，中华书局1965年版，第2040页。
④ 范晔：《后汉书·张堪传》，中华书局1965年版，第1100页。
⑤ 范晔：《后汉书·岑彭传》，中华书局1965年版，第663页。
⑥ 范晔：《后汉书·皇甫嵩传》，中华书局1965年版，第2302页。

4. 荆楚地区歌谣

《郭乔卿歌》曰：

厥德仁明郭乔卿，中正朝廷上下平(7，7)。①

《顺阳吏民为刘陶歌》曰：

悒然不乐，思我刘君。何时复来，安此下民(4，4)。②

《建安初荆州童谣》曰：

八九年间始欲衰，至十三年无孑遗(7，7)。③

《汉末江淮间童谣》曰：

大兵如市，人死如林。持金易粟，粟贵于金(4，4)。④

《临淮吏民为朱晖歌》曰：

强直自遂，南阳朱季。吏畏其威，民怀其惠(4，4)。⑤

《范史云歌》曰：

甑中生尘范史云，釜中生鱼范莱芜(7，7)。⑥

5. 巴蜀地区歌谣

《蜀中为费贻歌》曰：

节义至仁费奉君，不仕乱世，不避恶君(7，4，4)。⑦

《通博南歌》曰：

汉德广，开不宾。度博南，越兰津。度兰仓，为它人(3，3)。⑧

《蜀郡民为廉范歌》曰：

① 范晔：《后汉书 · 蔡茂传》，中华书局 1965 年版，第 908 页。
② 范晔：《后汉书 · 刘陶传》，中华书局 1965 年版，第 1848 页。
③ 司马彪：《后汉书志 · 五行》，中华书局 1965 年版，第 3285 页。
④ 李昉：《太平御览》卷八四〇，中华书局 1960 年影印，第 3757 页。
⑤ 范晔：《后汉书 · 朱晖传》，中华书局 1965 年版，第 1459 页。
⑥ 范晔：《后汉书 · 范冉传》，中华书局 1965 年版，第 2689 页。
⑦ 常璩：《华阳国志》卷十，《四部丛刊》景明抄本，第 347 页。
⑧ 范晔：《后汉书 · 西南夷传》，中华书局 1965 年版，第 2849 页。

廉叔度，来何暮。不禁火，民安作。平生无襦今五绔(3，3。3，3。7)。[①]

《巴人歌陈纪山》曰：

筑室载直梁，国人以贞真。邪娱不扬目，狂行不动身。奸轨僻乎远，理义协乎民(5，5)。[②]

《巴人为吴资歌》其一曰：

习习晨风动，澍雨润我苗。我后卹时务，我民以优饶(5，5)。

其二曰：

望远忽不见，惆怅尝徘徊。恩泽实难忘，悠悠心永怀(5，5)。[③]

《后汉时蜀中童谣》曰：

黄牛白腹，五铢当复(4，4)。[④]

《蜀郡童谣》曰：

两日出，天兵戢(3，3)。[⑤]

6. 江南地区歌谣

《苍梧人为陈临歌》曰：

苍梧陈君恩广大，令死罪囚有后代，德参古贤天报施(7，7，7)。[⑥]

《交趾兵民为贾琮歌》曰：

贾父来晚，使我先反。今见清平，吏不敢饭(4，4)。[⑦]

《彭子阳歌》曰：

---

① 范晔：《后汉书·廉范传》，中华书局1965年版，第1103页。
② 常璩：《华阳国志·巴志》卷一，《四部丛刊》影明抄本，第16页。
③ 常璩：《华阳国志·巴志》卷一，《四部丛刊》影明抄本，第17页。
④ 范晔：《后汉书·公孙述传》，中华书局1965年版，第537页。
⑤ 虞世南：《北堂书抄》卷七六，天津古籍出版社1988年版，第310页。
⑥ 李昉：《太平御览》卷四六五，中华书局1960年影印，第2137页。
⑦ 范晔：《后汉书·贾琮传》，中华书局1965年版，第1112页。

时岁仓卒贼纵横。大戟强弩不可挡，赖遇贤令彭子阳(7。7，7)。①

《会稽童谣》其一曰：

弃我戟，捐我矛。盗贼尽，吏皆休(3，3)。②

其二曰：

城上乌鸣哺父母，府中诸吏皆孝友(7，7)。③

《兴平中吴中童谣》曰：

黄金车，班兰耳。开阊门，出天子(3，3)。④

7. 河西地区歌谣

光武时《凉州民为樊晔歌》曰：

游子常苦贫，力子天所富。宁见乳虎穴，不入冀府寺。大笑期必死，忿怒或见置。嗟我樊府君，安可再遭值(5，5)。⑤

8. 地域不明之歌谣

《桓帝初天下童谣》曰：

小麦青青大麦枯，谁当获者妇与姑。丈夫何在西击胡。吏买马，君具车，请为诸君鼓咙胡(7，7，7。3，3，7)。⑥

上举东汉歌谣共四十一首，其中三辅地区三首、河洛地区十三首、幽并地区三首、荆楚地区六首、巴蜀地区八首、江南地区六首、河西地区一首、地域不明者一首。在体式上，“5，5”结构八首、“4，4”结构十首、“3，3”结构八首、“7，7”结构七首、“骚体”一首，其余七首为杂

① 李昉：《太平御览》卷四六五，中华书局1960年影印，第2138页。
② 范晔：《后汉书·张霸传》，中华书局1965年版，第1242页。
③ 李昉：《太平御览》卷二六二，中华书局1960年影印，第1228页。
④ 陈寿：《三国志·吴志·孙权传》，中华书局1982年版，第1134页。
⑤ 范晔：《后汉书·樊晔传》，中华书局1965年版，第2491页。
⑥ 司马彪：《后汉书志·五行》，中华书局1965年版，第3281页。

言，杂言中有“7，5，5”“7，7，3，7”“7，4，4”“3，3，7”等多种句型，尤以“3，3，7”结构居多。还有一个特点是，现存两汉歌谣，在句式结构上没有明显的地域性特点。

第三节　《乐府诗集》所收杂曲古辞的体式特征

《乐府诗集·杂曲歌辞》收录了一部分“古辞”，其句式结构如下：

《蛱蝶行》：“7，9，5。2，6，3，4。3，6，4，4。”不规则杂言，凡11句。

《驱车上东门行》：“5，5”五言结构，凡18句。[①]

《伤歌行》：“5，5”五言结构，凡18句。

《悲歌行》：“5，5”结构4句，“6，6”“4，4”结构各2句，凡8句。[②]

《前缓声歌》：“4，4”结构4句，其余为三、六、九、十等不规则杂言，凡12句。[③]

《东飞伯劳歌》：“7，7”七言结构，凡10句。[④]

《西洲曲》：“5，5”五言结构，凡32句。

《长干曲》：“5，5”五言结构，凡4句。[⑤]

《枯鱼过河泣》：“5，5”结构，凡4句。

《冉冉孤生竹》：“5，5”五言结构，凡16句。[⑥]

《乐府》：“5，5”“7，7”结构各2句，凡4句。[⑦]

据《乐府诗集·杂曲歌辞》解题，这些杂曲是对自秦汉以来文人才士

① 郭茂倩：《乐府诗集》，中华书局1979年版，第885、889页。
② 郭茂倩：《乐府诗集》，中华书局1979年版，第897、898页。
③ 郭茂倩：《乐府诗集》，中华书局1979年版，第944页。
④ 郭茂倩：《乐府诗集》，中华书局1979年版，第977页。
⑤ 郭茂倩：《乐府诗集》，中华书局1979年版，第1027、1030页。
⑥ 郭茂倩：《乐府诗集》，中华书局1979年版，第1044页。
⑦ 郭茂倩：《乐府诗集》，中华书局1979年版，第1088页。

“声辞不具”之作的兼收并载，情况十分复杂。古辞也并非全是秦汉之作，要做具体分析。如《驱车上东门》《冉冉孤生竹》两首，《文选》“古诗十九首”有载，可能是东汉中后期作品。可值注意的是，这些古辞的句式结构有整齐的五言、七言，也有不规则的杂言，与汉魏六朝时期民间歌谣的句式结构基本一致。说明四言、五言、七言和杂言在汉魏六朝的民间歌谣中是普遍存在的，文人的歌辞体主要是在民间歌谣句式基础上加工改造而成的。

通过以上考察可见，两汉时期的歌谣在语言结构上呈现出这样的特点：

第一，从时间上看，西汉时期的歌谣以杂言居多，东汉以后，歌谣在语言上逐渐齐言化，形成以三言、四言、七言和五言为主的齐言歌辞，东汉民间歌谣的齐言化趋势与东汉文人诗歌创作的齐言化建构具有一定的同构性。东汉民间歌谣的齐言化趋势，当是以文人齐言化审美趣向对民间歌谣的再次记录和翻写的结果。

第二，两汉杂言歌谣有“4，4，7”“5，3，3”“7，5，5”“7，4，4”等多种句式，尤以“3，3，7”句式居多，说明“3，3，7”是民间歌谣的常用句式结构。

第三，从句式上很难对这些歌谣做出地域上的区分，说明现存的这些两汉歌谣已经历了从方言到通语的翻写，在方言口语的文本记录中，歌谣的方俗语言特色逐渐被消解。

第四，西汉歌谣、《乐府诗集》所收杂曲“古辞”与汉代相和歌辞，在句式上具有一定的类似性：即“5，5”齐言和“3，3，7”杂言，这两种结构在三类歌辞中的占比很高，说明汉代相和歌辞是在秦汉歌谣基础上加工而成的，这两种句式也是秦汉楚歌的两种主要句式，进一步说明汉代相和歌主要来源于楚歌。

第四章
《汉鼓吹铙歌》十八曲歌诗的体式建构

《汉鼓吹铙歌》十八曲歌诗，有咏战事者如《战城南》，与朝会有关者如《朱鹭》《上陵》《将进酒》《远如期》等，与道路有关者如《上之回》《圣人出》《君马黄》等，有讲狩猎之事者如《艾如张》《雉子斑》《临高台》等，有游子思归与儿女情歌如《巫山高》《有所思》《上邪》等，还有字句无法读通、内容不明者如《思悲翁》《翁离》《芳树》《石留》等，内容十分驳杂。[①] 古今学者对《汉鼓吹铙歌》作为军乐而“不言军旅之事”的现象，已有多角度的解释。[②] 本稿对此不作赘述，而重点分析其歌辞的体式结构。

第一节 《汉鼓吹铙歌》十八曲歌诗的体式结构

《汉鼓吹铙歌》十八曲歌辞最早见于《宋书·乐志》，但其产生的年代大致在西汉的武宣时期，其体式结构如下[③]：

《朱鹭》：朱鹭，鱼以乌。路訾邪，鹭何食？食茄下。不之食，不以吐，将以问诛者。(2，3。3，3，3。3，3，5。)

---

① 王运熙：《乐府诗述论》，上海古籍出版社 1996 年版，第 221 页。

② 汉鼓吹乐是一个比较宽泛的概念，主要指汉代燕飨食举之乐，既包括前代凯乐，又包括后世骑吹。在汉代，鼓吹乐有用于天子燕乐群臣、日常娱乐、军队行军、册立皇后、宗庙食举、宴请及赏赐功臣外宾等记载。参赵敏俐《汉代乐府制度与歌诗研究》，商务印书馆 2009 年版，第 164—170 页。

③ 《汉鼓吹铙歌》十八曲很多作品因字句无法读通，各家断句差别较大。本稿以《宋书·乐志》为基础，参考《乐府诗集》、逯钦立《先秦汉魏晋南北朝诗》及各家研究成果，为行文简明，不一一出注。所列作品见《宋书·乐志》，中华书局 1974 年版，第 640—644 页。

《思悲翁》：思悲翁，唐思，夺我美人侵以遇。悲翁也，但我思。蓬首狗，逐狡兔，食交君。枭子五，枭母六，拉沓高飞暮安宿。(3，2，7。3，3。3，3，3。3，3，7。)

《艾如张》：艾而张罗，夷于何！行成之，四时和。山出黄雀亦有罗，雀以高飞奈雀何？为此依欲，谁肯礞室。(4，3。3，3。7，7。4，4。)

《上之回》：上之回，所中益。夏将至，行将北。以承甘露宫，寒暑德。游石关，望诸国，月支臣，匈奴服。令从百官疾驱驰，千秋万岁乐无极。(3，3。3，3。5，3。3，3，3，3。7，7。)

《翁离》：拥离趾中可筑室，何用葺之蕙用兰。拥离趾中。(7，7。4。)

《战城南》：战城南，死郭北，野死不葬乌可食。为我谓乌，且为客豪，野死谅不葬，腐肉安能去子逃？水深激激，蒲苇冥冥。枭骑战斗死，驽马徘徊鸣。梁筑室，何以南，何以北？禾黍不获君何食？愿为忠臣安可得？思子良臣，良臣诚可思，朝行出攻，暮不夜归。(3，3，7。4，4，5，7。4，4。5，5。3，3，3，7。7。4，5，4，4。)

《巫山高》：巫山高，高以大。淮水深，难以逝。我欲东归，害梁不为。我集无高曳，水何梁，汤汤回回。临水远望，泣下沾衣。远道之人心思归，谓之何！(3，3。3，3。4，4。5，3，4。4，4。7，3。)

《上陵》：上陵何美美，下津风以寒。问客从何来，言从水中央。桂树为君船，青丝为君笮，木兰为君棹，黄金错其间。沧海之雀赤翅鸿，白雁随。山林乍开乍合，曾不知日月明。醴泉之水，光泽何蔚蔚。芝为车，龙为马，览遨游，四海外。甘露初二年，芝生铜池中，仙人下来饮，延寿千万岁。(5，5。5，5。5，5，5，5。7，3。6，6。4，5。3，3。3，3。5，5，5，5。)

《将进酒》：将进酒，乘大白。辨加哉，诗审搏。放故歌，心所作。同阴气，诗悉索，使禹良工观者苦。（3，3。3，3。3，3。3，3，7。）

《君马黄》：君马黄，臣马苍，二马同逐臣马良。易之有騩蔡有赭。美人归以南，驾车驰马，美人伤我心。佳人归以北，驾车驰马，佳人安终极。（3，3，7。7。5，4，5。5，4，5。）

《芳树》：芳树日月，君乱如于风。芳树不上无心。温而鹄，三而为行。临兰池，心中怀我怅。心不可匡，目不可顾。妒人之子愁杀人。君有他心，乐不可禁。王将何似，如孙如鱼乎？悲矣。（4，5。3。6。3，4。3，5。4，4。7。4，4。4，5。2。）

《有所思》：有所思，乃在大海南。何用问遗君？双珠玳瑁簪，用玉绍缭之。闻君有他心，拉杂摧烧之。摧烧之，当风扬其灰。从今以往，勿复相思。相思与君绝！鸡鸣狗吠，兄嫂当知之。妃呼豨，秋风肃肃晨风飔，东方须臾高知之。（3，5。5，5，5。5，5。3，5。4，4。5。4，5。3，7，7。）

《雉子》：雉子，班如此，之于雉梁。无以吾翁孺，雉子。知得雉子高飞止，黄鹄蜚之以千里。王可思。雄来蜚从雌，视子趋一雉，雉子！车大驾马滕，被王送行所中。尧羊蜚从王孙行。（2，3，4。5，2。7，7。3。5，5。2！5，6。7。）

《圣人出》：圣人出，阴阳合。美人出，游九河。佳人来，骓离哉何。驾六飞龙四时和，君之臣明护不道，美人哉，宜天子。免甘星筮乐甫始，美人子，含四海。（3，3。3，3。3，4。7。7，3，3。7，3，3。）

《上邪》：上邪，我欲与君相知，长命绝无衰。山无陵，江水为竭，冬雷震震夏雨雪。天地合，乃敢与君绝。（2，6，5。3，4，7。3，5。）

《临高台》：临高台以轩，下有清水清且寒。江有香草目以兰，黄鹄高飞离哉翻。关弓射鹄，令我主寿万年。收中吾。(5，7。7，7。4，6。3。)

《远如期》：远如期，益如寿。处天左侧，大乐万岁，与天无极。雅乐陈，佳哉纷。单于自归，动如惊心。虞心大佳，万人还来，谒者引，乡殿陈，累世未尝闻之。增寿万年亦诚哉！(3，3。4，4，4。3，3。4，4。4，4，3，3，6。7。)

《石留》：石留凉阳凉石水流为沙锡以微河为香向始溪冷将风阳北逝肯无敢与于扬心邪怀兰志金安薄北方开留离兰①。

在句式上，这十八首歌辞有五言为主者，如《上陵》《有所思》等2首；有四言为主者，如《芳树》《远如期》等2首；三言为主者，如《朱鹭》《思悲翁》《上之回》《将进酒》《圣人出》等5首；七言为主者，如《翁离》《临高台》等2首。有的歌辞以两种或三种句式为主，中间杂以其他句式，如《战城南》三言5句、四言6句、七言4句，《巫山高》三言四言各4句。

总体而言，汉鼓吹铙歌十八曲歌辞的句式结构存在三个突出特点：第一，从整首作品看，全部歌辞无一首完整的齐言。第二，在相对集中的齐言片段中，以三言、四言和五言居多，尤以“3，3，3，3”“5，5”“4，4”三种句型居多。第三，杂言句式构成形式丰富多样，尤以“3，3，5”“3，3，7”“4，3”“5，3”“5，7”等五种杂言构式为主。第四，很多歌辞中杂有诸如“上邪”“朱鹭”“雉子”“妃呼豨”“收中吾”等二言或三言的感叹词、表声辞。可见，《汉鼓吹铙歌》十八曲歌辞，在体式结构上呈现出鲜明的诗歌体的常规要素与体无定式的二重特征。当然，这种特征与该组歌曲的来源、记录方式、表演方式及其特殊的文化功能存在密切的关系。

① 《石留》一曲的歌辞不可晓解，近年有学者尝试着对该辞进行解读，但结论很不一致。见姚小鸥《汉鼓吹铙歌十八曲的文本类型与解读方法》，《复旦学报》(哲社版)，2005年第1期；许云和《汉鼓吹铙歌十八曲〈石留〉解》，《古籍整理研究学刊》2006年第6期。

第二节 《汉鼓吹铙歌》十八曲的来源及其性质

《汉鼓吹铙歌》十八曲歌辞的体式特征与鼓吹曲的来源和性质有直接关系。《汉鼓吹铙歌》十八曲最早见于《宋书·乐志》，曰《汉鼓吹铙歌》十八曲，并列有歌辞。《宋书·乐志》曰："鼓吹，盖短箫铙歌。蔡邕曰：'军乐也。黄帝歧伯所作，以扬德建武，劝士讽敌也。'"①

一、鼓吹乐产生时间及其构成

有关鼓吹乐产生时间和音乐构成的主要文献如下：

《乐府诗集》"鼓吹曲辞解题"引南齐刘瓛《定军礼》云：

鼓吹未知其始也，汉班壹雄朔野而有之矣。鸣笳以和箫声，非八音也。②

所谓"班壹雄朔野而有之"，见《汉书·叙传》载："始皇之末，班壹避地于楼烦，致马牛羊数千群。值汉初定，与民无禁，当孝惠、高后时，以财雄边，出入弋猎，旌旗鼓吹。"③

晋崔豹《古今注》曰：

汉乐有黄门鼓吹，天子所以宴乐群臣也。短箫铙歌，鼓吹之一章尔，亦以赐有功诸侯。④

郭茂倩：《乐府诗集》"鼓吹曲辞解题"案曰：

然则黄门鼓吹、短箫铙歌与横吹曲，得通名鼓吹，但所用异尔。汉有《朱鹭》等二十二曲，列于鼓吹，谓之铙歌。⑤

又，《乐府诗集》横吹曲题解曰：

---

① 沈约：《宋书》，中华书局1974年版，第558页。
② 郭茂倩：《乐府诗集》，中华书局1979年版，第223页。
③ 班固：《汉书》，中华书局1962年版，第4197—4198页。
④ 郭茂倩：《乐府诗集》，中华书局1979年版，第224页。
⑤ 郭茂倩：《乐府诗集》，中华书局1979年版，第224页。

横吹曲，其始亦谓之鼓吹，马上奏之，盖军中之乐也。北狄诸国，皆马上作乐，故自汉以来，北狄乐总归鼓吹署。其后分为二部，有箫笳者为鼓吹，用之朝会、道路，亦以给赐。……有鼓角者为横吹，用之军中，马上所奏者是也。……横吹有双角，即胡乐也。汉博望侯张骞入西域，传其法于西京，唯得《摩訶兜勒》一曲，李延年因胡曲更造新声二十八解，乘舆以为武乐，后汉以给边将，和帝时万人将军得用之。①

有关东汉黄门鼓吹的文献有如下几条：

《后汉书·祭遵列传》载：

帝东归过汧，幸遵营，劳飨士卒，作黄门武乐，良夜乃罢。李贤注："黄门，署名。前书曰：'是时名倡皆集黄门。'武乐，执干戚以舞也。"②

《后汉书·孝安帝纪》：

（永初元年九月）诏太仆、少府减黄门鼓吹，以补羽林士；厩马非乘舆常所御者，皆减半食；诸所造作，非供宗庙园陵之用，皆且止。"李贤注引《汉官仪》："黄门鼓吹，百四十五人。③

《唐六典》卷十四曰：

后汉少府属官有承华令，典黄门鼓吹百三十五人，百戏师二十七人。晋遂置鼓吹令、丞，属太常。"④

《通典》延续《唐六典》的说法："汉有承华令，典黄门鼓吹，属少府。"⑤

从以上材料可知，东汉的黄门鼓吹乐由少府属官承华令掌管，所谓黄门鼓吹署主要指承华令属下掌管黄门鼓吹乐的机构，虽无"鼓吹署"名

① 郭茂倩：《乐府诗集》，中华书局1979年版，第309页。
② 范晔：《后汉书》，中华书局1965年版，第741页。
③ 范晔：《后汉书》，中华书局1965年版，第208页。
④ 李林甫等：《唐六典》，中华书局1992年版，第406页。
⑤ 杜佑：《通典》，中华书局1988年版，第686页。

称的掌乐机构，但已有专门机构负责掌管黄门鼓吹乐。①

朱国伟以《中国音乐文物大系》为基础，对其中汉代画像砖、画像石的鼓吹乐队画面进行了考察，发现西汉有鼓吹乐队 12 例，东汉有鼓吹乐队 32 例。汉画像石鼓吹乐队所用乐器中，鼓和排箫是必备的主奏乐器，还常伴有瑟、笳或埙的参与，而有执铙者的鼓吹乐队，东汉才开始流行。②

从以上文献可以发现这样一些信息：其一，鼓吹乐，在秦汉时期就已经出现，以财雄边的班壹曾在楼烦使用鼓吹作为仪仗。其二，横吹曲是由张骞从西域传入长安的，后来经李延年改造成新声二十八解，帝王出行时又作为銮仪之乐，所谓“乘舆以为武乐”。其三，两汉鼓吹乐中，鼓和箫是主奏乐器，鼓吹乐作为一种音乐类型，与其鼓、箫合奏的表演方式有关。其四，汉代的鼓吹乐至少有黄门鼓吹、横吹和短箫铙歌三种，因东汉时期这些乐种都归为掌管黄门鼓吹的机构，所以通名鼓吹乐。

二、短箫铙歌的产生及其性质

对“短箫铙歌”的记载最早见于蔡邕《礼乐志》。《续汉书·礼仪中》注引蔡邕《礼乐志》曰：

汉乐四品：一曰《大予乐》，典郊庙、上陵、殿诸食举之乐。郊乐，《易》所谓“先王以作乐崇德，殷荐上帝”，《周官》“若乐六变，则天神皆降，可得而礼也”。宗庙乐，《虞书》所谓“琴瑟以咏，祖考来假”，《诗》云“肃雍和鸣，先祖是听”。食举乐，《王制》谓“天子食举以乐”，《周官》“王大食则令奏钟鼓”。二曰《周颂雅乐》，典辟雍、飨射、六宗、社稷之乐。辟雍、飨射，《孝经》所谓“移风易俗，

① 王运熙先生认为东汉有黄门鼓吹署。见《乐府诗述论》，上海古籍出版社 1996 年版，第 170 页。

② 朱国伟：《汉代的鼓吹乐新探》，《人民音乐》2016 年第 3 期。

莫善于乐”，《礼记》曰“揖让而治天下者，礼乐之谓也”。社稷，《诗》所谓“琴瑟击鼓，以御田祖”者也。《礼记》曰“夫乐施于金石，越于声音，用乎宗庙、社稷，事乎山川、鬼神”，此之谓也。三曰黄门鼓吹，天子所以宴乐群臣，《诗》所谓“坎坎鼓我，蹲蹲舞我”者也。其短箫铙歌，军乐也。其传曰“黄帝、岐伯所作，以建威扬德，风劝士”也。盖《周官》所谓“王师大捷，则令凯乐，军大献则令凯歌”也。①

按：“其短箫铙歌”当为“其四曰短箫铙歌”之误。②

《隋书·音乐志》载：“汉明帝时，乐有四品：一曰《大予乐》，郊庙上陵之所用焉。则《易》所谓‘先王作乐崇德，殷荐之上帝，以配祖考’者也。二曰雅颂乐，辟雍飨射之所用焉。则《孝经》所谓‘移风易俗，莫善于乐’者也。三曰黄门鼓吹乐，天子宴群臣之所用焉。则《诗》所谓‘坎坎鼓我，蹲蹲舞我’者也。其四曰短箫铙歌乐，军中之所用焉。黄帝时，岐伯所造，以建武扬德，风敌励兵，则《周官》所谓‘王师大捷，则令凯歌’者也。”③

以上所引文献中，“短箫铙歌”最早出现于蔡邕的《礼乐志》，“短箫铙歌”作为“鼓吹”之一种，在汉明帝时期已经成为汉乐四品之一，与汉代画像石中鼓吹铙歌乐队于东汉大量出现的情况甚为吻合。可见，“短箫铙歌”之名与鼓吹乐中的“铙”乐器有关，当产生于东汉时期以与黄门鼓吹相区别。汉明帝正乐，将之作为四品之一单独列出，可见其在东汉时期已被广泛使用。萧涤非说：“《铙歌》之声价，自明帝列为四品之一

---

① 范晔：《后汉书》，中华书局1965年版，第3131—3132页。

② 萧亢达《汉代乐舞百戏艺术研究》认为：“短箫铙歌”是汉乐第三品“黄门鼓吹”的一个部分，并非汉乐第四品，汉乐第四品为天子与其后宫亲昵者表演的宴私之乐。文物出版社2010年版。钱志熙《论蔡邕叙“汉乐四品”之第四品应为相和清商乐》，也认为“第四品应为相和清商乐”。《北京大学学报》2010年第二期。李骜《汉乐四品文献考辨——兼论黄门鼓吹乐和短箫铙歌乐的关系》对汉乐四品的文献进行了系统考辨，认为“短箫铙歌是汉乐第四品，而非黄门鼓吹的一部分”，《文献》2013年第4期。

③ 魏徵等：《隋书》，中华书局1973年版，第286页。

始渐抬高，故魏晋以下遂全变为雅颂诗。”①短箫铙歌在四品中的独特功能是“振旅献捷”所用的“军乐”。

三、《汉鼓吹铙歌》十八曲歌辞的内容及其来源

赵敏俐先生认为，“《朱鹭》，讽刺谏者；《思悲翁》，叹家庭之不幸；《艾如张》，怨法网之严密；《上之回》，颂武帝之行幸回中；《战城南》，哀悼战死者；《巫山高》，思念故乡；《上陵》，美宣帝之祥瑞；《将进酒》，写饮酒放歌；《君马黄》，伤朋友中道弃捐；《有所思》，是女子对负心汉的伤心决绝之辞；《雉子斑》，刺世风，寄感慨；《圣人出》，美宣帝；《上邪》，女子相爱誓言；《临高台》，游宴祝颂之词；《远如期》，贺单于来归；其余《拥离》《芳树》《石留》3首，歌辞不可解读。可解的15首歌辞，除5首颂美帝王外，余者内容涉及饮酒赋诗、男女恋情、怀念家乡、家庭不幸、感伤世风、朋友弃捐、哀悼死难者等汉代社会的各方面，内容广泛，颇为杂乱。”并据此推测：“这十八首鼓吹铙歌，在西汉时本属于一组具有特殊风格的鼓吹歌曲，并没有应用和创作场合的限制，到东汉时则主要应用于宫中娱乐等几个方面。至于用于朝会道路以及用作军乐，可能只用其曲而不用其辞。”②赵先生对鼓吹乐之朝会道路及军乐“只用其曲而不用其辞”的论断当是接近鼓吹乐事实的，现做一些补充。

鼓吹乐本身就有很大一部分是作为朝会及帝王出行时的銮仪之乐而存在的。对此，黄本骥《历代职官表》，将清代的神乐署署正对应西汉的太乐令和东汉的太予乐令，和声署署正对应于西汉的乐府令，銮仪掌乐官对应于东汉的承华令、晋宋的鼓吹令。③ 纪昀《清代职官表》曰：“西汉司乐者分为二官：太乐令丞属太常，盖如今之神乐署；乐府令丞属少

---

① 萧涤非：《汉魏六朝乐府文学史》，人民文学出版社1984年版，第59页。
② 赵敏俐：《汉代乐府制度与歌诗研究》，商务印书馆2009年版，第189—190页。
③ 黄本骥：《历代职官表》，上海古籍出版社2005年版，第44—48页。

府，盖如今之和声署。其古兵法武乐，即孔光奏内之嘉至鼓员、邯郸鼓员、骑吹鼓员等百二十八人，当如今銮仪卫所掌之铙歌鼓吹乐。而其初与郊祭乐俱属于乐府。”①在纪昀看来，东汉“典黄门鼓吹乐、百戏师”的承华令是一种“銮仪掌乐官”，黄门鼓吹则属于“銮仪乐”。这种简单对应不一定准确，但它对研究汉代鼓吹乐性质具有启发意义。从两汉鼓吹乐使用的文献看，汉代的鼓吹乐确实有很多都是用于“銮仪之乐”的。

用于道路者，如《汉书·叙传》载班壹“出入弋猎，旌旗鼓吹”就是出行之时的銮仪之乐。又如《西京杂记》载：“汉朝舆驾祠甘泉、汾阴，备千乘万骑。”其随从队伍中，有“象车鼓吹十三人”，“中护军骑，中道。左右各三行，戟盾、弓矢、鼓吹各一部”；另有前将军、射声翊军校尉、骁骑将军、游击将军等“鼓吹各一部”；还有“黄门前部鼓吹，左右各一部”。② 这些“鼓吹”是典型的用于道路的“銮仪之乐”。

用于朝会者，如司马彪《续汉书·礼仪志》引蔡质《汉仪》载：“正月旦，天子幸德阳殿，临轩。公、卿、将、大夫、百官各陪位朝贺。……位既定，上寿。……悉坐就赐。作九宾散乐。……钟磬并作，倡乐毕，作鱼龙曼延。小黄门吹三通，谒者引公卿群臣以次拜，微行出，罢。”正旦朝会天子仪式中的“小黄门吹三通”，是用于朝会的仪式乐。

用于丧葬者，如《续汉书·礼仪志》引丁孚《汉仪》载：“永平七年，阴太后崩，晏驾诏曰：柩将发于殿，群臣百官陪位，黄门鼓吹三通，鸣钟鼓，天子举哀。女侍史官三百人皆著素，参以白素，引棺挽歌，下殿就车，黄门宦者引以出宫省。”③太后丧仪中的“黄门鼓吹三通”则是鼓吹用于仪式的事例。

晋孙毓《东宫鼓吹赋》曰：“鼓吹者，盖古人之军声，振旅献捷之乐也。后稍用之朝会焉，用之道路焉。”④作为帝王朝会、出行的仪式用乐，

① 纪昀：《清代职官表》，上海古籍出版社 1989 年版，第 196 页。
② 王根林等：《汉魏六朝笔记小说大观》，上海古籍出版社 1999 年版，第 110—111 页。
③ 范晔：《后汉书》，中华书局 1965 年版，第 3131、3151 页。
④ 虞世南：《北堂书钞》卷一〇八，天津古籍出版社 1988 年影印，第 453 页。

大多以乐曲演奏为主，而不以歌唱为主。

鼓吹用于帝王日常娱乐者，如《三辅黄图・汉昆明池》载："池中有龙首船，常令宫女泛舟池中，张凤盖，建华旗，作棹歌，杂以鼓吹，帝御豫章观临观焉。"①汉代诗文中也有类似的描写，如汉武帝《秋风辞》曰："萧鼓鸣兮发棹歌。"班固《西都赋》曰："棹女讴，鼓吹震。"又如《后汉书・夫余传》载："顺帝永和元年，其王来朝京师，帝作黄门鼓吹、角抵戏以遣之。"②这是帝王宴乐群臣及外国君臣时使用鼓吹乐的事例。帝王宴乐群臣及日常娱乐所用的鼓吹乐当是有演唱环节的，自然有歌辞。

帝王宴乐群臣及日常娱乐所用的鼓吹乐当是黄门鼓吹乐。西汉的黄门鼓吹应是由乐府机关统一掌管的，属少府。

《汉书・百官公卿表》：少府，秦官，掌山海池泽之税，以给供养，有六丞。属官有尚书、符节、太医、太官、汤官、导官、乐府、……东园匠十六官令丞，……又中书谒者、黄门、钩盾、尚方、御府、永巷、内者、宦者八官令丞。诸仆射、署长、中黄门皆属焉。③

卫宏《汉官旧仪》："黄门令领黄门谒者。骑吹曰冗从，仆射一人，领髦头。""黄门冗从持兵，无数，宣通内外。"④

据《续汉书・百官志》，黄门令，六百石；黄门署长四百石；中黄门冗从仆射六百石，"主中黄门冗从。居则宿卫，直守门户；出则骑从，夹乘舆车。"⑤

可见，黄门署是汉代的一个内庭机构，属少府，其最高职官为黄门令，由宦者担任。其职掌范围比较宽泛，有禁中宿卫、宫廷音乐、皇帝私用马匹、出行仪仗、宫中子弟教育等。中黄门冗从仆射是负责掌管黄

① 〔汉〕佚名撰：《三辅黄图》卷四，四部丛刊本。
② 范晔：《后汉书》，中华书局 1965 年版，第 2812 页。
③ 班固：《汉书》，中华书局 1962 年版，第 731 页。
④ 孙星衍：《汉官六种》，中华书局 1990 年版，第 33、34 页。
⑤ 范晔：《后汉书》，中华书局 1965 年版，第 3594 页。

门骑吹乐的。

西汉的黄门鼓吹乐当由外廷的乐府机关统一执掌，而帝王的具体用乐则由内廷机构黄门令负责，即称为黄门鼓吹。《汉书·礼乐志》载："是时，郑声尤甚。黄门名倡丙强、景武之属富显于世。"[①]又《汉书·张放传》载：丞相薛宣等奏张放"知男子李游君欲献女，使乐府音监景武强求不得，使奴康等之其家，贼伤三人。"注引孟康曰："音监，监主乐人也。"[②]《汉书·礼乐志》称景武为"黄门名倡"，而《张放传》则称景武为"乐府音监"，说明黄门倡与乐府之间有交叉，乐府伎人经常被黄门署召集进内廷进行表演，所以称为黄门名倡。西汉虽尚无黄门鼓吹这样的内廷机构，但鼓吹乐及一些宫廷表演的俗乐均归属黄门署管理。汉哀帝罢乐府诏及处理奏书中已透出些许鼓吹乐与乐府的关系。哀帝罢乐府诏曰："其罢乐府官。郊祭乐及古兵法武乐，在经非郑卫之乐者，条奏，别属他官。"据丞相孔光、大司空何武的奏书，有太乐鼓员、《嘉至》鼓员、《邯郸》鼓员、骑吹鼓员、江南鼓员、淮南鼓员、巴俞鼓员、歌鼓员、楚严鼓员、梁皇鼓员、临淮鼓员、兹邡鼓员十二类一百二十八人"朝贺置酒陈殿下，应古兵法"[③]，皆不可罢。另有可罢者沛吹鼓员、族歌鼓员、陈吹鼓员、商乐鼓员、东海鼓员、长乐鼓员、缦乐鼓员八类共一百二十八人，还有《安世乐》鼓员二十人、楚鼓员六人。当时，乐府中可罢与不可罢鼓员共有二十二类，二百八十二人，人数可谓庞大。可以确定与鼓吹乐有关者，如"骑吹鼓员三人""主领诸乐人"仆射等也都在乐府中。

《汉鼓吹铙歌》十八曲中，有《上之回》《上陵》《圣人出》《临高台》之类歌颂武帝行幸、赞美宣帝之祥瑞和游宴祝颂之词，也有《远如期》之类歌颂匈奴单于来朝之诗，还有更多的歌诗是直接来源于秦汉民间的方音

① 班固：《汉书》，中华书局1962年版，第1072页。
② 班固：《汉书》，中华书局1962年版，第2655页。
③ 班固：《汉书》，中华书局1962年版，第1073页。

俗曲。[①] 如《钓竿》本属《汉鼓吹铙歌》二十二曲之一，因辞亡，故不列于《汉鼓吹铙歌》十八曲中。《乐府诗集》“鼓吹曲辞三”《钓竿》解题引崔豹《古今注》曰：“《钓竿》者，伯常子避仇河滨为渔者，其妻思之而作也。每至河侧辄歌之。后司马相如作《钓竿诗》，遂传为乐曲。”[②]

汉代鼓吹乐的相关记载与《汉鼓吹铙歌》十八曲歌辞的内容是基本吻合的，而与短箫铙歌的记载多有不合之处。汉代关于鼓吹乐的记载应包括黄门鼓吹、横吹、短箫铙歌所有类型，《汉鼓吹铙歌》十八曲也是西汉鼓吹乐实际表演和应用的反映，至少包括蔡邕汉乐四品中的后两品在内，不光是短箫铙歌。从“汉鼓吹铙歌”的命名可见，既包括鼓吹，也包括短箫铙歌。在本质上，其与乐府俗乐是一类，但因其又使用于一些仪式场合，而被逐渐雅化，所以出现了一些歌颂帝王巡幸及祥瑞的作品，这是鼓吹乐适应仪式雅乐的改变。汉哀帝罢乐府，使部分鼓吹乐进入太乐机构，逐渐使其雅化和表演的专门化。使得这组内容丰富的音乐逐渐承担其军乐表功献捷的功能，并逐渐以这组乐曲的演奏为主。西汉的这组古辞被演唱的机会也逐渐减少，所以后代乐工也不知道歌辞的内容，从而增加了很多作品解读的难度。魏晋的鼓吹乐正是延续了短箫铙歌军乐的性质，用汉鼓吹铙歌的曲调新作歌辞，内容多写战阵之事以“述功德”，进一步强化了军乐的性质。如《周礼・大司乐》载：“王师大献，则令奏凯乐。”又《周礼・大司马》载：“若师有功则左执律，右秉钺，以先，凯乐献于社。”郑玄注引《司马法》曰：“得意则凯乐凯歌以示喜也。”[③]

通过以上对汉代鼓吹乐发展演变历史过程的考察可知：第一，鼓吹乐在汉武帝时期开始流行，受到此后历代帝王的重视，成为一种高贵身

---

① 萧涤非认为《汉鼓吹铙歌》为“一种新兴之胡曲”，其文字“多近于风谣杂曲”。见《汉魏六朝乐府文学史》，人民文学出版社 1984 年版，第 50 页；余冠英认为，这些作品“有文人制作，也有民间歌谣”。见余冠英《汉魏六朝诗论丛》，商务印书馆 2010 年版，第 6 页。

② 郭茂倩：《乐府诗集》，中华书局 1979 年版，第 262—263 页。

③ 郑玄等：《周礼注疏》，《十三经注疏》，上海古籍出版社 1997 年影印本，第 785、839 页。

份的标志。第二，鼓吹乐的来源比较复杂，从其乐器构成看，以中国古老的鼓、箫作为主奏乐器，也杂入了西域、北方等少数民族的乐器，如笳等。第三，从其构成上看，有先秦古老的凯乐，也有西域少数民族音乐的加入和渗透，如横吹乐等，还有民间方俗音乐。第四，从文化功能及其属性看，有帝王的颂美之歌，也有饥者歌其食、劳者歌其事的怨刺之声。总之，汉代鼓吹乐的多元融合与渗透，使之具有《汉郊祀歌》、《安世房中歌》以及民间相和歌所无法比拟的丰富性和复杂性。这种多元性、丰富性与复杂性，在其歌辞的体式结构中得到充分的体现。

第三节　《鼓吹铙歌》曲名与诗题的生成及其意味

目前所见最早著录《汉鼓吹铙歌》十八曲的是《宋书·乐志》。从《宋书·乐志》可见，《鼓吹铙歌》的命题，采用了多种方式。

一是据辞立题。在《汉鼓吹铙歌》十八曲的命名中，十八首乐曲均取歌辞头两字或三字加一"曲"字作为乐曲的名称。如《朱鹭曲》《思悲翁曲》《艾如张曲》《上之回曲》等。[①] 缪袭造《魏鼓吹曲》、韦昭造《吴鼓吹曲》，也是取每首歌辞头两字或三字为篇名和曲名，但不加"曲"字，在具体指称中，当指称曲名时用"曲"，当指称歌辞时用"篇"。如《魏鼓吹曲》十二篇解题曰："汉第一曲《朱鹭》，今第一曲《初之平》，言魏也。""右《初之平曲》凡三十句，句三字"[②]。《吴鼓吹曲》十二篇解题曰："炎精缺者，言汉室衰，武烈皇帝奋迅猛志，念在匡救，然而王迹始乎此也。汉曲有《朱鹭》，此篇当之。第一。""右《炎精缺曲》凡三十句，句三字。"[③]晋何承天私造的"《鼓吹铙歌》十五篇"，取歌辞头两字或三字加上"篇"构成诗题，如第一首称"《朱鹭篇》"等。[④]

① 沈约：《宋书·乐志》载录的《汉鼓吹铙歌》十八曲中，仅《君马黄歌》一曲称为"歌"。
② 沈约：《宋书·乐志》，中华书局 1974 年版，第 644 页。
③ 沈约：《宋书·乐志》，中华书局 1974 年版，第 656 页。
④ 沈约：《宋书·乐志》，中华书局 1974 年版，第 661 页。

二是曲辞合题。如《晋鼓吹歌曲》，整组歌曲称“篇”，对每首作品的指称，将篇名和曲名组合成歌曲名，如第一首篇名为“《灵之祥》”，曲名为“《古朱鹭行》”；第二首篇名为“《宣受命》”，曲名为“《古思悲翁行》”。①

三是以曲名代诗题。如刘宋的鼓吹曲称“《今鼓吹铙歌词》”录三曲。因“乐人以音声相传，训诂不可复解”，分别用“《上邪曲》《晚芝曲》《艾如张曲》”代替歌辞②。

四是因事立题。如《魏鼓吹曲》《吴鼓吹曲》十二曲，每首诗题虽采用头两字的方法，但这头两字本身又是整首歌辞的主题。如《魏鼓吹曲》第三曲《获吕布》，“言曹公东围临淮，生擒吕布也”；第四曲《克官渡》，“言曹公与袁绍战，破之于官渡也”。③ 又如《吴鼓吹曲》第六曲《克皖城》，“言曹操志图并兼，而令朱光为庐江太守。上亲征光，破之于皖城也”；第七曲《关背德》，“言蜀将关羽背弃吴德，心怀不轨。大皇帝引师浮江而擒之也”。④

从《汉鼓吹铙歌》曲到魏晋《鼓吹曲》命名方式的变化，至少呈现了两个方面的信息：

第一，《鼓吹曲》是以“曲调”为主的音乐艺术形式，在具体的用乐活动中大概也是以演奏乐曲为主，而不是以歌唱为主。最早的《汉鼓吹铙歌》十八曲，从整组乐曲到每首具体作品都是称“曲”的，《魏鼓吹曲》《吴鼓吹曲》每首作品的题目也是称“曲”的。在《晋鼓吹曲》每首作品的命名中也是以曲与题合称，并称汉代的原曲为“古某某行”以对应每首具体作品。很显然，这组音乐是以“曲”为主的。曲，指音乐曲调。段玉裁《说文解字注》曰：“又乐章为曲，谓音宛曲而成章也。”⑤《国语·周语

① 沈约：《宋书·乐志》，中华书局1974年版，第648页。
② 沈约：《宋书·乐志》，中华书局1974年版，第660页。
③ 沈约：《宋书·乐志》，中华书局1974年版，第644—645页。
④ 沈约：《宋书·乐志》，中华书局1974年版，第657—658页。
⑤ 段玉裁：《说文解字注》，上海古籍出版社1988年版，第637页。

上》载："故天子听政，使公卿至于列士献诗，瞽献曲。"韦昭注云："曲，乐曲也。"[①]行，主要指魏晋时期用于相和三调中的弦奏曲，在相和三调正曲之前作为引曲使用。[②] 晋因行曲流行，所以称《汉鼓吹铙歌》也为"古某某行"，强调其演奏曲的性质。《鼓吹乐》，特别是《汉鼓吹乐》命名中对"曲调"的重视，与汉代鼓吹用乐活动中多"銮仪"之乐的记载是十分吻合的。

第二，从《鼓吹曲》称名的演进中，可见其性质和功能的变化。《汉鼓吹铙歌》曲的"据辞立题"是汉代音乐曲调最基本的命名方式，代表音乐特点的曲调是主体，歌辞是依曲而存的，无需具体名称。但为了标识乐曲的方便，往往取歌辞的头两字做标题，其实这个标题多指乐调名，而不是诗题名。如《汉郊祀歌》《安世房中歌》《汉鼓吹铙歌》莫不如此。魏晋时期，《鼓吹曲》逐渐作为朝会仪式和军乐使用，"述功德受命以相代，大抵多言战阵之事"[③]。为了突出功德受命和战阵之事的主题，文人受命作辞时往往开宗明义、点明题旨，使歌辞首句变成了主题句，从而使《鼓吹曲》出现了"因事立题"的命题方式。又因《鼓吹曲》在魏晋的各种仪式活动中使用频繁，出现了私造者、拟作者，因《鼓吹曲》属于特殊的音乐类型，有使用场域的限制，这些私造的《鼓吹曲》和文人拟作歌辞不可能有机会付诸音乐演唱，如何承天私造的《鼓吹铙歌》十五篇"未尝被于歌"[④]。《宋书·乐志》对何承天私造的《鼓吹铙歌》辞均称为"篇"，已暗示了这组歌曲是从其歌辞的角度收录的。

第四节　《汉鼓吹铙歌》十八曲的语体特征

《汉鼓吹铙歌》十八曲歌辞在语体上的最大特点是，白话语与书面语

---

① 徐元诰：《国语集解》，中华书局 2002 年版，第 11 页。
② 参王立增《乐府诗题"行""篇"的音乐含义与诗体特征》，《文学遗产》2007 年第 3 期。
③ 郭茂倩：《乐府诗集》，中华书局 1979 年版，第 224 页。
④ 郭茂倩：《乐府诗集》，中华书局 1979 年版，第 287 页。

混杂使用。很多歌辞中杂有二言或三言的感叹词、表声辞，口语化倾向鲜明。

如首篇《朱鹭》中"路訾邪"，《乐府诗集》注以为是"表声字，当与曲辞有别"①，闻一多认为"路訾疑即鹭鹚"②，"路訾邪"相当于"鸬鹚呀"，表示感叹，感情强烈。《艾如张》"夷于何"，《乐府诗集》认为是"表声字"③。《巫山高》"远道之人心思归。谓之何！"其中"谓之何！"是感叹句，表达游子强烈的思归之情。又如《有所思》"妃呼豨"，《乐府诗集》说此三字是"表声字"④；萧涤非先生说："此三字，自是声词，如'几令吾呼''何何吾吾''乌乌武邪'之类。然此处曲调遗声，独存不废者，必有其重要性在。殆以声词而兼转换与表情之作用者。"⑤《临高台》末尾"收中吾"三字，《乐府诗集》认为也是"表声字"；刘履《风雅翼》曰："疑特曲调之余声，如《乐录》所谓'羊吾夷''伊那何'之类。"⑥

有的歌辞则又具有明显的书面语特点，用词讲究、结构严整，明显出自文人之手，如《上之回》《上陵》《圣人出》《远如期》等作品。《上之回》是颂美汉武帝天汉二年行幸回中之事。⑦ 其中"游石关，望诸国。月氏臣，匈奴服"四句，写武帝此次行幸所到石关等地，以及沿路各国纷纷臣服的盛大气势；"令从百官疾驱驰，千秋万岁乐无极"两句，写武帝所从百官队伍之浩荡，最后一句是对大汉帝国"千秋万代"的祝颂。《上陵》下半部分曰："芝为车，龙为马，览遨游，四海外。甘露初二年，芝生铜池中，仙人下来饮，延年千万岁。"结构整饬、词语典雅，很像《汉郊祀歌》的语言风格。而前半部分曰："上陵何美美，下津风以寒。问客从何来，言从水中央。桂树为君船，青丝为君笮，木兰为君棹，黄金错

① 郭茂倩：《乐府诗集》，中华书局1979年版，第226页。
② 闻一多：《乐府诗笺》，《闻一多全集》，湖北人民出版社1993年版，第716页。
③ 郭茂倩：《乐府诗集》，中华书局1979年版，第227页。
④ 郭茂倩：《乐府诗集》，中华书局1979年版，第230页。
⑤ 萧涤非：《汉魏六朝乐府文学史》，人民文学出版社1984年版，第58页。
⑥ 刘履：《风雅翼》第十卷《诗补遗》，《四库全书本》第1370册，第176页。
⑦ 郑文：《汉诗研究》，甘肃民族出版社1994年版，第60—61页。

其间。”用赋笔渲染“客船”之精美华贵。用词讲究、结构整饬。宣帝《神爵元年诏》有“金芝九茎产于函德殿铜池中”之语；《甘露二年诏》曰：“乃者凤皇甘露降集，黄龙登兴，醴泉滂流，枯槁荣茂，神光并见，咸受祯祥。”①《汉书·郊祀志》载：宣帝即位，“尊孝武庙为世宗，行所巡守郡国皆立庙。告祠世宗庙日，有白鹤集后庭。以立世宗庙告祠孝昭寝，有雁五色集殿前。”又载，宣帝即位十三年，“上始幸甘泉，郊见泰畤，数有美祥。修武帝故事，盛车服，敬斋祠之礼，颇作诗歌。”②清陈沆据此认为，此诗所咏乃宣帝朝诸祥瑞之事。③ 明胡应麟曰：“《铙歌·上陵》一篇尤奇丽。微觉断续。后半类《郊祀歌》，前半类东京乐府，盖《羽林郎》《陌上桑》之祖也。”④《圣人出》《远如期》两首歌辞的用词也整饬、典雅，与《上之回》《上陵》风格甚为接近。

《战城南》《将进酒》《君马黄》《临高台》等作品则在一首诗中存在书面语和口头白话语的互相混杂现象。如《战城南》之“枭骑战斗死，驽马徘徊鸣。”“禾黍不获君何食，愿为忠臣安可得？”“思子良臣，良臣诚可思。朝行出攻，暮不夜归。”《临高台》之“临高台以轩，下有清水清且寒”“江有香草目以兰，黄鹄高飞离哉翻”“关弓射鹄，令我主寿万年”等。这些诗句的用词多为书面语，结构整齐，讲究对称，应该是经过了文人的书面化提炼。

细读《汉鼓吹铙歌》十八曲，无论从诗歌主题内容，还是语言体式，都能明显感受到三方面信息：即以颂美为主的大雅传统、以怨刺为主的小雅精神和以情歌为主的风诗特色。不仅内容十分丰富，诗体风格也多样纷呈。若再结合鼓吹在两汉用乐的记载，有理由相信《汉鼓吹铙歌》十八曲应当是一组内容丰富、表演风格多样的汉代乐府诗，可能不仅限于鼓吹乐辞。从上文考证可知，鼓吹乐，无论黄门鼓吹、横吹还是短箫铙

① 班固：《汉书》，中华书局 1962 年版，第 259、269 页。
② 班固：《汉书》，中华书局 1962 年版，第 1248—1249 页。
③ 陈沆：《诗比兴笺》，上海古籍出版社 1981 年版，第 3 页。
④ 胡应麟：《诗薮》，上海古籍出版社 1979 年版，第 18 页。

歌，在正式的仪式用乐中，均是以曲调演奏为主，而非歌唱。有可能在仪式用乐之余，也有用鼓吹乐的曲调临时配以其他歌辞进行演唱娱乐的情形。

至于歌辞中出现的如“收中吾”“妃呼豨”等“表声字”，以及部分作品如《石留》等不可晓解的情况，当是源于这组歌辞的乐工依声记录，并口耳相传的传播方式造成的。对此，沈约《宋书·志序》已有认识：“《乐经》残缺，其来已远。班氏所述，政抄举《乐记》，马彪《后书》，又不备续。至于八音众器，并不见书，虽略见《世本》，所阙犹众。爰及雅郑，讴谣之节，一皆屏落，曾无概见。郊庙乐章，每随世改，雅声旧典，咸有遗文。又按今《鼓吹铙歌》，虽有章曲，乐人传习，口相师祖，所务者声，不先训以义。今乐府铙歌，校汉魏旧曲，曲名时同，文字永异，寻文求义，无一可了。不知今之铙章，何代曲也。”①

① 沈约：《宋书》，中华书局1974年版，第204页。

第五章
两汉魏晋文人诗歌的体式建构

汉代文人诗也称文人徒诗，是相对于汉代的歌诗而言的，主要指文人独立创作的、不合乐歌唱的诗歌。从现存文献对两汉文人诗歌的载录情况看，可分为主名和未主名两种类型。汉代文人诗歌的体式建构过程是中国文人诗歌脱离对音乐的依附而逐渐独立的过程，也是中国文人诗歌美学观念逐渐形成的过程。

第一节　汉代文人诗歌创作概述

一、两汉主名的文人诗歌

汉代的诗歌多以口头传唱为主，故多称歌诗，以主名文人独立创作的诗歌则不多见。因此《汉书·艺文志》中未建立门类。从现有文献载录看，较早创作徒诗的应是西汉景帝时期的韦孟，有《讽谏诗》《在邹诗》存世。《汉书·韦贤传》载：韦孟“为楚元王傅，傅子夷王及孙王戊。戊荒淫不遵道，孟作诗讽谏。后遂去位，徙家于邹，又作一篇。……孟卒于邹。或曰其子孙好事，述先人之志而作是诗也。”[①]其《讽谏诗》是讽谏楚元王的荒淫无道，《在邹诗》是徙家于邹的抒怀之作。从汉书的记载看，韦孟的两篇诗歌疑是其子孙“述先人之志”的补述之作，大概成于韦贤、

① 班固：《汉书》，中华书局1962年版，第3101—3107页；刘跃进《秦汉文学编年史》将《讽谏诗》《在邹诗》系于汉景帝前元二年(前155)。商务印书馆2006年版，第114页。

韦玄成生活的西汉宣帝、元帝时代。《汉书·韦贤传》又载：韦贤少子韦玄成“以列侯侍祀孝惠庙，当晨入庙，天雨淖，不驾驷马车而骑至庙下，有司劾奏，等辈数人皆削爵为关内侯。玄成自伤贬黜父爵，叹曰‘吾何面目以奉祭祀！’作诗自劾责……贬黜十年之间，遂继父相位，封侯故国，荣当世焉。玄成复作诗，自著复玷缺之艰难，因以戒子孙曰。”[1]韦玄成《自劾诗》《戒子孙诗》二诗亦当作于汉元帝时期。[2] 这四首诗歌的内容多以“劝诫”为主，体式结构为典型的四言体，当是对《诗经》“小雅”的模仿和对《诗经》雅颂传统的继承，既不同于汉代歌诗，也有别于后来的文人抒情诗。除此之外，西汉不见有主名的徒诗作品。[3]

东汉时期，见于载籍的文人主名徒诗逐渐增多。如梁鸿《适吴诗》《思友诗》，班固《东都赋》中系有《明堂》《辟雍》《灵台》《宝鼎》《白雉》五首、另有《咏史》一首，崔骃《安封侯》《七言诗》、傅毅《迪志诗》、刘珍《赞贾逵》、石勋《费凤别碑诗》、张衡《怨诗》《四愁诗》、朱穆《与刘伯宗绝交》、郦炎《见志诗》、桓麟《答客诗》、秦嘉《述婚诗》《赠妇诗》、徐淑《答秦嘉》、仇靖《李翕析里桥郙阁颂新诗》、赵壹《秦客诗》、蔡邕《答对元式》《答卜元嗣》《翠鸟诗》《酸枣令刘熊碑诗》、孔融《离合作郡姓名字诗》《临终诗》、蔡琰《悲愤诗》、仲长统《见志诗》等，共三十一首。[4]

二、两汉未主名的“古诗”

两汉未主名的诗歌，在两晋南北朝时期被称为“古诗”。《世说新语·文学》载，王恭问其弟王爽曰：“古诗中何句为最?”并自咏“所遇无故物，

---

① 班固：《汉书》，中华书局 1962 年版，第 3110—3113 页。

② 刘跃进：《秦汉文学编年史》将《自劾诗》《戒示子孙诗》分别系于汉宣帝五凤三年(前 55)、汉元帝永光二年(前 42)。商务印书馆 2006 年版第 230、249 页。

③ 《李陵录别诗》，逯钦立先生认为“此二十一首种类虽杂，然无一切合李陵身世者”，当是后汉灵、献之际的文士之作。可从。见《逯钦立文存·汉诗别录》，中华书局 2010 年版，第 1—19 页。

④ 逯钦立：《先秦汉魏晋南北朝诗》，中华书局 1983 年版，第 166—200 页。

焉得不速老”①。刘勰《文心雕龙·明诗》曰：“古诗佳丽，或称枚叔，其孤竹一篇，则傅毅之词。”②钟嵘《诗品序》曰：“古诗，其体源出《国风》。陆机所拟十二首，温文以丽，意悲而远。惊心动魄，可谓几乎一字千金！”③《文选》“杂诗”类选录有《古诗十九首》。可见，“古诗”之名是两晋南北朝时期对汉魏无主名诗歌的指称。

两汉未主名的文人诗歌，据逯钦立《先秦汉魏晋南北朝诗》，有如下一些：第一，《华阳国志》辑录《咏谯君黄》《伤三贞》《风巴郡太守》《刺巴郡郡守》《思治》五首；第二，《隶释》辑录《张公神碑歌》九章、《李翊夫人碑叹》《郭辅碑歌》三首；第三，《汉晋西陲木简汇编》辑录《风雨诗》一首；第四，《文选》收录《古诗十九首》；第五，《玉台新咏》收录《古诗五首》(《上山采蘼芜》《四坐且莫喧》《悲与亲友别》《穆穆清风至》《兰若生春阳》)、《古绝句四首》(《蒿砧今何在》《日暮秋云阴》《菟丝从长风》《南山一树桂》)；第六，《古诗类苑》收录《古诗四首》(《橘柚垂华实》《十五从军征》《新树兰蕙葩》《步出城东门》)；第七，《艺文类聚》收录《古诗》三首(《采葵莫伤根》《古五杂俎》《古两头纤纤》)；第八，《太平御览》辑录《古诗》二首(《甘瓜抱苦蒂》《青青陵中草》)；第九，《文选》《古文苑》各书共收录《李陵录别诗》二十一首，共67首。④

这些未主名的文人作品，大多数都是在东汉产生的。《华阳国志》五首、《隶释》中《张公神碑歌》九章为东汉时期作品。其余作品未有交代，其中当有部分西汉作品，如《古诗十九首》中的个别作品可能是西汉枚乘的作品，但绝大部分作品都产生于东汉时期。⑤

① 余嘉锡：《世说新语笺疏》，上海古籍出版社1993年版，第276页。

② 范文澜：《文心雕龙注》，人民文学出版社1958年版，第66页。

③ 曹旭：《诗品笺注》，人民文学出版社2009年版，第45页。

④ 本稿以逯钦立《先秦汉魏晋南北朝诗》为准，散见于其他文献的残句未计在内。中华书局1983年版，第325—344页。

⑤ 赵敏俐先生认为，《古诗十九首》少数产生于西汉，多数产生于东汉中后期。见《汉代诗歌史论》，吉林教育出版社1995年版，第245页。

三、西汉文人诗缺位的原因

很明显，西汉的文人诗歌是很少见的。西汉文人诗的缺位有多方面原因，但主要与西汉儒家诗学语境中的歌诗观念及其由之形成的审美趣尚有关。

其一，汉代《诗》的经学化话语对作“诗”构成的某种“禁忌”。汉武帝“卓然罢黜百家，表章《六经》”，设立“五经”博士，全面复兴儒学。于是，《诗》便成为“五经”之一，由博士负责传授，而“天下之学士靡然向风”。《诗》也由此上升为国家主流意识形态话语。由于对《诗》的经学化阐释，以及“诗”的经学化话语的形成，使“诗”在汉代成为《诗经》的专名。因其崇高的文化地位，作“诗”便成为文人的某种“禁忌”。

其二，汉初楚文化引导下形成的“乐楚声”审美趣尚。《汉书·礼乐志》曰：“高祖乐楚声，故《房中乐》楚声也。”①汉高祖刘邦对楚歌楚声的酷爱，以及对楚文化的积极倡导，使得楚文化在汉代宫廷极为盛行，就是用于宫中祭祀兼燕娱的《房中乐》都是楚声。不仅楚声，汉代初期整个文化建构都是以楚文化为基础的，如汉初黄老之学、汉代的辞赋以及汉代画像砖、画像石等艺术均属于楚文化体系。② 在汉初这种文化向导下，帝王及宫廷文人都十分喜爱楚歌楚声，并习惯于选择以“楚歌”抒情达意。如刘邦《大风歌》，《史记·高祖本纪》载：“高祖还归，过沛，留。置酒沛宫，悉召故人父老子弟纵酒，发沛中儿得百二十人，教之歌。酒酣，高祖击筑，自为歌诗曰：‘大风起兮云飞扬，威加海内兮归故乡，安得猛士兮守四方！’令儿皆和习之。高祖乃起舞，慷慨伤怀，泣数行下。谓沛父兄曰：‘游子悲故乡。吾虽都关中，万岁后吾魂魄犹乐思沛。且朕自沛公以诛暴逆，遂有天下，其以沛为朕汤沐邑，复其民，世世无

① 班固：《汉书》，中华书局1962年版，第1043页。

② 参郑祖襄《说“高祖乐楚声”》，《中国音乐》2005年第4期。

有所与。”[①]此外，刘邦《鸿鹄歌》，《史记·留侯世家》载：“戚夫人泣，上曰：‘为我楚舞，吾为若楚歌。’歌曰：‘鸿鹄高飞，一举千里。羽翮已就，横绝四海。横绝四海，当可奈何。虽有矰缴，尚安所施。’”[②]其他用楚歌言情者如戚夫人《春歌》、汉武帝《秋风辞》《瓠子歌》、李陵《歌》、广川王《歌》、汉昭帝弗陵《黄鹄歌》，还有《燕王歌》《华容夫人歌》《广陵王歌》等。

其三，汉武帝“润色鸿业”思想引导下的文体转向。汉代初期以楚声为主进行的文化引导，使楚文化在汉代得到全面兴盛。汉代初期的文人则延续屈原“发愤以抒情”（《九章·惜诵》）的传统，兴起骚体赋创作，如贾谊《鹏鸟赋》《吊屈原赋》等。而汉武帝时代因“润色鸿业”之需，大力提倡辞赋的“巨丽”之美，汉代文人文风开始逐渐由“骚”而“赋”，由抒情转向体物。汉大赋兴盛的动因，班固《两都赋序》叙述得甚为明白：

> 或曰：赋者，古诗之流也。昔成康没而颂声寝，王泽竭而诗不作。大汉初定，日不暇给。至于武、宣之世，乃崇礼官、考文章，内设金马、石渠之署，外兴乐府、协律之事，以兴废继绝，润色鸿业。是以众庶悦豫，福应尤盛，《白麟》《赤雁》《芝房》《宝鼎》之歌，荐于郊庙。神雀、五凤、甘露、黄龙之瑞，以为年纪。故言语侍从之臣，若司马相如、虞丘寿王、东方朔、枚皋、王褒、刘向之属，朝夕论思，日月献纳。而公卿大臣御史大夫倪宽、太常孔臧、大中大夫董仲舒、宗正刘德、太子太傅萧望之等，时时间作。或以抒下情而通讽谕，或以宣上德而尽忠孝，雍容揄扬，著于后嗣，抑亦《雅》《颂》之亚也。[③]

---

① 司马迁：《史记》，中华书局1982年版，第389页。
② 司马迁：《史记》，中华书局1982年版，第2047页。
③ 严可均：《全上古三代秦汉三国六朝文》，中华书局1958年版，第602页。

总而言之，西汉一代，因《诗三百》的经学化，先秦以来“诗”的地位被不断提升，“诗”的概念已被《诗三百》所专有，成为证事论理的重要经典，“作诗”则被视为某种禁忌，因此，文人作诗在汉代缺乏文体依据；汉代骚体赋向散体大赋的转向，汉大赋以“润色鸿业”为目的，从而形成其内容上的“劝百讽一”特点，使汉代宫廷文人普遍缺乏批判精神和情感个性，汉代文人缺少诗歌创作的激情。而汉代初期以楚声为重点的楚文化得到广泛传播，使汉代形成了普遍的以“楚歌”抒情达意的审美倾向，从而使“楚歌”成为西汉文人抒情达意的重要载体。在这样的文化语境中，文人诗歌的缺位就很自然了。

第二节　两汉文人徒诗的体式特征

一、两汉主名徒诗的体式特征

西汉主名的徒诗，有汉景帝时期韦孟《讽谏诗》《在邹诗》两首，汉元帝时期，韦玄成《自劾诗》《戒子孙诗》两首。《讽谏诗》四言凡 102 句、《在邹诗》四言凡 52 句、《自劾诗》四言凡 76 句、《戒子孙诗》四言 56 句。这四首诗都是典型的四言体，是模仿《诗经》大雅、小雅的精神和四言体式创作的。

东汉主名的徒诗逐渐增多，现存 40 余首，对其句式结构描述如下：

梁鸿《适吴诗》：骚体“3+兮+2”结构，凡 26 句。

《思友诗》：骚体“3+兮+3”结构，凡 3 句。

班固《东都赋》所系五诗：《明堂》《辟雍》《灵台》三首为四言体，《宝鼎》《白雉》两首为“3+兮+3”结构的骚体。

班固《咏史》：五言结构，凡 16 句。

崔骃《安封侯诗》：骚体“3+兮+3”结构，凡 4 句。

《七言诗》：同韵七言，存三句。①

傅毅《迪志诗》：四言结构，凡64句。

刘珍《赞贾逵诗》：四言结构，存4句。

石勋《费凤别碑诗》：五言中杂3句六言，凡60句。

张衡《怨诗》：四言结构，存8句。

《四愁诗》：七言结构，凡28句。

朱穆《与刘伯宗绝交诗》：四言结构，凡16句。

郦炎《见志诗》二首：五言结构，其一凡20句，其二凡16句。

桓麟《答客诗》：四言结构，存8句。

秦嘉《述婚诗》二首：四言结构，每首凡10句。

《赠妇诗》四首：一首四言结构，凡16句，三首五言结构，一首16句，两首20句。

徐淑《答秦嘉诗》：骚体“2+兮+2”结构，凡20句。

仇靖《李翕析里桥郙阁颂新诗》：“4+兮+4”骚体结构，凡12句。

赵壹《刺世疾邪赋》系《秦客诗》：五言结构，凡8句。

蔡邕《答对元式诗》：四言结构，存10句。

《答卜元嗣诗》：四言结构，存6句。

《翠鸟诗》：五言结构，凡10句。

《酸枣令刘熊碑诗》三首：四言结构，其中一句8言。

孔融《离合作郡姓名字诗》：四言结构，凡22句。

《临终诗》：五言结构，凡16句。

蔡琰《悲愤诗》二首：一为五言结构，凡108句；一为骚体“3+兮+3”结构，凡38句。

仲长统《见志诗》二首：四言结构，一首18句，一首20句。

---

① 该诗见于《太平御览》九百一十六卷，所载未必完整，故对首见于《北堂书钞》《艺文类聚》《太平御览》等类书的诗歌篇幅的表述，均用“存”多少句。下同。

上举这些主名的文人诗共 40 首，由四种体式类型构成：一是四言体，共 19 首，约占 50%；二是五言体，共 10 首，占 25%；三是骚体，共 8 首，占 20%；四是七言体，共 2 首，占 5%。骚体和四言体是《诗经》《楚辞》传统体式的延承；而五言、七言则属于新的诗歌体式，多见于两汉民间歌谣和汉代乐府诗。这些作品还有一个特点是，40 首诗歌全部是齐言体，几乎没有杂言，呈现出鲜明的齐言化趋势和整饬化审美倾向。

二、两汉无主名文人诗的体式特征

今据逯钦立《先秦汉魏晋南北朝诗》“汉诗卷十二”所录“古诗”，考察其体式结构。

《华阳国志》辑录《咏谯君黄诗》《伤三贞诗》《风巴郡太守诗》《刺巴郡郡守诗》《思治诗》五首。

> 《咏谯君黄诗》：五言结构，凡 4 句。
>
> 《伤三贞诗》：四言结构，凡 8 句。
>
> 《风巴郡太守诗》：四言结构，凡 8 句。
>
> 《刺巴郡郡守诗》：五言结构，凡 12 句。
>
> 《思治诗》：五言结构，凡 4 句。

《隶释》辑录《张公神碑歌》九章、《李翊夫人碑叹》《郭辅碑歌》共三首。

> 《张公神碑歌》九章：前三章七言结构，后六章骚体结构。
>
> 《李翊夫人碑叹》：骚体结构。
>
> 《郭辅碑歌》：四言结构，凡 22 句。

以上诸诗，虽未注明作者，但有标题，不在“杂诗”之列。《咏谯君黄诗》作于公孙述称帝西南时期，是东汉早期作品，其余四首是东汉安帝、桓帝时期的作品，已属东汉中后期。《张公神碑歌》九章、《李翊夫人碑叹》《郭辅碑歌》三首也属于汉桓帝及以后作品，碑刻诗作为对碑主的赞颂之辞，或出于对特殊情境与事件的记录，其用语和体式往往古典雅正。此处或用四言正格，或用楚辞体，都显示出其用调的正统性。

《汉晋西陲木简汇编》辑录《风雨诗》为骚体结构，凡 8 句，其中 4 句省略了句腰的“兮”字。与之一并发掘的汉文木简都是东汉文书，无其他朝代的东西在内。有的文书著录有年代，最早为建武二十三年(公元 47 年)十一月丁卯，最晚为汉明帝永平十年(公元 67 年)九月十二日，《风雨诗》亦当不出这二十年之内，作者可能是西陲诸郡的郡守。[①] 诗的内容是记录一场大风雨给西陲地区带来的洪水灾难，属于天灾等重大事件的记录，用当时常用的骚体诗表现也可见其重要性。

以下作品既无作者，也无诗歌标题，《文选》称之为“杂诗”，逯钦立《先秦汉魏晋南北朝诗》称之为“古诗”，如《文选》收录《古诗十九首》；《玉台新咏》收录《古诗五首》(上山采蘼芜、四坐且莫喧、悲与亲友别、穆穆清风至、兰若生春阳)，《古绝句四首》；《古诗类苑》收录《古诗》四首(橘柚垂华实、十五从军征、新树兰蕙葩、步出城东门)；《艺文类聚》收录《古诗》一首(采葵莫伤根)；《太平御览》收录《古诗》二首(甘瓜抱苦蒂、青青陵中草)；共有古诗三十五首。这些作品全为五言双完句的齐言结构。另有《李陵录别诗》二十一首，也全是五言句齐言结构。还有《艺文类聚》收录《古五杂俎诗》三言结构，凡 6 句；《古两头纤纤诗》七言结构，凡 4 句。

上录这些“古诗”共五十八首，除《古五杂俎诗》三言结构、《古两头纤纤诗》七言结构外，其他五十六首全部是五言句齐言结构。可见，这些下层文人所作的无名古诗，采用的诗体是当时民间谣歌和乐府诗常用的五言句结构。建安文人开始全面接受了这种体式，从而形成建安“五言腾涌”的诗歌创作局面，使五言诗体式走向成熟。这些无名的五言古诗在句式、篇制和语体方面究竟有何特点？下文以《古诗十九首》为例进

① 参许云和《敦煌汉简〈风雨诗〉诗论》，《首都师范大学学报》(哲社版)2011 年第 2 期。

行分析。

三、汉代五言古诗的体式特征：以《古诗十九首》为例

通过以上对汉代文人诗歌体式结构的梳理可知，汉代主名的文人诗，其作者以汉代的上层文人居多，这些诗歌对体式的选择上多采用四言体和楚骚体。因为四言体是在《诗经》语言体式基础上提炼的结果，属于“正格”；“楚歌”在汉代得到帝王和宫廷文人广泛认可和普遍使用，文人用“楚歌”体式进行徒诗创作，也体现了汉代文人对这种体式的普遍接受和认可。相对而言，汉代文人古诗的体式特征倒是一种新事物，有必要对之进行重点分析。由于汉代文人古诗创作方式多元复杂，现存古诗中还有不少作品是后世文人所作，为了提高分析的显示度和可信度，在此仅以《文选》收录的“古诗十九首”为例。

现将《古诗十九首》每首诗歌的句式与篇制结构逐一胪列如下：

行行重行行：“5，5”结构，凡16句。

青青河畔草：“5，5”结构，凡10句。

青青陵上柏：“5，5”结构，凡16句。

今日良宴会：“5，5”结构，凡14句。

西北有高楼：“5，5”结构，凡16句。

涉江采芙蓉：“5，5”结构，凡8句。

明月皎夜光：“5，5”结构，凡16句。

冉冉孤生竹：“5，5”结构，凡16句。

庭中有奇树：“5，5”结构，凡8句。

迢迢牵牛星：“5，5”结构，凡10句。

回车驾言迈：“5，5”结构，凡12句。

东城高且长：“5，5”结构，凡20句。

驱车上东门：“5，5”结构，凡18句。

去者日以疏：“5，5”结构，凡10句。

生年不满百："5，5"结构，凡10句。

凛凛岁云暮："5，5"结构，凡20句。

孟冬寒气至："5，5"结构，凡14句。

客从远方来："5，5"结构，凡10句。

明月何皎皎："5，5"结构，凡10句。①

《古诗十九首》均为"5，5"结构的五言诗，其长度在八句至二十句之间，八句者《涉江采芙蓉》《庭中有奇树》两首、十句者《青青河畔草》《迢迢牵牛星》《去者日以疏》《生年不满百》《客从远方来》《明月何皎皎》六首、十二句者《回车驾言迈》一首、十四句者《今日良宴会》《孟冬寒气至》两首、十六句者《行行重行行》《青青陵上柏》《西北有高楼》《明月皎夜光》《冉冉孤生竹》五首、十八句者《驱车上东门》一首、二十句者《东城高且长》《凛凛岁云暮》两首。句式完整、结构整齐。

第三节　汉代文人古诗的生成模式及其体式建构

汉代主名的文人诗歌，大多是作者在特定的时间和地点，根据某个事件或为某个具体人物独立创作的作品，诗歌一般有标题，主题也相对集中明确。汉代无主名的文人古诗创作方式则复杂得多，有文人对民歌的加工和提炼，有失去音乐形态的乐府歌辞，有文人对乐府诗句的拼凑，也有文人的独立创作。总体而言，汉代文人古诗的生成模式有两大类型：第一，乐府歌辞的徒诗化；第二，文人拼凑歌辞的徒诗创作。汉代文人拼凑乐辞的徒诗创作，对汉代古诗的体式形成产生了重要影响。

一、乐府歌辞的徒诗化

汉代乐府歌辞存在音乐传播与文本传播两种方式，其文本又有"乐

① 李善注：《文选》，上海古籍出版社1986年版，第1342—1350页。

辞本”和“文辞本”之别。“乐辞本”是乐府机关在“乐家”传诗机制中形成的作为音乐演唱的脚本，往往有记音符号或曲式结构标识，《乐府诗集》称为“乐奏辞”；而“文辞本”是没有音乐演唱标识的纯文本歌辞，《乐府诗集》称之为“本辞”。因“文辞本”产生于“诵诗”文化活动，其传播方式是脱离音乐环境的纯文本传播，所以在文人中传播甚广。文人对乐府“文辞本”的接受重在其意义，而往往忽略其音乐要素，于是这些歌辞在广泛地传播接受活动中，不断地被文人或借以抒情言志，或阅读传抄，因其功能与文人徒诗逐渐趋同，被视为文人徒诗。部分古诗就是这样生成的。少量“乐辞本”也因音乐失传，仅以文本形态传播，而逐渐被徒诗化。

范文澜《文心雕龙·情采》注云：

> 汉之乐府，后世之谣谚，皆里闾小子之作，而情文真切，有非翰墨之士所敢比拟者，即如“古诗十九首”，在汉代当亦谣谚之类。[①]

“古诗十九首”《驱车上东门》，《文选》称其为古诗，《艺文类聚》称其为“古驱车上东门行”，《乐府诗集》将其收入“杂曲歌辞”，称为“古辞”。“古诗十九首”《冉冉孤生竹》，《文选》《玉台新咏》称其为“古诗”，《乐府诗集》称其为“古辞”。

从本质上看，古诗的这种生成方式其实是诗歌在传播与接受行为中形成的。其始本是音乐歌辞，由于在文本传播中，其诗性价值的凸显，后人不能辨识其歌辞的身份，而将之视为古诗。

二、文人拼凑歌辞的徒诗创作

西汉已经出现了少量的文人徒诗作品，东汉中后期，文人徒诗创作开始兴起，建安达到鼎盛。作为文人徒诗创作的早期阶段，汉代尚未形成独立的诗歌创作意识，往往借助流传广泛的名言警句或乐府歌辞来抒

① 范文澜：《文心雕龙注》，人民文学出版社 1958 年版，第 541 页。

情达意。对此，我们可以从两汉乐府歌辞与文人古诗千丝万缕的联系中获得一些信息。

先看乐府古辞《饮马长城窟行》与《青青河畔草》《孟冬寒气至》《客从远方来》三首古诗的关系：

《乐府诗集》相和歌辞“瑟调曲”收录《饮马长城窟行》古辞，郭茂倩引郦道元《水经注》、杨泉《物理论》及《乐府解题》《乐府广题》等有关此曲的记载，并称“古辞”，可见此曲当产生较早。其辞曰：

青青河畔草，绵绵思远道。远道不可思，宿昔梦见之。梦见在我傍，忽觉在他乡。他乡各异县，展转不相见。枯桑知天风，海水知天寒。入门各自媚，谁肯相为言。客从远方来，遗我双鲤鱼。呼儿烹鲤鱼，中有尺素书。长跪读素书，书中竟何如？上言加餐饭，下言长相忆。①

《古诗十九首》“青青河畔草”以《饮马长城窟行》古辞首句起笔，抒发楼上女子“荡子行不归，空床难独守”的孤独苦闷之情。古诗《孟冬寒气至》中间部分，有“客从远方来，遗我一书札。上言长相思，下言久别离”四句，这四句与《饮马长城窟行》“客从远方来，遗我双鲤鱼。呼儿烹鲤鱼，中有尺素书。长跪读素书，书中竟何如？上言加餐饭，下言长相忆”有惊人的相似，不仅拼凑古辞原句，句式结构也来自于古辞。在某种意义上，“客从远方来，遗我×××”已成为离别相思题材的一种写作模式。如“客从远方来，遗我一端绮”（古诗《客从远方来》）。

此外，班婕妤《怨歌行》与《古长歌行》、古诗《客从远方来》三者关系也十分密切。郭氏《乐府诗集》“长歌行”解题曰：“魏改奏文帝所赋曲西山一何高。”《长歌行》古辞曰：

青青园中葵，朝露待日晞。阳春布德泽，万物生光辉。常恐秋节至，焜黄华叶衰。百川东到海，何时复西归。少壮不努力，老大

① 郭茂倩：《乐府诗集》，中华书局1979年版，第556页。

徒伤悲。

《乐府解题》曰："古辞云：'青青园中葵，朝露待日晞'，言芳华不久，当努力为乐，无至老大乃伤悲也。魏改奏文帝所赋曲'西山一何高'"①。《乐府解题》所引古辞是《长歌行》的前两句。据"魏改奏文帝辞"知，《长歌行》古辞在曹魏之前就已经存在。

班氏《怨歌行》曰：

> 新裂齐纨素，鲜洁如霜雪。裁为合欢扇，团团似明月。出入君怀袖，动摇微风发。常恐秋节至，凉飙夺炎热。弃捐箧笥中，恩情中道绝。②

"常恐秋节至，凉飙夺炎热"当是化用了《长歌行》"常恐秋节至，焜黄华叶衰"诗句而成的。"裁为合欢扇，团团似明月"两句又与古诗《客从远方来》"文彩双鸳鸯，裁为合欢被"相关。

李善《文选注》云："《歌录》曰：《怨歌行》，古辞。然言古者有此曲，而班婕妤拟之。"③在李善看来，《长歌行》古辞在班婕妤时代已经流行。可见班诗是拼凑了《长歌行》等歌辞而成的。看来"客从远方来"古诗则是拼凑了《饮马长城窟行》古辞、班婕妤《怨歌行》辞句而成的作品。

古诗"生年不满百"是拼凑汉大曲《西门行》古辞而成的一首作品。《乐府诗集》引《古今乐录》曰："王僧虔《技录》：《西门行》歌古西门一篇，今不传。"并录其辞曰：

> 出西门，步念之。今日不作乐，当待何时？夫为乐，为乐当及时。何能坐愁怫郁，当复待来兹。饮醇酒，炙肥牛，请呼心所欢，可用解愁忧。人生不满百，常怀千岁忧。昼短而夜长，何不秉烛游。自非仙人王子乔，计会寿命难与期。自非仙人王子乔，计会寿

① 郭茂倩：《乐府诗集》，中华书局 1979 年版，第 442 页。
② 郭茂倩：《乐府诗集》，中华书局 1979 年版，第 616 页。
③ 李善注：《文选》，上海古籍出版社 1986 年版，第 1280 页。

命难与期。人寿非金石，年命安可期。贪财爱惜费，但为后世嗤。(右一曲，晋乐所奏)

出西门，步念之，今日不作乐，当待何时？逮为乐，逮为乐，当及时。何能愁怫郁，当复待来兹。酿美酒，炙肥牛，请呼心所欢，可用解忧愁。人生不满百，常怀千岁忧。昼短苦夜长，何不秉烛游。游行去去如云除，弊车羸马为自储。(右一曲，本辞)①

沈约《宋书·乐志》载《西门行》古辞与《乐府诗集》乐奏辞同。并注曰："一本'烛游'后'行去之，如云除，弊车羸马为自推'，无'自非'以下四十八字。"此注文本与《乐府诗集》本辞基本相同。可见，沈约所见也有乐奏辞和本辞两种版本。

《文选》"生年不满百"诗：

生年不满百，常怀千岁忧。昼短苦夜长，何不秉烛游？为乐当及时，何能待来兹？愚者爱惜费，但为后世嗤。仙人王子乔，难可与等期。②

又《满歌行》本辞有："贪财惜费，此一何愚。凿石见火，居代几时？为当欢乐，心得所喜。安神养性，得保遐期"等句。古诗《生年不满百》"愚者爱惜费，但为后世嗤"当与此相关。据此可见，"生年不满百"当是对《西门行》歌辞简化、调整后而形成的一首新诗。③ 以下数例大致也是文人拼凑乐府古辞的结果：

例1. 古诗《青青陵中草》：

青青陵中草，倾叶晞朝日。阳春被惠泽，枝叶可揽结。草木为恩感，况人含血气。④

---

① 郭茂倩：《乐府诗集》，中华书局1979年版，第549页。

② 李善注：《文选》，上海古籍出版社1986年版，第1349页。

③ 古诗"愚者爱惜费，但为后世嗤。仙人王子乔，唯可与等期"四句与晋乐奏辞同，一般认为乐奏辞是西晋荀勗改作的。荀制乐奏辞的后八句与本辞用韵不同，当是荀勗据"生年不满百"古诗补充而成的。

④ 李昉等：《太平御览》卷九百九十四，中华书局1960年影印本，第5003页。

《太平御览》卷九百九十四收录此诗，称古诗，逯钦立《先秦汉魏晋南北朝诗》收录在汉诗卷。该诗前四句与《长歌行》古辞前四句“青青园中葵，朝露待日晞。阳春布德泽，万物生光辉”的结构基本相同。如上文所述，《长歌行》古辞在班婕妤时代就已经广为流传。从创作机制来说，古诗《青青陵中草》当是先模仿《长歌行》古辞起兴，后两句“草木为恩感，况人含血气”则是在《长歌行》古辞基础上的自创，用来感物抒怀。

例2. 古诗《行行重行行》：

行行重行行，与君生别离。相去万余里，各在天一涯。道路阻且长，会面安可知？胡马依北风，越鸟巢南枝。相去日已远，衣带日已缓。浮云蔽白日，游子不顾返。思君令人老，岁月忽已晚。弃捐勿复道，努力加餐饭。

第一句“行行重行行”，李善《文选》注曹子建《赠徐干》诗曰：“古《步出夏门行》曰：行行复行行，白日薄西山。”①

又“相去日已远，衣带日已缓”出自《古歌》：

秋风萧萧愁杀人，出亦愁，入亦愁。座中何人谁不怀忧。令我白头。胡地多飚风，树木何修修。离家日趋远，衣带日趋缓。心思不能言，肠中车轮转。②

《行行重行行》古诗中有三句与古《步出夏门行》《古歌》中的歌辞大致相同。因古乐府的亡佚情况比较严重，《行行重行行》是否还有源于乐府古辞者，不得而知，但《行行重行行》摘取乐府古辞进行创作的基本事实是可以肯定的。

例3. 《古诗为焦仲卿妻作》：

孔雀东南飞，五里一徘徊。十三能织素，十四学裁衣。十五弹箜篌，十六诵诗书。十七为君妇，心中常苦悲。……鸡鸣入机织，

① 李善注：《文选》，上海古籍出版社1986年版，第1117页。
② 《古诗类苑》卷四五，见逯钦立《先秦汉魏晋南北朝诗》，中华书局1983年版，第289页。

夜夜不得息。三日断五匹，大人故嫌迟。

《太平御览》卷八二六载《古艳歌》曰：

孔雀东飞，苦寒无衣。为君作妻，中心恻悲。夜夜织作，不得下机。三日载匹，尚言吾迟。①

逯钦立曰："古诗为焦仲卿妻作即继承此歌。"②可见，文人拼凑乐府古辞而成新诗的现象，在汉末建安时期的文人创作中十分普遍，是文人独立进行诗歌创作初期的基本做法。曹丕《明津诗》、孔融《临终诗》都是如此。

曹丕《明津诗》(魏文帝集题为《于孟津作》)：

遥遥山上亭，皎皎云间星。远望使心怀，游子恋所生。驱车出北门，遥观河阳城。③

平调曲《长歌行》古辞第三首：

岧岧山上亭，皎皎云间星。远望使心思，游子恋所生。驱车出北门，遥观洛阳城。凯风吹长棘，夭夭枝叶倾。黄鸟飞相追，咬咬弄音声。伫立望西河，泣下沾罗缨。④

逯钦立先生认为，《长歌行》后六句亦当为魏文帝作。⑤ 台湾洪顺隆《魏文帝曹丕年谱暨作品系年》认为，此诗作于建安二十年曹操西征张鲁期间，"此诗与古辞《长歌行》或雷同，盖丕借他人之杯浇自己块垒。"⑥洪氏之论颇有见地。

《古文苑》卷八载汉末孔融《临终诗》：

言多令事败，器漏苦不密。河溃蚁孔端，山坏由猿穴。涓涓江汉流，天窗通冥室。谗邪害公正，浮云翳白日。靡辞无忠诚，华繁

① 李昉：《太平御览》卷八二六，中华书局1960年影印本，第3681页。
② 逯钦立：《先秦汉魏晋南北朝诗》，中华书局1983年版，第292页。
③ 欧阳询：《艺文类聚》，上海古籍出版社1999年版，第484页。
④ 郭茂倩：《乐府诗集》，中华书局1979年版，第443页。
⑤ 逯钦立：《先秦汉魏晋南北朝诗》，中华书局1983年版，第402页。
⑥ (台湾)洪顺隆：《魏文帝曹丕年谱暨作品系年》，台湾商务印书馆1989年发行，第212页。

竟不实。人有两三心，安能合为一。三人成市虎，浸渍解胶漆。生存多所虑，长寝万事毕。①

该诗当作于建安十三年，孔融被曹操杀害之际。《北堂书钞》载孔融《折杨柳行》曰："言多令事败，语漏坐不密。河溃从蚁孔，墙坏由郄穴。"②李善注《文选》"浮云蔽白日，游子不顾返"曰："《古杨柳行》曰：'谗邪害公正，浮云蔽白日'，义与此同也。"③今存《折杨柳行》古辞曰：

默默施行违，厥罚随事来。末喜杀龙逢，桀放於鸣条。(一解)祖伊言不用，纣头悬白旄。指鹿用为马，胡亥以丧躯。(二解)夫差临命绝，乃云负子胥。戎王纳女乐，以亡其由余。璧马祸及虢，二国俱为墟。(三解)三夫成市虎，慈母投杼趍。卞和之刖足，接舆归草庐。(四解)④

《乐府诗集》《折杨柳行》解题引《古今乐录》曰："王僧虔《技录》云：'《折杨柳行》歌文帝《西山》、古《默默》二篇。今不歌。'"并有"右二曲魏晋乐所奏"的注解。⑤ 今存《折杨柳行》古辞不见"谗邪害公正，浮云蔽白日"诗句。"默默"古辞以"默默施行违，厥罚随事来"开头，认为"违礼施行，必遭惩罚"，然后列举夏桀、商纣、胡亥、夫差等国君听信谗言、残害忠良而终受惩罚的事实进行说明，后部分以"三夫成市虎，慈母投杼趋"进一步说明谗言的危害。

《临终诗》是孔融临终之际对自己遭受杀身之祸的反思，既感慨自己因言多而遭祸，又感慨奸佞谗言的可畏。"三人成市虎"当来自"默默"古辞；"浮云翳白日"是摘取"行行重行行"诗句，比喻谗邪对忠良的残害。可见，孔融《临终诗》是模仿《折杨柳行》古辞而创作的一首临终感命诗，诗人借《折杨柳行》古辞的内容以浇自己的块垒。因《临终诗》与《折杨柳

① 逯钦立：《先秦汉魏晋南北朝诗》，中华书局 1983 年版，第 197 页。
② 虞世南：《北堂书钞》卷一五八，天津古籍出版社 1988 年影印本，第 735 页。
③ 李善注：《文选》，上海古籍出版社 1986 年版，第 1343 页。
④ 沈约：《宋书・书志》，中华书局 1974 年版，第 618 页。
⑤ 郭茂倩：《乐府诗集》，中华书局 1979 年版，第 547 页。

行》的这种关系，虞世南《北堂书钞》称该诗为孔融《折杨柳行》。李善所言《古杨柳行》应该就是孔融《临终诗》。据《乐府诗集》，《折杨柳行》在魏晋歌曹丕“西山一何高”和古辞“默默施行违”两篇，文人拟作有陆机1首，谢灵运2首，没有收录孔融《临终诗》。说明该诗是孔融所作的文人徒诗，与拟乐府的创作机制不尽相同。

文人拼凑乐府古辞而成的新诗，其外在形式上保留了一些歌辞原句，与拟乐府有些相似，但就其实质而言，二者是有很大区别的。因拟乐府受原曲音乐风格和原辞主题、内容所制约，很注重与原曲辞的某种联系，强调在因循中求新变、在他述中透出己意。而文人徒诗创作更注重古辞的字面义与当下情境的联系，其创作动机是自由抒写作者的己意和今情，在立意上与文人的独立创作是一致的。

汉代文人拼凑乐府古辞的诗歌创作方式，在某种程度上对古诗的体式选择起着决定性作用，新作只有选择与古辞基本相符的句式结构才能组成一首结构整一的作品，古辞的句式结构在某种意义上成为决定新作的基调。汉代古诗对五言体式的选择当与汉代文人早期徒诗创作拼凑乐府歌辞的方式是密不可分的。

第四节　汉代古诗的传播方式及其体式建构

一、媒介变革与汉代古诗的传播方式

总体而言，汉魏时期的古诗大致存在两种传播方式，即以吟诵为主的口头传播和以传抄为主的文本传播。吟诵作为古代文人一种基本的读书方法，早在先秦时期就十分流行。《墨子·公孟》曾有“诵诗三百，弦诗三百，歌诗三百，舞诗三百”的记载，春秋战国时期的“赋诗言志”就是以吟诵为主的诗歌传播。春秋战国，以及两汉时期，诸子的讲学与授徒也都是以口传心授为主的，吟诵是学习的一种基本方式。

当然，对传播方式的选择，在一定程度上受制于该时期媒介技术的发展。从文学传播媒介的发展史看，纸张发明和流行之前，文字书写的载体主要有简帛和石壁等类型，但因简牍笨重不便书写、布帛昂贵难以满足书写，石壁作为书写材料更是不便，所以只有少数重要典籍使用简帛书写，特别的文字材料才能刻石、题壁。两汉时期纸张虽然已经产生，但因质地粗糙，很少用于书写，东汉蔡伦纸的出现，逐渐在书写领域使用，汉末建安时期曹氏父子的大力倡导，纸张才开始大量使用于诏奏、章表、书信、书法和诗赋等文字的书写，成为文学传播的一种新媒介，直到两晋时期，纸张才替代简帛，成为主流的书写载体。①

从文学媒介变革的历史可知，汉代的古诗是以吟诵传播为主的，汉代古诗无具体的作者署名，也无诗题，与吟诵为主的传播方式有一定关系。

汉代也有少量古诗作品存在文本传播的情形。刘向、刘歆父子“总群书”而编纂《七略》，是在广收群书基础上进行的，其“诗赋略”“歌诗二十八家，三百一十四篇”②应是有文本依据的。三国曹丕“以素书所著《典论》及诗赋饷孙权，又以纸写一通与张昭”③是诗歌文本传播的典型事例。

由于纸张在书写领域的逐渐推广，汉末魏晋时期，诗歌的抄写开始流行，成为诗歌文本传播的一种主要方式。与此同时，诗歌的结集也开始在汉末魏晋逐渐兴起。当时分为别集、总集两类，别集起于东汉，总集起于三国，二者在两晋开始兴盛。

汉魏古诗的文本传播，除了单篇传抄外，也开始在总集中传播。《隋书·经籍志》著录总集共 107 部，2213 卷，通计亡书，合 249 部，5224 卷，在《文选》之前的总集有：挚虞《文章流别集》四十一卷、谢混

① 参拙作《汉魏六朝诗歌传播研究》，中国社会科学出版社 2017 年版，第 267—268 页。
② 班固：《汉书》，中华书局 1962 年版，第 1755 页。
③ 陈寿：《三国志·魏书·文帝纪》，中华书局 1982 年版，第 89 页。

《文章流别本》十二卷、孔甯《续文章流别》三卷、《集苑》四十五卷、刘义庆《集林》一百八十一卷、《集林钞》十一卷、沈约《集钞》十卷、《集略》二十卷、《撰遗》六卷、孔逭《文苑》一百卷、《文苑钞》三十卷等十一种，这些应是诗文的合集。此外，还有谢灵运《诗集》五十卷、谢灵运《诗集钞》十卷、《古诗集》九卷、《六代诗集钞》四卷、谢灵运《诗英》九卷、《今诗英》八卷等六种，排在昭明太子《古今诗苑英华》十九卷前面的，有《古诗集》九卷和《六代诗集钞》四卷，可见《文选》以前，古诗的文本传播已经盛行。① 古诗文本传播的盛行促进了古诗体式的固态化和格式化，为文人的广泛接受和认可提供了条件。

二、古诗的音乐传播及其双重身份

在文本传播之外，汉代古诗还有文本与音乐交替、并行传播及互相转化的情形。

其一，歌辞音乐失传而形成的徒诗，其实本是以音乐形态传播的歌辞，因音乐失传，开始文本化，后人不能辨识其歌辞身份而视之为古诗。从历时性看，这类诗歌存在由音乐传播到文本传播的转化过程。

其二，文人直接创作的徒诗，本来是以文本传播为主，但因某些作品被乐工配乐而成为歌辞，开始了其音乐传播的历史，于是这类诗歌也具有了某些音乐的属性，便形成了一首诗歌的文本、音乐两种方式并行、交叉传播的格局。

其三，拼合乐府歌辞或他人诗句而成的徒诗，主要以文本传播为主。但因其生成方式和字面内容与乐府歌辞的密切联系，客观上造成了乐府歌辞的部分诗句和段落在诗歌中进行文本传播的事实，致使汉魏诗歌呈现出更为复杂的样态。

在文人徒诗初兴的两汉时期，这三种情形总是互为交织、难以辨识

① 魏徵：《隋书》，中华书局1973年版，第1081—1084页。

的，无论是古诗的配乐传播、徒诗的歌辞拼凑，还是歌辞的文本化传播，都使诗与乐形成了既共生又分离的关系，其中的古诗或歌辞也因此具有了双重身份，即：当这些诗歌作为徒诗存在时，所承载的是诗歌的文学功能，凸显的是文学的诗性意义；当它配乐传播时，便进入了音乐文化系统，承载了音乐文化的功能，凸显出音乐的歌辞意义。这也是后世文献指称汉代古诗时，或"古诗"或"乐府"，未能一致的主要原因。[①]

总体上看，随着纸张媒介在书写领域使用的日益流行和普及，汉魏时期诗歌传播的总体发展趋势是文本传播日益兴盛，特别是歌辞的徒诗化现象日益突出。

三、歌辞的徒诗化与古诗的体式建构

歌辞的徒诗化是指乐府歌辞与音乐的分离，而以文本方式流传。这是汉代早期古诗生成的重要方式之一。如"古诗十九首"之《驱车上东门》：

> 驱车上东门，遥望郭北墓。白杨何萧萧，松柏夹广路。下有陈死人，杳杳即长暮。潜寐黄泉下，千载永不寤。浩浩阴阳移，年命如朝露。人生忽如寄，寿无金石固。万岁更相送，贤圣莫能度。服食求神仙，多为药所误。不如饮美酒，被服纨与素。[②]

《文选》称之为"古诗"，《艺文类聚》却称之为"古驱车上东门行"，《乐府诗集》收入"杂曲歌辞"，称之为"《驱车上东门行》古辞"。从《艺文类聚》《乐府诗集》看，此诗始辞可能是民间歌辞，后来进入乐府配乐演唱，成为乐府歌辞，在长期的流传变迁中，音乐与歌辞渐渐分离，到梁代萧统编纂《文选》时，已不能辨认其是否为乐府歌辞，所以将之归为古诗。类似者另有"古诗十九首"之《冉冉孤生竹》：

---

① 有关后世文献对汉魏古诗或称"古诗"或称"乐府"的现象，详见拙著《魏晋南北朝乐府歌辞研究》，上海古籍出版社2009年版，第447—451页之"汉魏古诗流传表"。

② 郭茂倩：《乐府诗集》，中华书局1979年版，第889页。

冉冉孤生竹，结根泰山阿。与君为新婚，菟丝附女萝。菟丝生有时，夫妇会有宜。千里远结婚，悠悠隔山陂。思君令人老，轩车来何迟？伤彼蕙兰花，含英扬光辉。过时而不采，将随秋草萎。君亮执高节，贱妾亦何为！①

《文选》《玉台新咏》称之为“古诗”，《乐府诗集》称之为“古辞”。在本质上，古诗的这种生成方式其实是诗歌在传播与接受的行为中形成的，其始本是以音乐形态传播的歌辞，音乐失传后，才开始其文本传播。当这类诗歌由音乐传播转化为文本传播后，往往会被传抄者根据文本的诗性要求进行某种修饰。久而久之，音乐的某些特征逐渐丢失，而其诗性价值日益凸显，后人便将之作为古诗了。

歌辞音乐丢失的徒诗在具体的传播场境中，其主题内容往往会被文人加工、提炼，其句式和用词也会因不断地翻写、传抄而更加符合文人的审美意蕴。汉魏“杂曲歌辞”整齐划一的五言体式，当是被文人加工改造的结果。这是汉代古诗体式建构的又一重要途径。

可见，汉代文人古诗的体式是在汉代文人创作实践和传播活动中建构起来的。汉代主名文人诗以四言为主，句式整齐、音韵铿锵，古奥典雅，主要是对《诗经》“四言”体式传统的继承；无主名文人则以五言为主，句式整齐、音韵流畅、情韵悠扬，主要是在汉代乐府诗的浸润中产生的，更多地吸收了汉乐府的“五言”体式结构。主名文人诗与无主名文人诗的体式特征及建构过程，深刻地体现了文人诗体建构中对音乐要素的保留与消解的既对立又统一的双重立场，这种立场也是汉魏时期的徒诗观和乐府观在诗体建构中的反映。汉代古诗口头传播(吟诵)与文本传播的两种方式，以及口头传播向文本传播逐渐转移的传播趋势对汉代古诗体式建构也产生了重要影响，文本传播的盛行进一步确立了文人诗的文本价值和体式特征，使诗歌由“乐歌”向“文学”本位转移。汉代文人诗

① 郭茂倩：《乐府诗集》，中华书局1979年版，第1044页。

歌的体式建构一方面遵循历史的传统，一方面又是对当下诗歌体式的充分借鉴和吸收，体现了历史传统与当下语境的统一。

第五节　魏晋文人的徒诗创作及其体式特征

刘勰《文心雕龙·明诗》曰：

> 暨建安之初，五言腾踊：文帝陈思，纵辔以骋节，王徐应刘，望路而争驱。并怜风月，狎池苑，述恩荣，叙酣宴，慷慨以任气，磊落以使才；造怀指事，不求纤密之巧，驱辞逐貌，唯取昭晰之能。此其所同也。乃正始明道，诗杂仙心。何晏之徒，率多浮浅。唯嵇志清峻，阮旨遥深，故能标焉。若乃应璩百一，独立不惧，辞谲义贞，亦魏之遗直也。①

据刘勰所论，建安诗歌与正始当自有不同。在此，将曹魏诗歌分建安、正始两个阶段分别论述。

一、建安文人徒诗的体式类型

建安时期，是文人徒诗创作的第一个兴盛期，涌现了一大批著名诗人，以曹操、曹丕、曹植和建安七子的成就最高。据逯钦立《先秦汉魏晋南北朝诗》，此期现有文人徒诗大体如下：

王粲诗歌：王粲现存诗歌有四言体、五言体两种类型，四言体有《赠蔡子笃诗》《赠士孙文始》《赠文叔良》《为潘文则作思亲诗》等四首；五言体有《公宴诗》《从军诗五首》《咏史诗》《杂诗》《杂诗四首》《七哀诗三首》等十七首。

陈琳诗歌：《游览诗二首》《宴会诗》及部分残篇，均为五言体。

刘桢诗歌：《公宴诗》《赠五官中郎将四首》《赠徐干》《赠从弟三首》

① 范文澜：《文心雕龙注》，人民文学出版社1958年版，第66—67页。

《杂诗》《斗鸡诗》《射鸢诗》等十二首，及《北堂书钞》《艺文类聚》《太平御览》等录《诗》多首，均为五言体。

徐干诗歌：《答刘桢诗》《情诗》《室思诗六章》《于清河见挽船士新婚与妻别》等四首，均为五言体。

阮瑀诗歌：《咏史诗二首》《七哀诗》《公宴诗》《杂诗二首》《隐士诗》《苦雨诗》等十余首，均为五言体。

应玚诗歌：《报赵淑丽诗》《公宴诗》《侍五官中郎将建章台集诗》《别诗二首》《斗鸡诗》等六首，《报赵淑丽诗》为四言体，其余均为五言体。

繁钦诗歌：四言体有《赠梅公明诗》《远戍劝戒诗》两首；五言体有《咏蕙诗》《生茨诗》《定情诗》《槐树诗》《杂诗》等五首。

曹丕诗歌：四言体有《黎阳作诗》三首；五言体有《于谯作》《孟津诗》《芙蓉池作诗》《于玄武陂作诗》《至广陵于马上作诗》《杂诗二首》《于明津作诗》《清河作诗》《代刘勳妻王氏杂诗》《夏日诗》《见挽船士兄弟辞别诗》《行行游且猎》等十三首；六言体有《黎阳作诗》《令诗》两首；骚体有《寡妇诗》一首。

邯郸淳有《赠吴处玄诗》为四言体；吴质有《思慕诗》为五言体；杜挚《赠毋丘俭诗》及毋丘俭《答杜挚》均为五言体。

曹植是建安时期徒诗创作数量最多的诗人。其四言体诗歌有献诗《责躬》《应诏》两篇、《朔风诗五章》《矫志诗》《正会诗》《闺情诗》等六首；五言体有《公宴诗》《侍太子坐诗》《斗鸡诗》《赠徐干》《赠丁仪》《赠王粲》《赠丁仪王粲》《赠丁翼》《赠白马王彪》《送应氏》二首、《三良诗》《代刘勳妻王氏杂诗》《弃妇诗》《游仙诗》《杂诗》七首、《杂诗》(悠悠远行客)、《杂诗》(美玉生盘石)、《七哀诗》《情诗》《喜雨诗》《杂诗》(双鹤俱遨游)、《七步诗》《芙蓉池诗》《言志诗》等三十余首；骚体诗有《离友诗》二首。五言体占其徒诗总量近 80%。

上举现存建安时期的文人徒诗共 120 余首，其中五言体 100 余首，占建安文人徒诗总数的 80% 以上。可见，建安时期的文人诗，五言体已经取代了四言诗体的主流地位，成为文人诗歌创作所采用的基本体式。

二、正始文人徒诗的体式建构

“正始”为齐王曹芳的年号，此期诗人有何晏、应璩、韦诞、母丘俭、郭遐周、郭遐叔、阮侃、嵇康、阮籍等人。

何晏：《言志诗》二首，《鸿鹄比翼游》《转蓬去其根》，均为五言八句。

应璩：《文选》录应璩《百一诗》五言二十句；《艺文类聚》录《百一诗》四首，《年命在桑榆》五言十四句，《细微可不慎》五言十四句，《散骑常师友》五言十二句。另有《北堂书钞》《初学记》《太平御览》等类书所录《百一诗》凡一百三十余句，均为五言句。

毋丘俭：《答杜挚诗》，五言二十四句。

郭遐周：《赠嵇康诗》三首，五言二十二句、五言十六句、五言十八句各一首。

郭遐叔：《赠嵇康诗》二首，四言、五言各一首。

阮侃：《答嵇康》二首，五言三十八句、五言三十句各一首。

嵇康：《幽愤诗》，四言八十六句；《赠兄秀才入军》，十八章四言八句十一章、四言十二句六章、四言二十句一章；另有《四言诗》十一首百余句。

嵇康：《赠秀才诗》，五言二十八句；《酒会诗》，五言二十句；《答二郭诗》三首，五言二十四句两首、五言二十句一首；《与阮德如诗》，五言三十二句；《游仙诗》，五言二十句；《述志诗》二首，五言二十六句、五言二十二句各一首；《五言诗》三首；另有《六言诗》十章、骚体《思亲诗》一首。

阮籍：《咏怀诗》凡九十五首，其中四言十三首，五言八十二首。

以上列举正始时期诗人共八人，诗歌120余首，其中五言诗100余首，另有应璩《百一诗》若干首近200句，全为五言；四言有郭遐叔《赠嵇康诗》1首、嵇康《幽愤诗》1首、《赠兄秀才入军》18章，共300余句，阮籍四言《咏怀诗》诗3首。何晏、应璩、毋丘俭、郭遐周、阮侃五人全是五言诗，其余三人四言、五言均有。嵇康、阮籍是正始诗坛的代表性诗人，二人在诗歌体式的选择上四言、五言均有，总体上，五言诗约占70%，四言诗约占30%。从诗体类型的比重看，五言诗的主体地位已经巩固。

从建安、正始两个时代的诗歌体式看，五言体已经超过四言。与汉末文人诗不同的是，曹魏时期文人使用四言、五言体已经不再做诗歌题材和内容的区分。如嵇康《赠兄秀才》既用四言，也用五言；阮籍《咏怀诗》既有四言，也有五言。说明文人创作中，对四言或五言的句式选择，与诗歌的题材和内容已经没有多大关系了。

三、两晋文人徒诗的体式结构

刘勰《文心雕龙·明诗》曰：

> 晋世群才，稍入轻绮，张潘左陆，比肩诗衢，采缛于正始，力柔于建安，或析文以为妙，或流靡以自妍，此其大略也。江左篇制，溺乎玄风，嗤笑徇务之志，崇盛亡机之谈；袁孙已下，虽各有雕采，而辞趣一揆，莫与争雄；所以景纯仙篇，挺拔而为俊矣。①

刘勰用“轻绮”二字概括西晋诗歌的整体风格，并将之与建安、正始诗风的比较中，得出“采缛于正始，力柔于建安”的结论，甚为精当。

西晋群英并出，三张二陆两潘一左，卓然于诗坛。就其诗歌体式而言，主要是五言和四言二体，偶有骚体、杂体出现，文人诗歌体式已经完全齐言化。

逯钦立说：“晋人于宴赠答等诗篇，率四言、五言併作，已属其时

① 范文澜：《文心雕龙注》，人民文学出版社1958年版，第67页。

风习。”[①]较之曹魏，晋人在同一题材上，四言、五言并作的情况更为普遍。但另一种倾向是，晋人又有很多崇古仿古之作，如谈经论道、献纳、述志、奉诏应制及赠答尊者、长者之诗，多用四言正体创作，如傅咸《七经诗》(今存《孝经诗》二章、《论语诗》二章、《毛诗诗》二章、《周易诗》、《周官诗》二章、《左传诗》等)，潘岳《关中诗》十六章，陆机《皇太子赐燕诗》，陆云《大将军宴会被命作诗》等，这些作品均为四言体，典丽雅正。两晋著名诗人如潘岳、陆机、陆云、曹摅、陶渊明等人均创作了大量四言诗，形成四言诗创作的又一高峰。

据逯钦立《先秦汉魏晋南北朝诗》，西晋文人诗歌共400余首，其中五言体250余首、四言体130余首，其他诗体20余首。东晋文人诗歌共370余首，其中五言体280余首、四言体80余首，其他诗体10余首。[②]总体而言，两晋五言体约占70%，比建安、正始时期有所下降，而四言体约占30%，较建安、正始有所提升。

两晋文人诗在结构上，较建安、正始时期有了一些新特点，如江淹所言：“夫楚谣汉风，既非一骨，魏制晋造，固亦二体。”[③]胡应麟：《诗薮》曰：“统论五言之变，则质漓于魏，体俳于晋，调流于宋，格丧于齐。”[④]“晋则嗣宗《咏怀》，兴寄冲远，太冲《咏史》，骨力莽苍，虽途辙稍歧，一代杰作也。安仁、士衡，实曰冢嫡，而俳偶渐开。”并引何仲默云：“陆诗体俳语不俳，谢则体语俱俳。”[⑤]所谓俳偶渐开，是指潘岳、陆机诗歌体式结构上的骈俪化特征。葛晓音先生认为，与汉魏五古相比，西晋五古最显著的变化在于篇制结构层次的多样和丰富，以及诗行构句追求内容的对称性而形成的俳偶渐开的语言特色。丰富了五言诗的表现

---

① 逯钦立：《先秦汉魏晋南北朝诗》，中华书局1983年版，第570页。

② 逯钦立：《先秦汉魏晋南北朝诗》是从各种现存文献辑录而成，其中部分诗歌仅存残句，凡四句以下者不计，魏晋四言诗往往在一个诗题下有多章，一般按一首计。

③ 江淹：《杂体诗三十首序》，逯钦立《先秦汉魏晋南北朝诗》，中华书局1983年版，第1569页。

④ 胡应麟：《诗薮》，上海古籍出版社1979年版，第24页。

⑤ 胡应麟：《诗薮》，上海古籍出版社1979年版，第29页。

功能，奠定了长篇五古的基本形态，是五言诗体式由汉向晋宋发展过程中的必经阶段。[①] 西晋诗歌俳偶化趋势不仅奠定了长篇五古的篇制结构，对齐梁新体诗发展也产生了重要影响，其俳偶化的做法直接影响到新体诗的对偶句式结构。

---

① 葛晓音：《先秦汉魏六朝诗歌体式研究》，北京大学出版社 2012 年版，341—342 页。

中编

魏晋诗歌体式建构与流变研究

第六章
魏晋宫廷仪式乐歌的音乐类别与歌辞体式

第一节　魏晋宫廷仪式乐歌的音乐类别

一、曹魏宫廷仪式乐歌

曹魏政权十分重视礼乐建设，其仪式乐歌根据礼仪场合，也存在郊祀、宗庙和燕射三大类，只是这三类乐歌多依汉代之旧，故多不见载籍。曹魏政权是在匡复汉室的名义下建立起来，曹操以汉代丞相自居，挟天子以令诸侯，其礼乐文化建设在名义上自然是垂成汉统、沿袭汉制。汉雅乐郎杜夔受曹操之命创定雅乐，“魏复先代古乐，自夔始也。”①

《宋书·乐志》载：“文帝黄初二年，改汉《巴渝舞》曰《昭武舞》，改宗庙《安世乐》曰《正世乐》，《嘉至乐》曰《迎灵乐》，《武德乐》曰《武颂乐》，《昭容乐》曰《昭业乐》，《云翘舞》曰《凤翔舞》，《育命舞》曰《灵应舞》，《武德舞》曰《武颂舞》，《文始舞》曰《大韶舞》，《五行舞》曰《大武舞》。其众歌诗，多即前代之旧；唯魏国初建，使王粲改作登歌及《安世》《巴渝》诗而已。”②

据《汉书·礼乐志》载，《安世乐》乃孝惠帝时期乐府令夏侯宽改唐山夫人《房中祠乐》而来，《嘉至乐》为汉初叔孙通等人所制宗庙乐曲，《武

① 沈约：《宋书·乐志》，中华书局1974年版，第534页。
② 沈约：《宋书·乐志》，中华书局1974年版，第534页。

德乐》为汉高祖四年所作，后在高祖庙演奏，《昭容乐》为高祖六年改《武德舞》而成，《文始》《五行》二舞也是高祖、孝文、孝武三庙所奏之舞。①此七曲乐舞及众歌诗“多即前代之旧”。

《晋书·乐志》曰：“杜夔传旧雅乐四曲，一曰《鹿鸣》，二曰《驺虞》，三曰《伐檀》，四曰《文王》，皆古声辞。及太和中，左延年改夔《驺虞》《伐檀》《文王》三曲，更自作声节，其名虽存，而声实异。唯因夔《鹿鸣》，全不改易。每正旦大会，太尉奉璧，群后行礼，东厢雅乐常作者是也。后又改三篇之行礼诗。第一曰《于赫篇》，咏武帝，声节与古《鹿鸣》同。第二曰《巍巍篇》，咏文帝，用延年所改《驺虞》声。第三曰《洋洋篇》，咏明帝，用延年所改《文王》声。第四曰复用《鹿鸣》。《鹿鸣》之声重用，而除古《伐檀》。”②曹魏时期燕射乐歌的基础是杜夔所创定的四曲先代古曲，后又有左延年的改定。

曹魏的仪式雅乐，基本上继承了汉代的音乐系统，只是根据曹魏实际，修改了乐名、重作了部分歌辞而已。惜其歌辞多不见载籍。王粲所作“登歌”即《太庙颂》，是祭祀曹氏先祖的宗庙乐辞。③

王粲《太庙颂》三章：

思皇烈祖，时迈其德。肇启洪源，贻宴我则。我休厥成，聿先厥道。丕显丕钦，允时祖考。

于穆清庙，翼严休徵。祁祁髦士，厥德允升。怀想成位，咸奔在宫。无思不若，永观厥崇。

绥庶邦，和四宇。九功备，彝乐序。建崇牙，设璧羽。六佾奏，八音举。昭大孝，衎妣祖。念武功，收纯祜。④

第一章歌颂烈祖“肇启洪源，贻宴我则”的伟大功绩，并点明赞颂先

① 班固：《汉书·礼乐志》，中华书局1962年版，第1043—1044页。
② 房玄龄等：《晋书》，中华书局1974年版，第684页。
③ ［清］钱仪吉《三国会要》曰：“此《太庙颂》盖即登歌也。”上海古籍出版社2006年版，第314页。
④ 徐坚：《初学记》，中华书局1962年版，第325页。

祖圣道的题旨。第二章写先祖宗庙建成后，众多英俊之士怀着崇敬之情来瞻仰祭祀祖先。第三章写宗庙祭祀的盛大场面，点明通过祭祀先祖彰明大孝之义，和乐祖先之德，追念武功，获得永世福佑。

俞校曰："影宋本《古文苑》十二章樵注云：'粲集作《显庙颂》'。按建安十八年，曹操为魏公，加九锡，始建社稷宗庙，令粲作此颂以享其先祖。是时未敢僭称，故止曰"显庙"，此题作《太庙》，当是后人所改。"①

王粲《太庙颂》内容与登歌要求相当吻合。尤其是第二章，直接模仿《诗经·周颂·清庙》篇而成。《诗经·清庙》曰："于穆清庙，肃雍显相。济济多士，秉文之德。对越在天，骏奔走在庙。不显不承，无射于人斯。"《毛诗序》曰："《清庙》祀文王也。周公既成洛邑，朝诸侯，率以祀文王焉。"②《汉书·礼乐志》载，《登歌》，犹古《清庙》之歌也。登歌是古代郊庙、朝会等祭祀大典时，歌师登堂所奏之歌，多为颂赞先祖功德之辞。可见，王粲《太庙颂》就是《宋书·乐志》所说的登歌，最先用在曹氏先祖庙，魏受禅后即在魏国的太庙中使用。

王粲《太庙颂》共三章，前两章为"4，4"结构，凡8句；第三章为"3，3"结构，凡12句，句式整齐，用词古雅典正。"4，4"和"3，3"结构是汉代礼乐歌辞的主体结构，王粲《太庙颂》显然是模仿了汉代礼乐歌辞的体式结构。第二章"于穆清庙"，无论句式还是内容，都较多地借鉴了《诗经·清庙》。

二、两晋宫廷仪式乐歌

两晋宫廷仪式乐歌有郊祀歌辞、宗庙歌辞、燕射歌辞及雅舞歌辞四类。郊祀歌辞有傅玄《晋郊祀歌》五篇（《夕牲歌》《迎送神歌》《飨神歌》三篇）；傅玄《晋天地郊明堂歌》五篇（《夕牲歌》《降神歌》《天郊飨神歌》

---

① 俞绍初校点：《王粲集》，中华书局1980年版，第37页。

② 孔颖达等：《毛诗正义》，《十三经注疏》，上海古籍出版社1997年影印本，第583页。

《地郊飨神歌》《明堂飨神歌》）。[1]

晋宗庙歌辞有傅玄《晋宗庙歌》十一篇（《夕牲歌》《迎送神歌》《征西将军登歌》《豫章府君登歌》《颍川府君登歌》《京兆府君登歌》《宣皇帝登歌》《景皇帝登歌》《文皇帝登歌》《飨神歌》）；曹毗《晋江左宗庙歌》十一篇（《歌高祖宣皇帝》《歌世宗景皇帝》《歌太祖文皇帝》《歌世祖武皇帝》《歌中宗元皇帝》《歌肃宗明皇帝》《歌显宗成皇帝》《歌康皇帝》《歌孝宗穆皇帝》《歌哀皇帝》《四时祠祀歌》）；王珣两首（《歌太宗简文皇帝》《歌烈宗孝武皇帝》）。[2]

傅玄所撰登歌共 7 首，反映了西晋宗庙刚建时的情形。据《晋书·礼上》载，晋武帝司马炎泰始元年十二月丙寅受禅。泰始二年正月，“追祭征西将军、豫章府君、颍川府君、京兆府君，与宣皇帝、景皇帝、文皇帝为三昭三穆。”因当时宣皇帝未升为高祖，文皇帝未升为太祖，“所以祠六世，与景帝为七庙。”[3]西汉时期，在宗庙建筑形制上实行的是异庙制度，即每个帝王都立有单独的宗庙。东汉光武帝开始在承袭西汉七庙制的基础上，将异庙制改为同堂异室制，经明帝、章帝世，其制度得到巩固，并逐渐形成了后来遵循的三昭三穆的七庙制度。傅玄所作的宗庙歌辞是西晋七庙制宗庙祭祀制度的产物。

在内容和形式上东晋的宗庙歌辞与西晋较少区别。东晋初，元帝于江左即位时的宗庙歌辞，不见载籍，只能从一些文献记载略知其一斑。《晋书·礼上》载：“元帝既即尊位，上继武帝，于元为祢，如汉光武上继元帝故事也。”从世系上看，元帝是接续西晋孝愍帝而继大统的，但在家族行辈上，元帝是宣帝曾孙，与晋惠帝同辈，虽不是晋武帝亲子，但古代封建帝王讲究血统的延续，因此，他即位后，继武帝，称武帝司马炎为亲宗，宗庙祭祀中以祢祭，祢即父庙。据《晋书·礼志》载，当时江

① 沈约：《宋书·乐志》，中华书局 1974 年版，第 565—568 页。
② 沈约：《宋书·乐志》，中华书局 1974 年版，第 574—579 页。
③ 房玄龄等：《晋书》，中华书局 1974 年版，第 603 页。

左新造宗庙时也坚持了七庙制度，即京兆府君、高祖宣皇帝、世宗景皇帝、太祖文皇帝、世祖武皇帝、惠帝、怀帝，所谓“位虽七室，其实五世”。太兴三年据骠骑长史温峤等人建议，乃更定制：“还复豫章、颍川于昭穆之位，以同惠帝嗣武故事，而惠、怀、愍三帝自从《春秋》尊尊之义，在庙不替也。”这样宗庙中供奉的帝王就有十位。及元帝崩，豫章迁毁，仍有坎室者十；明帝崩而颍川迁毁，还是十室。“成帝崩而康帝承统，以兄弟一世，故不迁京兆，始十一室也”。康帝崩，穆帝立，永和二年，京兆迁入西储，宗庙正室十一位，穆帝崩而哀帝、海西并为兄弟，无所登除。“咸安之初，简文皇帝上继元皇，世秩登进，于是颍川、京兆二主复还昭穆之位。至简文崩，颍川又迁。”[①]由此看来，曹毗所撰歌辞十一首，当是东晋中后期宗庙祭祀制度的反映，很可能创制于废帝太和年间，是对两晋历代帝王的赞颂之辞，当属登歌性质。

两晋宗庙歌辞是两晋宗庙祭祀活动的反映，体现了东汉以来宗庙祭祀的七庙制形制和同庙异室制度。歌辞标题直接彰明其祭祀和颂圣功能，以赞颂先人功烈德泽为主要内容。

晋代燕射歌辞有傅玄《晋四厢乐歌》三篇（《正旦大会行礼歌》《上寿酒歌》《食举东西厢歌》）；荀勖《晋四厢乐歌》十七篇（《正旦大会行礼歌四篇》《王公上寿酒歌》《食举乐东西厢歌十二篇》）；张华《晋四厢乐歌》十六篇（《王公上寿诗》《食举东西厢乐诗十一篇》《正旦大会行礼诗四篇》）；成公绥《晋四厢乐歌》十六篇（《王公上寿酒歌》《正旦大会行礼诗十五篇》）。[②] 张华《晋冬至初岁小会歌》《晋宴会歌》《晋中宫所歌》《晋宗亲会歌》四首。[③]

晋代雅舞歌辞有傅玄、荀勖、张华造《正德舞歌》《大豫舞歌》各一篇，共六篇。[④]

---

① 房玄龄等：《晋书》，中华书局1974年版，第603—606页。
② 沈约：《宋书·乐志》，中华书局1974年版，第581—593页。
③ 房玄龄：《晋书·乐志》，中华书局1974年版，第690—692页。
④ 沈约：《宋书·乐志》，中华书局1974年版，第582、587、590页。

第二节　两晋宫廷仪式乐歌的文本体式

一、《晋郊祀歌》的文本体式

傅玄造《晋郊祀歌》

《夕牲歌》："4，4"结构，齐言，凡10句。

《迎送神歌》："4，4"结构，齐言，凡10句。

《飨神歌》三章："4，4"结构，齐言，凡12句。

傅玄造《晋天地郊明堂歌》

《夕牲歌》："4，4"结构，齐言，凡16句。

《降神歌》："4，4"结构，齐言，凡12句。

《天郊飨神歌》："3，3"结构，齐言，凡40句。

《地郊飨神歌》："3，3"结构，齐言，凡44句。

《明堂飨神歌》："4，4"结构，齐言，凡12句。

二、《晋宗庙歌》的文本体式

傅玄造《晋宗庙歌》

《南齐书·乐志》载："晋泰始中，傅玄造《庙夕牲昭夏歌》一篇，《迎送神肆夏歌诗》一篇，登歌七庙七篇。玄云：'登歌歌盛德之功烈，故庙异其文。至于飨神，犹《周颂》之《嚳》及《雍》，但说祭飨神明礼乐之盛，七庙飨神皆用之。'"①

《夕牲歌》："4，4"结构6句，"4，5"结构2句，凡8句。

《迎送神歌》："4，4"结构，齐言，凡12句。

《征西将军登歌》："4，4"结构，齐言，凡8句。

《豫章府君登歌》："4，4"结构，齐言，凡8句。

---

① 萧子显：《南齐书》，中华书局1972年版，第179页。

《颍川府君登歌》："4，4"结构，齐言，凡8句。

《京兆府君登歌》："4，4"结构，齐言，凡8句。

《宣皇帝登歌》："4，4"结构，齐言，凡12句。

《景皇帝登歌》："4，4"结构，齐言，凡12句。

《文皇帝登歌》："4，4"结构，齐言，凡12句。

《飨神歌》其一："4，4"结构，齐言，凡18句；

其二："4，4"结构12句，"3，3"结构6句，"3，3，4"结构9句，凡27句。

曹毗造《晋江左宗庙歌》

《歌高祖宣皇帝》："4，4"结构，齐言，凡12句。

《歌世宗景皇帝》："4，4"结构，齐言，凡12句。

《歌太祖文皇帝》："4，4"结构，齐言，凡12句。

《歌世祖武皇帝》："4，4"结构，齐言，凡12句。

《歌中宗元皇帝》："4，4"结构，齐言，凡12句。

《歌肃宗明皇帝》："4，4"结构，齐言，凡12句。

《歌显宗成皇帝》："4，4"结构，齐言，凡12句。

《歌康皇帝》："4，4"结构，齐言，凡8句。

《歌孝宗穆皇帝》："4，4"结构，齐言，凡12句。

《歌哀皇帝》："4，4"结构，齐言，凡12句。

《四时祠祀歌》："4，4"结构8句，"3，3"结构4句，"3，3，4"结构9句，"3，4"结构2句，凡23句。

王珣造两首

《歌太宗简文皇帝》："4，4"结构，齐言，凡12句。

《歌烈宗孝武皇帝》："4，4"结构，齐言，凡12句。

三、晋燕射乐歌的文本体式

傅玄《晋四厢乐歌》

《正旦大会行礼歌》："4，4"结构，齐言，凡16句。

《上寿酒歌》："4，4"结构，齐言，凡8句。

《食举东西厢歌》："4，4"结构，齐言，凡52句。

荀勖《晋四厢乐歌》

《正旦大会行礼歌》

《于皇》："4，4"结构，齐言，凡8句。

《明明》："4，4"结构，齐言，凡8句。

《邦国》："4，4"结构，齐言，凡8句。

《祖宗》："4，4"结构，齐言，凡8句。

《王公上寿酒歌》："3，3。3，3。5，5。5，5。"凡8句。

《食举乐东西厢歌》

《煌煌》："4，4"结构，齐言，凡8句。

《宾之初筵》："4，4"结构，齐言，凡12句。

《三后》："4，4"结构，齐言，凡12句。

《赫矣》："4，4"结构，齐言，凡8句。

《烈文》："4，4"结构，齐言，凡8句。

《猗欤》："4，4"结构，齐言，凡16句。

《隆化》："4，4"结构，齐言，凡28句。

《振鹭》："4，4"结构，齐言，凡8句。

《翼翼》："4，4"结构，齐言，凡26句。

《既宴》："4，4"结构，齐言，凡12句。

《时邕》："4，4"结构，齐言，凡26句。

《嘉会》："4，4"结构，齐言，凡12句。

张华《晋四厢乐歌》

《王公上寿诗》："3，3。5，5。"凡4句。

《食举东西厢乐诗》

《明明》："4，4"结构8句，"5，5"结构4句，凡12句。

《济济》："4，4"结构2句，"5，5"结构4句，凡6句。

《九宾》："4，4"结构6句，"5，5"结构2句，凡8句。

《朝享》："2，4。3，3。3，3。3，3。"凡8句。

《皇化》："3，3"结构16句，"4，3"结构2句，"4，3，3"结构3句，凡21句。

《世资》："4，4，3。3，3。4，4。3，4。"凡9句。

《泰始》："4，4"结构12句，中间夹"3，3，"结构4句，凡16句。

《圣明》："7，5，5。5，5。5，5。"凡7句。

《于皇》："4，4"结构10句，"7，7。7"结构3句，"3，3"结构4句，"5，5"结构4句，"3，5"结构2句，"4，3"结构2句，凡25句。

《朝元日》："3，3"结构，齐言，凡26句。

《庆元吉》："3，3"结构，齐言，凡24句。

《正旦大会行礼诗》

《于赫皇祖》："4，4"结构，齐言，凡8句。

《列列景皇》："4，4"结构6句，夹"3，3"结构2句，凡8句。

《允文烈考》："4，4"结构，齐言，凡8句。

《明明我后》："4，4"结构，齐言，凡8句。

成公绥《晋四厢乐歌》

《王公上寿酒歌》："3，3。5，5。"凡4句。

《正旦大会行礼歌》

《穆穆天子》："4，4"结构10句，"5，5"结构4句，凡14句。

《礼乐具》："3，3"结构2句，"5，5"结构4句，"4，4"结构6句，凡12句。

《乐哉》："3，3"结构10句，"2，4"结构2句，"4，3"结构2句，杂言，凡14句。

《嘉瑞出》："3，3"结构12句，"4，3，4"结构3句，"4，3，3，3"结构4句，"4，4"结构2句，凡21句。

《泰始》："4，4"结构13句，"3，3"结构4句，凡17句。

《圣皇》："5，5"结构8句，尾句"四言"，凡9句。

《惟天降命》："4，4"结构8句，"4，3"结构4句，"3，3"结构4句，"4，4"结构2句，"3，5"结构2句，凡20句。

《清庙》："5，5"结构4句，"4，4，4"结构3句，"4，3"结构2句，凡9句。

《登昆仑》："3，3"结构，齐言，凡26句。

《建五旗》："3，3"结构，齐言，凡12句。

《化荡荡》："3，3"结构，齐言，凡12句。

《皇皇》："4，4"结构，齐言，凡8句。

《光光》："4，4"结构，齐言，凡8句。

《穆穆烈考》："4，4"结构，齐言，凡8句。

《明明》："4，4"结构，齐言，凡8句。

张华《晋冬至初岁小会歌》："4，4"结构，齐言，凡20句。

《晋宴会歌》："4，4"结构，齐言，凡22句。

《晋中宫所歌》："5，5"结构，齐言，凡16句。

《晋宗亲会歌》："5，5"结构，齐言，凡16句。

四、晋雅舞歌辞的文本体式

傅玄《正德舞歌》："4，4"结构，齐言，凡10句。

《大豫舞歌》："4，4"结构，齐言，凡10句。

荀勖《正德舞歌》："4，4"结构，齐言，凡24句。

《大豫舞歌》："4，4"结构，齐言，凡24句。

张华《正德舞歌》："4，4"结构，齐言，凡24句。

《大豫舞歌》："4，4"结构，齐言，凡24句。

从上列两晋仪式歌辞的体式看，郊庙歌辞以“4，4”结构为主，傅玄造《晋郊祀歌》共十首，“4，4”结构八首，“3，3”结构两首，无杂言结构；傅玄、曹毗、王珣造晋《宗庙歌》二十四首，“4，4”结构二十二首，有两首为“4，4”“3，3”及“3，4”的混合。晋燕射歌辞中，傅玄《晋四厢乐歌》三首全部是“4，4”结构；荀勖《晋四厢乐歌》十七首，“4，4”结构十六首，仅《王公上寿酒歌》一首为“3，3”“5，5”两种结构混合；张华《晋四厢乐歌》十六首，绝大多数为“3，3”“4，4”“5，5”三种句式的混合，还有少量“4，3”“3，4”“7，7”“7，5”等句式。成公绥《晋四厢乐歌》十六首，“4，4”结构四首，“3，3”结构三首，其余均为“4，4”“3，3”“5，5”结构的混杂，偶有“4，3”“2，4”结构。晋代“雅舞歌辞”六首均为“4，4”结构。

张华、荀勖两人有关《四厢乐》歌辞体式选择的论述，见载于沈约《宋书·乐志》。晋武帝泰始五年，诏使太仆傅玄、中书监荀勖、黄门侍郎张华及中书郎成公绥四人各造正旦行礼及王公上寿酒食举乐歌诗。张华表曰：

> 魏上寿食举诗及汉氏所施用，其文句长短不齐，未皆合古。盖以依咏弦节，本有因循，而识乐知音，足以制声，度曲法用，率非凡近所能改。二代三京，袭而不变，虽诗章词异，兴废随时，至其韵逗曲折，皆系于旧，有由然也。是以一皆因就，不敢有所改易。

荀勖则曰：

> 魏氏歌诗，或二言，或三言，或四言，或五言，与古诗不类。以问司律中郎将陈颀，颀曰：“被之金石，未必皆当。”故勖造晋歌，皆为四言，唯《王公上寿酒》一篇为三言五言，此则华、勖所明异旨也。①

从张华奏表和荀勖问律可知：其一，汉魏食举歌诗的句式是长短不

① 沈约：《宋书·乐志》，中华书局1974年版，第539页。

齐的，未皆合古。其二，张华依据“依咏弦节本有因循”的一般原则，所作歌辞保持了汉魏歌辞句式长短不齐的风格。其三，荀勖据陈颀对长短不齐之诗“被之金石，未必皆当”的音乐实践，全用合于古诗体制的四言。二者所据理由透出的信息是，晋代仪式乐歌既遵循先秦“雅”“颂”乐歌的四言诗体制，同时也一定程度上参照了汉魏仪式乐歌的结构。

第三节　魏晋《鼓吹曲辞》的体式建构

一、魏晋《鼓吹曲辞》的体式特征

缪袭造《魏鼓吹曲》

《初之平》：“3，3”结构，齐言，凡30句。

《战荥阳》：“3，3”结构16句，“4，3”结构4句，凡20句。

《获吕布》：“3，3”结构2句，“4，4”结构2句，“4，3”结构2句，凡6句。

《克官渡》：“4，3”结构12句，“5，4”结构2句，“3，3”结构2句，“4，4”结构2句，凡18句。

《旧邦》：“4，3”结构，凡12句。

《定武功》：“4，4”结构7句，“3，4”结构6句，“6，6”“3，3”“4，5”结构各2句，凡21句。

《屠柳城》：“3，3”“5，5”“4，3”“4，5”结构各2句，凡10句。

《平南荆》：“5，5”结构14句，“4，3”“3，5”“5，3”“4，5”“3，4”结构各2句，凡24句。

《平关中》：“3，3”结构，齐言，凡10句。

《应帝期》：“5，5”结构20句，“3，5”“5，6”“4，4”结构各2句，凡26句。

《邕熙》："2，4，3。3，3，4，4。5，5。6，3。3，3。6，5。"不规则杂言，凡15句。

《太和》："5，4，3，5。7，5。5，7。4，7。3，4，5。"不规则杂言，凡13句。①

韦昭《吴鼓吹曲》

《炎精缺》："3，3"结构，齐言，凡30句。

《汉之季》："3，3"结构16句，"4，3"结构4句，凡20句。

《摅武师》："3，3""4，4""4，3"结构各2句，凡6句。

《伐乌林》："4，3"结构12句，"4，4"结构4句，"3，3"结构2句，凡18句。

《秋风》："5，5"结构14句，夹四言1句，凡15句。

《克皖城》："4，3"结构，齐言，凡12句。

《关背德》："3，3。4，3。4，4。5，4。5，5。3，4。5，4。6，6。5，4。4，5，5。"不规则杂言，凡21句。

《通荆门》："5，5"结构14句，"4，3""3，5""5，3""4，5""3，4"结构各2句，凡24句。

《章洪德》："3，3"结构8句，"4，4"结构2句，凡10句。

《从历数》："5，5"结构20句，"3，5""6，5""4，4"结构各2句，凡26句。

《承天命》："3，3"结构14句，"3，4"结构6句，"4，4"结构8句，"4，3"结构4句，"5，5"结构2句，凡34句。

《玄化》："5，4，3，5。7，4。5，7。5，7。3，4，5。"不规则杂言，凡13句。②

傅玄《晋鼓吹歌曲》

《灵之祥》："3，3"结构，齐言，凡30句。

① 沈约：《宋书·乐志》，中华书局1974年版，第644—647页。
② 沈约：《宋书·乐志》，中华书局1974年版，第656—660页。

《宣受命》："3，3"结构16句，"4，3"结构4句，凡20句。

《征辽东》："3，3""4，4""5，4"结构各2句，"4，3"结构4句，凡10句。

《宣辅政》："4，3"结构12句，"5，4""3，3"结构各2句，"3，4，4"结构3句，凡19句。

《时运多难》："4，3"结构10句，"4，4"结构2句，凡12句。

《景龙飞》："3，3。4，6。4，5。3，3。4，4，4。4，4。3，4。4，3。3，4。4，4，4。"不规则杂言，凡22句。

《平玉衡》："3，3。4，3。4，7。4，3。4，4。5，5。"不规则杂言，凡12句。

《文皇统百揆》："5，5"结构12句，"3，5，5"结构3句，"4，3""3，5""5，3""3，4"结构各2句，凡23句。

《因时运》："3，3"结构4句，"4，3"结构6句，凡10句。

《惟庸蜀》："5，5"结构22句，"3，5""4，4"结构各2句，凡26句。

《天序》："2，4，3。3，3。4，4。5，5。6，3。3，3。6，5。"不规则杂言，凡15句。

《大晋承运期》："5，4。3，4。3，3，5，5。7。5，7，3。4，5。"不规则杂言，凡14句。

《金灵运》："3，3"结构34句，"4，5"结构2句，凡36句。

《于穆我皇》："4，4"结构10句，"3，3"结构6句，"4，5""4，3""3，4"结构各4句，"5，5""3，5""4，6"结构各2句，凡34句。

《仲春振旅》："4，3，6。3，3，3，3，6。4，3，3，3，6。4，3，3，3，5。4，3。"不规则杂言，凡20句。

《夏苗田》："3，3，4，3。4，3，4，3。5，5。5，5。5，3，3。4，4。4，5。3，4，3。"不规则杂言，凡22句。

《仲秋猎田》："5，5"结构4句，"4，5"结构6句，"4，4""4，7""6，5"结构各2句，"4，5，5"结构3句，凡19句。

《从天道》："3，3"结构12句，"4，4"结构4句，"6，3""5，5""4，5""5，6""3，4"结构各2句，"3，4，3"结构3句，凡29句。

《唐尧》："5，5"结构，齐言，凡20句。

《玄云》："5，5"结构，齐言，凡30句。

《伯益》："5，5"结构，齐言，凡28句。

《钓竿》："5，5"结构24句，"5，7""6，7""7，7""3，4"结构各2句，"4，3，3""3，3，3"结构各3句，凡38句。①

何承天义熙中私造《鼓吹铙歌》十五篇

《宋书·乐志》著录何承天义熙中私造《鼓吹铙歌》十五篇。《乐府诗集》称之为《宋鼓吹铙歌》②，并曰："按此诸曲皆承天私作，疑未尝被于歌也。虽有汉曲旧名，大抵别增新意，故其义与古辞考之多不合云。"③其体式结构如下：

《朱路篇》："5，5"结构，齐言，凡20句。

《思悲公篇》："3，3。4，3"结构，共7段，凡28句。

《雍离篇》："5，5"结构，齐言，凡24句。

《战城南篇》："3，3。4，3"结构，共8段，凡32句。

《巫山高篇》："4，4"结构10句，"4，3"结构6句，"4，5"结构4句，"3，3""5，4""6，3""4，6"结构各2句，凡28句。

《上陵者篇》："3，3。4，3"结构，共7段，凡28句。

---

① 沈约：《宋书·乐志》，中华书局1974年版，第647—656页。

② 何承天：《鼓吹铙歌》十五曲是在东晋义熙中私造，其辞既与古辞内容不合，也与魏晋鼓吹乐多述开国者功德的内容不合，当是对汉曲旧名的赋题之作，也未曾在宋鼓吹曲中演唱。《宋书·乐志》以著录古今乐府歌辞为主要目的之一，所以将何承天《鼓吹铙歌》十五篇列于汉魏晋宋历代《鼓吹曲》之后。郭茂倩《乐府诗集》称《宋鼓吹铙歌》，不知何据。今列于魏晋《鼓吹曲》歌辞之后一并论述。

③ 郭茂倩：《乐府诗集》，中华书局1979年版，第287页。

《将进酒篇》："3，3"结构，齐言，凡32句。

《君马篇》："5，5"结构，齐言，凡24句。

《芳树篇》："5，5"结构，齐言，凡20句。

《有所思篇》："3，3。4，3"结构，共7段，凡28句。

《雉子游原泽篇》："5，5"结构，齐言，凡20句。

《上邪篇》："5，5"结构，齐言，凡26句。

《临高台篇》："3，3。4，3"结构，共8段，凡32句。

《远期篇》："5，5"结构，齐言，凡20句。

《石流篇》："4，4"结构，齐言，凡24句。①

由上可见，缪袭《魏鼓吹曲》与傅玄《晋鼓吹歌曲》前面相同曲调的十二篇歌辞，在体式结构上保持一致，只是在个别地方增减一字或两字。韦昭《吴鼓吹曲》与缪袭《魏鼓吹曲》十二篇歌辞，除《秋风》《承天运》两篇外，其他十篇的体式结构也大体一致。

缪袭《魏鼓吹曲》十二篇与《汉鼓吹铙歌》十八曲的对应关系是：《初之平》对应《朱鹭》；《战荥阳》对应《思悲翁》；《获吕布》对应《艾如张》；《克官渡》对应《上之回》；《旧邦》对应《翁离》；《定武功》对应《战城南》；《屠柳城》对应《巫山高》；《平南荆》对应《上陵》；《平关中》对应《将进酒》；《应帝期》对应《有所思》；《邕熙》对应《芳树》；《太和》对应《上邪》。将对应曲调的歌辞体式两相比较发现，缪袭《魏鼓吹曲》歌辞在体式结构上基本上保留了所对应汉代鼓吹铙歌的主体句式。如《初之平》保留了《朱鹭》"3，3"结构句式；《战荥阳》保留了《思悲翁》"3，3"主体句式；《获吕布》保留了《艾如张》"3，3""4，3"结构；《克官渡》保留了《上之回》"7，7""3，3"结构②；《旧邦》保留了《翁离》"4，3"结构；《平南荆》保留了《上陵》"5，5"结构；《平关中》保留了《将进酒》"3，3"结

① 沈约：《宋书·乐志》，中华书局1974年版，第661—666页。

② 缪袭：《克官渡》的主体结构是"4，3"结构，"4，3"结构与七言结构在节奏上是大体一致的，若省略"4，3"结构中间的逗号，就是一句七言，七言的一般节奏也是"4+3"。

构；《应帝期》保留了《有所思》"5，5"结构；《太和》保留了《上邪》三言、五言为主的句式结构。只有《定武功》《屠柳城》《邕熙》三篇歌辞与对应的汉代鼓吹铙歌辞在句式结构上差别较大。

何承天《鼓吹铙歌》十五篇中，"5，5"结构的齐言句式有七篇，"3，3""4，4"结构的齐言各一篇。其余六篇为杂言结构，但《思悲公》《战城南》《上陵者》《有所思》《临高台》五篇采用"3，3。4，3"句式结构，这种句式结构其实与民歌体"3，3，7"结构是一致的。

可见，魏晋鼓吹曲辞的雅化主要体现在主题和内容上，其语言上的雅化主要体现在用词方面，汉代鼓吹铙歌曲辞用词丰富、多元，既有民间俚语、俗语，也有文人的书面雅言，而魏晋鼓吹曲辞更多地使用了仪式乐歌的雅言系统。但在歌辞的句式结构方面基本沿袭汉代风格，变化不大。

二、魏晋鼓吹署建制与《鼓吹曲辞》的体式建构

魏晋以后，《鼓吹曲》歌辞出现了逐渐雅化的趋势。缪袭《鼓吹曲》，全为歌颂曹魏皇朝开基之功业，所谓"述以功德代汉"。如《初之平》，言魏也；《战荥阳》，言曹公也；《获吕布》，言曹公东围临淮，生擒吕布也；《克官渡》，言曹公与袁绍战，破之于官渡也；……《应帝期》，言文帝以圣德受命，应运期也；《邕熙》，言魏氏临其国，君臣邕穆，庶积咸熙也；《太和》，言明帝继体承统，太和改元，德泽流布也。虽多叙"战阵之事"，但"战阵"本身不是目的，而是通过"战阵之事"赞颂一代皇朝的开基功德。韦昭制《吴鼓吹》十二曲，"以述功德受命"；晋武帝受禅，傅玄所制《鼓吹》二十二篇，"亦述以功德代魏"①。此后，历代皆将鼓吹曲作为皇朝开基的颂歌。如谢朓《齐鼓吹曲辞》十首："一曰《元会曲》，二曰《郊祀曲》，三曰《钧天曲》，四曰《入朝曲》，五曰《出藩曲》，六曰

① 房玄龄：《晋书》，中华书局1974年版，第703页。

《校猎曲》……《钧天》以上三曲颂帝功，《校猎》以上三曲颂藩德。”①直接用《元会》《郊祀》《钧天》作为乐曲名称，突出其颂帝功之主题，形成《鼓吹乐》“魏晋以下遂全为雅颂诗”②的局面。鼓吹曲的这种雅化趋势，是魏晋以后各朝礼乐建设的产物，与《鼓吹乐》功能和用途的变化密切相关。为了更好地满足皇朝开基，以述功德的仪式需要，西晋直接将鼓吹署从少府转到太常管理，在乐官的建制上为《鼓吹乐》实施仪式功能提供了保证。

东汉的鼓吹署是归属于少府的。《后汉书・安帝纪》载：“(永初元年九月)壬午，诏太仆、少府减黄门鼓吹，以补羽林士。”③又《汉书・百官公卿表》载：“少府，秦官，掌山海池泽之税，以给供养，有六丞。”④其属官有“乐府”“黄门”等令丞。《后汉书・百官志》载：“少府，卿一人，中二千石。本注曰：掌中服御诸物，衣服宝货珍膳之属。”注引《汉官》曰：“少者小也，小故称少府。王者以租税为公用，山泽陂池之税以供王之私用。古皆作小府。”⑤西汉少府之官负责山泽陂池市肆租税收入，以供宫廷日常生活、祭祀、赏赐等开支；东汉则负责掌管衣服宝货珍膳等财物。可见，少府是一个专门服务于帝王后宫的内廷机构。其所掌之《鼓吹乐》也是直接服务于帝王的。或用于天子宴乐群臣，或用于天子道路出行。

曹魏的音乐官署沿袭东汉旧制。《宋书・乐志》载：

明帝太和初，诏曰；“礼乐之作，所以类物表庸而不忘其本者也。凡音乐以舞为主，自黄帝《云门》以下，至于周《大武》，皆太庙舞名也。然则其所司之官，皆曰太乐，所以总领诸物，不可以一物名。武皇帝庙乐未称，其议定庙乐及舞，舞者所执，缀兆之制，声

① 郭茂倩：《乐府诗集》，中华书局 1979 年版，第 293 页。
② 萧涤非：《汉魏六朝乐府文学史》，人民文学出版社 1984 年版，第 59 页。
③ 范晔：《后汉书》，中华书局 1965 年版，第 208 页。
④ 班固：《汉书》，中华书局 1962 年版，第 731 页。
⑤ 范晔：《后汉书》，中华书局 1965 年版，第 3592 页。

歌之诗，务令详备。乐官自如故为太乐。”太乐，汉旧名，后汉依谶改太予乐官，至是改复旧。[①]

《宋书·百官志》对乐官“太乐令”建制沿革的说明中，有“汉西京曰太乐令，汉东京曰大予乐令，魏复为太乐令”[②]的记载，说明曹魏是有“太乐令”这一官职的。《三国志·魏书·杜夔传》言杜夔“黄初中，为太乐令、协律都尉”[③]。两汉时期，太乐令的职责是“掌伎乐。凡国祭祀，掌请奏乐，及大飨用乐，掌其陈序”[④]。曹魏当未有多大变化。

繁钦《与魏文帝笺》有“顷诸鼓吹，广求异妓”，“及与黄门鼓吹温胡，迭唱迭和”的记载，吕向注曰：“黄门，乐官名，温胡，姓名也。”[⑤]可见，曹魏时期是有鼓吹令这一职官的。

西晋音乐官署与曹魏大致相同，如《晋书·乐志》载：

武皇帝采汉魏之遗范，览景文之垂则，鼎鼐维新，前音不改。……及武帝受命之初，百度草创。泰始二年，诏郊祀明堂礼乐权用魏仪，遵周室肇称殷礼之义，但改乐章而已，使傅玄为之词云。[⑥]

可值注意的是，西晋太乐、鼓吹均属太常管辖。《晋书·职官志》载：

太常，有博士、协律校尉员，又统太学诸博士、祭酒及太史、太庙、太乐、鼓吹、陵等令，太史又别置灵台丞。……协律校尉，汉协律都尉之职也，魏杜夔为之。及晋，改为协律校尉。[⑦]

《晋书·职官志》载：

光禄勋，统武贲中郎将、羽林郎将、冗从仆射、羽林左监、五

① 沈约：《宋书》，中华书局1974年版，第535页。

② 沈约：《宋书》，中华书局1974年版，第1229页。

③ 据《宋书·乐志》载明帝太和诏，曹魏复“太乐令”之旧名当从明帝太和初始，黄初中杜夔职官当为“协律都尉”，不称“太乐令”。陈寿《三国志》，中华书局1982年版，第806页。

④ 范晔：《后汉书》，中华书局1965年版，第3573页。

⑤ 《六臣注文选》，浙江古籍出版社1999年缩印本，第730页。

⑥ 房玄龄：《晋书》，中华书局1974年版，第676—679页。

⑦ 房玄龄：《晋书》，中华书局1974年版，第735—736页。

官左右中郎将、东园匠、太官、御府、守宫、黄门、掖庭、清商、华林园、暴室等令。”①

光禄勋为皇帝禁中之职，主要负责宫内宿卫事务，其属官有“冗从仆射”“黄门令”“清商令”等职，从光禄勋所领各官职看，基本为皇帝禁中之官，“冗从仆射”是汉官。卫宏《汉官旧仪》曰：“黄门令领黄门谒者。骑吹曰冗从，仆射一人，领髦头。”②

又《乐府诗集》载：

《建初录》云：“《务成》《黄爵》《玄云》《远期》，皆骑吹曲，非鼓吹曲。”此则列于殿庭者名鼓吹，今之从行鼓吹为骑吹，二曲异也。③

由此知，魏晋时期，太常中的鼓吹，当为列于殿庭者，光禄勋中的黄门令冗从当为从行道路者，即随天子从行之黄门乐是骑吹乐。如《晋书·惠帝纪》载：

永兴元年冬，(张)方因劫帝幸长安。方以所乘车入殿中，帝驰避后园竹中。方逼帝升车，左右中黄门鼓吹十二人步从，唯中书监卢志侍侧。④

而隶属太常的鼓吹署，是音乐官署，由鼓吹令掌管。魏晋时期，鼓吹乐的功能主要有两方面：一是天子燕享用乐。如《晋书·乐志》所言：“其有黄门之乐者，则所谓‘宴乐群臣，蹲蹲舞我’者也。”⑤这是东汉鼓吹乐主要职能的延续。《古今注》：“汉乐有黄门鼓吹，天子所以宴乐群臣也。”⑥二是朝廷重大仪式用乐。如：《晋书·礼下》引《咸宁注》所记“元正大会”仪式中，“食毕，太乐令跪奏‘请进乐’。乐以次作。鼓吹令又前

① 房玄龄：《晋书》，中华书局1974年版，第736页。
② 孙星衍辑、周天游点校《汉官六种》，中华书局1990年版，第33页。
③ 郭茂倩：《乐府诗集》，中华书局1979年版，第223页。
④ 房玄龄：《晋书》，中华书局1974年版，第103页。
⑤ 房玄龄：《晋书》，中华书局1974年版，第676页。
⑥ 郭茂倩：《乐府诗集》，中华书局1979年版，第224页。

跪奏‘请以次进众伎’。”[①]鼓吹令主持的“众伎”当是黄门鼓吹署掌管的音乐。又陈太建元年定三朝之乐，采梁故事：在“众官入”“皇帝出阁”“皇帝入宁变服”等仪节都有“鼓吹作”，与《俊雅》《皇雅》等雅乐相配；《大壮》武舞、《大观》文舞表演环节，则由“鼓吹引而去来”；仪式结束时，“众官出”“皇帝起”等仪节也有“鼓吹作”，与《俊雅》《皇雅》仪式雅乐相配。[②] 北周武帝“以梁鼓吹熊罴十二案，每元正大会，列于悬间，与正乐合奏”[③]。

鼓吹乐用于元会等重大仪式活动是魏晋时期的新变化，鼓吹乐这种新的功能和使用场合对其歌辞的体式建构产生了重要影响。魏晋及其后的鼓吹曲歌辞在内容上重点歌颂皇朝开基的功德，以及在语言上多使用那些朝廷祭礼系统的词汇，风格典雅庄重。鼓吹曲歌辞体式上的这些变化，其实都是为了更好地适应朝廷仪式用乐的需要。

① 房玄龄：《晋书》，中华书局 1974 年版，第 651 页。
② 魏徵：《隋书·音乐》，中华书局 1973 年版，第 308 页。
③ 魏徵：《隋书·音乐》，中华书局 1973 年版，第 342 页。

第七章
魏晋娱乐乐歌的音乐类别与歌辞体式

第一节　清商曲及其音乐类别

一、魏晋的清商曲

在郭茂倩看来，清商曲与相和三调是同一类型的乐歌。认为清商乐“其始即相和三调”，“并汉魏以来旧曲”，“其辞皆古调及魏三祖所作”，又引王僧虔论三调歌的观点：“今之清商，实由铜雀。魏氏三祖，风流可怀。”证明清商乐与相和三调的关系。

《乐府诗集》曰：

清商乐，一曰清乐。清乐者，九代之遗声。其始即相和三调是也，并汉魏以来旧曲。其辞皆古调及魏三祖所作。自晋朝播迁，其音分散，苻坚灭凉得之，传于前后二秦。及宋武定关中，因而入南，不复存于内地。自时以后，南朝文物号为最盛。民谣国俗，亦世有新声。故王僧虔论三调歌曰：今之清商，实由铜雀。魏氏三祖，风流可怀。京洛相高，江左弥重。而情变听改，稍复零落。十数年间，亡者将半。①

① 郭茂倩：《乐府诗集》，中华书局1979年版，第638页。

二、清商曲与相和三调

关于清商曲与相和三调的关系，一直是魏晋音乐文化研究的焦点和难点。究其实质，有两点至为关键：

第一，二者是对同一类音乐的不同称名。清商曲是从这类音乐的音乐风格命名的。先秦时期就以“清商”指称音乐风格了。《韩非子·十过》载平公与师旷有关“清商”与“清徵”之悲的对话；《淮南子·道应训》有宁戚“望桓公而悲，击牛角而疾商歌”的记载。阴法鲁认为清商是高的商调，宫、商、角、徵、羽五调一般是指中部音高说的，比其本调高半个音的调子就加一个“清”字表示。清商比商调高半个音。① 先秦时期的“清商”主要指称“楚声”“巫音”等凄清悲凉风格的乐曲，汉魏开始用“清商”泛称声调清越的民间俗乐。相和歌则是从“丝竹更相和，执节者歌”的音乐表演方式命名的。相和歌的称名是刘宋时期才出现的，刘宋元嘉、大明年间，张永、王僧虔正乐，将汉代“丝竹更相和”的这组旧歌与江南吴歌、西曲分别著录，据《古今乐录》记载，张永《元嘉技录》有“相和十五曲”②，其中十三曲有辞，《觐歌》《东门》二曲无辞。而汉魏多称民间俗乐为“清商曲”，如张衡《西京赋》有“嚼清商而却转”；仲长统有“弹《南风》之雅操，发清商之妙曲”(《后汉书·仲长统传》)；《古诗十九首·西北有高楼》“上有弦歌声”“清商随风发”；等等。③

第二，清商曲是对“九代之遗声”的通称，“相和歌”是对汉代流传到魏晋的“丝竹更相和”十三曲汉代旧歌的特称。《宋书·乐志》曰：“相和，汉旧歌也。丝竹更相和，执节者歌。本一部，魏明帝分为二，更递夜宿。本十七曲，朱生、宋识、列和等复合之为十三曲。”④

① 阴法鲁：《汉乐府与清商乐》，《文史哲》，1962 年第 2 期。

② 郭茂倩：《乐府诗集》，中华书局 1979 年版，第 382 页。

③ 关于清商曲、相和歌与清商三调的关系及其历史演进的详细论述，参拙著《魏晋南北朝乐府歌辞研究》，上海古籍出版社 2009 年版，第 27—82 页。

④ 沈约：《宋书》，中华书局 1974 年版，第 603 页。

从以上分析可见，魏晋娱乐乐歌既包含清商三调乐歌，也包括吴歌等魏晋时期的民间俗曲。《宋书·乐志》曰："吴歌杂曲，并出江东，晋宋以来，稍有增广。"并记载了《子夜歌》《凤将雏歌》《前溪歌》《阿子》《欢闻歌》《团扇歌》《懊侬歌》《长史变》《督护歌》《六变》《读曲歌》等11曲吴歌的作者和本事。最后说："凡此诸曲，始皆徒歌，既而被之弦管。又有因弦管金石，造歌以被之，魏世三调歌词之类是也。"①

这些乐曲在东晋中后期广泛流传，穆帝升平年间(357—361)开始在文人、贵族中演唱，孝武帝太元(376—396)、安帝隆安、元兴年间(397—404)最为活跃。② 遗憾的是这些乐曲的歌词多已不存，现存魏晋时期的娱乐乐歌主要是清商三调歌辞。

第二节　清商三调歌辞的体式特征

沈约《宋书·乐志》著录了平、清、瑟三调歌辞及大曲歌辞共32首，下面将分别对其体式特点进行分析。

一、平调歌辞的体式结构

《宋书·乐志》载录的平调歌辞，有曹操《短歌行》"周西""对酒"，曹丕《燕歌行》"秋风""别日"、《短歌行》"仰瞻"五首。其体式结构如下：

曹操《短歌行》"周西"：4，4，4，4。4，4。4，4。一解4，4，4。5，4，4，4。二解4，4，4，4。4，4。4，4。三解4，4，4。4，4。5，6。四解4，4。6，6，5。五解4，4，4，4。4，4，6。

曹丕《燕歌行》"秋风"："7，7"结构12句，"7，7，7"结构3

① 沈约：《宋书》，中华书局1974年版，第550页。

② 参拙著《魏晋南北朝乐府歌辞研究》，上海古籍出版社2009年版，第85—99页对前8曲的具体考证。

句，七解。

曹丕《短歌行》“仰瞻”：“4，4”结构12句，六解。

曹丕《燕歌行》“别日”：“7，7”结构12句，“7，7，7”结构3句，六解。

曹操《短歌行》“对酒”：“4，4”结构12句，六解。①

平调歌辞五首，曹丕《燕歌行》两首为七言结构，曹操、曹丕的《短歌行》为四言结构，曹操《短歌行》“周西”篇以四言为主，后三解最后一句为杂言。

二、清调歌辞的体式结构

《宋书·乐志》载录的清调歌辞，有曹操《秋胡行》“晨上”“愿登”、《苦寒行》“北上”、《塘上行》“蒲生”，曹睿《苦寒行》“悠悠”五首。其体式结构如下：

曹操《秋胡行》“晨上”：5，5，5，5。4，4，。5，5，5，4。4，5。一解5，5。5，5。4，4。4，5，4，4。4，5。二解5，5。5，5。5。4，4。6。4，4。4，5。三解5，5。5，5。5，5。4，4。4，4。4，5。四解。

曹操《苦寒行》“北上”：“5，5”结构24句，六解。

曹操《秋胡行》“愿登”：5，5。5，3。4，4。4，4。4，5。一解5，5。4，4。4，4。4，4。4，5。二解5，5。5，5。4，4。4，4。4，5。三解5，5。4，4。4，4。4，4。4，5。四解5，5。4，4。4，4。4，4。4，5。五解。

曹操《塘上行》“蒲生”：5，5。5，5。一解5，5。5，5。7。二解5，5。5，5。5，5。三解5，5。5，5。7，9。四解5，5。5，5。5，5。五解。

① 沈约：《宋书·乐志》，中华书局1974年版，第608—610页。

曹睿《苦寒行》"悠悠"："5，5"结构 11 句，五解。①

清调歌辞五首，《苦寒行》两首为五言结构；《塘上行》以五言为主，其中两解的结句为七言、九言；《秋胡行》两首以"5，5""4，4"结构为主，兼杂"4，5""5，4"结构。

三、瑟调歌辞的体式结构

《宋书·乐志》载录的瑟调歌辞，有曹丕《善哉行》"朝日""上山""朝游"、曹操《善哉行》"古公""自惜"、曹睿《善哉行》"我徂""赫赫"七首，其体式结构如下：

曹丕《善哉行》"朝日"："5，5"结构 20 句，五解。

曹丕《善哉行》"上山"："4，4"结构 24 句，六解。

曹丕《善哉行》"朝游"："5，5"结构 20 句，五解。

曹操《善哉行》"古公"："4，4"结构 28 句，七解。

曹操《善哉行》"自惜"："5，5"结构 24 句，六解，其中一句八言。

曹睿《善哉行》"我徂"："4，4"结构 32 句，八解。

曹睿《善哉行》"赫赫"：前三解"4，4"结构，12 句；第四解"3，3"结构 6 句，"3，3，7"结构 3 句。②

《宋书·乐志》著录瑟调《善哉行》歌辞七首，共有三种句式结构："5，5"结构三首，"4，4"结构三首，另一首前三解为"4，4"结构，第四解为"3，3""3，3，7"结构。

总体上看，清商三调歌辞，平调以"4，4""7，7"结构为主；清调则以"5，5"结构为主，间杂四言、七言、九言；瑟调以"4，4""5，5"结构为主，其中一首末解为"3，3""3，3，7"结构。

---

① 沈约：《宋书·乐志》，中华书局 1974 年版，第 610—613 页。

② 沈约：《宋书·乐志》，中华书局 1974 年版，第 613—615 页。

四、十五大曲的体式结构

十五大曲，有古辞九首，曹氏父子歌辞六首。古辞《艳歌罗敷行》《折杨柳行》《白头吟》三首为五言结构，《艳歌何尝行》“白鹄”以五言为主，间杂两句四言，其余五首均为杂言结构，《西门行》以五言为主，间杂三言、六言、七言句，《满歌行》《雁门太守行》以四言为主，间杂五言、六言、七言句，《东门行》《艳歌何尝行》“何尝”是无规则的杂言[①]。曹氏父子歌辞的体式结构如下：

曹丕《折扬柳行》“西山”：“5，5”结构24句，四解。

曹丕《煌煌京洛行》“园桃”：“4，4”结构32句，五解。

曹操《步出夏门行》“碣石”：“4，4”结构56句，四解。

曹植《野田黄雀行》“置酒”：“5，5”结构24句，四解。

曹睿《步出夏门行》“夏门”：一解“4，4”结构12句，后有“5，4”结构的套语；二解“4，4”结构12句，后有“5，5”结构的套语。后有趋辞“4，4”结构18句。

曹睿《櫂歌行》“王者布大化”：“5，5”结构10句，五解；后有趋辞“5，5”结构4句。[②]

曹氏父子六首歌辞中，曹丕《折扬柳行》“西山”、曹植《野田黄雀行》“置酒”、曹睿《櫂歌行》“王者布大化”3首为五言结构，曹操《步出夏门行》“碣石”、曹丕《煌煌京洛行》“园桃”2首为四言结构，曹睿《步出夏门行》“夏门”则是以四言为主，间杂两句五言结构的套语。总体上以“5，5”“4，4”结构为主，五言略胜于四言。

曹植楚调《怨诗》“明月”：“5，5”结构28句，七解。

从上列《宋书·乐志》所录“相和三调”歌辞的体式结构可见，在相和三调歌辞中，四言、五言和七言结构的齐言诗是并存的。其中平调歌辞

---

① 大曲古辞九首的体式结构，见前章“汉代乐府娱乐歌诗的体式”的具体分析，此略。

② 沈约：《宋书·乐志》，中华书局1974年版，第616—623页。

以“7，7”“4，4”结构为主，清调歌辞以“5，5”结构为主，瑟调、大曲歌辞则以“5，5”“4，4”为主。各类曲调的歌辞，均以齐言为主，间杂其他结构。魏晋时期，清商三调的文人拟歌辞较汉代三调古歌辞齐言化程度更高，一定程度上反映了文人对整饬化语言风格的追求。而少量杂言夹杂其间当是适应配乐应歌的要求，如歌辞中的“套语”往往与正曲歌辞在句式风格上存在不一致的情况。郭茂倩《乐府诗集》著录了《宋书·乐志》以外的“清商三调”古辞十六首，“杂曲歌辞”古辞十一首。这些古辞则存在明显的五言化趋势，与文人诗歌发展的趋势完全吻合。说明这些古辞在脱离音乐语境的文人翻写、传抄的文本化过程中，受到某种加工。

第三节　魏晋杂舞歌辞的体式特征

杂舞是指出自各地方俗，后来逐渐进入宫廷燕飨娱乐的舞蹈。① 魏晋时期的杂舞有《巴渝舞》《鼙舞》《铎舞》《巾舞》《拂舞》《白纻舞》《槃舞》等七种。铎舞古辞《圣人制礼乐篇》、巾舞古辞《公莫舞》两篇，“声辞杂写，不复可辨”②。舞蹈以音乐节奏和体态动作作为主要表现手段，歌辞往往从属于舞蹈的音乐节奏，因此不同音乐节奏的舞蹈，其歌辞的句式结构也各自不同。相反，同一种舞蹈的歌辞句式则往往大体一致。

一、魏晋《巴渝舞》歌辞的体式结构

魏晋《巴渝舞》歌辞有王粲《魏俞儿舞歌》、傅玄《晋宣武舞歌》四首，其体式结构如下：

王粲《魏俞儿舞歌》

《矛俞新福歌》：“5，3。4，5。7。4，4，4。5，5。3，5。”凡

① 郭茂倩：《乐府诗集》，中华书局1979年版，第766页。
② 郭茂倩：《乐府诗集》，中华书局1979年版，第784页。

12 句。

《弩俞新福歌》："4，4"结构，凡 8 句。

《安台新福歌》："4，4。5，5。3，3。3，3。3，3，5。"凡 11 句。

《行辞新福歌》："7。4，4。4，4。5，4。5，5。"凡 9 句。

傅玄《晋宣武舞歌》

《矛俞》第一，《惟圣皇篇》："3，3，3。5，5。4，3。4，5。5，5。5，5，5。"凡 14 句。

《剑俞》第二，《短兵篇》："4，4"结构，凡 10 句。

《弩俞》第三，《军镇篇》："4，3，4。3，3，4。4，4。4，3，3。3，3，3，3，3，3。"凡 17 句。

《安台行乱》第四，《穷武篇》："4，4"结构 4 句，"5，5"结构 4 句，"4，6"结构 2 句，正曲凡 10 句。乱辞"3，3"结构，凡 10 句。①

《巴渝舞》歌辞以"5，5""3，3""4，4""5，4""4，5""3，5"等结构的杂言为主，"4，4"结构的齐言仅王粲《弩俞新福歌》、傅玄《剑俞》"短兵篇"两首。

二、晋羽舞歌辞的体式结构

傅玄《晋宣文舞歌》两篇，即《羽籥舞歌》《羽铎舞歌》。其体式结构如下：

《羽籥舞歌》："4，4"结构 6 句，"5，5""4，5""5，4"结构各 4 句，"5，5，5"结构 3 句，接"3，3"结构 14 句，"4，4"结构 2 句，凡 37 句。

《羽铎舞歌》："5，5"结构 12 句，接"3，4"结构 2 句，"3，3"

① 沈约：《宋书·乐志》，中华书局 1974 年版，第 571—573 页。

结构6句，再接“4，4”结构18句，其间插入五言一句，凡39句。①

傅玄《羽籥舞歌》以“4，4”“3，3”两种结构为主，间夹“4，5”“5，4”结构组成；《羽铎舞歌》则以“5，5”“3，3”“4，4”三种结构句组成。

三、魏晋《鞞舞》歌辞的体式结构

魏晋《鞞舞》歌辞，现存曹植《鞞舞歌》五篇、傅玄《晋鞞舞歌》五首，其体式结构如下：

曹植《鞞舞歌》

《章和二年中》《圣皇篇》：“5，5”结构，凡50句。

《殿前生桂树》《灵芝篇》：“5，5”结构，凡36句。乱辞：“5，5”结构，凡12句。

《汉吉昌》《大魏篇》：“5，5”结构6句，接“5，7”结构2句；“5，5”结构6句，接“5，7”结构2句；“5，5”结构14句，接“5，7”结构2句；“5，5”结构4句，接“6，6”结构2句；最后“5，5”结构12句结尾；凡48句。

《关东有贤女》《精微篇》：“5，5”结构，凡64句。

《狡兔》《孟冬篇》：“4，4”结构44句。乱辞“5，5”结构16句。

傅玄《晋鞞舞歌》

《关东有贤女》《洪业篇》：“5，5”结构12句，接“象天则地，体无为”句；“5，5”结构4句，接“象天则地，体无为”句；“5，5”结构16句，接“象天则地，化云布”句；“5，5”结构4句，接“象天则地，化云布”句；最后“5，5”结构16句结尾；凡60句。

《章和二年中》《天命篇》：“5，5”结构，凡34句。

《乐久长》《景皇帝》：“3，5，5。3，5，5。5，5。4，3。4，4。”接“5，5”结构9句；“4，4。4，5。”；“5，5”结构8句，接“5，

① 沈约：《宋书·乐志》，中华书局1974年版，第573—574页。

7”结构2句；“5，5”结构4句，接“4，4”结构2句；最后“5，5”结构10句结尾；凡48句。

《四方皇》《大晋篇》：“4，4”结构4句，接“6，5。4，3，3。”；“4，4”结构28句；“5，5”结构8句，接“4，5”结构2句；最后“5，5”结构4句结尾；凡40句。

《殿前生桂树》《明君篇》：“5，5”结构，凡52句。[①]

汉《鞞舞歌》五篇无《汉吉昌》《狡兔》二篇，《乐府诗集》怀疑曹植所造《大魏篇》(当《汉吉昌》)、《孟冬篇》(当《狡兔》)为汉曲《乐久长》《四方皇》两篇。[②] 晋傅玄造《晋鞞舞歌》五首与曹植《鞞舞歌》五首的对应关系分别是：《洪业篇》对应《精微篇》，《天命篇》对应《圣皇篇》，《明君篇》对应《灵芝篇》，《景皇帝》对应《大魏篇》，《大晋篇》对应《孟冬篇》。两组对应舞曲歌辞的句式结构是大体一致的。

《鞞舞》歌辞以“5，5”结构为主体，少量歌辞间杂“4，3”“5，7”结构的套语；傅玄《景帝篇》在“5，5”主体结构中间杂“3，5”“4，4”“4，3”“4，5”等杂言句式。

四、魏晋《铎舞》歌辞的体式结构

沈约《宋书·乐志》载录有《铎舞》歌辞两篇：即《圣人制礼乐篇》和《云门篇》。郭茂倩《乐府诗集》引《古今乐录》曰：“古《铎舞曲》有《圣人制礼乐》一篇，声辞杂写，不复可辨，相传如此。魏曲有《太和时》，晋曲有《云门篇》，傅玄造，以当魏曲。”[③]《圣人制礼乐篇》为古辞，因声辞杂写，其体式结构无法辨识。《云门篇》歌辞曰：

黄《云门》，唐《咸池》，虞《韶舞》，夏《夏》殷《濩》。列代有五，振铎鸣金，近《大武》。清歌发唱，形为主。声和八音，协律

① 沈约：《宋书·乐志》，中华书局1974年版，第626—632页。
② 郭茂倩：《乐府诗集》，中华书局1979年版，第772页。
③ 郭茂倩：《乐府诗集》，中华书局1979年版，第784页。

吕。身不虚动，手不徒举。应节合度，周其叙。时奏宫商，杂之以徵羽。下餍众目，上从钟鼓。乐以移风，与德礼相辅，安有失其所。①

傅玄的这首《铎舞》歌辞，是以三言、四言、五言构成的杂言体。若将“4，3”结构看成七言的话，其句式结构存在“3，3，7”“7，7”“4，7”“4，4”“4，5”“4，5，5”等多种类型。

五、《晋拂舞》歌辞的体式结构

《白鸠篇》：“4，4”结构，凡28句。

《济济篇》：“4，3，7”结构3句，接“3，3，7”15句，凡18句。

《独漉篇》：“4，4”结构，凡24句。

《碣石篇》“观沧海”“冬十月”“土不同”“龟虽寿”四章：均为“4，4”结构，凡14句。

《淮南王篇》：“3，3，7”结构6句，“7，7”结构6句，“3，3”结构2句，“4，4”结构2句，“5，3”结构2句，凡18句。②

《晋拂舞歌》五篇，三篇“4，4”结构的齐言，两篇以“3，3，7”结构为主体。

六、晋《白纻舞》《杯槃舞》歌辞的体式结构

《晋白纻舞歌诗》三篇：其一其二“7，7”结构，凡16句；其三“7，7”结构，凡10句。

《晋杯槃舞歌》：“3，3，7”结构27句，间夹“3，7”结构2句，凡29句。

《晋杯槃舞歌》以“3，3，7”为主体，《晋白纻舞歌诗》三篇均为

① 沈约：《宋书·乐志》，中华书局1979年版，第632—633页。
② 沈约：《宋书·乐志》，中华书局1974年版，第633—635页。

“7，7”结构的齐言。

可见，杂舞歌辞以杂言为主，齐言结构较少，就是有的以某种句式为主体的歌辞，也会在中间杂入基本相同的“套语”，有的本曲用“4，4”结构的齐言，在“乱辞”中则更换成“5，5”结构的齐言。除了“4，4”“7，7”“5，5”三种主体句式外，还特别多地使用到“3，3，7”句式。句式灵活多变，节奏感鲜明，体现了舞曲对音乐节奏的强调。魏晋南北朝时期，随着这些舞曲逐渐被吸收到元会大飨等活动中表演，其社会影响日益深广，有的文人甚至以这些舞曲歌辞的体式格调进行创作，如《白纻舞歌》，刘宋时期有刘铄《白纻曲》一首、鲍照《白纻歌》六首、汤惠休有《白纻歌》二首、梁张率有《白纻歌》九首。梁武帝则“令沈约改其辞为《四时白纻歌》”①。这从一个侧面透示了民间舞曲的句式结构对魏晋南北朝时期文人五言诗、七言诗体式建构的意义。

① 郭茂倩：《乐府诗集》，中华书局 1979 年版，第 798 页。

第八章
魏晋礼乐文化建设与文人拟乐府的体式建构

第一节　曹操的礼乐文化建设

汉末董卓之乱，天下群雄并起，建安元年(196)，曹操迎献帝都许，从此“挟天子以令诸侯”。建安五年(200)，官渡之战击败袁绍，奠定了其统一北方的基础。建安九年(204)，攻占邺城。建安十三年(208)，平定荆州，北方基本统一。曹操以邺城为政治、军事和文化中心，成为北方实际统治者。在南征北讨的岁月里，曹操听取荀彧等人建议，“外定武功，内兴文学”①，积极推进礼乐文化建设。建安八年(203)至建安十五年(210)间，曹操先后颁布《蠲河北租赋令》《收田租令》《修学令》《整齐风俗令》《求言令》《求贤令》等，大兴礼乐建设，广泛网络人才，特别是建安十三年(208)，曹操自封丞相，平定荆州刘表，得汉雅乐郎杜夔，命其创制雅乐。

《三国志·杜夔传》载：

> 夔善钟律，聪思过人，丝竹八音，靡所不能，惟歌舞非所长。时散郎邓静、尹齐善咏雅乐，歌师尹胡能歌宗庙郊祀之曲，舞师冯肃、服养晓知先代诸舞，夔总统研精，远考诸经，近采故事，教习讲肄，备作乐器，绍复先代古乐，皆自夔始也。②

---

① 陈寿：《三国志·魏书》，中华书局1982年版，第317页。

② 陈寿：《三国志·魏书》，中华书局1982年版，第806页。

可值注意的是，曹操以汉代丞相自居，挟天子以令诸侯，其礼乐文化建设在名义上自然是垂成汉统、沿袭汉制，杜夔创定的雅乐，其实就是绍复先代古乐。

《宋书·乐志》载：

文帝黄初二年，改汉《巴渝舞》曰《昭武舞》，改宗庙《安世乐》曰《正世乐》，《嘉至乐》曰《迎灵乐》，《武德乐》曰《武颂乐》，《昭容乐》曰《昭业乐》，《云翘舞》曰《凤翔舞》，《育命舞》曰《灵应舞》，《武德舞》曰《武颂舞》，《文始舞》曰《大韶舞》，《五行舞》曰《大武舞》。其众歌诗，多即前代之旧；唯魏国初建，使王粲改作登歌及《安世》《巴渝》诗而已。①

据《汉书·礼乐志》，《安世乐》乃孝惠帝时期乐府令夏侯宽改唐山夫人《房中祠乐》而来，《嘉至乐》为汉初叔孙通等人所制宗庙乐曲，《武德乐》为汉高祖四年所作，后在高祖庙演奏，《昭容乐》为高祖六年改《武德舞》而成，《昭德舞》为孝景帝采《武德舞》而成，《文始舞》《五行舞》二舞也是高祖、孝文、孝武三庙所奏之舞。② 此七曲乐舞及众歌诗“多即前代之旧”。后来缪袭又改汉《鼓吹铙歌》为魏鼓吹曲辞。曹魏的仪式雅乐，包括《鼓吹乐》在内，基本上是继承汉代的音乐系统，只是根据曹魏实际，修改了乐名、新作了部分歌辞而已。

曹操在修复雅乐的同时也积极搜集和整理俗乐，如对汉灵帝西园鼓吹李坚的招纳就是一例。③ 曹魏时期最盛行的俗乐还是汉乐府的主体音乐——清商乐④。魏氏三祖曹操、曹丕、曹睿都十分爱好清商俗乐，《曹

① 沈约：《宋书·乐志》，中华书局1974年版，第534页。

② 班固：《汉书·礼乐志》，中华书局1962年版，第1044页。

③ 见曹植《鞞舞歌序》，赵幼文：《曹植集校注》，人民文学出版社1984年版，第323页。

④ 汉代“乐府”实指乐府机关及其供职的乐人，乐府之曲多以类称，仪式雅乐如《郊祀歌》《房中乐》；娱乐俗乐如短箫铙歌、清商曲等。汉乐府的主体是清商曲，刘宋张永、王僧虔等正乐，为区别江南吴歌西曲等新流行的清商曲，将汉代流传下来的十七首旧“清商曲”称为“相和歌”，相和歌是清商曲的一部分，魏晋“清商三调”是在相和歌基础上发展起来的，其音乐渊源皆出于清商曲。详细论述参拙著《魏晋南北朝乐府歌辞研究》，上海古籍出版社2009年版，第29—33页。

瞒传》载："太祖为人佻易无威重，好音乐，倡优在侧，常以日达夕。"[①]《宋书·乐志》载："《但歌》四曲，出自汉世。无弦节，作伎，最先一人唱，三人和。魏武帝尤好之。"[②]曹丕、曹睿及其他王室成员皆喜好清商俗乐，清商俗乐女妓充满曹魏宫廷，明帝时"习伎歌者，各有千数"[③]。由于曹氏三祖的喜爱和倡导，出现了以铜雀台伎乐为代表的"秦筝""齐瑟"和京洛"名讴"齐集邺下的盛况。因清商俗乐大量集聚邺下，曹魏在太乐署、鼓吹署等音乐机构外，专门成立了清商署掌管这些俗乐。[④]

魏氏三祖对清商俗乐的喜爱，尤其是曹操对清商俗乐的大力提倡，有力地推动了清商乐在曹魏的传播。魏晋时期的文人拟乐府就是以汉乐府的音乐传播为基础而形成的一次文人创作高潮，其创作机制是在现实的音乐传播环境中形成的。曹操对清商俗乐的大力提倡，并积极带头创作乐府诗，当然不仅仅是出于个人的爱好，而是基于建安时期特殊的政治环境和曹魏政权礼乐文化建设需要的审慎选择。

作为北方的实际统治者，曹操需要从文化层面维护其统治。但曹操对北方的统治是以绍复汉统的面目出现的，即自称丞相，"挟天子以令诸侯"。所以其礼乐文化在整体结构上基本沿袭汉代传统。汉代礼乐文化的实质是对儒家精神的捍卫，具体表现为对经学的尊崇和维护，特别是东汉。但东汉中后期，外戚与宦官干政专权，政治腐败，儒学遭受严重打击，出现衰败趋势。

陈寅恪先生指出："东汉中晚之世，其统治阶级可分两类人群。一为内廷之阉宦，一为外廷之士大夫。阉宦之出身大抵为非儒家之寒族，所谓'乞匄携养'之类。"这两类人群在文化上的特征是，"士大夫宗经义，

① 陈寿：《三国志》，中华书局1982年版，第54页。
② 沈约：《宋书·乐志》，中华书局1974年版，第603页。
③ 陈寿：《三国志》，中华书局1982年版，第105页。
④ 参拙著：《魏晋南北朝乐府歌辞研究》，上海古籍出版社2009年版，第52—57页。

而阉宦则尚文辞。士大夫贵仁孝，而阉宦则重智术。”[①]所谓阉宦“尚文辞”，是说阉宦及其所代表的社会势力对文学才能的偏好。阉宦向上依靠皇权，向下吸纳社会中下层文士，从而形成一个由皇帝、后宫、宦官以及从社会中下层吸纳的文士组成的“阉宦集团”，他们通过抬升文学艺术的表征功能，以抗衡外廷士大夫集团的文化优势。[②] 汉末灵帝设立鸿都门学，召引“诸生能为文赋者”“为尺牍及工书鸟篆者”，“待以不次之位”，其用意十分明显。[③] 王夫之《读通鉴论》曰：“灵帝好文学之士，能为文赋者，待制鸿都门下，乐松等以显，而蔡邕露章谓其‘游意篇章，聊代博弈’。甚贱之也。自隋炀帝以迄于宋，千年而以此取士，贵重崇高，若天下之贤者，无踰于文赋之一途。汉所贱而隋、唐、宋所贵，士不得不贵焉。”[④]

曹操出身于寒族阉宦，其祖父曹腾为宦官，官至中常侍大常秋，封费亭侯；父亲曹嵩为腾养子，乃夏侯氏之子，“官至太尉，莫能审其生出本末”[⑤]。曹操作为阉宦之后，其文化资本远不及“四世居三公位”的名门豪族袁绍，其军事实力在北方群雄中也不处于优势。随时制宜，寻求政治资本是曹操的当务之急，所以他听从了毛玠、荀彧等人建议，迎献帝都许，开始“挟天子以令诸侯”。曹操“挟天子”之举，打着献帝“汉代政权”符号，笼络和吸引了一大批世家大族的代表人物，一定程度上占有了成就霸业的政治优势，加速了其统一北方的进程。但是，东汉朝廷的重建，也树立了献帝的“皇权”地位，形成依附其周围的皇权派势力。所以，曹操对外要同各路诸侯武力攻伐，对内还要与亲皇派政治势力斗争。

---

① 陈寅恪：《金明馆丛稿初编 · 书世说新语文学类钟会撰四本论始毕后条》，三联书社 2001 年版，第 41 页。

② 参王欣《汉魏之际文化秩序的变革与曹魏文学繁荣》，《学术交流》2013 年第 6 期。

③ 范晔：《后汉书 · 蔡邕列传》，中华书局 1965 年版，第 1991—1992 页。

④ 王夫之：《读通鉴论》，中华书局 1975 年版，第 219—220 页。

⑤ 陈寿：《三国志》，中华书局 1982 年版，第 1 页。

在曹操政治集团内部，也存在两股主要政治力量，即“谯沛武将集团”和“汝颍士人集团”。谯沛集团以曹操及其宗族姻亲夏侯氏为核心，以故乡谯沛等地缘关系为纽带，其中很多人物在曹操起兵之初，就跟随其征战讨伐，成为曹魏政权的中坚，深得曹操信任和重用，统领曹魏集团的军事力量。其代表人物有曹仁、曹洪、夏侯惇、夏侯渊等。汝颍士人集团的代表人物是从袁绍幕下投奔曹操的荀彧，他深得曹操器重，向曹操引荐了大批汝颍名士，如荀攸、钟繇、陈群、杜袭、辛毗、戏志才、郭嘉、赵俨等。随着北方逐渐统一，郗虑、王朗、华歆、司马懿等其他地区的世家大族代表也纷纷加入曹操集团，于是在曹操政治集团内部，以世家豪族子弟为代表的士人形成一支重要政治力量。

以儒学传统为基础的世家豪族，在政治态度和文化观念上与曹操为主的谯沛集团是存在差别的。早期，在群雄并起的乱世，曹操打着“匡朝宁国”的旗号，“奉天子以征四方”，符合儒家尊宗绍统的传统精神，赢得了世家豪族子弟的支持，但曹操最终目的是代汉更制，世家豪族的政治观念和文化传统，对其目标产生了严重障碍，所以曹操在广泛吸纳并重用豪族士人的同时，又心存猜疑和抵制。其阉宦寒族的出身，也使他对儒学有所排斥。陈寅恪说：“曹操的崇尚和政策即由他的阶级出身决定。”[①]曹操少时“任侠放荡，不治行业”的行为以及对音乐和文学的喜好，都是对儒学排斥的表现。

面对上述社会现实和政治形势，曹操坚持“随时制宜”的政治原则，采用“内法外儒”的策略。在理论上强调儒家道德教化，在现实政治中则以刑为本，所谓“治定之化，以礼为首；拨乱之政，以刑为先”[②]。其文化建设方略也典型地体现了“随时制宜”的特点。在礼乐文化建设中，从外在形式上沿袭汉代传统，但在实质内容上却积极倡导清商俗乐并带头创作乐府歌辞。这种做法有其自身作为阉宦、寒族文化基因对俗乐的偏

① 陈寅恪：《魏晋南北朝史讲演录》，贵州人民出版社2007年版，第8页。
② 陈寿：《三国志·魏书·高柔传》，中华书局1982年版，第683页。

爱，但更重要的是从文化层面抗衡儒学的一统格局。其对文学的倡导和对文士的积极延揽，也是意在寻求具有重要文化表征功能的符号，消解儒学思想一统天下的格局，削弱文士集团中世家豪族的力量。

建安时期文学彬彬之盛的局面，其实是文学与政治综合作用的结果，是曹魏政治集团文化建设的重要成效。建安文人拟乐府活动也是曹魏集团文化建设的重要组成部分。因战乱等原因，先秦及汉代的采诗制度没法在曹魏时期施行，更重要的是曹魏集团想通过自己的创作实践为当时的文化建设做示范，于是便亲自作歌辞以代替汉代的民间采诗。在曹氏父子的积极倡导和实践下，建安时期兴起了文人拟作乐府歌辞的风气。

第二节 魏晋清商署的建制

曹魏西晋音乐官署中除太乐、黄门鼓吹外，还另立清商署。这是曹魏西晋音乐建制中不同于东汉的地方。

《三国志·魏书·少帝纪》引《魏书》曰：

> (帝)使保林李华、刘勋等与(郭)怀、(袁)信等戏，清商令令狐景呵华、勋曰："诸女，上左右人，各有官职，何以得尔?"华、勋数谗毁景。……太后遭邻阳君丧，帝日在后园，倡优音乐自若，不数往定省。清商丞庞熙谏帝："皇太后至孝，今遭重忧，水浆不入口，陛下当数往宽慰，不可但在此作乐。"①

保林，为宫中女官名，三国魏置于帝宫，位视百石之官；西晋置于太子宫。清商令令狐景能指责两位女官，可见，清商署可能设在宫内。从上述材料可知两点：一是齐王曹芳在位的时候魏就有清商专署，管理倡优女乐；二是清商署由清商令与清商丞掌管。《资治通鉴》卷一三四《宋纪》

① 陈寿：《三国志》，中华书局1982年版，第129—130页。

升明二年，胡注："魏太祖起铜爵台于邺，自作乐府，被于管弦。后遂置清商令以掌之，属光禄勋。"①

《晋书·职官》载，光禄勋统武贲中郎将、羽林郎将，以及"黄门、掖庭、清商、暴室等令"②。又《晋书·五行志》载："魏明帝太和五年五月，清商殿灾。"③可见，晋代也有"清商署"，属光禄勋。据《宋书·百官志》，"魏晋以来，光禄勋不复居禁中"④。

曹操所建铜雀台与曹魏清商乐及清商署的关系至为密切，所以，王僧虔曰："今之《清商》，实由铜雀，魏氏三祖，风流可怀。"⑤清商乐在曹魏宫廷甚为活跃。

《三国志·魏书·武帝纪》引《曹瞒传》：

太祖为人佻易无威重，好音乐，倡优在侧，常以日达夕。⑥

《搜神记》：

濡须口有大船，船覆在水中，水小时，便出见。长老云："是曹公船。"尝有渔人夜宿其旁，以船系之，但闻竽笛弦歌之音，又香气非常。渔人始得眠，梦人驱遣云："勿近官妓！"相传云曹公载妓船覆于此，至今在焉。⑦

《初学记》引曹操《遗令》：

吾婕妤妓人，皆著铜雀台，于台上施六尺床，穗帐，朝晡上脯糗之属，月朝十五，辄向帐作乐。汝等时登铜雀台，望吾西陵墓田。勿阙⑧

崔豹《古今注》：

---

① 司马光：《资治通鉴》，上海古籍出版社1987年影印，第898页。
② 房玄龄：《晋书》，中华书局1974年版，第736页。
③ 房玄龄：《晋书》，中华书局1974年版，第803页。
④ 沈约：《宋书》，中华书局1974年版，第1229页。
⑤ 沈约：《宋书》，中华书局1974年版，第553页。
⑥ 陈寿：《三国志·魏书》卷一，中华书局1982年版，第54页。
⑦ 王根林等校点：《汉魏六朝笔记小说大观》，上海古籍出版社1999年版，第400页。
⑧ 徐坚：《初学记》，中华书局2004年版，第211页。

魏文帝宫人有绝所宠者，有莫琼树、薛夜来、陈尚衣、段巧笑四人，日夕在侧。琼树乃制蝉鬓，缥眇如蝉翼，故曰蝉鬓。巧笑始以锦衣丝履作紫粉拂面，尚衣能歌舞，夜来善为衣裳，一时冠绝。①

《三国志·魏书·明帝纪》引《魏略》：

是年起太极诸殿，筑总章观。……帝常游宴在内，乃选女子知书可付信者六人，以为女尚书，使典省外奏事，处当画可，自贵人以下至尚保，及给掖庭洒扫，习伎歌者，各有千数。②

《三国志·魏书·少帝纪》：

每见九亲妇女有美色，或留以付清商。③

《三国志·魏书·曹爽传》：

爽饮食车服，拟于乘舆；尚方珍玩，充牣其家；妻妾盈后庭，又私取先帝才人七八人，及将吏、师工、鼓吹、良家子女三十三人，皆以为伎乐。诈作诏书，发才人五十七人送邺台，使先帝倢伃教习为伎。擅取太乐乐器，武库禁兵。④

从以上文献可见，曹操、曹丕、曹睿、曹芳、曹爽等曹魏诸帝王皆喜好清商俗乐。掌管清商俗乐的清商署，其主要职能是满足宫廷娱乐音乐的需要。因为汉代天子宴乐群臣的鼓吹乐，在魏晋已被用来宣叙功业，成为仪式音乐的一部分，黄门鼓吹署已由汉俗乐之官署变成仪式乐官署。为适应魏晋清商乐的迅速发展，曹魏王朝以曹操铜雀台女乐为基础，成立专门的清商署以管理这些女妓俗乐，并移归光禄勋，负责皇帝娱乐音乐，使清商乐在魏晋迅速发展变化获得了制度的保障。

清商署的建立使清商俗乐的功能得到逐渐扩张、地位得以提升。魏晋鼓吹乐已被用于歌颂王朝功德，其宴享群臣的那部分职责逐渐被清商乐所取代。如相和歌中的《对酒歌太平》可能就是曹操在宴群臣时演奏

① 崔豹：《古今注》卷下，杂注第七，《四部丛刊》本。
② 陈寿：《三国志·魏书》卷三，中华书局1982年版，第104—105页。
③ 陈寿：《三国志·魏书》卷四，中华书局1982年版，第130页。
④ 陈寿：《三国志·魏书》卷九，中华书局1982年版，第284—285页。

的，后来被归为清调曲，称《短歌行》，歌曹操“对酒当歌，人生几何”。该曲第三解全引《诗经·鹿鸣》，整首歌辞皆四句，与诗经句式相同。又文帝《短歌行·仰瞻》也与此辞字数完全相同。《古今乐录》曰：“王僧虔《技录》云：‘《短歌行》“仰瞻”一曲，魏氏遗令，使节朔奏乐，魏文制此辞，自抚筝和歌。……此曲声制最美，辞不可入宴乐。’”[①]据此，有人认为此曲就是古《鹿鸣》曲调。由于其采用古雅的曲调，所以不可以入宴乐中演奏。这也说明清商俗乐在魏晋宫廷中开始逐渐雅化。

第三节　荀勖正乐与清商三调的体式建构

西晋音乐文化建设中，荀勖是最杰出的人物，无论仪式音乐还是娱乐音乐，他都作出了重要贡献。他对清商三调体式建构方面的贡献，主要体现在以下两方面：一是新制律吕，以调声韵；二是采旧辞以成清商三调歌诗。

一、荀勖制律吕以调声韵

荀勖定制律吕的工作，《晋书·乐志》有载：

> 泰始九年，光禄大夫荀勖以杜夔所制律吕，校太乐、总章、鼓吹八音，与律吕乖错，乃制古尺，作新律吕，以调声韵。律成，遂班下太常，使太乐、总章、鼓吹、清商施用。[②]

荀勖定制律吕，颁下太常，在太乐、总章、鼓吹、清商等各种音乐类型中广泛使用，特别是在清商乐中的使用，确立了清商曲的“调”。将清商曲改造成清商三调，其中定调最为关键，也是清商三调与清商曲最根本的区别所在。据《古今乐录》记载，平调、清调、瑟调在音乐表演结构中，均由弄、弦、歌弦、送歌弦四部分构成，其中的弄和弦两部分只

---

① 郭茂倩：《乐府诗集》，中华书局 1979 年版，第 446—447 页。
② 房玄龄：《晋书》，中华书局 1974 年版，第 692 页。

有乐器表演，相当于相和歌歌段前的“引和”；歌弦和送歌弦两部分则是乐器和人声的合奏，由四段或六段歌曲组成，歌唱时以笙、笛、筑、瑟、筝、琵琶等乐器伴奏，并加节鼓，每段歌曲表演结束时加入“送歌弦”。可见，“歌弦”的出现是清商三调与相和歌的最大区别，意味着由相和歌“丝竹更相和”的乐器与人声分别表演，改成了歌辞与乐器的合奏表演，这是清商三调在表演方式上的重大改进，这种改进的基础就是“定调”。相和歌演唱时也是有调的，但这种调是演唱者根据自身的音域自然确定的。与相和歌不同，清商三调是人声与几种乐器的配合，必须有统一的调，才便于乐器合奏，将各种不同的曲调用三种调式固定下来，使演奏更加严格规范。这样一来，是否入调成为乐曲的关键问题，于是调在乐曲中具有了决定其演唱风格的重要作用。①

其次，对瑟调及大曲“艳——正曲——趋”的音乐结构也具有重要意义。荀勖对清商曲的改造，使清商曲结构更加复杂，成为更高级的音乐艺术形式——大曲。西晋宫廷娱乐音乐文化的最高形式是大曲。关于大曲，《乐府诗集·相和歌辞》解题曰：“又诸调曲皆有辞、有声，而大曲又有艳、有趋、有乱。辞者其歌诗也，声者若羊吾夷伊那何之类也。艳在曲之前，趋与乱在曲之后，亦犹吴声西曲前有和，后有送也。又大曲十五曲，沈约并列于瑟调。今依张永《元嘉正声技录》分于诸调，又别叙大曲于其后。”②根据《宋书·乐志》记载，沈约是将大曲与瑟调曲分列的：

瑟调曲：

《善哉行》有“来日”“古公”“自惜”“朝日”“上山”“朝游”“我徂”“赫赫”八篇。

大曲：

《东门行》有“东门”，《西门行》有“西门”，《折杨柳行》有“默

① 参拙著《魏晋南北朝乐府歌辞研究》，上海古籍出版社2009年版，第33—42页。

② 郭茂倩：《乐府诗集》，中华书局1979年版，第377页。

默”“西山”，《煌煌京洛行》有“园桃”，《陇西行》有“天上”“邪径”“碣石”“步出”，《野田黄雀行》有“置酒”，《雁门太守行》有“洛阳令”，《艳歌罗敷行》有“罗敷”，《艳歌何尝行》有“白鹄”“何尝”，《艳歌行》有“翩翩”“南山”，《櫂歌行》有“王者”，《白头吟》有“皑如”，《满歌行》有“为乐”。

王僧虔《大明三年宴乐技录》十四曲全归瑟调，无大曲之目。

逯钦立据此认为：大曲由瑟调曲变化而来。瑟调曲与三调其他曲调一样，前有“弄”“弦”，后有“送声弦”。[①] 若真如《乐府诗集》所云，大曲的艳、趋、乱“犹吴歌西曲前有和，后有送”的话，“艳”“趋”就与“和”“送”相当。即艳相当于瑟调曲头的“引和”，趋、乱则相当于瑟调曲尾的“送声弦”。《古今乐录》说：“又有《大歌弦》一曲，歌‘大妇织绮罗’，不在歌数，……张《录》云：非管弦音声所寄，似是命笛理弦之余。……亦谓之《三妇艳》诗。”[②]可见，所谓歌《三妇艳》，即相当于大曲的“艳”，因其不在歌数，故名“大歌弦”。

现存大曲的记载亦有一些暗示。如《步出夏门行·碣石》原注：“云行至此为艳”；《艳歌何尝行》原注：词曲“前为艳”；《艳歌白鹄行》原注：“前有艳”；《艳歌罗敷行》原注：“前有艳词曲”。第一曲“艳”辞紧靠正歌，又不在歌数，即相当于“大歌弦”；后三曲正歌中无艳辞，而注明前有艳辞，可见已在正歌外另加了单独的艳辞。大曲的“趋”，据歌辞文本记载，如《艳歌何尝行》“飞来双白鹄”，原注：“‘念与’下为趋”；《艳歌何尝行》“何尝”原注：“‘少小’下为趋，前为艳”；《步出夏门行》原注：“蹙迫下为趋”；《櫂歌行》原注：“将抗下为趋”；《满歌行》原注：“饮酒下为趋”[③]。“趋”也是有歌辞的。可见，大曲中的艳、趋是有歌辞的，这是大曲区别于三调之瑟调的根本所在，也是大曲从瑟调曲发展而

① 逯钦立：《相和歌曲调考》，《文史》第十四辑，1982 年。
② 郭茂倩：《乐府诗集》，中华书局 1979 年版，第 441—442 页。
③ 沈约：《宋书·乐志》，中华书局 1974 年版，第 617—622 页。

来的有力证据。

魏晋大曲有“趋”无“乱”，而其他乐曲有“乱”者凡四曲：陈思王《鞞舞歌》“灵芝篇”“孟冬篇”；瑟调曲《妇病行》《孤儿行》。《乐府诗集・大曲》序云：“《白头吟》一曲有乱。”王僧虔《技录》曰：“《白头吟》在楚调。”[①]据《旧唐书・乐志》、李善注《文选》知，侧调生于楚调，侧调即瑟调。可见瑟调之“乱”为楚声的历史遗存。到魏晋大曲时代，“乱”逐渐消失，被“趋”所取代。[②]

关于“艳”“趋”进入瑟调曲的时间，逯钦立认为“艳”歌应用于三调的时间，至晚在荀勖掌乐之时。“趋”进入瑟调，代替“送声弦”在傅玄、陆机时代。

可见，大曲是从瑟调曲发展而来的。大曲形成的基础是清商三调的确立，而清商三调中最关键问题是调的确立，这与荀勖制定新律，并在各音乐品类中配乐演唱有极大关系。

二、采旧辞以成清商三调歌诗

《乐府诗集・相和歌辞》解题曰：

> 其后晋荀勖又采旧辞施用于世，谓之清商三调歌诗，即沈约所谓“因弦管金石造歌以被之”者也。[③]

郭茂倩说荀勖采旧辞施用于世的就是清商三调歌诗。可以初步确定，清商三调是从西晋荀勖开始的。荀勖所采清商三调歌诗，除部分古辞外，几乎全部是曹操、曹丕和曹睿父子三人的作品，这进一步强化了清商三调歌诗的示范性。如曹操的《碣石》篇，在瑟调曲《步出夏门行》中演奏，后来东晋用之在《拂舞曲》中演奏。《宋书・乐志》载：“江左初，

---

① 郭茂倩：《乐府诗集》，中华书局 1979 年版，第 635 页。

② 崔炼农：《汉魏六朝乐府辞乐关系研究・曲之分解和艳、趋、乱》，上海师范大学博士论文，2003 年，第 101—102 页。

③ 郭茂倩：《乐府诗集》，中华书局 1979 年版，第 376 页。

又有《拂舞》。旧云《拂舞》，吴舞。检其歌，非吴词也。皆陈于殿庭。”①这件事虽发生在东晋，但其发生的机制却源于西晋。荀勖采旧曲施用于清商三调，其作用和影响是跨时代的。清商三调中的许多歌曲已不仅仅在宴享等娱乐活动中表演，而且进入正规的诸如上寿、食举、正旦大会等仪式音乐场合。荀勖所选歌辞全为曹氏三祖，已经昭示了其作用不同于一般的娱乐音乐。这种文化导向对乐府歌辞的体式建构影响是很大的。曹魏、西晋宫廷音乐文化构建中对清商曲的提升、雅化，从而引导文人的拟歌辞句式结构朝着五言、四言为主的齐言化发展。

① 沈约：《宋书》，中华书局1974年版，第551页。

第九章
魏晋文人拟乐府与文人乐府体的建构

第一节　拟调与拟篇：建安文人拟乐府的两种方式

钱志熙先生将魏晋文人拟乐府创作模式概括为拟调和拟篇两种方式。拟调，是指按照曲调的旋律特点，模仿原辞创作。这种方式要求更多地考虑与原辞在结构形式上的相似性，以符合曲调的旋律要求。拟篇，是指以曲调歌辞内容为蓝本的创作，这种方式则要求在主题、题材和内容上与原作保持某种内在的联系。①

一、拟调：曹氏三祖的拟乐府

1. 曹氏三祖“拟乐府”创作述略

郭茂倩《乐府诗集》收录曹操乐府诗十七首。据陆侃如《中古文学系年》②、张可礼《三曹年谱》③考订，曹操乐府诗大多是在汉灵帝中平元年(184)至汉献帝建安二十年(215)这三十多年时间里创作的。以建安九年(204)攻占邺城为界，分为邺城前和邺城后两个阶段：邺城前的作品有《度关山》《对酒》《薤露行》《蒿里行》《善哉行》其二、《董卓歌》等六首；

---

① 拟调、拟篇的概念参考了钱志熙《唐人乐府学述要》，《中国社会科学》2013 年第 8 期。

② 陆侃如：《中古文学系年》，人民文学出版社 1998 年出版。

③ 张可礼：《三曹年谱》，齐鲁书社 1983 年出版。

建安十一年至十五年邺中作品有《苦寒行》《步出夏门行》《短歌行》二首等，《精列》《陌上桑》《秋胡行》等游仙题材可能是建安十六年前后的作品。①《乐府诗集》对曹操诗歌均有“魏乐所奏”“魏晋乐所奏”“晋乐所奏”的标注，说明曹操乐府诗都是配乐可歌的。

《乐府诗集》收录曹丕乐府诗二十二首。拟汉鼓吹铙歌《临高台》一首；相和歌《十五》《陌上桑》“弃故乡”两首；平调《短歌行》“仰瞻”、《猛虎行》“与君媾新欢”、《燕歌行》“秋风”“别日”四首；清调《秋胡行》“尧任舜禹”“朝与佳人期”“泛泛渌池”三首；瑟调《善哉行》“朝日乐相乐”“朝游高台观”“上山采薇”“有美一人”四首；另有《丹霞蔽日行》《折扬柳行》“西山一何高”、《饮马长城窟行》“浮舟横大江”、《上留田行》“居世一何不同”、《大墙上蒿行》“阳春”、《艳歌何尝行》“何尝”、《煌煌京洛行》“夭夭园桃”、《月重轮行》等八首。其中注明“魏乐所奏”者，有平调《短歌行》“仰瞻”一首；“魏晋乐所奏”者，有相和歌《十五》、瑟调《善哉行》“朝日乐相乐”“朝游高台观”“上山采薇”、《折扬柳行》“西山一何高”五首；“晋乐所奏”者，有相和歌《陌上桑》“弃故乡”、《燕歌行》“秋风”“别日”、《艳歌何尝行》“何尝”、《煌煌京洛行》“夭夭园桃”五首，共十一首。

曹睿现存乐府诗十首。平调《长歌行》“静夜”、《短歌行》“翩翩”、《燕歌行》“白日”三首；清调《苦寒行》“悠悠”（晋乐所奏，拟武帝“北上”而成）一首；瑟调《善哉行》“我徂我征”“赫赫大魏”（魏晋乐所奏）、《步出夏门行》“步出夏门”（魏晋乐所奏）、《月重轮行》“天地”、《櫂歌行》“王者布大化”（晋乐所奏）五首；《杂曲歌辞》“种瓜东井上”一首。其中注明“魏晋乐所奏”者，有瑟调《善哉行》“我徂我征”“赫赫大魏”、《步出夏门行》“步出夏门”三首；“晋乐所奏”者，有清调《苦寒行》“悠悠”《櫂歌行》“王者布大化”两首，共五首。

① 参拙作：《汉魏六朝诗歌传播研究》，中国社会科学出版社2017年版，第170—172页。

2. 曹氏三祖“拟乐府”的创作方式

曹操、曹丕和曹睿的乐府诗多以拟调为主。《宋书·乐志》载：“相和，汉旧歌也。丝竹更相和，执节者歌。本一部，魏明帝分为二，更递夜宿。本十七曲，朱生、宋识、列和等复合之为十三曲。”[①]曹操有《驾六龙》等七首、曹丕有《登高远望》《弃故乡》两首，分别配以相和歌演唱。从《陌上桑》三首歌辞的对比中可见这些歌词的拟调性质。[②]

《陌上桑》文帝词：

弃故乡，离室宅，远从军旅万里客。披荆棘，求阡陌，侧足独窘步，路局苲。虎豹嗥动，鸡惊，禽失群，鸣相索。登南山，奈何蹈盘石，树木丛生郁差错。寝蒿草，荫松柏，涕泣雨面沾枕席。伴旅单，稍稍日零落，惆怅窃自怜，相痛惜。

《陌上桑》(楚辞钞)：

今有人，山之阿，被服薜荔带女萝。既含睇，又宜笑，子恋慕予善窈窕。乘赤豹，从文狸，辛夷车驾结桂旗。被石兰，带杜衡，折芳拔荃遗所思。处幽室，终不见，天路险艰独后来。表独立，山之上，云何容容而在下。杳冥冥，羌昼晦，东风飘飖神灵雨。风瑟瑟，木搜搜，思念公子徒以忧。

《陌上桑》武帝词：

驾虹霓，乘赤云，登彼九疑历玉门。济天汉，至昆仑，见西王母谒东君。交赤松，及羡门，受要秘道爱精神。食芝英，饮醴泉，柱杖挂枝佩秋兰。绝人事，游浑元，若疾风游欻飘飘。景未移，行数千，寿如南山不忘愆。

“今有人”是用楚辞《九歌·山鬼》配《陌上桑》歌唱的，其句式结构

① 沈约：《宋书》，中华书局1974年版，第603页。

② 沈约：《宋书·乐志》将《陌上桑》古辞列于大曲《艳歌罗敷行》，说明今存“日出东南隅”古辞是在大曲中表演的，而非相和歌的《陌上桑》本辞。

显然是在《陌上桑》曲调旋律的制约下形成的。曹操“驾虹霓”的句式结构与“今有人”完全一致，曹丕“弃故乡”的主体句式也与“今有人”大致相同。说明曹操、曹丕的作品是按照《陌上桑》曲调的旋律或原辞结构拟作的。

《宋书·乐志》所录清商三调曲辞，除汉代古辞外，曹氏三祖作品居多。曹操有《短歌行》“西周”“对酒”、《秋胡行》“晨上”“愿登”、《苦寒行》“北上”、《善哉行》“古公”“自惜”、《步出夏门行》“碣石”等八首。曹丕有《燕歌行》“秋风”“别日”、《短歌行》“仰瞻”、《善哉行》“朝日”“上山”“朝游”、《折扬柳行》“西山”、《煌煌京洛行》“园桃”等八首。曹睿有《善哉行》“我徂”“赫赫”、《櫂歌行》“夏门”“王者布大化”等四首。

清商三调歌诗是“荀勖撰旧词施用者”①。据现有文献知，荀勖整乐的重点是对汉魏旧曲演唱方式的加工，所谓“撰旧词”是指根据修订后的乐曲演唱方式加工旧词。《宋书·乐志》收录的三调歌辞是经荀勖等乐工加工过的乐奏辞，《乐府诗集》所载乐奏辞与《宋书·乐志》所录完全一致，与本辞则有一些明显的区别：一是标注了“=”（复沓符号）“解”“艳”“趋”“乱”等音乐性标志；二是调整了部分词句；三是添加了歌辞的内容；四是添加了诸如“歌以言志”“今日相对乐，延年万岁期”等演唱中的套语。这些区别反映了荀勖等乐工加工的基本内容，本辞当是曲调的原词或拟调而成的乐府诗。曹氏三祖所造新诗正是按照原曲调的音乐旋律和结构要求创作的，所以“被之管弦，皆成乐章”②。如《乐府诗集》载：

> 王僧虔《技录》曰：《短歌行》“仰瞻”一曲，魏氏遗令，使节朔奏乐，魏文制此辞，自扶筝和歌。③

曹丕的歌辞四言二十四句，与曹操《短歌行》“对酒”乐奏辞的句式结构完

① 沈约：《宋书·乐志》，中华书局1974年版，第608页。
② 陈寿：《三国志·魏书》，中华书局1982年版，第54页。
③ 郭茂倩：《乐府诗集》，中华书局1974年版，第446—447页。

全相同。说明这首歌辞是根据曹魏《短歌行》乐曲原辞进行的拟调之作。

曹丕《上留田行》曰：

居世一何不同，上留田。富人食稻与粱，上留田。贫子食糟与糠，上留田。贫贱亦何伤，上留田。禄命悬在苍天，上留田。今尔叹息将欲谁怨？上留田。

《乐府诗集》解题引崔豹《古今注》曰：

上留田，地名也。人有父母死不字其孤弟者，邻人为其弟作悲歌以风其兄，故曰《上留田》。①

《上留田》歌曲的始辞已失传，崔豹《古今注》仅载录了歌曲的本事。曹丕拟词以六言为主，每句以“上留田”结尾。其后陆机的拟作《上留田》保留了六言句式结构，谢灵运的《上留田》则完全模拟曹丕的“6，3”结构，共二十句，每句以“上留田”作结。《后汉书·五行志》载，汉灵帝中平中京都歌曰：“承乐世，董逃，游四郭，董逃。蒙天恩，董逃，带金紫，董逃……”又杨阜《董卓传》曰：“卓改《董逃》为《董安》。”②可见，《董逃歌》以“董逃”结尾与《上留田行》以“上留田”结尾，其结构大体相似。这是民歌的一种常用结构。如《宋书·乐志》载：“《督护歌》者，彭城内使徐逵之为鲁轨所杀，宋高祖使府内直督护丁旿收敛殡埋之。逵之妻，高祖长女也，呼旿至阁下，自问敛送之事，每问，辄叹息曰：丁督护！其声哀切，后人因其声，广其曲焉。”③综上可以看出，曹丕《上留田行》是模拟民谣《上留田》而成的乐曲，其句式结构应是来自民谣始辞，是一首拟调之作。

又如魏明帝《步出夏门行》“步出夏门”：

步出夏门，东登首阳山。嗟哉夷叔，仲尼称贤。君子退让，小人争先。惟思二子，于今称传。林钟受谢，节改时迁。日月不居，

① 郭茂倩：《乐府诗集》，中华书局1979年版，第563页。
② 郭茂倩：《乐府诗集》，中华书局1979年版，第505页。
③ 沈约：《宋书》，中华书局1974年版，第550页。

谁得久存。善哉殊复善，弦歌乐情。一解

商风夕起，悲彼秋蝉。变形易色，随风东西。乃眷西顾，云雾相连。丹霞蔽日，彩虹带天。弱水潺潺，叶落翩翩。孤禽失群，悲鸣其间。善哉殊复善，悲鸣在其间。二解

朝游青泠，日暮嗟归。朝游止此为艳

蹙迫日暮，乌鹊南飞。绕树三匝，何枝可依。卒逢风雨，树折枝摧。雄来惊雌，雌独愁栖。夜失群侣，悲鸣徘徊。芃芃荆棘，葛生绵绵。感彼风人，惆怅自怜。月盈则冲，华不再繁。古来之说，嗟哉一言。蹙迫下为趋

曹操《步出夏门行》“碣石”：

云行雨步，超越九江之皋，临观异同。心意怀游豫，不知当复何从。经过至我碣石，心惆怅我东海。云行至此为艳

东临碣石，以观沧海。水何淡淡，山岛竦峙。树木丛生，百草丰茂。秋风萧瑟，洪波涌起。日月之行，若出其中，星汉灿烂，若出其里。幸甚至哉，歌以咏志。《观沧海》一解

孟冬十月，北风徘徊。天气肃清，繁霜霏霏。鹍鸡晨鸣，鸿雁南飞。鸷鸟潜藏，熊罴窟栖。钱镈停置，农收积场。逆旅整设，以通贾商。幸甚至哉，歌以咏志。《冬十月》二解①

若将曹睿与曹操《步出夏门行》歌辞进行比对发现，曹操歌辞“云行雨步至心惆怅我东海”为艳词，属杂言结构，后面四解均为四言 12 句，加“幸甚至哉，歌以咏志”一句套语。曹睿歌辞中间“朝游青泠，日暮嗟归”两句为艳词，“蹙迫日暮”以下为“趋词”，该诗杂萃曹操《短歌行》、曹丕《丹霞蔽日行》诗句而成，正曲两解歌词与曹操正曲歌辞句式结构是基本一致的，都是四言十二句，分别加上“善哉殊复善，弦歌乐情”；“善哉殊复善，悲鸣在其间”的套语。仅第一解第二句为五言，与曹操歌

① 沈约：《宋书》，中华书局 1974 年版，第 619、621 页。

词不同。整体上看，曹睿《步出夏门行》歌辞是拟曹操歌辞而成的。其中的“艳”和“趋”词，当是荀勖正乐时添加的。

拟调的创作方式，因其主要遵循曲调的音乐要求进行拟作，所以在题材、内容和情感表达上则无须与原作保持一致。对此，刘勰说：“魏之三祖，气爽才丽，宰割辞调，音靡节平。观其北上众引，秋风列篇，或述酣宴，或伤羁戍，志不出于淫荡，辞不离于哀思，虽三调之正声，实韶夏之郑曲也。”①刘勰以“淫荡”“哀思”和“郑曲”指出魏氏三祖乐府诗在题材内容和思想情感上的特点。

曹操乐府诗的题材涉及征戍、国难、述志、游仙、宴饮娱乐等诸多内容。他总是从汉末动乱的社会现实着笔，不顾原作的古题和故事，体现了强烈的时代精神。如《度关山》表达作者的政治理想，诗歌直叙政见，言简意赅，陈祚明《采菽堂古诗选》称其“莽莽有古气”②。《对酒》通过对理想的太平盛世的描绘，反映作者革新政治的理想和愿望。《薤露行》《蒿里行》以汉末政治为背景，如实描写董卓之乱、军阀混战对国家和人民造成的深重灾难，钟惺《古诗归》称其为“汉末实录”。方东树《昭昧詹言》评价《薤露行》曰：“此诗浩气奋迈，古直悲凉，音节词旨，雄姿真朴。一起雄直高大，收悲痛哀远……莽苍悲凉，气盖一世。”③

又如《善哉行》其二自述诗人身世，抒发父死君难的痛苦，《却东西门行》“鸿雁”篇“道将士离索之悲”等，都如实展现了汉末的社会现实，所以沈德潜说：“借古乐府写时事，始于曹公。”④

在体制结构上，曹操乐府诗大多遵循汉乐府“缘事而发”的传统，以叙事为主。如《蒿里行》叙述汉末董卓之乱后，关东诸郡以袁绍为盟主起兵讨伐、后又互相争斗的史实，《苦寒行》对行军途中艰苦环境的描写等，这些叙事内容构成诗歌的主体，只是将汉乐府的“本事”换成了“时

① 范文澜：《文心雕龙注》，人民文学出版社 1958 年版，第 102 页。
② 陈祚明：《采菽堂古诗选》，上海古籍出版社 2008 年版，第 127 页。
③ 方东树：《昭昧詹言》，人民文学出版社 1961 年版，第 67 页。
④ 沈德潜：《古诗源》，中华书局 2006 年版，第 92 页。

事”而已。

在情感表达上，曹操乐府往往从个体角度直接抒情，如“生民百遗一，念之断人肠”（《蒿里行》）；“悲彼东山诗，悠悠令我哀”（《苦寒行》）；“幸甚至哉！歌以咏志”（《步出夏门行》）等，与汉乐府“普世化”的抒情模式有很大不同。

曹操是邺城之前建安诗歌的主要创作者，也是“拟乐府”风气的引领者。东汉文人虽也有拟乐府创作，如班婕妤《怨歌行》、张衡《同声歌》、辛延年《羽林郎》、宋子侯《董娇娆》、蔡邕《饮马长城窟行》等，但这些作品属于拟乐府早期阶段，大多遵循乐府原辞的本事，在结构上以叙事为主，且多用第三人称，内容不离相思离别和贞妇孝女，称颂和劝勉意味很强。如阮瑀《驾出郭北门行》描写一个被弃孤儿的悲惨遭遇，最后以“传告后代人，以此为明规”结束全篇，对世人提出劝诫。

曹操的乐府诗则完全打破了这种写作模式，他大胆地“以乐府叙汉末事”，开创了以乐府古题写时事的风气，其《对酒》《薤露行》《蒿里行》《善哉行》等作品对汉末动乱现实的真实反映及其透出的纵横豪迈、慷慨悲凉之气，如“幽燕老将”，奠定了建安诗歌发展的基调。其《苦寒行》《步出夏门行》《短歌行》等，从入邺城至建安十五年的一些作品，以悲凉豪迈的情感和直面现实的古直之气，进一步强化了建安风骨的精神气象。在抒情方式上，他突破汉乐府“普世性”抒情模式，从诗人个体出发直抒胸臆，开启此后文人徒诗抒情的基本模式，对文人徒诗发展具有重要的引领作用，成为“收束汉音，振发魏响”①的关键人物。

总之，曹操从汉末动乱的社会现实着笔，不顾原作的古题和故事，体现了强烈的时代精神。这样则改变了汉乐府抒写“普世化”情感的模式，为文人徒诗创作起了重要的导引作用。曹丕、曹睿的乐府诗则经常是根据个体抒情写志的需要，宰割古辞拼凑成新章，也是拟调性质的。

① 范文澜：《文心雕龙注》，人民文学出版社 1978 年版，第 87 页。

曹氏三祖的乐府诗借音乐歌词来抒情写志，是典型的拟调之作，但在诗体观念上并无明确的乐府和徒诗的区别。

二、拟调与拟篇兼为：曹植的拟乐府

曹植的诗歌创作主要在邺城及以后的时间，现存能确定年代的最早作品当是作于建安十二年的《泰山梁甫行》①。赵幼文《曹植集校注》将其作品按建安、黄初、太和及时期未定者四类编排，第一首为《斗鸡》，此诗写作时间在建安十六年前后。② 其余诗作大多写于建安十六年曹植被封平原侯之后。

随着建安七子的相继离世，邺中文人诗酒唱和的文学活动场域被打破，加之曹丕称帝后对曹植等曹氏诸王的政治排挤和迫害，建安文学的政治文化环境发生了很大变化。曹植的诗歌创作，较邺中时期也发生了显著变化：一是在题材上开始由游宴、赠答、送别等社交性内容向抒发个体人生遭遇和政治苦闷转向；二是在诗歌体式上多采用乐府体；三是在诗歌结构上增加了抒情的比重；四是在创作技巧上更注重比兴和辞华。

这些创新，使曹植诗歌在情感上做到了济世之情与个人私情的交融，在艺术上做到了风骨与文采的结合，所谓“骨气奇高，词采华茂，情兼雅怨，体被文质”③，从而完成了中国诗歌创作由“应歌”向“作诗”的转变，推动了诗歌文学的自觉。

1. 黄初、太和时期曹植诗歌体式述略

据赵幼文《曹植集校注》，黄初时期的诗歌有：《杂诗》“高树多悲风”《磐石篇》《仙人篇》《游仙》《升天行》二首、《责躬诗》《应诏》《七步

① 张可礼：《三曹年谱》定《泰山梁甫行》作于建安十二年，曹植从曹操北征乌桓时，可从。
② 王巍：《曹植集校注》，河北教育出版社 2013 年版，第 1 页。
③ 曹旭：《诗品笺注》，人民文学出版社 2009 年版，第 56 页。

诗》《赠白马王彪》《浮萍篇》《七哀》《种葛篇》《苦思行》《矫志》《鞞舞歌》五首等20余首。

太和时期的诗歌有：《怨歌行》《惟汉行》《当墙欲高行》《喜雨》《杂诗》“仆夫早严驾”、《鰕䱇篇》《吁嗟篇》《美女篇》《杂诗》“南国有佳人”“转蓬离本根”、《飞龙篇》《桂之树行》《平陵东》《五游咏》《远游篇》《驱车篇》《白马篇》《豫章行》二首、《丹霞蔽日行》《当欲游南山行》《当事君行》《薤露行》《箜篌引》《当车以驾行》《当来日大难》《妾薄命》二首、《名都篇》《元会》《门有万里客》等30余首。

黄初、太和时期，曹植大量使用乐府体创作。黄初20首诗歌中有乐府诗12首，太和31首诗歌中有乐府诗26首，共有乐府诗38首，占此时期全部诗歌的75%。其中，相和歌辞有：相和六引《箜篌引》，相和曲《薤露行》《惟汉行》《平陵东》，平调曲《鰕䱇篇》，清调曲《吁嗟篇》《豫章行》二首、《浮萍篇》，瑟调曲《当来日大难》《丹霞蔽日行》《门有万里客》，楚调曲《怨歌行》等13首；杂曲歌辞有：《桂之树行》《当墙欲高行》《当欲游南山行》《当事君行》《当车以驾行》《妾薄命》二首、《名都篇》《美女篇》《白马篇》《苦思行》《升天行》二首、《五游咏》《远游篇》《仙人篇》《飞龙篇》《磐石篇》《驱车篇》《种葛篇》等20首；鞞舞歌辞有：《圣皇篇》《灵芝篇》《大魏篇》《精微篇》《孟冬篇》等5首。

曹植还是建安诗人中大量使用五言创作的诗人。现存41首乐府诗中有30首五言，其中相和三调乐府13首，拟杂曲乐府13首，《鞞舞歌》4首。另外，曹植现存36首文人徒诗，除《元会》《责躬》《应诏》《朔风》《矫志》《闺情》等6首四言、《离友》二首骚体外，其余28首全为五言。五言诗体占曹植全部诗歌的75%①。建安是“五言腾踊”的时代，建安诗人普遍采用五言进行诗歌创作，曹植最为突出。

① 关于曹植现存诗歌的数量问题，存在一些争议：赵幼文《曹植集校注》收诗77首，另收非曹植所撰而旧集误收者3首；黄节《曹子建诗注》收诗70首。今据《曹植集校注》，定为77首。

2. 拟调与拟篇：曹植拟乐府的两种方式

曹植作为建安时期拟乐府最多的诗人，他对拟调、拟篇两种方式都有采用。总体而言，现存相和三调歌辞以拟调为主，而杂曲歌辞则多为拟篇之作。

(1)拟调与拟篇的双重观照：曹植相和三调歌辞的创作模式

曹植是一名喜爱并精通音乐的文人，他的相和三调歌辞多是拟调而成的。如《平陵东》"阊阖开"：

阊阖开，天衢通，被我羽衣乘飞龙。乘飞龙，与仙期，东上蓬莱采灵芝。灵芝采之可服食，年若王父无终极。

《平陵东》古辞：

平陵东，松柏桐，不知何人劫义公。劫义公，在高堂下，交钱百万两走马。两走马，亦诚难，顾见追吏心中恻。心中恻，血出漉，归告我家卖黄犊。

曹植《平陵东》句式结构以"3，3，7"为主，与《平陵东》古辞的结构大体一致，结尾的"7，7"结构，属于"3，3，7"结构之变体。这是一首典型的拟调之作。

又如《薤露行》"天地"：

天地无穷极，阴阳转相因。人居一世间，忽若风吹尘。愿得展功勤，输力于明君。怀此王佐才，慷慨独不群。鳞介尊神龙，走兽宗麒麟。虫兽犹知德，何况于士人。孔氏删诗书，王业粲已分。骋我径寸翰，流藻垂华芬。

曹操《薤露行》：

惟汉二十二世，所在诚不良。沐猴而冠带，知小而谋强。犹豫不敢断，因狩执君王。白虹为贯日，己亦先受殃。贼臣持国柄，杀主灭宇京。荡覆帝基业，宗庙以燔丧。播越西迁移，号泣而且行。瞻彼洛城郭，微子为哀伤。

《乐府解题》曰："曹植拟《薤露行》为《天地》。"①内容上，曹操作品从汉代建国历史开始，重点叙述汉末国乱的史实，表达其对汉王朝的"黍离之悲"。曹植作品开篇依循《薤露行》曲调的挽歌性质和悲叹"人命奄忽"的传统主题，叙写人生短暂之悲，接着诗歌拓展出以王佐之才"输力明君"、以"迳寸"之翰"流藻华芬"的愿望。《乐府诗集》载《薤露》古辞曰："薤上露，何易晞。露晞明朝更复落，人死一去何时归。"曹操、曹植的拟作在结构上完全一致，而与《乐府诗集》所载不同。二者依拟的当是曹魏时期传唱的《薤露行》曲调，而非古曲。曹植另有一首《惟汉行》，则是拟曹操《薤露行》"惟汉篇"的作品，也属于拟篇之作。《乐府诗集》曰："魏武帝《薤露行》曰：'惟汉二十二世，所任诚不良。'曹植又作《惟汉行》。"②

总体而言，曹植拟相和歌及清商三调的作品，在句式结构上与原作和同期其他拟作基本相似，这一特点是拟作遵循原曲音乐要求的结果，属于拟调之作。

值得注意的是，曹植的作品除了句式结构上与原作保持一致外，在题材、主题和抒情方式上也与原作保持一定的内在联系：或从原作主题中引申，或从原作的某个方面宕开拓展，体现了文人拟乐府的新创。在情感表达上，曹植诗歌也以抒发个体情感为主，但与曹操、曹丕不同的是，他往往以史事和寓言式的故事影射现实、传达比兴寄托，显得含蓄曲折。在结构上，曹植诗歌也多以史事或虚构的寓言故事展开，而且这些史事或寓言仅仅作为诗歌主题的说明，不求故事的完整性。这种结构方式大大减弱了诗歌的故事性，增强了诗歌的抒情性。如曹植《吁嗟篇》：

> 吁嗟此转蓬，居世何独然。长去本根逝，夙夜无休闲。东西经七陌，南北越九阡。卒遇回风起，吹我入云间。自谓终天路，忽然

① 郭茂倩：《乐府诗集》，中华书局1979年版，第397页。
② 郭茂倩：《乐府诗集》，中华书局1979年版，第396页。

下沉渊。惊飙接我出，故归彼中田。当南而更北，谓东而反西。宕宕当何依，忽亡而复存。飘飖周八泽，连翩历五山。流转无恒处，谁知吾苦艰。愿为中林草，秋随野火燔。糜灭岂不痛，愿与根荄连。

《乐府解题》曰："曹植拟《苦寒行》为《吁嗟》。"①可见，《吁嗟篇》是曹植拟曹操《苦寒行》"北上篇"的作品。在句式结构上，曹植《吁嗟篇》与曹操《苦寒行》完全一致，但在主题上，《吁嗟篇》不依拟《苦寒行》"冰雪溪谷之苦"②，而是叙写转蓬"长去本根逝""流转无恒处"的飘零之悲，表达转蓬"愿与根荄连"的愿望，在曹操《北上篇》基础上进行了拓展和升华。诗歌虽然以第三人称展开叙述，但"转蓬"故事是作者虚构的，具有明显的比兴寄托意义。在抒情方式上，诗歌以转蓬为喻，通过转蓬"愿与根荄连"的愿望，表达作者对自己"十一年中而三徙都"的转蓬式命运的感伤，感情虽然慷慨悲苦，但用寓言方式表达，显得委婉含蓄。又如《怨歌行》"为君"：

为君既不易，为臣良独难。忠信事不显，乃有见疑患。周公佐成王，金縢功不刊。推心辅王室，二叔反流言。待罪居东国，泫涕常流连。皇灵大动变，震雷风且寒。拔树偃秋稼，天威不可干。素服开金縢，感悟求其端。公旦事既显，成王乃哀叹。吾欲尽此曲，此曲悲且长。今日乐相乐，别后莫相忘。

诗歌开篇发出"为君既不易，为臣良独难。忠信事不显，乃有见疑患"的感慨，接着以周公旦推心辅佐王室，而管叔、蔡叔以流言反之的史事予以说明，诗中的史事篇幅虽然很大，但仅是诗歌观点的"论据"，不是诗歌的主体，第三人称的叙事方式又使诗歌与汉乐府传统保持一定联系。

曹植的相和三调乐府诗创作是在原曲音乐风格和歌词内容的二维参照中进行的，作品既考虑了曲调的音乐要求，也充分注意了曲调反映的

① 郭茂倩：《乐府诗集》，中华书局 1979 年版，第 499 页。
② 郭茂倩：《乐府诗集》，中华书局 1979 年版，第 496 页。

传统内容和主题，注重拟作在主题、题材和结构上与原作的内在联系，增加史事、寓言和比兴寄托。这些特点体现了曹植乐府诗拟调与拟篇的双重性质。

(2)拟篇：曹植杂曲歌辞的创作模式

曹植的杂曲歌辞在其乐府诗中独具特色，属于典型的“拟篇”之作。《乐府诗集》共收曹植杂曲乐府 21 篇①，内容涉及游仙者最多，有《升天行》《仙人篇》《游仙》《远游篇》《飞龙篇》《驱车篇》等 10 余篇。其他涉及游侠如《白马篇》、履险如《盘石篇》、美女如《美女篇》、弃妇如《种葛篇》、宴娱如《名都篇》等，题材十分广泛。

据《乐府诗集》“杂曲歌辞”解题，郭茂倩《乐府诗集》列入杂曲的歌辞有几种情况：一是名存义亡，不见所起，而有古辞可考者；二是不见古辞而后人继有拟述者；三是因意命题，学古叙事者②。杂曲歌辞或存古辞、或存拟辞、或学古自作的三种情况，说明这些曲调基本不歌、不传了。曹植的杂曲乐府多是以古辞或拟古辞的文本为依据的“拟篇”之作，其中或因意命题、或学古叙事的作品，当是根据曹植对乐府诗传统和艺术精神的理解而进行的独创。相比相和三调乐府而言，曹植的杂曲乐府更加强调诗歌的文本意义，文人化特征更为鲜明。

第一，在情感表达上，往往通过神话故事、美女弃妇，或他事他物的比喻和象征，表达诗人的个体情感体验。这些诗歌的情感虽然多从诗人个体角度而发，但又总是将触发情感的真实原因隐藏在虚构的人物和场景之中，使诗人个体的特殊情感通过人们所能感受到的人物或场景的比喻象征意义表达出来。如《美女篇》借一位妖闲皓素的美女成年处房室而不得所配的叹息，表达诗人为君猜忌而不得任用的痛苦；《盘石篇》借“盘石”的身世和遭遇表达诗人“身本盘石而迹类飘蓬”的痛苦；《飞龙篇》借乘龙升天、求仙问道来表达诗人急欲摆脱现实的超

---

① 郭茂倩：《乐府诗集》将曹植《斗鸡》亦收录为《杂曲歌辞》。

② 郭茂倩：《乐府诗集》，中华书局 1979 年版，第 885 页。

世之情。

第二，往往通过故事来结构全篇，在叙事中抒情。如《白马篇》塑造了一位为国赴难、视死如归的“游侠”形象，诗歌以赋笔展开描写，上半篇叙述游侠的着装、出身，接着铺陈游侠高超的射技；下半篇叙述国家有难，游侠挺身而出，不顾性命和私情；最后以“捐躯赴国难，视死忽如归”结束，总结游侠的英雄气概和高尚的品质。全篇以第三人称视角叙述游侠的故事，最后两句在对游侠故事的概括和总结中表达诗人对游侠高尚品质的赞美。《美女篇》全诗30句，前22句都是叙事。开篇写女子采桑歧路，接着写女子的穿着打扮和高洁的气质，并以行徒和休者的反应作映衬，再写女子青楼高门的家世和门第。最后8句抒发“佳人慕高义，求贤良独难”的感慨。全诗以第三人称视角展开叙事，美女采桑情节及外貌描写明显是模仿汉乐府《艳歌罗敷行》而来，后半的感慨抒情，也从美女角度着眼。《飞龙篇》则以乘龙升天为线索展开叙事，先写晨游太山、忽逢二童、长跪问道，后写西登玉堂、授我仙药、教我服食，最后表达“寿同金石，永世难老”的愿望，构成诗歌以叙事为主的结构模式。比较而言，曹植相和三调乐府诗往往弱化叙事成分而突出抒情色彩，而杂曲乐府则有意强化叙事成分，并多从第三人称视角叙事，体现了诗人对汉乐府传统的认识和理解。

第三，诗歌多以“篇”为题，还出现了“当××行”的命题方式。曹植相和三调乐府中，《吁嗟篇》《鰕䱇篇》《浮萍篇》3篇是以诗歌首句的头二字为篇名的，杂曲乐府中，这种篇名方式明显增多。现存杂曲乐府20篇，以“篇”命名的有《仙人篇》《白马篇》《名都篇》《美女篇》《远游篇》《种葛篇》《飞龙篇》《盘石篇》《驱车篇》等9篇。《乐府诗集》引《歌录》曰：“《名都》《美女》《白马》，并《齐瑟行》也。曹植《名都篇》曰‘名都多妖女’，《美女篇》曰‘美女妖且闲’，《白马篇》曰‘白马饰金羁’，皆以首句名篇。”[①]“以首句名篇”强调的是“篇”的意义，而非“曲”的意义，乐府诗命名方式由“行”向“篇”的过渡，标志着乐府诗的文本意义逐渐受到诗人的重视，也体现了曹植乐府诗创作的“拟篇”性质。

另外，在曹植杂曲乐府中还出现了“当××行”的诗题。如曹植杂曲乐府《当来日大难》《当墙欲高行》《当欲游南山行》《当事君行》《当车已驾行》等。《说文解字》曰：“当，田相值也。值者持也，田与田相持也。引申之，凡相持相抵皆曰当。”[②]后引申为“顶替”“代替”。曹植杂曲乐府“当××行”的“当”就是“代替”的意思，是魏晋拟乐府的标志。《乐府解题》曰：“曹植拟《善哉行》为‘日苦短’。”[③]“日苦短”是曹植《当来日大难》的首句。朱乾《乐府正义》曰：“当，代也，以此代《来日大难》也。”[④]又黄节《当墙欲高行》解题曰：“郭茂倩《乐府》墙欲高行无古辞，盖已佚，以子建此篇之当字，知必有古辞也。”[⑤]陆机有《当置酒》1 篇，是拟曹植《野田黄雀行》“置酒”篇而成的作品。《乐府解题》曰：“晋乐奏东阿王‘置酒高殿上’，始言丰膳乐饮，盛宾主之献酬，中言欢极而悲，嗟盛时不再，终言归于知命而无忧也。”[⑥]陆机《当置酒》的首句“置酒宴嘉宾”来自曹植“置酒”篇，后来鲍照的乐府诗往往用“代××行”名篇。曹植杂曲乐府“当××行”的标题，说明诗人已经有意识地拟作乐府古辞，标志着文人拟乐府的创作意识开始逐渐形成。

如果说曹植相和三调乐府是在音乐曲调和歌辞文本的二维参照中进行的，具有拟调和拟篇的双重性质，那么其杂曲乐府则更多地体现了曹植对歌辞文本意义的重视。比较而言，曹植相和三调乐府诗往往弱化叙事成分而突出抒情色彩，杂曲乐府则有意强化叙事成分，并多从第三人

① 郭茂倩：《乐府诗集》，中华书局 1979 年版，第 911 页。
② 段玉裁：《说文解字注》，上海古籍出版社 1988 年版，第 697 页。
③ 郭茂倩：《乐府诗集》，中华书局 1979 年版，第 540 页。
④ 黄节：《曹子建诗注》，中华书局 2008 年版，第 147 页。
⑤ 黄节：《曹子建诗注》，中华书局 2008 年版，第 153 页。
⑥ 郭茂倩：《乐府诗集》，中华书局 1979 年版，第 570 页。

称视角叙事。曹植拟乐府的处理方法，是为了保留汉乐府“缘事而发”的叙事传统。

曹植能在杂曲乐府中创新，是因为他所拟的这些杂曲歌辞基本上都是以文本传播的，其因意命题、学古叙事的一些作品其实就是自己的独创，是没有依拟对象的，但凭作者对汉乐府歌辞的认识和理解，确立主题，安排结构，选择表达方式。

第二节　西晋文人拟乐府与文人乐府体的确立

西晋文人拟乐府呈现出兴盛之势。傅玄、张华、石崇、陆机等文人创作了大量的乐府诗。西晋文人乐府诗均是拟篇制作，特别是傅玄、陆机的拟乐府，形成文人拟作乐府诗的两种模式，对后世文人拟乐府创作产生了深远影响。

一、傅玄拟乐府与故事化叙事的创作模式

傅玄是西晋拟作乐府诗较多的文人，郭茂倩《乐府诗集》收录傅玄乐府诗三十余首，主要集中在相和三调歌曲和杂曲歌辞中，以拟汉辞居多。如《艳歌行》“日出东南隅”基本上是依循《艳歌罗敷行》古辞的结构和词句的改写；《饮马长城窟行》“青青河边草”也是依循古辞“伤良人游荡不归”主题的延展。也有的乐府诗是拟曹氏父子作品的，如《短歌行》“长安城高”是拟曹丕《短歌行》“仰瞻”而成的；《惟汉行》是拟曹植《惟汉行》而成的。

傅玄乐府诗的题材和主题主要依循汉魏乐府诗传统，但他的乐府诗善于将歌曲的本事、历史事件或者现实中的社会问题，进行故事化处理，通过讲述故事，反映社会现象，劝诫世人。

如《秋胡行》曲调来自汉代秋胡妻的事迹，《西京杂记》《烈女传》均

有载录，《乐府解题》曰："后人哀而赋之，为《秋胡行》。"[1]在曹魏的拟作中均"不取秋胡故事"，曹操两首作品是游仙主题，曹丕《秋胡行》"尧任舜禹"是歌颂魏德。傅玄《秋胡行》将秋胡妻的事迹演绎成了一个感人的故事进行叙述，以"彼夫既不淑，此妇亦太刚"结尾，指出秋胡的"不淑"和其妻的"太刚"，含蓄委婉地劝诫世人。

又如《惟汉行》"危哉鸿门会"，叙述鸿门宴会的紧张场面，突出将军樊哙挺身而出，救高祖刘邦于危难之际的事迹。诗歌基本以《史记·项羽本纪》有关鸿门宴的情节展开叙述。结尾"狗屠登上将，功业信不原。健儿实可慕，腐儒安足叹"四句，表达对樊哙一类健儿的钦佩之情。《惟汉行》诗题，是曹植根据曹操《薤露》首句"惟汉二十二世"而拟，当是对曹操《薤露行》的拟作。《薤露》为"丧歌"，汉武帝时，李延年分为二曲，"《薤露》送王公贵人，《蒿里》送士大夫庶人。"[2]曹操《薤露》"歌惟汉，闵乱也"[3]。开篇"惟汉二十二世，所任诚不良"，点明哀悼主题，接着叙述何进犹豫不断而自贻害、董卓弑逆而使宗庙成墟的史实，最后借"微子伤周洛"，表达作者对汉王朝覆亡的哀伤之情。曹植《惟汉行》"太极"篇改变了《薤露》的哀悼主题，开篇指出，自"太极定二仪"之始，"天道"就十分明著，在人间置立君长，目的是顺遂人间百姓生存的："行仁章以瑞，变故戒骄盈。神高而听卑，报若响应声"。接着历述"夏桀、殷纣、周幽"三季的瞢于"天经"遭到惩罚，而"伏羲、神农"二皇敬业于细微贫贱之事，使唐虞之朝人才甚众，夏禹、商汤、姬周继其圣德，迎来长期的太平。最后两句"济济在公朝，万载驰其名"，劝诫皇帝要敬重民意、勤于朝政，重用人才。曹植《惟汉行》虽然没有依循《薤露行》"丧悼"主题，但诗歌从上古君长或"行仁"或"骄盈"的不同结果，对当世帝王以委婉劝诫的"以古鉴今"手法符合乐府的劝世目的。其"篇名

① 郭茂倩：《乐府诗集》，中华书局1979年版，第526页。
② 郭茂倩：《乐府诗集》，中华书局1979年版，第396页。
③ 黄节：《曹子建诗注(外三种)》，中华书局2008年版，第198页。

‘惟汉’，亦取殷鉴之意。”[①]傅玄《惟汉行》显然是对曹植《惟汉行》的拟作，其通过对楚汉时期“鸿门宴”故事的叙述，特别是对樊哙的描写，表达作者对“健儿”一类人才的赞颂。一为劝诫，一为赞颂，主题不同，但互为关联。

《艳歌行》“日出东南隅”主要是对《陌上桑》古辞的删减和化用，其中“问女居安在，堂在城南居。青楼临大巷，幽门结重枢”四句来自对曹植《美女篇》“借问女何居，乃在城南端。青楼临大路，高门结重关”四句诗的化用。创造性不大，但强化了《陌上桑》和曹植《美女篇》某些故事的场景和片段。《艳歌行》“有女篇”则以细腻的笔触刻画一位芬芳女子的秀色容貌、华贵穿着和歌唱技艺，后半段以“媒氏陈束帛，羔雁鸣前堂”的婚聘礼物，以及“凡夫徒踊跃，望绝殊参商”的绝望徒劳，渲染女子的华美高贵。

《豫章行》“苦相”篇则是写女子一生的不幸命运，以“苦相身为女，卑陋难再陈”领起，接着一一陈述女子的薄命苦相：通过与男儿出生“堕地自生神”相比，指出“女育无欣爱，不为家所珍”；长大后逃出“深室”闺阁，远嫁他乡，脱离家庭，犹如“雨绝云”；年轻时因“素齿结朱唇”的美貌，还能“情合同云汉，葵藿仰阳春”，一旦“玉颜随年变，丈夫多好新”，最后被丈夫抛弃，“一绝踰参辰”。作品以白描手法，叙述了女子一生的不幸命运。

左延年的《秦女休行》叙述了秦氏女休“为宗报仇”的故事，傅玄《秦女休行》显然是依拟左延年作品而成的。作品详细铺叙“庞氏有烈妇”为父报仇的故事，诗末以“今我弦歌吟咏高风，激扬壮发悲且清”结尾，表达了作者对庞氏为父报仇之壮举的赞美之情。郭茂倩“解题”曰：“左延年辞，大略言女休为燕王妇，为宗报仇，杀人都市，虽被囚禁，终以赦宥，得宽刑戮也。晋傅玄云‘庞氏有烈妇’，亦言杀人报怨，以烈义称，

① 黄节：《曹子建诗注(外三种)》，中华书局2008年版，第146页。

与古辞义同而事异。”①

故事化叙事本来就是汉乐府的一种创作方法，所谓“感于哀乐，缘事而发”。《艳歌罗敷行》《雁门太守行》古辞和早期文人乐府《羽林郎》《董娇娆》都是故事化叙事的作品，曹植的拟乐府也有以神话传说、历史故事、美女弃妇、游侠英雄、飞升求仙等故事结构全篇的。傅玄以故事化叙事的乐府诗，其实是对汉乐府创作传统的继承，通过傅玄大量创作的引领，对后代文人拟乐府产生了较大影响，成为文人拟乐府的重要创作模式之一。

二、陆机拟乐府与依循中求变的创作模式

1. 陆机乐府诗创作述略

陆机是两晋南北朝时期文坛上影响力很大的作家。在《文心雕龙》中，陆机是出现频率最高的作家之一，而且以正面积极评价居多。钟嵘《诗品》将陆机列为上品，指出：“其源出于陈思。才高辞赡，举体华美。气少于公干，文劣于仲宣。但尚规矩，不贵绮错，有伤直致之奇。然其咀嚼英华，厌饫膏泽，文章之渊泉也。张公叹其大才，信矣！”②评价其《拟古诗十二首》曰：“文温以丽，意悲而远，惊心动魄，可谓几乎一字千金。”③陆机现存乐府诗近40篇，是西晋创作乐府诗最多、成就最高的作家④。陆机乐府诗的曲题以相和三调和杂曲居多，具体来说，相和歌有《挽歌》《日出东南隅行》二首。清商三调有，平调《长歌行》《短歌行》《猛虎行》《君子行》《燕歌行》《从军行》《鞠歌行》七首；清调《苦寒行》《豫章行》《董逃行》《长安有狭斜行》《塘上行》《秋胡行》六首；瑟调《陇

① 郭茂倩：《乐府诗集》，中华书局1979年版，第886页。
② 钟嵘著，曹旭笺注：《诗品笺注》，人民文学出版社2009年版，第75页。
③ 钟嵘著，曹旭笺注：《诗品笺注》，人民文学出版社2009年版，第45页。
④ 刘运好校注：《陆士衡文集校注》，凤凰出版社2007年版。

西行》《折扬柳行》《顺东西门行》《饮马长城窟行》《上留田行》《门有车马客行》《日重光行》《月重轮行》《櫂歌行》九首；楚调《泰山吟》《梁甫吟》《东武吟行》《班婕妤》四首。杂曲有《驾言出北阙行》《君子有所思行》《悲哉行》《齐讴行》《吴趋行》《前缓声歌》六首。另有杂歌《百年歌》十首。

《文选》共收录乐府诗 40 首，陆机一人的作品就有 17 首，几近半数。《文选》作为一部总集选本，其作品的选录情况既体现了萧统等选家的文学观念，也在一定程度上反映出当时社会对文学的总体价值取向。可见，陆机乐府诗在齐梁文人拟乐府中的地位是很高的。

2. 在依循中求新变：陆机拟乐府的创作特点

陆机乐府诗被《文选》如此大量的收录，从一个侧面反映出齐梁文坛对其乐府诗艺术风格的认同。那么，陆机乐府诗究竟有怎样的艺术特色呢？概言之，陆机的乐府诗最大的特点就是在依循中求新变。所谓依循，即在主题、用语和篇章结构等方面遵循汉乐府的创作传统，尽量与汉乐府保持一定的关联。所谓新变，即在主题、用语和篇章结构等方面保持汉乐府基本传统的同时，适时增添作者的个性因素，将作者放入其中，从而通过乐府诗这种传统的形式和结构，表达作者的主观情感和创作才华。陆机乐府诗创作在依循中求新变的做法，在与汉乐府传统和主题精神的若即若离中寻找文人表情达意和施展艺术才华的空间，既能不偏离汉乐府诗歌的传统，又能在不经意处别出心裁。

与曹植不同的是，陆机的拟乐府更加重视原作的文本因素，尤其重视对原作题材和主题的依循。如《苦寒行》写“北游幽朔城”的饥渴与寒苦之状，与曹操《苦寒行》“北上”篇如出一辙。《猛虎行》“渴不饮盗泉水，热不息恶木阴”来自《猛虎行》古辞：“饥不从猛虎行，暮不从野雀栖。”《短歌行》“置酒高堂”依拟曹操《短歌行》“对酒当歌”，感叹人生短暂，劝人及时行乐。①

在此要指出的是，陆机的乐府诗并非全是亦步亦趋地依循汉魏乐府诗的传统题材和主题，其大量的乐府诗都有新变，只是他的新变一般不超越汉魏乐府传统题材和主题的范围。这也体现了陆机对汉魏乐府诗的理解和推重。

如《日出东南隅行》，傅玄从主题到诗句完全依拟《艳歌罗敷行》，陆机则依循《艳歌行》对罗敷美丽容貌的描写，铺叙了一群秀色可餐的佳人，在暮春时节游春歌舞的情景。对原作而言，该诗不变者有二：一是描写女子题材未变；二是描写女子艳丽外貌的情节未变。但诗歌后半部分不是依循原作的使君相邀共载、罗敷夸夫拒绝，而是重点描写佳丽们在春日中的歌舞表演，表达了游春之乐。

又如《君子行》"天道"篇是陆机模拟《君子行》古辞的作品。古辞以"君子防未然，不处嫌疑间"开头，以君子"远嫌疑"的主题劝诫世人。陆机《君子行》"天道"篇提出"人道险而难"，吉凶交相而至，变化无常，并以"近火必热，履冰必寒"为喻，说明近谗佞必致祸患的道理；又以伯奇为后母"掇蜂"见疑于父、颜回"拾尘"见疑于师的典故，说明或因谗言而遇祸，或因失察而见疑。最后诗歌以"近情苦自信，君子防未然"作结，以小人往往惑于眼前之情而致祸，君子防患于未然而得福的道理警醒自己。陆诗虽然没有超越古辞"远嫌疑"的主题，但论述更加深刻。在情感表达上，由诫人转向自危。古辞以"君子防未然"开篇，是从一般普世性角度劝诫世人远离嫌疑、防于未然。陆诗以"君子防未然"结尾，其用意则在于警醒自己，诗歌巧妙地将诗人的个体之情和寄托之意掩藏在诗歌的说理之中。清吴淇《六朝选诗定论》卷十曰："与古词《君子行》同是别嫌明微之语，但古词气和，此词心危。'君子防未然'是此题之骨。古词以之作起，此词以之作结。作起，将以诫人；作结，将以自危，各

① 郭茂倩：《乐府诗集》，中华书局1979年版，第447—727页。

有妙处。"①

陆机《饮马长城窟行》在题材、主题上的创新最具代表性。《乐府诗集》曰：

> 古辞云"青青河畔草，绵绵思远道"言征戍之客，至于长城而饮其马，妇人思念其勤劳，故作是曲也。引《乐府解题》曰：古词伤良人游荡不归，……若魏陈琳辞云："饮马长城窟，水寒伤马骨。"则言秦人苦长城之役也。②

古辞和陈琳的拟辞都是以长城之役为背景叙写思妇的念远之词。古辞"青青河畔草"直接叙写远道之思，长城之役不提一字。陈琳拟词前半从"饮马长城窟"起，写到"男儿宁当格斗死，何能怫郁筑长城"。自"长城何连连，连连三千里。边城多健少，内舍多寡妇"以后，笔锋马上转到对征夫、思妇的叙写。陆机《饮马长城窟行》表现的则是"征戍"主题，诗歌前半篇叙写行军驱马阴山的艰苦，铺叙戎车无轨、旌旆徂迁的险阻，山岩积雪、涉川坚冰的艰苦和冬来秋未返、去家邈以绵的思乡情绪。这些描写与征戍之客"饮马长城窟"的主题有内在的联系，体现了诗人对传统主题的依循。诗歌后半篇从"猃狁亮未夷，征人岂徒旋"始，笔锋陡转。匈奴未平，征人怎可无功而返！接着叙写战士勇敢杀敌、不顾捐躯沙场，并希望能像甘延寿、陈汤那样，平定单于、论功受爵、传名长安。诗歌格调高亢，体现了陆机从征报国的理想。但诗歌在结构上则以第三人称视角展开叙述，将诗人从征报国的理想暗藏于对征客的叙述之中。

由上可见，陆机乐府诗创作已经形成了自己的特点：一是在题材和主题上依循汉魏乐府古题，在古题范围内拓展、创新；二是体制结构上以叙事为主，并多以第三人称叙事结构全篇；三是在抒情方式上，将情感寄托在故事人物和事件场景之中，将个体情感融汇在普世性情感

① 刘运好：《陆士衡文集校注》，凤凰出版社 2007 年版，第 507 页。
② 郭茂倩：《乐府诗集》，中华书局 1979 年版，第 555 页。

之中。

三、文人拟乐府的历史语境与“陆机模式”

如上所述，陆机拟乐府的最大特点是在依循中求新变，不同于曹氏三祖的“以古题写时事”，不顾及古题的题材、内容和情感的拟调之作。曹氏三祖的乐府诗是在原曲调的音乐语境中创作，与原曲调保持着音乐上的联系，所以无需顾及古题的主题、题材和内容，可以在音乐曲调中尽情发挥自己的情感和主体精神。也不同于傅玄完全依循汉魏乐府传统的做法。傅玄的做法是将古题、古调进行故事化处理，虽然也保留了汉乐府的缘事传统，但在总体上缺乏新变，诗人主体意识的参与相对较少。文人总是力图通过诗文创作来表达情感和艺术才华，而傅玄乐府诗的做法较少文人参与的空间。曹氏三祖的做法最能体现文人的创新意识，但是晋宋以后的汉乐府已经逐渐脱离了音乐背景，特别如杂曲歌辞等作品已经完全文本化，想要在拟作中通过音乐保持与原题的联系已不可能。

比较而言，陆机的做法较为可取，在依循汉魏乐府传统的基础上进行新变，既保留了与汉乐府的联系，又能满足文人的个性化表达需求。陆机的这种做法比较符合文人的审美理想和创作追求。因为在陆机时代，相和三调音乐虽然还比较流行，但其歌辞已经固定，曹植等文人以乐府“作诗”的创新和大量乐府诗文本传播的事实，使他们在创作动机上更加明确了“作诗”目的，即借古乐府的旧题和形式反映现实社会、传达诗人个体情感。陆机乐府诗对汉魏乐府诗传统题材、主题的依循，对传统表现方式的模仿，使乐府诗的基本精神和主要特点得以保留和呈现。

其实，陆机拟乐府的这些特点在曹植的杂曲乐府中已多有反映，只是陆机把曹植杂曲乐府的一些方法进一步提炼、固化，并扩展到清商三调等所有乐府诗创作之中，从而凝练成拟乐府通行的创作方法，文人拟乐府的基本规则也在创作实践中逐渐明朗起来。可以说，陆机乐府诗的创作实践进一步巩固了曹植拟乐府所开创的新方向，并成为刘宋文人拟乐府的范式，为文人拟乐府体制的形成奠定了坚实的基础。①

第三节　魏晋乐府诗的文本传播与文人乐府体建构

一、魏晋乐府“结集”

汉末建安时期，随着造纸技术的发展和工艺的改进，纸张被大量用于书写领域。日常往来书信、书法作品、朝廷文书、诗文作品以及经传图书均开始使用纸张书写，传播媒介进入简、帛、纸并用时代。纸张书写的普及，为文学文本传播提供了便利的物质技术条件，带动了诗歌文本传播由简向纸的过渡，建安诗歌传抄和文人结集之风开始兴起。

建安时期的曹魏政权十分重视典籍整理和诗文结集。曹操时代，就十分重视对图书典籍的收集工作。《三国志·袁涣传》载，魏国初建时，袁涣向曹操建言，“以为可大收篇籍，明先圣之教，以易民视听，使海内斐然向风，则远人不服可以文德来之”，深得曹操赞许。建安三年，曹操破吕布时，曾“给众官车各数乘，使取布军中物，唯其所欲。众人皆重载，唯涣取书数百卷，资粮而已。”②建安五年的官渡之战，曹操破袁绍，“尽收其辎重、图书珍宝”③。曹操还曾向蔡琰征集家藏坟籍。《后汉书·烈女传》载：“操因问曰：‘闻夫人家先多坟籍，犹能忆识之不?’文姬曰：‘昔亡父赐书四千许卷，流离涂炭，罔有存者。今所诵忆，裁四百余篇耳。’操曰：‘今当使十吏就夫人写之。’文姬曰：‘妾闻男女有别，礼不亲授。乞给纸笔，真草唯命。’于是缮书送之，文无遗误。”④

魏文帝黄初时期，设立秘书监，专门负责图书典籍的收集和整理。

① 关于陆机拟乐府的创作特点，又见拙文《试论陆机乐府诗的创作特色及其范式意义——以〈文选〉所选乐府诗为例》，《中国韵文学刊》2019年第4期。

② 陈寿：《三国志》，中华书局1982年版，第334—335页。

③ 陈寿：《三国志》，中华书局1982年版，第21页。

④ 范晔：《后汉书》，中华书局1965年版，第2801页。

《晋书·职官志》载："汉桓帝延熹二年置秘书监，后省。魏武为魏王，置秘书令、丞。及文帝黄初初，置中书令，典尚书奏事，而秘书改令为监。"①《初学记》卷十二，秘书监条曰："魏文帝黄初初，分秘书立中书，中书自置令，典尚书奏事，而秘书改令为监，别掌文籍焉。……及王肃为监，以为魏之秘书即汉之东观之职，安可复属少府，自此不复焉。"②

曹魏政权收集的图书文籍，皆藏于秘书监藏书阁，秘书监中有秘书丞、秘书郎等属官负责图书文籍的整理、校勘和编撰。曹魏时期在图书典籍整理方面做了大量工作，其中最大的两件事，一是魏文帝组织众多文人编撰大型类书《皇览》③；二是魏明帝时期，秘书郎郑默对曹魏秘书中外三阁的藏书进行"考覆旧文，删省浮秽"④的整理，并按甲乙丙丁四部，编撰《中经》十四卷⑤，此不赘述。

在此背景下，建安时期的文集编撰也开始盛行起来。曹丕是建安时期文集编撰的积极倡导者和实践者。他曾亲自编订自己的文集。其《与王朗书》云："生有七尺之形，死为一棺之土。唯立德扬名，可以不朽；其次莫如著篇籍。疫疠数起，士人雕落，余独何人，能全其寿？故论撰所著《典论》、诗赋盖百余篇，集诸儒于肃成门内，讲论大义，侃侃无倦。"⑥此信首先强调"著篇籍"对于人生"不朽"的重要意义，然后回顾自己将"所著《典论》、诗赋百余篇"结集之事，即如《本纪》所云："初，帝好文学，以著述为务，自所勒成垂百篇。"⑦此外，他还编订过建安七子的文集。其《又与吴质书》云："昔年疾疫，亲故多离其灾。徐陈应刘，一时俱逝，痛可言邪！昔日游处，行则同舆，止则接席，何曾须臾相失。每至觞酌流行，丝竹并奏，酒酣耳热，仰而赋诗。当此之时，忽然

① 房玄龄：《晋书》，中华书局 1974 年版，第 735 页。
② 徐坚：《初学记》，中华书局 2004 年版，第 294 页。
③ 陈寿：《三国志》，中华书局 1982 年版，第 65 页。
④ 房玄龄：《晋书》，中华书局 1974 年版，第 1251 页。
⑤ 魏徵：《隋书》，中华书局 1973 年版，第 906 页。
⑥ 陈寿：《三国志》，中华书局 1982 年版，第 88 页。
⑦ 陈寿：《三国志》，中华书局 1982 年版，第 88 页。

不自知乐也。谓百年己分，长共相保。何图数年之间，零落略尽，言之伤心。顷撰其遗文，都为一集。观其姓名，已为鬼录。追思昔游，犹在心目，而此诸子化为粪壤，可复道哉！”①“顷撰其遗文，都为一集”就是将建安七子的遗文合编成一集，此有后来谢灵运《拟魏太子邺中集诗》及序为证。曹植也曾自编过自己的文集。其《前录自序》云：“余少而好赋，其所尚也，雅好慷慨，所著繁多。虽触类而作，然芜秽者众，故删定别撰，为前录七十八篇。”②曹植死后，魏明帝曾下诏“撰录植前后所著赋颂诗铭杂论凡百余篇，副藏内外”③。

其他文人作品的结集情况亦有载籍，如《三国志·吴书·薛综传》载：“凡所著诗赋难论数万言，名曰《私载》，又定《五宗图述》《二京解》，皆传于世。”④《三国志·王昶传》注引《别传》任昭先传曰：“文帝时，为黄门侍郎……著书三十八篇，凡四万余言。嘏卒后，故吏东郡程威、赵国刘固、河东上官崇等，录其事行及所著书奏之。诏下秘书，以贯群言。”⑤清人章学诚《文史通义》说：“自东京以降，讫乎建安、黄初之间，文章繁矣……则文集之实已具，而文集之名犹未立也。”⑥

曹植乐府诗创作是在上述传播媒介变革的大背景下展开的。从建安二十二年曹丕被立为太子至建安二十五年代汉称帝，曹植身处曹丕、曹睿父子猜忌、排挤和严酷迫害的环境之中，其乐府诗被乐官采集、配乐演奏的可能性几乎是没有的。事实上，曹植现存40篇乐府诗，有配乐记录者仅《野田黄雀行》“置酒”篇（《箜篌引》亦用此曲）、《怨歌行》“为君”篇、《鼙舞歌》5篇及《怨诗行》“明月照高楼”等8篇⑦。刘勰说：“子

① 陈寿：《三国志》，中华书局1982年版，第608页。
② 赵幼文：《曹植集校注》，人民文学出版社1984年版，第434页。
③ 陈寿：《三国志》，中华书局1982年版，第576页。
④ 陈寿：《三国志》，中华书局1982年版，第1254页。
⑤ 陈寿：《三国志》，中华书局1982年版，第748页。
⑥ 章学诚：《文史通义》，中华书局1985年版，第296页。
⑦ 曹植：《明月》篇，《曹植集》《文选》皆作《七哀诗》，《玉台新咏》作“杂诗”，《宋书·乐志》作《楚调怨诗》“明月”，《乐府诗集》作《怨诗行》，当是乐工选诗配乐所致，与拟乐府性质不同。

建、士衡咸有佳篇，并无诏伶人，故事谢丝管，俗称乖调。"[①]建安曹魏时期的文人拟乐府，除曹操、曹丕、曹睿等少数人的作品曾配乐演唱外，绝大部分作品是“事谢丝管”的文本传播。[②]

二、乐府诗文本传播对文人乐府体建构的意义

建安时期，由于文学媒介的纸本化变革和文人对文本文学的日益认可，曹植便有意识地突破乐府诗的音乐限制，突出乐府诗的文本化特征和文人文化情结，在情感表达、诗歌结构和命题方式等方面进行大胆探索和创新。曹植在乐府诗创作方面的探索和创新，为当时文人徒诗创作在立意、谋篇和抒情言志等方面提供了成功经验和创作范式，进一步巩固了“建安风骨”这一时代风格和创作范式在文坛的地位，完成了中国诗歌从“应歌”到“作诗”的转移。

与此同时，曹植的拟乐府也有效推动了文人拟乐府创作意识的形成，为西晋傅玄、陆机等文人拟乐府提供了参照，创建了文人拟乐府的基本模式。

---

① 范文澜：《文心雕龙注》，人民文学出版社 1958 年版，第 103 页。

② 关于魏晋乐府结集现象，又见拙文《曹操拟乐府的创作模式及其诗歌史意义》，《中南大学学报》2017 年第 5 期。

第十章
乐府文本生成与汉魏五言诗体式建构

汉乐府作为配乐演唱的音乐歌辞，其应乐而生、随乐而存，共同服务于汉代礼乐文化和音乐娱乐活动。由于古代音乐声像资料无法保留，今人只能从现存文献载录的乐府歌辞及相关音乐活动的记载认识古代的音乐文化。乐府歌辞又是一种以语言文字呈现的诗歌，所谓“诗为乐心，声为乐体”①。现存的乐府歌辞文本是否就是乐府演唱的脚本，还是存在文人及乐工对乐府歌辞的翻写、加工？乐府歌辞文本复杂的传播生态对中国诗歌史具有怎样的意义？这是研究歌辞文学必须面对的问题。本章重点对汉魏六朝乐府歌辞文本的生成方式、发生机制及其体式建构问题进行探讨。

第一节　《汉志》《隋志》对乐府歌辞著录的“二分”现象

《汉书·艺文志》《隋书·经籍志》等唐前史志目录对乐府歌辞文本多有著录，细检两书有关乐府歌辞的著录发现，二者著录乐府歌辞时均存在“二分”的现象。

一、《汉书·艺文志》：歌诗著录分别“六艺”与“诗赋”

《汉书·艺文志》《六艺略》“乐”部著录有“《乐记》二十三篇、《王禹

① 范文澜：《文心雕龙注》，人民文学出版社1958年版，第102页。

记》二十四篇、《雅歌诗》四篇、《雅琴赵氏》七篇、《雅琴师氏》八篇、《雅琴龙氏》九十九篇”，并述其源流称，“《王禹记》二十四篇”与魏文侯乐人窦公所献的“《大司乐章》”及河间献王所献的《乐记》有一脉相承的关系，而刘向校书所得《乐记》二十三篇，“与禹不同”。此处还特别提到“雅乐声律，世在乐官”的情况。① 关于“《雅歌诗》四篇”，《晋书·乐志》载：“杜夔传旧雅乐四曲，一曰《鹿鸣》，二曰《驺虞》，三曰《伐檀》，四曰《文王》，皆古声辞。”②王先谦《汉书补注》据此怀疑《汉书·艺文志》的四篇《雅歌诗》即杜夔所传汉代《诗经》雅乐四曲。③《诗赋略》“歌诗”部则著录有“高祖歌诗”等二十八家，三百一十四篇。④ 其中“泰一杂甘泉寿宫歌诗十四篇”“宗庙歌诗五篇”“诸神歌诗三篇”“送迎灵颂歌诗三篇”等，这些都是郊庙礼乐歌辞，与《六艺略》“乐”部之《雅歌诗》四篇应同属上层文化的“雅乐”系统。

或许真如王先谦所言，《六艺略》的“《雅歌诗》四篇”就是东汉四篇尚存的《诗经》雅乐歌辞，但刘向、刘歆父子把这些“雅乐”歌诗分别著录于《六艺略》的“乐”部和《诗赋略》的“歌诗”部这一细节说明，“乐”部当是音乐表演形态的歌辞记录，属“乐”家类，与乐论二家、雅琴三家构成“乐之六家”；《诗赋略》的“歌诗”当是歌辞的文本记录。

可见，在西汉成帝、哀帝时期，乐府歌辞的文本已存在两种基本的传播方式：一是作为音乐演唱的脚本或乐谱，在乐人及歌妓中传播，如汉兴以来的“乐书”类典籍；二是作为歌诗性质的文本传播，如《乐府诗集》收录的一些“杂曲歌辞”等。这也许是《乐府诗集》部分歌辞“本辞”与“乐奏辞”得以一并收录，而体式面貌又有所差异的根源所在。

《汉书·艺文志》载：

> 汉兴，改秦之败，大收篇籍，广开献书之路。迄孝武世，书缺

① 班固：《汉书·艺文志》，中华书局1962年版，第1712页
② 房玄龄等：《晋书·乐志》，中华书局1974年版，第684页。
③ 王先谦：《汉书补注》，上海古籍出版社2008年影印，第219页。
④ 班固：《汉书·艺文志》，中华书局1962年版，第1755页。

简脱，礼坏乐崩，圣上喟然而称曰："朕甚闵焉！"于是建藏书之策，置写书之官，下及诸子传说，皆充秘府。至成帝时，以书颇散亡，使谒者陈农求遗书于天下。诏光禄大夫刘向校经传诸子诗赋，步兵校尉任宏校兵书，太史令尹咸校数术，侍医李柱国校方技。每一书已，向辄条其篇目，撮其指意，录而奏之。会向卒，哀帝复使向子侍中奉车都尉歆卒父业。歆于是总群书而奏其《七略》，故有《辑略》，有《六艺略》，有《诸子略》，有《诗赋略》，有《兵书略》，有《数术略》，有《方技略》。今删其要，以备篇籍。①

这段文字概述了汉代图书收集和整理的基本情况，其中有三点信息与本题有关：一是汉兴以来一直在广求天下图书，对图书收集整理十分重视。二是汉武帝时代已经设置了"写书之官"负责国家图书的抄写。三是刘向、刘歆父子校定的经传诸子诗赋都是有文本依据的，《汉志》所录的314篇歌诗亦当是根据文本收录的。

《风俗通》曰："刘向为孝成皇帝典校书籍二十余年，皆先书竹，为易刊定。可缮写者，以上素也。由是言之：杀青者竹，斯为明矣。今东观书，竹素也。"②刘向、刘歆父子校书"条其篇目，撮其指意"的各书叙录，现存《管子》《晏子》《邓析子》《孙卿书》《韩非子》《战国策》及刘歆《山海经》书录7种，多数有"定以杀青，可以缮写"字样。如《战国策书录》"二百四十五年间之事皆定以杀青，书可缮写"；《晏子书录》"皆已定以杀青，书可缮写"；《孙卿书书录》"定著三十二篇，皆已定，以杀青简，书可缮写"等。③ 亦即说，刘向父子这次校书，对全国书籍进行了一次大规模的重新订正和抄录工作。研究者通过现存《战国策》与长沙马王堆《战国纵横家书》帛书相同内容的篇章互勘发现，刘向父子在校定《战国策》时对原本进行了"梳理语气""校正用语""增加背景文字""补缀残

---

① 班固：《汉书·艺文志》，中华书局1962年版，第1701页。
② 王利器：《风俗通义校注》，中华书局2010年版，第494页。
③ 姚振宗：《师石山房丛书·七略别录佚文》，开明书店1936年版，第7—9页。

章”“订正文字”等文字上的加工。①

《汉志》所著录314篇汉代歌诗的文本，在抄写中是否也曾被加工不得而知，可以肯定的是，《诗赋略》图书主要是藏于国家秘府、石渠阁以及各郡国收集而来的书籍，与主要藏于太乐、乐府，用于乐府演唱的乐谱和歌本在性质上有所不同。

二、《隋书·经籍志》：歌辞著录分别“经部”与“集部”

《隋书·经籍志》对乐府“歌辞”和“乐录”“乐谱”也是分开著录的。《隋书·经籍志》“乐部”著录乐论、乐录、乐记、乐府声调、乐谱、琴谱、乐簿、乐悬、曲名等著作共四十二部，一百四十二卷，通计亡书，合四十六部，二百六十三卷。② 如《乐府诗集》大量征引的《古今乐录》十二卷、梁张解《宋元嘉正声技录》一卷就列在“乐部”。而乐府“歌辞”则一概著录在“总集”部，如《古乐府》八卷、《乐府歌辞钞》一卷、《歌录》十卷、《古歌录钞》二卷、《晋歌章》八卷、《吴声歌辞曲》一卷等。这六种歌辞集，《隋书·经籍志》成书时尚存。《歌录》约成书于晋宋年间，早于张永《元嘉正声技录》。③ 又《隋书·经籍志》于此下用小字著录了一批已经亡佚的乐府歌辞集，如“《乐府歌诗》二十卷，秦伯文撰；《乐府歌诗》十二卷，《乐府三校歌诗》十卷，《乐府歌辞》九卷；《太乐歌诗》八卷，《歌辞》四卷，张永记；《魏燕乐歌辞》七卷，《晋歌章》十卷；《晋歌诗》十八卷，《晋燕乐歌辞》十卷，荀勖撰；《古今九代歌诗》七卷，张湛撰”。④ 其中荀勖为西晋人，张湛为东晋人。

其实，乐府歌辞早期的散传文本与乐府音乐文本应是同时并存的，后来逐渐被收入各种总集之中。如《乐府诗集》“相和歌辞”“杂曲歌辞”

① 姚福申：《中国编辑史》，复旦大学出版社2004年版，第68—70页。

② 魏徵：《隋书·经籍志》，中华书局1973年版，第926—927页。

③ 喻意志：《〈古歌〉考》，《天津音乐学院学报》（天籁）2004年第2期；李骜《〈歌录〉佚文的辑校及有关问题》，《乐府学》（第九辑），2010年。

④ 魏徵：《隋书·经籍志》，中华书局1973年版，第1085页。

著录的“古辞”，有相当部分应是汉代乐府歌辞的散传文本，北朝祖珽、阳修之所撰《修文殿御览》的残卷中就有《艳歌何尝行》“古歌辞”。[①]《隋志》著录的这些歌辞集，可能有两种情况：一种是各代乐官在正乐过程中对歌辞的整理和别录，另一种则是文人广泛收集、整理而成的文本。

从《汉书·艺文志》《隋书·经籍志》著录乐府歌辞的“乐”部与“文”(诗赋、总集)部的“二分”现象可见，这些乐府歌辞从其生成到传播存在两个不同的系统，即乐家所传的乐府文本系统和文人所传的乐府文本系统，本文姑称之“乐辞本”与“文辞本”。

第二节　乐家“声辞杂书”与乐府“乐辞本”的生成

乐府作为配乐演唱的音乐歌辞，其第一功能是配乐表演、随曲传播，其记录和传播的主体是“乐家”，即司乐的职官及乐工之流。为了演唱的需要，将演唱的“声曲折”或曲式结构的“提示符号”随歌辞一并记录。由于这种记录和传播方式是“乐家”行内的约定俗成，一般人对之无法“晓解”。《宋书·乐志》《乐府诗集》均著录了一些词义“不可晓解”的作品，如《汉鼓吹铙歌》之《石留》，舞曲歌辞之《巾舞歌诗》，《宋鼓吹铙歌》之《上邪曲》《晚芝曲》《艾如张曲》等[②]。

宋人将这种现象称为“声辞合写”或“声辞杂书”。《乐府诗集》曰：“凡古乐录，皆大字是辞，细字是声，声辞合写，故致然尔。”[③]又《宋书·乐志》卷末附小字曰：“《圣人制礼乐》一篇，《巾舞歌》一篇，按《景祐广乐记》言，字讹谬，声辞杂书。宋鼓吹铙歌辞四篇，旧史言，诂不

① 钟肇鹏：《古籍丛残汇编》(第1册)，北京图书馆出版社2001年版，第30页。

② 王先谦认为，沈约《宋书·乐志》“所载《今鼓吹铙歌词》三曲即歌声谱式，所谓乐人以声音相传，诂不可复解者也”。见王先谦《汉书补注》，上海古籍出版社2008年影印，第241页。

③ 郭茂倩：《乐府诗集》，中华书局1979年版，第285页。

可解。汉鼓吹铙歌十八篇，按《古今乐录》，皆声、辞、艳相杂，不复可分。”①《景祐广乐记》是宋仁宗时期的一部乐书，可见，关于“声辞杂书”的问题最晚在北宋仁宗年间就提出了。

对此现象，萧涤非先生说：“后人恐失其声，乃与歌辞合写，其初字分大小，小字为声，大字为辞。相传既久，小大无别，遂至不可复解。”②认为《汉鼓吹铙歌》《宋鼓吹铙歌》中“声辞杂写”的歌辞是后人传抄时所为。若从古代采诗、传诗实践看，“声辞杂书”现象反映了乐府对歌谣采集和传录的一种基本方式。王国维《汉以后所传周乐考》指出，《诗经》有“诗家传诗”与“乐家传诗”的区别：“诗家习其义，出于古师儒。孔子所云言诗诵诗学诗者，皆就其义言之，其流为齐、鲁、韩、毛四家。乐家传其声，出于古太师氏。子贡所问于师乙者，专以其声言之，其流为制氏诸家。”③从“诗家”和“乐家”传诗可知，古代乐歌存在“传声”与“传义”两种方式。汉代乐府机关对乐府诗的采集与传录当与《诗经》有一定的相似性。乐府的“乐辞本”是乐府机关在“乐家”传诗机制中形成的。具体而言，乐府的“乐辞本”有两种类型：一种是记声本，即记录歌唱旋律的“声曲折”；一种是曲式本，即在歌辞中标注演唱的“曲式结构”。

一、“声曲折”的记声本

典籍中传录的“记声”乐府文本，大致存在两种情况：第一种是“声曲折”与歌辞的合写本，其中的“文字”有的是如何歌唱的“声音”符号提示，有的是歌辞。如汉《鼓吹铙歌十八曲》中的《朱鹭》“朱鹭，鱼以乌。路訾邪，鹭何食？”之“路訾”，闻一多怀疑是“鸬鹚”之同音；④《将进酒》

① 按：沈约《宋书·乐志》卷四末尾所附小字，是宋嘉祐时人郑穆作的校语。见《宋书》第666—667页。

② 萧涤非：《汉魏六朝乐府文学史》，人民文学出版社1984年版，第51页。

③ 王国维：《观堂集林》卷二，《王国维遗书》第一册，上海古籍书店1983年版，第136页。

④ 闻一多：《乐府诗笺》，《闻一多全集》第五卷，湖北人民出版社1993年版，第716页。

歌辞之“大白”“辨加”“审搏”“心所作”“同阴气”等分别是“大杯”“遍加”“审博”“新所作”“同饮讫”的同音代替。[①] 甚至还有完全不可晓解的声辞杂写的歌辞，如《巾舞歌辞》、刘宋《今鼓吹铙歌》等。[②] 如《巾舞》第一句中“吾不见公”、倒数第二句中“思君去时”，有可能是本辞。这些“本辞”，大概为一字一声的“依字声行腔”，其间没有摇曳拖腔，故可直用本辞。而大凡文意不通的那些“字”，大都是“传声”，与字义无涉。如诗中多次出现的“吾何婴”，就可能是传声的“呜喃嘤”的“拖腔”之类，未必作“婴儿”解，有的甚至完全就是“声曲折”。[③] 在此要强调的是，这种书面形态的“歌曲”，其“字”的本质是“声”的符号而不是“字”的意义，其中未必存在一个完整的“本辞”。今天学人都企图去寻找“本辞”，但没有一家的说法得到公认，这一现象值得反思。

还有一种，可能是某种方言歌辞的记音。如《说苑》所载的《越人歌》就是借文字记音的越语歌辞。刘向《说苑·善说》载，襄成君始封之日，楚大夫庄辛过而说之曰：君独不闻鄂君子皙之泛舟于新波之中也。榜枻越人拥楫而歌，歌辞曰：

> 滥兮抃草滥予昌枑泽予昌州州𩜱州焉乎秦胥胥缦予乎昭澶秦逾渗惿随河湖。

鄂君子皙曰：“吾不知越歌，子试为我楚说之。”于是乃召越译，乃楚说之曰：

> 今夕何夕兮搴舟中流。今日何日兮得与王子同舟。蒙羞被好兮不訾诟耻。心几烦而不绝兮得知王子。山有木兮木有枝，心悦君兮君不知。[④]

---

① 参赵敏俐《汉代乐府制度与歌诗研究》，商务印书馆 2009 年版，第 181—182 页。

② 对《巾舞歌辞》、刘宋《今鼓吹铙歌》的解读和破译，参见孙楷第《〈宋书乐志今鼓吹歌词〉考》，《沧州集》，中华书局 1965 年版；姚小鸥《关于刘宋“今鼓吹铙歌”〈上邪曲〉的研究》，《北方论丛》2005 年第 1 期。

③ 沈约：《宋书·乐志》，中华书局 1974 年版，第 635 页。

④ 赵善诒：《说苑疏证》，华东师范大学出版社 1985 年版，第 310—311 页。

从理论上说，少量的“声辞杂书”不能排除就是“赵、代之讴，秦、楚之风”的方言记音。一个明显的事实是，秦、楚、代、赵的方言是有很大差异的，而传世的乐府歌辞的语体却都是统一的。中间一定是经过了程度不同“翻写”，而不是地道的“原版”。“谣歌”的声曲折经乐府机关采集、记录，必然掺入乐人的某种加工；在语言上，民歌被“采”而经过书面记录这一环节，也必然会有某种改变。如《上邪》，民歌风味浓厚，但“我欲与君绝”又恐非民间歌辞的原版，而是经过某种改写的谣歌辞。“翻写”后的语言形式，与其本原音乐有可能会产生某种不协调，所以乐人要记下其原本的“声曲折”或改动后的唱法。这就是文人所谓“声辞杂书”产生的原因之一，所以数量不多的所谓“声辞杂书”，多是民间歌辞。

二、标注“曲式结构”的“乐辞本”

标注“曲式结构”的乐辞本，在《宋书·乐志》著录的歌辞中也存在两种情况。

第一种是在歌辞中标注“章”“解”“艳”“趋”“乱”等音乐结构术语及“=”等复奏符号。如《宋书·乐志》载傅玄《晋四厢乐歌三首》、荀勖《晋四厢乐歌十七篇》，歌辞后有“×章，章×句”的音乐结构性标注。《清商三调》“平调”“清调”歌辞均有“解”，其中“清调”《秋胡行》“晨上”“愿登”篇，《苦寒行》“北上”“悠悠”篇，《塘上行》“蒲生”篇还有“=”(复奏)标志，瑟调歌辞、十六大曲均有“解”，其中大曲“艳歌罗敷行”“罗敷”“白鹄”、《步出夏门行》“碣石”“夏门”、《艳歌何尝行》“何尝”、《满歌行》“为乐”、《棹歌行》“王者布大化”诸篇有“艳”“趋”的标注。

第二种是标注句式结构。如前举傅玄、荀勖《晋四厢乐歌》辞、缪袭《魏鼓吹曲》均有“凡曲×句，句×字”的标注，如第十二曲“惟太和”曰：“右《太和曲》凡十三句，其二句句三字，五句句五字，三句句四字，三句句七字。”[1]韦昭《吴鼓吹曲十二篇》也均有类似的标注。

《宋书·乐志》中有几组歌辞是以“句式”标注其音乐节奏的。如傅玄《晋四厢乐歌》三首，辞末分别标注曰：“右《天鉴》四章，章四句。正旦大会行礼歌。”“右《于赫》一章，八句。上寿酒歌。”“右《天命》十三章，章四句。食举东西箱歌。”[2]荀勖《晋四厢乐歌》十七篇也均有类似标注。《说文》曰：“乐竟为一章。从音十。十，数之终也。”段注云：“歌所止曰章。”[3]缪袭《魏鼓吹曲》十二篇、韦昭《吴鼓吹曲》十二篇有“凡曲×句，句×字”的标注，如《魏鼓吹曲》曰：“右《太和曲》凡十三句，其二句句三字，五句句五字，三句句四字，三句句七字。”[4]《吴鼓吹曲》曰：“右玄化曲凡十三句，其五句句五字，二句句三字，三句句四字，三句句七字。”[5]可见，“句式”其始是对音乐节奏的记录，是以音乐划分的，而不是以词语的意义划分的语言单元。

从内容看，这些标注“曲式结构”的乐辞本，是经过乐官加工过的“乐奏辞”，这些音乐标记，反映了乐府的音乐结构和表演程式。

第三节　“采诗夜诵”与乐府“文辞本”的生成机制

“文辞本”是指没有音乐记音符号和曲式结构标识的纯文本歌辞，《乐府诗集》称之为“本辞”。文辞本也有两种形式：一种是错字别字较多的原始文本，即始辞本；一种是语言较为通顺的传写本。

萧涤非指出：“汉时乐章，声是声，辞是辞，不相混也。”[6]汉代乐府将表声的“乐谱”和表义的“文辞”分开记录的最有力证据是《汉书·艺文

① 沈约：《宋书·乐志》，中华书局1974年版，第647页。
② 沈约：《宋书·乐志》，中华书局1974年版，第581—582页。
③ 许慎撰、段玉裁注：《说文解字注》，上海古籍出版社1988年版，第102页。
④ 沈约：《宋书·乐志》，中华书局1974年版，第647页。
⑤ 沈约：《宋书·乐志》，中华书局1974年版，第660页。
⑥ 萧涤非：《汉魏六朝乐府文学史》，人民文学出版社1984年版，第51页。

志》“诗赋略”中有“河南周歌诗七篇”与“河南周歌诗声曲折七篇”相对应，“周谣歌诗七十五篇”与“周谣歌诗声曲折七十五篇”相对应的著录。[①] 声曲折即“歌声之谱”[②]。郑玄曰：“声之曲折又依长言，声中律乃为和也。”[③]又《史记·乐书》郑玄注“使其曲直繁省廉肉节奏”曰：“曲直，歌之曲折；繁省廉肉，声之洪杀也。”[④]郑玄认为，“声曲折”就是乐曲的旋律。《宋书·乐志》载晋太始五年张华上表论乐曰：“二代三京，袭而不变，虽诗章词异，兴废随时，至其韵逗曲折，皆系于旧，有由然也。”同卷载东晋太常贺循曰：“自汉氏以来，依放此礼，自造新诗而已。旧京荒废，今既散亡，音韵曲折，又无识者，则于今难以意言。”[⑤]其“韵逗曲折”“音韵曲折”就是乐谱，分别对应于“诗章”“新诗”。

一、以“观风”为宗旨的采诗活动与诗文本

从音乐表演实践看，作为演唱“脚本”的歌辞，“声辞合写”使用最为便捷。歌谣是以口语传唱的地方徒歌，在歌谣采集实践中，最便捷的方法是根据歌者的语音面貌“听而写之”。《史记·乐书》载，卫灵公至于濮水之上，“夜半时闻鼓琴声”，召师涓“听而写之”，师涓乃“端坐援琴，听而写之”。[⑥] 师涓“听而写之”的是琴曲，而非歌谣，但其原理大致相同，歌者之声转瞬即逝，只有“声辞杂书”最迅即、最便捷。因此从这点看，“声辞合书”也许是歌谣采集最主要的方式。有人认为以采“辞”为主，也有人认为以采“乐”为主。[⑦] 不管采诗以何种方式进行，汉代“采诗”的根本宗旨是“观风俗”，是对周代采诗“观风”制度的继承和延续。

---

① 班固：《汉书·艺文志》，中华书局1962年版，第1755页。
② 王先谦：《汉书补注》，书目文献出版社1995年影印，第877页。
③ 司马迁：《史记》，中华书局1982年版，第42页。
④ 司马迁：《史记·乐书》，中华书局1982年版，第1221页。
⑤ 沈约：《宋书·乐志》，中华书局1974年版，第539—540页。
⑥ 司马迁：《史记·乐书》，中华书局1982年版，第1235页。
⑦ 罗家湘：《论先秦时期的采乐和采诗制度》，《中州学刊》2011年第1期。

《汉书·艺文志》曰：

古有采诗之官，王者所以观风俗，知得失，自考证也。

又曰：

自孝武立乐府而采歌谣，于是有代赵之讴、秦楚之风，皆感于哀乐，缘事而发，亦可以观风俗，知薄厚云。[①]

《汉书·食货志》载：

孟春之月，群聚者将散，行人振木铎徇于路，以采诗，献之大师，比其音律，以闻于天子。故曰王者不窥牖户而知天下。[②]

因"采诗观风"的宗旨和目的，所采诗歌的文本意义受到关注并得以凸显，这是乐府文辞本产生的现实基础。

二、"夜诵"与民间歌谣的翻写

"夜诵"见于《汉书·礼乐志》的记载：武帝"乃立乐府，采诗夜诵，有赵代秦楚之讴。"颜师古注释"夜诵"曰："夜诵者，其言辞或秘不可宣露，故于夜中歌诵也。"[③]后人对"夜诵"提出诸多新解，如钱大昭"诵于宫掖之中"；周寿昌"是置官选诗，和于雅乐者，静夜诵之"。[④] 范文澜提出夜诵即"绎诵"，"意有未明，反复推演"[⑤]，等等。

关于"夜诵"的功能，主要有两种观点：第一种认为"夜诵"是采诗观风听政的先秦儒家传统。叶晨晖根据《国语》"瞍赋矇诵""宴居有师工之诵"，《大戴礼》"瞽史诵诗"等记载，认为"夜诵诗歌是对太子实行教育的一种手段"[⑥]。向回则进一步指出，夜诵是"配乐配曲的唱诵，目的是让最高统治者得以观风知政，实现劝诫教诲"[⑦]。

---

① 班固：《汉书》，中华书局 1962 年版，第 1708、1756 页。
② 班固：《汉书》，中华书局 1962 年版，第 1123 页。
③ 班固：《汉书》，中华书局 1962 年版，第 1045 页。
④ 王先谦：《汉书补注》，书目文献出版社 1995 年影印，第 462—463 页。
⑤ 范文澜：《文心雕龙注》，人民文学出版社 1958 年版，第 107 页。
⑥ 叶晨晖：《"采诗夜诵"试释》，《南京师大学报》1981 年，第 4 期。
⑦ 向回：《夜诵考》，《内蒙古大学学报》2010 年第 4 期。

第二种认为“夜诵”用于雅乐郊庙祭祀。张永鑫认为“夜诵是与武帝郊祀礼有关的一项仪典，夜诵之夜，是因汉时祀太一尊神祭典由昏夜至明而得名。”①蔡丹君通过对甘泉祭祀文献的分析认为，采诗夜诵活动与甘泉祭祀仪式中实现天人感应的环节相契合，其参与到甘泉祭祀仪式并实现天人感应的仪式功能的可能性是很高的。②

班固《汉书·礼乐志》对“采诗夜诵”的记载是放在“武帝定郊祀之礼”的语境中描述的，采诗用于祭祀的意图十分明显，李延年“多举司马相如等数十人造为诗赋”所作的“十九章之歌”，也未必没有选择所采之民间歌谣。《汉书·礼乐志》载，哀帝罢乐府官时，乐府机构中还有“夜诵员五人”③。另一方面，采诗观风是周天子听政的方式之一，《国语·周语上》载：“天子听政，使公卿至于列士献诗，瞽献曲，史献书，师箴，瞍赋，矇诵，百工谏，庶人传语。近臣尽规，亲戚补察，瞽史教诲，耆艾修之，而后王斟酌焉，是以事行而不悖。”④据《周礼·春官·瞽矇》记载，周代乐官瞽矇的职责之一就是“讽诵诗，世奠系”，“以戒劝人君”⑤。汉武帝“罢黜百家”“独尊儒术”，在大规模的礼乐文化建设中继承和发扬周天子采诗观风听政的举措也在情理之中。

综合来看，汉代“夜诵”可能既用于对天子及太子等进行劝诫的教育活动，也曾用于郊庙等祭仪活动。这两种活动都是国之大事，这就为“诵诗”行为提供了制度保障，推动了“诵诗”活动的发展以及社会对“诵诗”活动的重视。大量的“诵诗”实践，则要求具有符合“诵”的诗文本，对民间采集而来的歌谣进行书面化的整理大概是在这种制度驱动下产生的。

---

① 张永鑫：《汉乐府研究》，江苏古籍出版社1992年版，第60页。

② 蔡丹君：《西汉甘泉祭祀仪式的文学影响——从“采诗夜诵”到甘泉诸赋》，《文学评论》2016年第2期。

③ 班固：《汉书·礼乐志》，中华书局1962年版，第1073—1074页。

④ 徐元诰：《国语集解》，中华书局2002年版，第11—12页。

⑤ 郑玄注，贾公彦疏：《周礼注疏》，《十三经注疏》，上海古籍出版社1997年影印本，第797页。

从技术层面看，“诵”的要义有二：一是背文，一是以字声行腔的念读。贾公彦《周礼注疏》，引郑玄注“兴道讽诵言语”曰：“倍文曰讽，以声节之曰诵。”[①]桂馥《说文解字义证》释“诵”引皇氏语曰：“不用文，背文而念曰诵，亦云口读曰诵。”[②]“诵”与“歌”的根本区别在于，歌是以乐传辞。当然，音乐对歌辞没有特定的限制，一个乐句的歌辞字数多少在一定范围内是有弹性的，故“歌”辞体往往允许不规则；从技术上说，歌唱具有可与歌辞剥离的“乐谱”。而“诵”则是日常话语形态在节奏、轻重、长短上的强化，“诵”虽也有广义的“声曲折”，但其“曲折”就在“文本”自身而没有“乐谱”。

从“诵”的两个要义可知，要做到“夜诵”，必须有歌辞“文本”，还要事先熟练地记忆。周代“讽诵”诗是瞽矇的专职，瞽矇是宫廷中的盲乐师，其诵诗全凭记忆。汉代“夜诵”不一定全是盲乐师，但在夜间进行，也要凭记忆。刘师培曾说：上古“学术授受，仍凭口耳之传闻。又虑其艰于记忆，彼杂于偶语韵文，以便记诵。”并引阮元《文言说》云：“古人以简策传事者少，以口舌传事者多；以目治事者少，以口耳治事者多；故同为一言，转相告语，必有愆误。是必寡其词，协其音，以文其言，使人易于记诵，无能增改，且无方俗语，杂于其间，始能达意，始能行远。”[③]可见，古代为了便于记忆的方法是将诵读文字“翻写”成“偶语韵文”，即齐言押韵体。从祭祀仪式中配乐歌诵的诗来看，也是齐言韵文体最相适宜。现存文献尚未发现“诵诗”在祭祀仪式中是如何进行的，但《汉书·礼乐志》有关叔孙通所制宗庙乐“奏《登歌》”的记载，揭示了某些信息：“乾豆上，奏《登歌》，独上歌，不以管弦乱人声，欲在位者遍闻之，犹古《清庙》之歌也。《登歌》再终，下奏《休成》之乐，美神明既

---

① 贾公彦：《周礼注疏》，《十三经注疏》，上海古籍出版社 1997 年影印本，第 787 页。
② 桂馥：《说文解字义证》，齐鲁书社 1987 年版，第 192 页。
③ 刘师培：《刘师培中古文学论集·文章源始》，中国社会科学出版社 1997 年版，第 212 页。

飨也。”[①]也许祭祀礼仪中的“升歌”“登歌”，大概是不用管弦的“人声”，即“歌诵”之类，所谓奏登歌，即以钟磬一类打击乐器的伴奏。钟磬一类的打击乐器节奏均匀齐整，齐言韵文体最为适宜。

从汉乐府齐言、杂言二体看，有理由相信，民间谣歌的齐言体是经过官方司乐机构的某种“翻写”而成的，杂言体也有某种局部“齐言化”的倾向。官方对民歌“翻写”的意图是什么？至少存在两方面动机：一是将民间的白话和方言转化为四方皆能读懂的“通语”；二是为了便于“夜诵”。乐府诗中的民歌一类有不少所以翻写为齐言体五言诗，与此密切相关。当然，“五言连句”在民间歌辞中早已存在，民间歌辞的一种自我提炼和自我建构也一直在进行，这是官方将民歌翻写成齐言体五言诗的基础。同一首“诗”，“唱”辞与“诵”辞可能会不完全相同而有“异文”乃至“异体”，如《乐府诗集》“相和三调歌辞”中的“乐奏辞”和“本辞”。

第四节　“乐辞本”曲式结构与乐府诗的篇制

通过《宋书·乐志》与《乐府诗集》的比较发现，《乐府诗集》中有“右一曲为魏晋乐所奏”“右一曲为晋乐所奏”等标示语的“乐奏辞”与《宋书·乐志》在文字上是一致的，有“艳”有“趋”有“乱”，凡《宋书·乐志》标“=”符号者，《乐府诗集》则均为歌辞的重复。《宋书·乐志》著录歌辞分“章”分“解”，标注“艳”“趋”“乱”及“=”（复奏），是典型的“乐奏辞”，反映了乐府歌辞的表演形态和乐曲结构。

《乐府诗集》“相和歌辞”解题曰：“大曲又有艳，有趋，有乱。……艳在曲之前，趋与乱在曲之后，亦犹吴声西曲前有和，后有送也。”[②]据此可知，“艳”是魏晋大曲正曲之前的序曲，“乱”与“趋”是正曲结束时的结曲，魏晋大曲的音乐结构大致由“艳”—“正曲”—“乱”或“趋”构成。

① 班固：《汉书》，中华书局1962年版，第1043页。
② 郭茂倩：《乐府诗集》，中华书局1979年版，第377页。

“乱”在《诗经》的曲式结构中就已存在。《论语·泰伯》云：“师挚之始，《关雎》之乱，洋洋乎，盈耳哉！”朱熹曰：“乱，乐之卒章也。”①《国语·鲁语下》还记载了《诗经·那》的“乱”辞：“昔正考父校商之名颂十二篇于周大师，以《那》为首，其辑之乱曰：‘自古在昔，先民有作。温恭朝夕，执事有格。’”韦昭注曰：“辑，成也。凡作篇章，义既成，撮其大要为乱辞。诗者，歌也，所以节舞者也。如今三节舞矣，曲终乃更，变章乱节，故谓之乱也。”②“曲终乃更，变章乱节”，指出了“乱”在整个乐章的位置及功能：一是“乱”在乐歌“正曲终了”部分。二是“乱”的节奏和音律与正曲有较大的变化。循此思路，清人蒋骥《山带阁注楚辞·楚辞余论》释“乱”曰：“乐之将终，众音毕会，而诗歌之节，亦与相赴，繁音促节，交错纷乱，故有是名”③。其“乐之将终，众音毕会”是可信的，“乱曲”是否“繁音促节”，则当据乐曲风格而定。《礼记·乐记》曰：“乐者，心之动也；声者，乐之象也。文采节奏，声之饰也。君子动其本，乐其象，然后治其饰。是故先鼓以警戒，三步以见方，再始以著往，复乱以饬归。”孔颖达疏曰：“‘先鼓以警戒者’谓大武之乐欲奏之时先击打其鼓声以警戒于众也。‘三步以见方者’谓欲舞之时必先行三步……‘再始以著往者’谓作大武之乐，每曲一终而更发始为之，凡再更发始以著明往伐纣之时。……‘复乱以饬归者’，乱治也。复谓舞曲终舞者复其行位而整治。象武王伐纣既毕整饬师旅而还归也。”④“先鼓”“再始”“复乱”是对周大武乐演奏程式的记录。可见，大武舞乐的曲式结构至少有“序曲”“正曲”和“乱曲”三部分。《诗经》的“乱”曲结构，在现存《诗经》文本形态中还有诸多反映，如部分作品在结尾处或改变叙事人称，或添加议论，或改变乐章结构、韵律及表现手法，其内容往往有总括大意、揭示诗旨的作

---

① 朱熹：《四书章句集注》，中华书局 1983 年版，第 106 页。

② 徐元诰：《国语集解》，中华书局 2002 年版，第 205 页。

③ 蒋骥：《山带阁注楚辞》，上海古籍出版社 1958 年版，第 192 页。

④ 郑玄注、孔颖达疏：《礼记正义》，《十三经注疏》，上海古籍出版社 1997 年影印本，第 1537 页。

用。这些可能就是《诗经》作品中的“乱辞”。①

《楚辞》的篇章结构主要来源于楚地歌谣。现存《楚辞》文本有“乱”者凡六篇，其“乱”当是楚地歌谣“一人唱，千人和”的演唱方式在楚辞“文体”中的体现。汉代相和歌“丝竹更相和，执节者歌”的演唱方式，源于乐府机关对楚地歌谣的加工改造，相和三调之“瑟调”和大曲的“艳”“趋”“乱”结构，当是楚地音乐在汉魏乐府中的传承。从汉代相和歌到魏晋清商三调，再到晋宋大曲，乐府曲式之“乱”可能已被“趋”所替代。②所以，汉魏乐府歌辞保留“乱”辞者仅有瑟调曲《妇病行》《孤儿行》古辞和曹植《鼙舞歌五篇》之“灵芝篇”“孟冬篇”。③

《乐府诗集》曰：“其《罗敷》《何尝》《夏门》三曲，前有艳，后有趋。《碣石》一篇，有艳。《白鹄》《为乐》《王者布大化》三曲，有趋。《白头吟》一曲有乱。”④《宋书·乐志》所载大曲十五曲，七曲有“艳”“趋”标注，无“乱”的标注，根据《宋书》歌辞文本及《乐府诗集》的提示，魏晋大曲的曲式结构如下表所示。

乐辞名称	乐曲结构			备注
	艳	正曲	趋	
《艳歌罗敷行》“罗敷篇”古辞	有	三解：一解二十句，二解十五句，三解十八句，共五十三句，均为五言	有	“艳”“趋”辞未录

① 参李辉《论〈诗经〉“乱”的音乐功能及其演变》，《文艺评论》2016年第2期。

② 崔炼农：《“乱”之源流考辨——〈乐府诗集〉音乐术语丛考之一》，认为三调中的“乱”在大曲中已转化为“趋”，之所以称“乱”不过是沿袭旧习而已。颇有灼见，可从。《云南艺术学院学报》2006年第3期。

③ 沈约：《宋书·乐志》不载《妇病行》《孤儿行》古辞，《乐府诗集》所录当来自其他文献。

④ 郭茂倩：《乐府诗集》，中华书局1979年版，第635页。

续表

乐辞名称	乐曲结构			备注
	艳	正曲	趋	
《艳歌何尝行》“白鹄”篇古辞	有	四解：每解四句，四言、五言	“念与君别离”以下十句为趋	有趋辞，未录艳辞
《步出夏门行》“竭石”篇武帝辞	“云行雨步”至“东海”七句杂言	四解：每解四言十四句，共五十六句	无	
《艳歌何尝行》“何尝”篇古辞	有	五解：一、三、四解三句，二解二句，五解四句，杂言	“少小相触抵”至结尾凡十句	未录艳辞
《满歌行》“为乐”篇古辞	无	四解：每解九句，四言为主间杂五言	“饮酒歌舞”至结尾凡十四句	
《步出夏门行》“夏门”篇明帝辞	“朝游清泠，日暮嗟归”二句	二解：每解杂言十四句，四言为主间杂五言	“蹙迫日暮”至结尾十八句，均四言	
《棹歌行》“王者布大化”篇明帝辞	无	五解：每解四句，均五言	“将抗旄与钺”至结尾凡四句均五言	

以上七曲，六曲有“趋”，五曲有“趋辞”；五曲有“艳”，二曲有“艳辞”。其乐章结构，一般有“正曲”和“趋”两大部分，有的在正曲前还有“艳”曲。

以上有趋有乱的七曲魏晋大曲，其歌辞的篇章结构与乐曲结构存在较大的一致性，在此进一步对其韵式结构和叙事特征进行对比分析。

在韵式上，上述大曲存在四种情形：第一，正曲通押，趋辞转韵。如《艳歌何尝行》“何尝”篇古辞：忧酒牛（一解，幽韵）。裘（二解，之韵）。游（三解，幽韵）。棋（四解，之韵）。留（五解，幽韵）。随离亏儿知（趋，支韵）。正曲五解，之/幽二部通押；趋辞，押支韵。又《艳歌何尝行》“白鹄”篇古辞：来（一解，之韵）随回（二解，歌/脂通押）开颓（三解，脂韵）离知（四解，歌韵）。言难关泉（趋，元韵）。一解二解，之/脂通押；三解四解，脂/歌通押；趋辞押元韵，末句“今日乐相乐，延年万岁期”为歌曲套语，回押之韵，呼应开头。

第二，正曲中间转韵，趋辞再转韵。《步出夏门行》明帝辞“夏门”篇：山贤先传迁/情（一解，寒/庚二韵转）；蝉连天翩间（二解，寒韵）；归（艳，脂韵）；飞依摧栖回/绵怜繁言（趋，脂/寒二韵转）。一解前段押寒韵，后段转庚韵，二解押寒韵。艳辞押脂韵；趋辞前段押脂韵，尾四韵转寒韵。又如《满歌行》“为乐”篇古辞：离支移知（一解，歌/支二部通押）；宁耕宁荣（二解，耕韵）；安干言（三解，元韵）；忧周秋（四解，幽韵）；须驱无愚/时怡颐（趋，鱼/之通押）。

第三，正曲末解与趋转同韵。如《棹歌行》“王者布大化”篇明帝辞：祇移（一解，支韵）；随妫（二解，支韵）；阻怙（三解，鱼韵）；怒浦（四解，鱼韵）；凉张（五解，阳韵）；方疆（趋，阳韵）。一解二解押支韵，三解四解押鱼韵，五解转阳韵，并与趋同韵。

第四，艳与正曲转韵。如《步出夏门行》“竭石”篇武帝辞：同从（艳，东韵）；海峙茂起里（一解，之/幽二部通押）；回霏飞栖/场商（二解，脂/阳二韵转）；寒难/奥蹈/非悲（三解，元/幽/脂三韵转）；时灰里已/天年（四解，之/真二韵转）。四解末句套语“辛甚至哉，歌以咏志”押之韵。整首曲调转韵频繁、韵式复杂，以之/幽/脂三韵为主，在汉代，此三韵是通押的。但艳辞押东韵，与正曲之/幽/脂三韵区别很大。

以上大曲有的是古辞，有的是曹氏三祖歌辞，其用韵比较复杂，不排除一首歌辞中汉代韵系与魏晋韵系杂糅的情况，但总的用韵特征十分明显：即“艳”“趋”与正曲之间都是转韵的。

汉魏保留“乱”辞的乐府歌辞凡四首，即《妇病行》《孤儿行》、曹植《灵芝篇》《孟冬篇》，四首歌辞的“乱”与正曲之间也是转韵的。在音乐上，“乱”“趋”的转韵，能起到结束乐章的作用，与此相应，其歌辞内容也往往起到“总结辞旨”之目的。这一特点与《诗经》《楚辞》之“乱”的功能大致相同。从上述大曲歌辞的叙事方式中可以得到说明。

如，《妇病行》前半写“病妇”临死前的“托孤”，“乱辞”则写病妇死后“两三孤子”的悲惨生活。“徘徊空舍中，行复尔耳，弃置无复道”三句，以“亲交”视角发表感慨，直指“父不养孤”的社会伦理主题。《孤儿行》及曹植《灵芝篇》《孟冬篇》乱辞虽然叙事视角未见转化，但均有“发理词指，捴撮行要”①之作用。

凡有趋的乐府古辞，在行文中转换叙事视角是较普遍的，如《艳歌何尝行》“白鹄”篇古辞，一解、二解为第三人称，三解、四解以“吾”口吻叙述，而“趋辞”则以“妾”口吻叙述与“君”的离别，表达“若生当相见，亡者会黄泉”的承诺，揭示辞旨。《艳歌何尝行》“何尝”篇古辞，正曲第一解总起全诗，二至四解以第三人称叙述“三子”的奢华生活，第五解感叹“蹙迫日莫”，男儿各当努力。“趋辞”转换人称，叙述“吾”与“卿”别离后的艰辛生活，表达悲怆之情，绾合开头。《满歌行》“为乐”篇古辞，正曲四解言“我”“愁懑难支”而寻“自宁”，趋辞以第三人称劝诫世人“自娱”“颐养”，揭示“为乐”主题。

汉魏六朝乐府歌辞多以叙事为主，且“角色”叙事与第三人称叙事往往相互转换，部分歌辞还在结尾表达“劝诫”。这些特点当是汉魏乐府“趋”“乱”曲式结构和演唱方式在歌辞文本上的反映，② 魏晋文人拟乐府对这种结构多有承续，从而形成汉魏乐府诗重要的体式特征，并最终对“首句标其目”“卒章显其志”③的唐代“新体”乐府的结构完型产生重要影响。正是在此意义上，我们说汉魏乐府的乐曲结构对乐府歌辞篇章结构的完型产生了重要作用。从《诗经》到汉魏乐府音乐结构的“乱”“趋”，还深深影响到文人的审美习惯，并进而向文人诗歌创作实践渗透，使

---

① 赵幼文：《曹植集校注》，人民文学出版社 1984 年版，第 329、337 页。

② 有关汉乐府生成模式及劝世主题形成的具体问题，参拙作《论汉乐府的生成模式及体制特征》，《中南民族大学学报》2016 年第 6 期；《论汉乐府的劝世精神》，《广西师范大学学报》2016 年第 4 期。

③ 顾学颉校点：《白居易集》，中华书局 1979 年版，第 52 页。

“诗言志”传统逐渐内化为中国诗歌的基本精神，完成中国诗歌由“应歌”向“作诗”的嬗变。

通过分析发现，音乐对诗歌最根本的影响，主要体现为音乐的曲式结构对诗歌篇章结构的制约。汉魏六朝乐府歌辞语言的五言化趋势，其实与乐府的音乐系统和表演方式没有直接的关系。

第五节　乐府“文辞本”传播与汉魏诗歌“五言”句式的建构

汉魏之际是“五言腾涌”的时代，有关汉魏五言诗的体式问题，一直是学术界关注的重要问题。摯虞论《文章流别》，已经关注到五言诗的源流，刘勰、钟嵘也有具体论述。钟嵘认为四言“文约意广”，“每苦文烦而意少，故世罕习焉。”五言则“居文词之要，是众作之有滋味者也，故云会于流俗。”[①]钟嵘从四言诗与五言诗的语言表达效果上分析了五言取代四言诗的理由。近年，葛晓音先生从五言句式的节奏特点和组织方式的发展趋势分析五言诗的体式特征及形成的原因，[②] 赵敏俐先生则从音组的对称与非对称、诗歌中音组与语言的关系等角度探讨诗歌体式的生成原理，又从乐府与文人五言诗的关系探讨五言诗的起源与发展问题，其基本观点是，早期诗体生成与音乐的关系密切，五言诗的起源与发展是“汉民族语言不断发展变化的结果”。[③] 二位先生的研究深化了五言诗的体式研究。

诗歌是语言艺术，语言的发展水平对诗歌体式形成的重要作用是不言而喻的，但某种特定的语言形式及其生成的文体，并不是语言自然演变的结果，而是在特定文化生态中由人的行为建构的。[④] 换言之，语言

① 钟嵘著、曹旭笺注：《诗品笺注》，人民文学出版社 2009 年版，第 23 页。
② 葛晓音：《先秦汉魏六朝诗歌体式研究》，北京大学出版社 2012 年版。
③ 赵敏俐：《汉代五言诗起源与发展问题再讨论》，《中国诗歌研究》(第七辑)，2010 年；赵敏俐《中国早期诗歌体式生成原理》，《文学评论》2017 年第 6 期。
④ 李昌集：《周诗体式生成论：文化文体学的视角》，《中国社会科学》2014 年第 7 期。

的发展演变仅仅为某种文体生成提供了一种可能性，文体在本质上是人们在创作实践中使用和选择语言的结果。一种语言及其所生成的特殊文本形式的传播活动才是其获得社会普遍认可，并逐渐成为社会集体范式的根本动因。就汉魏五言诗的体式生成来说，应该是音乐文化、汉语自身发展和文人创作选择等多方面因素综合作用的结果。

汉魏五言诗最典型的语言体式是“2+3”音组结构。“2+3”音组的多样化组合，是五言句和五言连句产生的语言基础，也是五言诗体式建构的基础。“2+3”音组结构，需要丰富的“双音节词语”和多样化的“三音节”音组结构。有研究表明，汉语自西周到春秋战国再到秦汉的发展历史，有三个重要的节点：

一是春秋战国时期，汉语中双音节实词的大量增加，对《诗经》以叹词、双声叠韵和重言等为主的双音节构词方式产生了极大的推动，其重要的动力则是春秋战国时期的“礼崩乐坏”，聘问道路不行于列国，诵诗言志传统中断，纵横之“士”以向诸侯王陈说己见、进献“要言妙道”，博取人生价值，为了获得诸侯王的信任，他们往往以三寸不烂之舌，极言说之能事，想方设法提高语言的表达技巧，从而极大地促进了语言的发展。

二是战国末期，楚国屈原创造性地发展了楚歌语言句式形成楚辞体，楚辞体的特点之一，就是句首的“三音节”音组结构。这两次汉语的快速发展，使“2+3”音组结构多样化组合成为可能。这是五言诗体式得以生成的语言基础。从先秦到汉初的现存歌谣可见，“2+3”音组结构的五言句及五言连句呈逐渐增多的趋势，这与秦汉语言发展的结果是基本一致的。

三是汉武帝礼乐文化建设中的“采诗夜诵”行为，并命李延年“以曼声协律、朱马以骚体制歌”①，极大地提高了秦汉以来秦、楚、代、赵等

① 范文澜：《文心雕龙注·乐府》，人民文学出版社 1958 年版，第 101 页。

地歌谣的文化地位，使有滋味的五言诗体以显著的方式出现在汉乐府歌辞之中，至此五言诗体式的雏形开始具备。可值注意的是，在汉语发展的三个历史节点上，文人或者说文士对汉语的创造性使用都起了比较关键的作用。

汉魏文人五言诗体式的成熟，还有一个最为重要的环节，就是在乐府诗"辞""乐"分离的文化语境中，文人对乐府诗的加工、改造。其中有两种行为对汉魏五言诗的体式建构产生了重要影响：一是对乐府诗的翻写；二是早期文人创作对乐府诗的模拟。

一、歌辞的翻写传抄与乐府诗句式的齐言化趋势

现存汉魏乐府歌辞在句式上的一个最大特点是：有音乐性标注或注明"魏晋乐所奏"者，其句式往往是杂言，而无音乐性标注或注明"不可歌"者，往往是完整的五言或七言。

《宋书·乐志》著录"相和歌辞"有《江南》《东光》《鸡鸣》《乌生》《平陵东》5首，其中《江南》五言七句，《东光》五言中插入三言一句，《鸡鸣》五言中插入六言一句，五言句均为"2+3"节奏。《乌生》三、四、五、七、八言间杂，还有语气虚词。《平陵东》则以四节"3，3，7"结构组成。《乐府诗集》另著录《薤露》《蒿里》2首，《薤露》句式结构为"3，3。7，7"，《蒿里》为"5，7。7，7"。相和歌的文本句式反映了汉乐府对各地方俗谣曲音乐风格的保留，其五言为主的句式结构，主要源于汉代民间所通行的语言习惯，《乌生》句式结构复杂，散语化程度高，大概是表演中对话性质的口语。

《宋书·乐志》著录清商三调"古辞"共11首。其中瑟调《董桃行》《善哉行》2首，大曲《东门行》"东门"、《艳歌罗敷行》"罗敷"、《西门行》"西门"、《折杨柳行》"默默"、《艳歌何尝行》"白鹄""何尝"、《满歌行》"为乐"、《雁门太守行》"洛阳令"、《白头吟》"晴如山上云"等9首。从文本句式看，全篇五言者仅《艳歌罗敷行》《折杨柳》2首；五言间杂其

他者有《艳歌何尝行》“白鹄”、《白头吟》2 首；全篇四言及以四言为主者有《善哉行》“来日”、《满歌行》“为乐”、《雁门太守行》3 首；《董桃行》“上谒”、《东门行》“东门”、《西门行》“西门”、《艳歌何尝行》“何尝”4 首则是三、四、五、六、七言构成的杂言体。这些古辞，五言、四言和杂言的比例大致相当。

除《宋书》所录 11 首外，《乐府诗集》另著录三调歌辞 16 首。其中平调《长歌行》“青青园中葵”“仙人骑白鹿”“岧岧山上亭”3 首，《君子行》“君子防未然”1 首，清调《豫章行》“白杨初生时”、《相逢行》“相逢狭路间”、《长安有狭斜行》“长安有狭斜”3 首，瑟调《陇西行》“天上何所有”、《东门行》本辞、《饮马长城窟行》“青青河畔草”、《妇病行》“妇病连年累岁”、《孤儿行》“孤儿生”、《艳歌行》“翩翩堂前燕”“南山石嵬嵬”、《白头吟》本辞、《怨诗行》“天德悠且长”9 首。这些古辞，杂言仅瑟调曲《东门行》《妇病行》《孤儿行》3 首，其余 13 首均为整齐的“五言”句式。

从上举歌辞的语言体式可见，汉魏六朝乐府歌辞的句式发展走向是，有音乐性者，大多使用杂言，无音乐性者，则向齐言靠近。

《艳歌何尝行》“白鹄”篇古辞，现存三个文本，分别是《宋书·乐志》本、《玉台新咏》本、《修文殿御览》本，若将三个文本进行对照，能大致看出“乐录”“乐谱”系统与歌辞文本系统的差别。

《宋书·乐志》载《艳歌何尝行》：

飞来双白鹄，乃从西北来。十十五五，罗列成行。妻卒被病，行不能相随。五里一反顾，六里一徘徊。吾欲衔汝去，口噤不能开；吾欲负汝去，毛羽何摧颓。乐哉新相知，忧来生别离。踌躇顾群侣，泪下不自知。念与君离别，气结不能言。各各重自爱，道远归还难。妾当守空房，闭门下重关。若生当相见，亡者会黄泉。今日乐相乐，延年万岁期。“念与”下为趋曲，前有艳。[①]

《玉台新咏》载《双白鹄》：

飞来双白鹄，乃从西北来。十十将五五，罗列行不齐。忽然卒疲病，不能飞相随。五里一反顾，六里一徘徊。吾欲衔汝去，口噤不能开。吾欲负汝去，羽毛日摧颓。乐哉新相知，忧来生别离。峙躇顾群侣，泪落纵横垂。今日乐相乐，延年万岁期。[②]

《修文殿御览》残卷“古歌辞”：

飞来白鹤，从西北来，十十五五，罗列成行。妻卒被病，不能相随，五里返顾，六里徘徊。吾欲衔汝去，口噤不能开。吾欲负汝去，毛羽何崔颓。

《宋书·乐志》著录的是“乐奏辞”，句式结构上，除“十十五五，罗列成行。妻卒被病，行不能相随”中的三句“四言”外，其余均为五言。《玉台新咏》和《修文殿御览》是两个不同的歌辞文本。对照“乐奏辞”的音乐形态，二者在语言句式上均作了“加工”：《玉台新咏》将四言句改成了“五言”，而《修文殿御览》则将前半部分改成了“四言”。“四言”是《诗经》的典型体式，被视为“雅音之韵”，典雅庄重，适宜御览。“五言”则流畅自然，更符合表情达意的需要，《玉台新咏》对语词的修改也遵循了语义顺畅明白的原则。所以无论改成“五言”，还是“四言”，较原歌辞均显整饬、匀称。

可见，《宋书·乐志》以外的这些“古辞”，都应是乐府歌辞的“文辞本”系统，而不是“乐录”“乐谱”等“乐辞本”系统。这些歌辞明显的“五言”化趋势，与文人对其加工润色等翻写和传播活动有密切关系。

《乐府诗集》载“乐奏辞”与“本辞”在句式结构上的变化，更能说明问题。如《满歌行》古辞：

为乐未几时，遭世崄巇。逢此百罹，伶丁荼毒，愁懑难支。遥

① 沈约：《宋书》，中华书局1974年版，第618—619页。
② 穆克宏：《玉台新咏笺注》，中华书局1985年版，第16页。

望辰极，天晓月移。忧来填心，谁当我知。(一解)戚戚多思虑，耿耿不宁。祸福无形，唯念古人，逊位躬耕。遂我所愿，以兹自宁。自鄙山栖，守此一荣。(二解)暮秋烈风起，西蹈沧海。心不能安，揽衣起瞻夜，北斗阑干。星汉照我，去去自无他。奉事二亲，劳心可言。(三解)穷达天所为，智者不愁，多为少忧。安贫乐正道，师彼庄周。遗名者贵，子熙同巇。往者二贤，名垂千秋。(四解)饮酒歌舞，不乐何须。善哉照观日月，日月驰驱，轗轲世间。何有何无，贪财惜费，此一何愚。命如凿石见火，居世竟能几时。但当欢乐自娱，尽心极所嬉怡。安善养君德性，百年保此期颐。(晋乐所奏)

为乐未几时，遭时崄巇，逢此百离。伶丁荼毒，愁苦难为。遥望极辰，天晓月移。忧来填心，谁当我知。戚戚多思虑，耿耿殊不宁。祸福无形，惟念古人，逊位躬耕。遂我所愿，以兹自宁。自鄙栖栖，守此末荣。暮秋烈风，昔蹈沧海，心不能安。揽衣瞻夜，北斗阑干。星汉照我，去自无他。奉事二亲，劳心可言。穷达天为，智者不愁，多为少忧。安贫乐道，师彼庄周。遗名者贵，子遐同游。往者二贤，名垂千秋。饮酒歌舞，乐复何须。照视日月，日月驰驱。轗轲人间，何有何无。贪财惜费，此一何愚。凿石见火，居代几时。为当欢乐，心得所喜。安神养性，得保遐期。(本辞)①

晋乐所奏辞，因受音乐节奏的束缚，其歌辞句式以四言为主，间杂五言、六言，特别是结尾的“趋辞”，七句四言，七句六言。而本辞因脱离“音乐”节奏，需要在歌辞内部寻求节奏的平衡和对称，最好的办法就是化杂言为齐言，即通过整饬化的方式来平衡歌辞的内在节奏。如将“戚戚多思虑，耿耿不宁”改为“戚戚多思虑，耿耿殊不宁”；“暮秋烈风起，西蹈沧海”改为“暮秋烈风，昔蹈沧海”；“揽衣起瞻夜，北斗阑干”

① 郭茂倩：《乐府诗集》，中华书局1979年版，第636—637页。

改为“揽衣瞻夜，北斗阑干”；“星汉照我，去去自无他”改为“星汉照我，去自无他”；“穷达天所为，智者不愁”改为“穷达天为，智者不愁”；“安贫乐正道，师彼庄周”改为“安贫乐道，师彼庄周”。特别是“趋辞”改动最大，将“六言”一律改为“四言”。经过文人的改动和加工，“本辞”较“乐奏辞”显得更加整饬，其内在的节奏也因整饬的歌辞而趋于一致，易于把握。

《乐府诗集》“杂曲歌辞”著录了《蛱蝶行》“蛱蝶之遨游东园”、《驱车上东门行》“驱车上东门”、《伤歌行》“昭昭素明月”、《悲歌行》“悲歌可以当泣”、《东飞伯劳歌》“东飞伯劳西飞燕”、《西洲曲》“忆梅下西洲”、《长干曲》“逆浪故相邀”、《焦仲卿妻》(孔雀东南飞)、《枯鱼过河泣》《冉冉孤生竹》《枣下何纂纂》等11首古辞，除《蛱蝶行》《悲歌行》为杂言外，其余9首中有五言8首、七言1首，“五言”化趋向十分明显。

《乐府诗集》“杂曲歌辞”解题曰：“自秦汉以来，数千百岁，文人才士，作者非一。干戈之后，丧乱之余，亡失既多，声辞不具，故有名存义亡，不见所起，而有古辞可考者，则若《伤歌行》《生离别》《长相思》《枣下何纂纂》之类是也。复有不见古辞，而后人继有拟述，可以概见其义者，则若《出自蓟北门》……之类是也。又如汉阮瑀之《驾出北郭门》，曹植之《惟汉》……，如此之类，其名甚多，或因意命题，或学古叙事。”[①]可见《乐府诗集》所收的这些“杂曲歌辞”大多“声辞不具”，当是“文辞本”系统中的作品，其在文本传播过程中可能经过了文人的辗转传抄和加工润色，所以被逐渐“五言”化。如李延年《北方有佳人》，末句“宁不知倾城与倾国，佳人难再得”，《史记》《汉书》均有“宁不知”三字，《玉台新咏》则为“倾城复倾国，佳人难再得”[②]，全诗成为完整的五言诗。有的其实就是文人“因意命题”“学古叙事”的拟乐府作品。《宋书·乐志》《南齐书·乐志》《文选》《玉台新咏》及《古今乐录》等文献所称“古

① 郭茂倩：《乐府诗集》，中华书局1979年版，第885页。
② 穆克宏点校：《玉台新咏笺注》，中华书局1985年版，第22页。

辞”，均指两汉无名氏乐府歌辞。吕延济注《文选·乐府四首》古辞曰：“汉武帝定郊祀，乃立乐府，散采齐楚赵魏之声，以入乐府也。名字磨灭，不知其作者，故称古辞。”[①]

杂曲“古辞”这种明显的“五言”化趋向，其实质也是在文人对歌辞记录、传抄和加工的传播过程中形成的。整齐的五言化趋势，是歌辞翻写中，“辞”脱离“声”后，被使用者、著录者辗转传抄、不断加工改造的结果。至于何以会向“五言”化方向发展，与汉魏文人的审美趣向关系密切。

二、文人对乐府“文辞本”的接受与汉魏五言诗的体式建构

汉代对《诗》三百的经学化阐释，在某种意义上，使以《诗》言志抒情成为一种“禁忌”。[②] 而楚声和汉乐府则为汉初抒情言志提供了新的方式，于是汉代人将春秋战国赋诗言志的传统用于楚歌和汉乐府，“作歌”言志抒情成为汉初最普遍的方式。先是作楚歌，后来随着汉乐府的兴盛及其地位的提升，人们开始拟“乐府”歌辞抒情言志。汉代文人的诗歌“创作”就是这样逐渐展开的。整体上，汉代文人早期诗歌创作存在三种基本类型：

一是即兴作歌。所谓即兴作歌，是指根据曲调的旋律即兴地自编自唱。西汉帝王和宫中姬妾的很多作品就是这样创作出来的。如刘邦《大风歌》《鸿鹄歌》。《汉书·高帝纪》载：“上还，过沛，留，置酒沛宫，悉召故人父老子弟佐酒。发沛中儿得百二十人，教之歌。酒酣，上击筑，自歌曰：‘大风起兮云飞扬，威加海内兮归故乡，安得猛士兮守四方！’令儿皆和习之。上乃起舞，慷慨伤怀，泣数行下。”[③]《汉书·张良传》载：“戚夫人泣涕，上曰：‘为我楚舞，吾为若楚歌。’歌曰……”[④]戚

① 六臣注：《文选》，浙江古籍出版社1999年版，第492页。
② 韦孟：《讽谏诗》《在邹诗》、韦玄成《自劾诗》等诗属个别大儒崇古仿古行为，另当别论。
③ 班固：《汉书·高帝纪》，中华书局1962年版，第74页。
④ 班固：《汉书·张良传》，中华书局1962年版，第2036页。

夫人《春歌》、汉武帝《秋风辞》也是这样的即兴作歌。杨恽《报孙会宗书》曰："家本秦也，能为秦声。妇，赵女也，雅善鼓瑟。奴婢歌者数人，酒后耳热，仰天拊缶而呼乌乌。其诗曰：'田彼南山，芜秽不治，种一顷豆，落而为萁。人生行乐耳，须富贵何时！'"①杨恽用秦声自编自唱的《田歌》也属于即兴作歌。李延年在汉武帝面前起舞而歌的《北方有佳人》也是即兴作歌。

二是模拟乐府。所谓模拟乐府，是指根据乐府原曲调或原歌辞创作新辞以抒情言志。武帝时代，因"立乐府而采歌谣"，赵、代、秦、楚等方俗之曲大量进入国家乐府机关。特别是汉武帝起用擅长"新变声"的李延年为"天地诸祠"歌辞配乐，使得乐府音乐成为国家祭祀、燕飨和娱乐等各种场合都广泛使用的主流音乐，在汉代宫廷广为流传。汉代王宫上下被乐府美妙的旋律和感人的歌辞所吸引，逐渐开始援引歌辞以言志抒情，进而模拟原辞自创新诗。西汉后期及东汉的部分主名乐府歌辞及未主名乐府"古辞"大概就是这样产生的。

模拟乐府分为拟调和拟篇两种方式。拟调是指按照既有曲调的旋律特点，模仿原辞创作。这种方式要求更多地考虑与原辞在结构形式上的相似性，以符合曲调的旋律要求。拟篇是指依照曲调原作为蓝本的拟作，强调拟作在主题、题材和内容上与原作的内在联系，在语言体式上则未必遵循原作。相对而言，拟篇更符合文人的创作旨趣，如班婕妤《怨歌行》、张衡《同声歌》、辛延年《羽林郎》、宋子侯《董娇娆》、蔡邕《饮马长城窟行》、陈琳《饮马长城窟行》等作品大概主要是拟篇为主的，这些作品大多遵循原曲的本事、题材、基本结构和叙事特点，语词文雅，句式整饬，基本上是整齐的五言体式。

三是摘句组诗。所谓摘句组诗是指作者根据立意的需要摘取乐府歌辞中的句子或句段，或在乐府句段前后添加连接性词句，组成一首新

① 班固：《汉书·杨敞传》，中华书局1962年版，第2896页。

诗。如古诗《青青陵中草》：

青青陵中草，倾叶晞朝日。阳春被惠泽，枝叶可揽结。草木为恩感，况人含气血。①

《长歌行》古辞：

青青园中葵，朝露待日晞。阳春布德泽，万物生光辉。常恐秋节至，焜黄华叶衰。百川东到海，何时复西归。少壮不努力，老大徒伤悲。②

《乐府解题》曰："古辞云：'青青园中葵，朝露待日晞'，言芳华不久，当努力为乐，无至老大乃伤悲也。魏改奏文帝所赋曲'西山一何高'"。《解题》所引古辞就是《长歌行》前两句。从"魏改奏文帝辞"知，《长歌行》古辞在曹魏之前就已存在。古诗《青青陵中草》前四句与《长歌行》古辞前四句的内容和结构大体一致。看来古诗是模仿《长歌行》古辞起兴，"草木为恩感，况人含血气"两句结尾是诗人在古辞基础上的自创。

曹丕《临高台》：

临台高，高以轩。下有水，清且寒。中有黄鹄往且翻。行为臣，当尽忠。愿令皇帝陛下三千岁，宜居此宫。鹄欲南游，雌不能随。我欲躬衔汝，口噤不能开；我欲负之，毛衣摧颓。五里一顾，六里徘徊。③

汉铙歌十八曲《临高台》：

临高台以轩，下有清水清且寒。江有香草目以兰，黄鹄高飞离哉翻。关弓射鹄，令我主寿万年。④

瑟调《艳歌何尝行》古辞：

飞来双白鹄，乃从西北来。十十五五，罗列成行。妻卒被病，行不能相随。五里一反顾，六里一徘徊。吾欲衔汝去，口噤不能

---

① 李昉：《太平御览》卷九百九十四，中华书局1960年影印，第4401页。
② 郭茂倩：《乐府诗集》，中华书局1979年版，第442页。
③ 郭茂倩：《乐府诗集》，中华书局1979年版，第258—259页。
④ 郭茂倩：《乐府诗集》，中华书局1979年版，第232页。

开；吾欲负汝去，毛羽何摧颓。乐哉新相知，忧来生别离，躇踌顾群侣，泪下不自知。念与君离别，气结不能言，各各重自爱，远道归还难。妾当守空房，闭门下重关。若生当相见，亡者会黄泉。今日乐相乐，延年万岁期。①

台湾洪顺隆《魏文帝曹丕年谱暨作品系年》认为，此诗是"借古辞抒今情"。可见，曹丕《临高台》是"摘取"汉铙歌《临高台》与《艳歌何尝行》古辞重组而成的。类似者如古诗《行行重行行》、曹丕《明津诗》、孔融《临终诗》等很多作品都是作者"摘取"乐府古辞重新创作形成的。这当是汉魏文人早期诗歌创作的一种基本方式。

这种摘句与拟乐府，其外在形式上都有较多的"乐府"成分，但二者的性质存在根本性区别：拟乐府重视与原作的关联，而摘句强调"句子"的当下运用，或用其字面义、或用其引申义，完全取决于作者的需要，与原作"诗句"的本来意义关系已经不大了，所以这种方式更具有自由性和创造性。

汉代文人诗歌创作的三种方式，大致反映了汉代文人诗歌创作的发展轨迹。即兴作歌完全是以歌为主，语言句式多是楚歌体，兼有四言、五言为主的作品，其风格较多地反映了赵代之讴、秦楚风的特点，是西汉初中期帝王将相、后宫姬妾们用来抒情言志的方式。模拟乐府，西汉末年开始出现，东汉逐渐流行，内容上在叙事中抒情，语言句式以五言为主，语词较乐府歌辞稍显文雅，是汉乐府兴盛后的产物。摘句与重组的方式大致与拟乐府同时，内容上多自我抒情，语言句式以五言为主，语词雅俗相间。后两种"创作"方式体现出与音乐逐渐疏离、个体化抒情逐渐增强的趋势。拟乐府中的拟篇，因强调与原作在主题、题材和内容上的联系，淡化了曲调的音乐特点，更有利于创作主体情感的抒发和表达。摘句重组这种方式，以摘句的多少反映其与原作的依存关系，起初

① 郭茂倩：《乐府诗集》，中华书局1979年版，第576—577页。

以摘句抒情为主，其后摘句减少、自创增多，并逐渐发展成完全没有摘句的徒诗，汉代文人五言诗便逐渐形成了。

班固《咏史》向来被视为现存的第一首文人五言诗，被视为五言发展史上的“标准器”，在此不得不提。

> 三王德弥薄，惟后用肉刑。太仓令有罪，就逮长安城。自恨身无子，困急独茕茕。小女痛父言，死者不可生。上书诣阙下，思古歌鸡鸣。忧心摧折裂，晨风扬激声。圣汉孝文帝，恻然感至情。百男何愦愦，不如一缇萦。①

该诗是班固晚年狱中之作，大致作于汉和帝永元四年(公元92)。诗歌以缇萦舍身救父史实的叙述，感叹作者身陷囹圄而其子不肖的现实，“百男何愦愦，不如一缇萦”的结尾在比较中抒情，沉郁而悲凉。全诗隔句用韵、一韵到底，其中多数诗句的第二、第四字，平仄相间。这种语言安排和运用已暗合了后世五言律诗的一些规则。“忧心摧折裂，晨风扬激声”两句借景抒怀，以“晨风扬激”撕裂之声表现“忧心摧折”之痛。这种抒情方式为“古诗十九首”等文人五言诗所常见。班固《咏史》的这些特点无不体现其较高的艺术技巧和“五言”诗艺术的娴熟程度，它是五言诗已经走向成熟的标志，与之同时的还有被刘勰认为是傅毅所作的《冉冉孤生竹》等。② 但是，班固《咏史诗》在《文选・策秀才文》注中称“歌诗”③，傅毅《冉冉孤生竹》收入《乐府诗集》“杂曲歌辞”。可见，在汉代文人早期诗歌创作中，“歌”与“诗”在观念上还没有明确的区分，“诵其言谓之诗，咏其声谓之歌”④。汉代文人早期诗歌创作是在“歌”“诗”一体观念中进行的，“诗”与“歌”的区别只是“诵”与“咏”等传播方式上的不同而已。这样看来，还不能将班固《咏史诗》作为五言诗成熟的标志，

① 张守节：《史记・仓公传正义》，中华书局1982年版，第2795—2796页。

② 赵敏俐：《汉代诗歌史论》，吉林教育出版社1995年版，第238—242页；赵敏俐《汉代五言诗起源发展问题再讨论》，《中国诗歌研究》(第七辑)，2010年。

③ 李善注：《文选》，上海古籍出版社1986年版，第1648页。

④ 班固：《汉书・艺文志》，中华书局1962年版，第1708页。

因为在创作观念上还没有完全从“应歌”中独立出来。

完成由“应歌”向“作诗”转变的是汉末建安时代。当然，这种转变与汉乐府的传播，特别是乐府“文辞本”系统在文人群体中地位的提升关系密切。具体而言，“文辞本”系统的形成，使歌辞原本负载的诗性意义，逐渐引起文人的重视，人们开始强调歌辞言情表义的功能和语言运用的技巧。吴质《答魏太子笺》评曹丕诗歌曰：“摛藻下笔，鸾龙之文奋矣。”[①]曹植《文帝诔》评曹丕诗歌：“才秀藻明，如玉之莹。”[②]。

汉末建安时期，随着人们接受、创作和传播活动中对歌辞诗性意义的日益强调，创作逐渐与音乐疏离，徒诗观念开始形成。徒诗观念的形成又进一步推动着文人创作由“应歌”向“作诗”转变，建安“五言腾涌”“彬彬之盛”的创作局面由此形成。在创作实践中逐渐形成了一种以表现世俗、音韵和美、结构整齐为旨趣的审美范式，构成了汉魏五言古诗最基本的体式风貌。刘勰《文心雕龙·明诗》曰：“观其结体散文，直而不野，婉转附物，怊怅切情。”[③]所谓“直而不野”是指五言诗以直抒胸臆的方式表达情感，又不显粗野鄙俗。钟嵘则以“文温以丽”概括五言诗文词温厚婉转，语言清新流丽的特点。

综上所述，乐府音乐机关对采集而来的四方歌谣进行整理和加工的工作，总体上是围绕“歌”与“诵”的两大功能展开的，即从“歌”的角度对歌谣进行音乐方面的加工，从“诵”的角度对歌谣进行歌辞的翻写和调整。这项工作具体如何进行，已渺然不知了，但从现存文献仍能窥见乐府机关对歌谣整理、加工的一些信息。[④] “声辞杂书”的乐辞本，主要作为汉乐府音乐演唱的脚本，附属于乐府音乐传播，其文本主要保留在国家的太乐及乐府等音乐机关或乐家之手。在汉魏六朝的“正乐”及撰史活

① 李善注：《文选》卷四十，上海古籍出版社 1986 年版，第 1826 页。

② 赵幼文：《曹植集校注》，人民文学出版社 1984 年版，第 342 页。

③ 范文澜：《文心雕龙注》，人民文学出版社 1958 年版，第 66 页。

④ 汉代乐府机关对各地歌谣整理、加工的内容，拙文《论汉乐府的生成模式及体制特征》有详细论述，《中南民族民族大学学报》2017 年第 1 期。

动中，逐渐形成了以《汉书·礼乐志》《宋书·乐志》《建初录》《荀氏录》《元嘉正声技录》《大明三年宴乐技录》《古今乐录》等为主的“乐志”“乐录”歌辞传播系统。[①] 而“文辞本”歌辞，主要源于汉代“夜诵”的需求，先是在诵诗的专职乐官中传播，后作为歌辞文本藏于秘府、石渠等国家图书场馆。因文人对“夜诵”诗歌意义的追求，开始逐渐在文人中传播，并在传播中被文人不断抄写、加工和润色，由此形成乐府的“文辞本”传播系统。无论是“乐辞本”，还是“文辞本”，在其生成和传播中都必须经历官方某种程度的加工和翻写，才能得到广泛传播。现存汉代赵、代、秦、楚之讴的歌谣，其诗歌结构体式的基本一致，其实是将各地方言俗语“翻写”成当时流行的“通语”的结果；现存乐府“文辞本”的齐言化程度远远高于“乐辞本”，大概与“文辞本”为了满足“夜诵”要求的翻写有关。总之，民间歌辞的书面化是汉乐府文体生成的重要机制之一，“夜诵”则是书面化机制中的核心内容，是“文体”获得形式上本体意义的深层动因。汉魏五言古诗的体式建构，是汉魏音乐文化、汉语发展和乐府诗文本传播及文人创作选择等多方面因素综合作用的结果。其中，文人对乐府诗的传抄、翻写和早期文人创作中对乐府诗的模拟这两种行为，对汉魏五言古诗的体式建构的意义尤为重要。

---

① 汉魏六朝“乐志”“乐录”歌辞系统的内在联系，从郭茂倩《乐府诗集》对《古今乐录》的引文中能见出端倪，此不赘述。

下编

南北朝乐府诗的体式建构与流变研究

第十一章
南北朝乐府歌辞的体式特征

第一节　南朝宫廷仪式乐歌的音乐类别

南朝是对公元420年东晋灭亡到公元589年隋统一中国，在中国南方以建康为都城相继建立的宋、齐、梁、陈四个汉人政权的总称。“王者功成作乐，治定制礼”。宋、齐、梁、陈四朝也相继开展了制礼作乐活动。总体而言，南朝的宫廷仪式乐歌包括郊祀乐歌、宗庙乐歌、燕射乐歌和雅舞歌几类。

一、刘宋宫廷仪式乐歌

刘宋的郊祀乐歌，有颜延之《南郊雅乐登歌》三首(《天地郊夕牲歌》《天地郊迎送神歌》《天地飨神歌》)，《宋书·乐志》载，宋武帝元嘉“二十二年，南郊，始设登歌，诏御史中丞颜延之造歌诗。”①。另有谢庄造《明堂歌》九首(《迎神歌》《登歌》《歌太祖文皇帝》《歌青帝》《歌赤帝》《歌黄帝》《歌白帝》《歌黑帝》《送神歌》)。

刘宋的宗庙乐歌，有王韶之《宗庙登歌》八首(《北平府君歌》《相国掾府君歌》《开封府君歌》《武原府君歌》《东安府君歌》《孝皇帝歌》《高祖武皇帝歌》《七庙享神歌》)。《宋书·乐志》载：“宋武帝永初元年七月，

---

① 沈约：《宋书·乐志》，中华书局1974年版，第541页。

有司奏：‘皇朝肇建，庙祀应设雅乐，太常郑鲜之等八十八人各撰立新歌。黄门侍郎王韶之所撰歌辞七首，并合施用。’”①另有《七庙享神歌》一首，并以歌章太后。有谢庄造《世祖孝武皇帝歌》《宣太后歌》二首。又有《章庙乐舞歌辞》十五首。《宋书·乐志》载：“章庙乐舞杂歌，悉同用太庙辞，唯三后别撰。宾出入奏《肃咸乐歌辞》二章(殷淡造)、牲出入奏《引牲乐歌辞》、荐豆呈毛血奏《嘉荐乐歌辞》、迎神奏《韶夏乐歌辞》、皇帝入庙北门奏《永至乐歌辞》、太祝祼地奏《登歌乐辞》二章、章皇太后神室奏《章德凯容之乐舞歌辞》、昭皇太后室神室奏《昭德凯容之乐舞歌辞》(明帝造)、宣皇太后神室奏《宣德凯容之乐舞歌辞》(明帝造)、皇帝还东壁受福酒奏《嘉胙之乐舞辞》、送神奏《昭夏之乐舞歌辞》二章、皇帝诣便殿奏《休成之乐歌辞》。”②

刘宋的燕射歌辞，有王韶之造《宋四厢乐歌》五篇：《肆夏乐歌》《大会行礼歌》《王公上寿歌》《殿前登歌》《食举歌》。《宋书·乐志》载：“《肆夏乐歌》四章。客入于四厢振作《于铄曲》，皇帝当阳，四厢振作《将将曲》，皇帝入变服，四厢振作《于铄》《将将》二曲，又黄钟、太簇二厢作《法章》《九功》二曲。《大会行礼歌》二章，姑洗厢作。《王公上寿歌》一章，黄钟厢作。《殿前登歌》三章，别有金石。《食举歌》十章，黄钟、太簇二厢更作，黄钟作《晨曦》《体至和》《王道》《开元辰》《礼有容》五曲，太簇作《五玉》《怀荒裔》《皇猷缉》《惟永初》《王道纯》五曲。”③

刘宋永初元年，改晋《正德舞》曰《前舞》，《大豫舞》曰《后舞》。王绍之造《前舞》《后舞》辞两篇。④

二、南齐宫廷仪式乐歌

南齐现存的郊祀乐歌有《南郊乐歌》《北郊乐歌》《明堂乐歌》《雩祭乐

---

① 沈约：《宋书·乐志》，中华书局 1974 年版，第 541 页。

② 沈约：《宋书·乐志》，中华书局 1974 年版，第 597—600 页。个别文字据《乐府诗集》改订。

③ 沈约：《宋书·乐志》，中华书局 1974 年版，第 593—596 页。

④ 沈约：《宋书·乐志》，中华书局 1974 年版，第 596—597 页。

歌》和《藉田乐歌》等五种。其一，谢超宗、王俭造《南郊乐歌》十三首。“群臣出入奏《肃咸之乐》、牲出入奏《引牲之乐》、荐豆呈毛血奏《嘉荐之乐》、迎神奏《昭夏之乐》、皇帝入坛东门奏《永至之乐》、皇帝升坛奏《登歌辞》、皇帝初献奏《文德宣烈之乐》、次奏《武德宣烈之乐》、太祖高皇帝配飨奏《高德宣烈之乐》（此章永明二年造奏，尚书令王俭辞）、皇帝饮福酒奏《嘉胙之乐》、送神奏《昭夏之乐》、皇帝就燎位奏《昭远之乐》、皇帝还便殿奏《休成之乐》。”①其二，谢超宗造《北郊乐歌》六首。“迎地神奏《昭夏之乐》、皇帝升坛奏《登歌》、皇帝初献奏《地德凯容之乐》、次奏《昭德凯容之乐》、送神奏《昭夏之乐》、瘗埋奏《隶幽之乐》。”②《南齐书·乐志》曰：“宋颜延之《飨地神辞》一篇，余与南郊同。齐北郊群臣入奏《肃咸乐》，牲入奏《引牲》，荐豆毛血奏《嘉荐》，皇帝入坛东门奏《永至》，饮福酒奏《嘉胙》，还便殿奏《休成》，辞并与南郊同。迎送神《昭夏》登歌异。”③其三，谢超宗造《明堂乐歌》十五首。“宾出入奏《肃咸乐》（歌辞二章）、《青帝歌》《赤帝歌》《黄帝歌》《白帝歌》《黑帝歌》、皇帝还东壁受福酒奏《嘉胙乐歌辞》（太庙同用）、送神奏《昭夏乐歌辞》（谢庄辞）、牲出入奏《引牲乐》歌诗、荐豆呈毛血奏《嘉荐乐》歌诗二章、迎神奏《昭夏乐》歌辞（谢庄辞）、皇帝升明堂奏《登歌辞》（谢庄辞）、初献奏《凯容宣烈乐》歌辞（太庙同用）。”④《南齐书·乐志》曰：“建元初，诏黄门侍郎谢超宗造明堂夕牲等辞，并采用庄辞。”其四，谢朓造《雩祭乐歌》八首。有《迎神歌》八解、《歌世祖武皇帝》《歌青帝》《歌赤帝》《歌皇帝》《歌白帝》《歌黑帝》《送神歌》。其五，江淹造《藉田乐歌》二首，即《迎送神升歌》《飨神歌》。《南齐书·乐志》载：“永明四年籍田，诏骁骑将军江淹造《藉田歌》，淹制二章，不依胡、傅，世祖口敕

① 萧子显：《南齐书·乐志》，中华书局1972年版，第167—170页。
② 萧子显：《南齐书·乐志》，中华书局1972年版，第170—172页。
③ 萧子显：《南齐书·乐志》，中华书局1972年版，第170页。
④ 萧子显：《南齐书·乐志》，中华书局1972年版，第173—176页。

付太乐歌之。”①

南齐宗庙乐歌，有谢超宗等造《太庙乐歌》二十一首。《南齐书·乐志》载：“昇明中，太祖为齐王，令司空褚渊造太庙登歌二章。建元初，诏黄门侍郎谢超宗造庙乐歌诗十六章。”②永明二年，又诏尚书令王俭造“太庙二室”歌辞。其乐歌为：“群臣出入奏《肃咸乐》歌辞、牲出入奏《引牲乐》歌辞、荐豆呈毛血奏《嘉荐乐》歌辞、迎神奏《昭夏乐》歌辞、皇帝入庙北门奏《永至乐》歌辞、太祝祼地奏《登歌》辞、皇祖广陵丞府君神室奏《凯容乐》歌辞、皇祖太中大夫府君神室奏《凯容乐》歌辞、皇祖淮阴令府君神室奏《凯容乐》歌辞、皇曾祖即丘令府君神室奏《凯容乐》歌辞、皇祖太常卿府君神室奏《凯容乐》歌辞、皇考宣皇神室奏《宣德凯容乐》歌辞、昭皇后神室奏《凯容乐》歌辞、皇帝还东壁上福酒奏《永祚乐》歌辞、送神奏《肆夏乐》歌辞、皇帝诣便殿奏《休成乐》歌辞、太庙《登歌辞》二章、太祖高皇帝神室奏《高德宣烈乐》歌辞、穆皇后神室奏《穆德凯容乐》歌辞、高宗明皇帝神室奏《明德凯容乐》歌辞。”③

南齐燕射乐歌，有《四厢乐歌》五首，其歌辞全依宋王韶之辞。《南齐书·乐志》载：“元会大飨四厢乐歌辞……齐微改革，多仍旧辞。其《前后舞》二章新改。其临轩乐，亦奏《肆夏》《于铄》四章。”④

南齐有《前舞凯容歌》《后舞凯容歌》用刘宋前后舞辞，新增《前舞阶步歌》《后舞阶步歌》辞两首。⑤

三、梁代宫廷仪式乐歌

现存的梁代郊祀乐歌，有《雅乐歌》十一首、《南郊登歌》二首、《北郊登歌》二首、《明堂登歌》五首，均为沈约所制。《乐府诗集》引《隋

① 萧子显：《南齐书·乐志》，中华书局1972年版，第184页。
② 萧子显：《南齐书·乐志》，中华书局1972年版，第179页。
③ 萧子显：《南齐书·乐志》，中华书局1972年版，第179—184页。
④ 萧子显：《南齐书·乐志》，中华书局1972年版，第185页。
⑤ 萧子显：《南齐书·乐志》，中华书局1972年版，第189页。

书·乐志》曰："梁初，郊禋宗庙及三朝之乐，并用宋、齐元徽、永明仪注，唯改《嘉祚》为《永祚》，又去《永至》之乐……及武帝定国乐，并以'雅'为称：众官出入奏《俊雅》，皇帝出入奏《皇雅》，皇太子出入奏《胤雅》，王公出入奏《寅雅》，上寿酒奏《介雅》，食举奏《需雅》，皇帝饮福酒奏《献雅》，燎埋奏《禋雅》，其辞并沈约所制。"①

梁代宗庙乐歌，有沈约造《宗庙登歌》七首、《小庙乐歌》二首。《隋书·礼仪志》载："梁又有小庙，太祖太夫人庙也。非嫡，故别立庙。皇帝每祭太庙讫，乃诣小庙，亦以一太牢，如太庙礼。"②

梁代燕射乐歌，有沈约造《三朝雅乐歌》十九首、萧子云《三朝雅乐歌》十九首，萧子云《相和五引》五首。其中《俊雅》六首、《胤雅》《寅雅》各二首、《介雅》六首、《需雅》十六首、《雍雅》六首。据《隋书·乐志》，《俊雅》"二郊、太庙、明堂、三朝同用"；《胤雅》《寅雅》《介雅》《需雅》《雍雅》，"并三朝用之"③。《隋书·乐志》载："普通中，荐蔬以后，敕萧子云改诸歌辞为相和引……三朝，第一，奏《相和五引》；第二，众官入，奏《俊雅》；第三，皇帝入阁，奏《皇雅》；第四，皇太子发西中华门，奏《胤雅》；第五，皇帝进，王公发足；第六，王公降殿，同奏《寅雅》；第七，皇帝入储变服；第八，皇帝变服出储，同奏《皇雅》；第九，公卿上寿酒，奏《介雅》；第十，太子入预会，奏《胤雅》；十一，皇帝食举，奏《需雅》；十二，撤食，奏《雍雅》；十三，设《大壮》武舞；十四，设《大观》文舞；十五，设《雅歌》五曲；十六，设俳伎……四十七，皇太子起，奏《胤雅》；四十八，众官出，奏《俊雅》；四十九，皇帝兴，奏《皇雅》。"④

此外，沈约造《大壮舞》《大观舞》辞两篇，二郊、明堂、太庙、三朝同用。

---

① 郭茂倩：《乐府诗集》，中华书局1979年版，第30页。
② 魏徵等：《隋书》，中华书局1973年版，第131页。
③ 魏徵等：《隋书》，中华书局1973年版，第292页。
④ 魏徵等：《隋书》，中华书局1973年版，第302—303页。

四、陈代宫廷仪式乐歌

陈代的宫廷仪式乐歌，多沿袭宋、齐、梁三代之旧。《隋书·音乐》载："陈初，武帝诏求宋、齐故事，太常卿周弘让奏曰：'齐氏承宋，咸用元徽旧式，宗祀朝飨，奏乐俱同，唯北郊之礼，颇有增益。皇帝入壝门，奏《永至》；饮福酒，奏《嘉胙》；太尉亚献，奏《凯容》；埋牲，奏《隶幽》；帝还便殿，奏《休成》；众官并出，奏《肃成》。此乃元徽所阙，永明六年之所加也。唯送神之乐，宋孝建二年秋《起居注》云奏《肆夏》，永明中，改奏《昭夏》。'帝遂依之。是时并用梁乐，唯改七室舞辞。"所谓《七室舞辞》，即"皇祖步兵府君神室奏《凯容舞辞》、皇祖正员府君神室奏《凯容舞辞》、皇祖怀安府君神室奏《凯容舞辞》、皇高祖安成府君神室奏《凯容舞辞》、皇曾祖太常府君神室奏《凯容舞辞》、皇祖景皇帝神室奏《景德凯容舞辞》、皇考高祖武皇帝神室奏《武德舞辞》"①

又《隋书·音乐》载："天嘉元年，文帝始定圆丘、明堂及宗庙乐。都官尚书到仲举权奏：'众官入出，皆奏《肃成》，牲入出，奏《引牺》，上毛血，奏《嘉荐》，迎送神，奏《昭夏》，皇帝入坛，奏《永至》，皇帝升陛'奏《登歌》，皇帝初献及太尉亚献、光禄勋终献，并奏《宣烈》，皇帝饮福酒，奏《嘉胙》，就燎位，奏《昭远》，还便殿，奏《休成》。"②

又《隋书·音乐》载，太建元年"定三朝之乐，采梁故事"：第一，奏《相和五引》；众官入，奏《俊雅》；皇帝出阁，奏《皇雅》；皇太子入至十字陛，奏《胤雅》；皇帝延王公登，奏《寅雅》；皇帝入宁变服、皇帝出宁及升座皆奏《皇雅》；上寿酒，奏《介雅》；食举，奏《需雅》；撤馔，奏《雍雅》；武舞奏《大壮》，文舞奏《大观》；众官出，奏《俊雅》；皇帝起，奏《皇雅》。③

---

① 魏徵等：《隋书》，中华书局 1973 年版，第 306—307 页。
② 魏徵等：《隋书》，中华书局 1973 年版，第 307—308 页。
③ 魏徵等：《隋书》，中华书局 1973 年版，第 308 页。

太建五年，诏尚书左丞刘平、仪曹郎张崖，定南北郊及明堂仪注，改天嘉中所用齐乐，尽以“韶”为名。太建六年，徐陵、沈罕奏，“来年元会仪注，称舍人蔡景历奉敕”，其雅乐，亦以“韶”命名，如客入，奏《相和五引》；帝出，奏《康韶》之乐；诏延王公登，奏《变韶》；帝举酒，奏《绥韶》；进膳，奏《侑韶》。《隋书·音乐志》《乐府诗集》均未载录其歌辞。当仅改乐名，辞曲仍依宋、齐、梁三代之旧。

第二节　南朝宫廷仪式乐歌的体式特点

一、南朝郊祀乐歌的体式结构

1. 刘宋郊祀乐歌的体式结构

颜延之《宋南郊雅乐登歌》三首

天地郊《夕牲歌》：“4，4”结构，凡20句。

天地郊《迎送神歌》：“4，4”结构，凡20句。

天地郊《飨神歌》：“3，3”结构，凡30句。

谢庄《宋明堂歌》九首

《迎神歌》：“3，3”结构，凡32句。(依汉郊祀迎神，三言，四句一转韵)

《登歌》：“4，4”结构，凡12句

《歌太祖文皇帝》：“4，4”结构12句，“4，5”结构4句，“4，3”“3，4”结构各2句，凡20句。(依《周颂》体)

《歌青帝》：“3，3”结构，凡12句。(三言，依木数)

《歌赤帝》：“7，7”结构，凡6句。(七言，依火数)

《歌黄帝》：“5，5”结构，凡12句。(五言，依土数)

《歌白帝》：“4，5”结构九言，凡6句。(九言，依金数)

《歌黑帝》："3，3"结构六言，凡12句。（六言，依水数）

《送神歌》："3，3"结构，凡20句。（汉郊祀送神，亦三言）

《南齐书·乐志》载："明堂歌辞，祠五帝。汉郊祀歌皆四言，宋孝武使谢庄造辞，庄依五行数，木数用三，火数用七，土数用五，金数用九，水数用六……未详以数立言，为何依据也。"①

2. 南齐郊祀乐歌的体式结构

其一，谢超宗、王俭造《南郊乐歌》十三首

《肃咸之乐》："4，4"结构，凡12句。（皆颜辞）

《引牲之乐》："4，4"结构，凡12句。（有四句颜辞）

《嘉荐之乐》："4，4"结构，凡12句。（增损颜辞）

迎神《昭夏之乐》："4，4"结构，凡12句。（增损颜辞）

《永至之乐》："4，4"结构，凡12句。

《登歌辞》："4，4"结构，凡8句。

《文德宣烈之乐》："3，3"结构，凡8句。（皆颜辞）

《武德宣烈之乐》："4，4"结构，凡8句。

王俭《高德宣烈之乐》："4，4"结构，凡8句。

《嘉胙之乐》：首句"3，3"结构2句，其余"5，5"结构10句，凡12句。

送神《昭夏之乐》："3，3"结构，凡12句。

《昭远之乐》："4，4"结构，凡12句。

《休成之乐》："4，4"结构，凡12句。

其二，谢超宗造《北郊乐歌》六首

迎地神奏《昭夏之乐》："4，4"结构，凡12句。

皇帝升坛奏《登歌》："4，4"结构，凡8句。

① 萧子显：《南齐书·乐志》，中华书局1972年版，第172页。

皇帝初献奏《地德凯容之乐》："3，3"结构，凡8句。（皆颜辞）

《昭德凯容之乐》："4，4"结构，凡8句。

送神奏《昭夏之乐》："3，3"结构，凡12句。

瘗埋奏《隶幽之乐》："4，4"结构，凡10句。

其三，谢超宗造《明堂乐歌》十五首

《南齐书·乐志》曰："建元初，诏黄门侍郎谢超宗造明堂夕牲等辞，并采用庄辞。"①

宾出入奏《肃咸乐》二章：其一"4，4"结构，凡16句；其二"4，4"结构，凡12句。

《青帝歌》："3，3"结构，凡12句。（依谢庄辞）

《赤帝歌》："7，7"结构，凡6句。（依谢庄辞）

《黄帝歌》："5，5"结构，凡8句。（依谢庄辞，省四句）

《白帝歌》："4，5"结构九言，凡4句。（依谢庄辞，省两句）

《歌黑帝》："3，3"结构六言，凡6句。（依谢庄辞，省六句）

《送神歌》："3，3"结构，凡20句。（汉郊祀送神，亦三言）

《嘉胙乐歌辞》："3，3"结构2句，"5，5"结构10句，凡12句。

送神奏《昭夏乐歌辞》："3，3"结构20句，"4，4"结构4句。"3，3"结构20句。（依谢庄辞，增"4，4"结构4句）

夕牲辞三首

牲出入奏《引牲乐》："4，4"结构，凡12句。

荐豆呈毛血奏《嘉荐乐》二章："4，4"结构12句，凡24句。

迎神奏《昭夏乐》："3，3"结构，凡24句。（依谢庄辞，省八句）

① 萧子显：《南齐书》，中华书局1972年版，第172页。

皇帝升明堂奏《登歌辞》：“4，4”结构，凡12句。（依谢庄辞）

初献奏《凯容宣烈乐》：“4，4”结构，凡24句。

其四，谢朓造《雩祭乐歌》八首

《南齐书·乐志》载：“建武二年，雩祭明堂，谢朓造辞，一依谢庄，唯世祖四言也。”①

《迎神歌》八解：“3，3”结构，凡32句。（依汉来郊祀歌三言，宋明堂迎神八解）

《歌世祖武皇帝》：“4，4”结构，凡2句。（依庙歌四言）

《歌青帝》：“3，3”结构，凡12句。（木生数三）

《歌赤帝》：“7，7”结构，凡6句。（火成数七）

《歌皇帝》：“5，5”结构，凡12句。（土成数五）

《歌白帝》：“4，5”结构，凡6句。（金成数九）

《歌黑帝》：“3，3。3，3”结构，凡12句。（水成数六）

《送神歌》：“3，3”结构，凡20句。

其五，江淹造《藉田乐歌》二首

《迎送神升歌》：“4，4”结构，凡8句。

《飨神歌》：“4，4”结构，凡4句。

3. 梁代郊祀乐歌的体式结构

沈约《雅乐歌》十一首

《皇雅》三首：均“5，5”结构6句，凡18句。（二郊、太庙同用）

《涤雅》：“4，4”结构，凡14句。（二郊、明堂、太庙同用）

《牲雅》：“4，4”结构，凡14句。（二郊、明堂、太庙同用）

《诚雅》三首：其一“3，3”结构，凡14句，（南郊降神用）；其

① 萧子显：《南齐书》，中华书局1972年版，第172页。

二“3，3”结构，凡10句，（北郊迎神用）；其三“4，4”结构，凡10句，（二郊、明堂、太庙送神同用）。

《献雅》：“4，4”结构，凡6句。（二郊、明堂、太庙同用）

《禋雅》二首：其一“4，4”结构，凡12句，（就燎用）；其二“4，4”结构，凡14句，（就埋用）。

沈约《南郊登歌》二首：均“3，3”结构10句，凡20句。（南郊皇帝初献奏）

沈约《北郊登歌》二首：均“4，4”结构10句，凡20句。（北郊皇帝初献奏）

沈约《明堂登歌》五首

《歌青帝》：“4，4”结构，凡12句。

《歌赤帝》：“4，4”结构，凡12句。

《歌黄帝》：“4，4”结构，凡12句。

《歌白帝》：“4，4”结构，凡12句。

《歌黑帝》：“4，4”结构，凡12句。

二、南朝宗庙乐歌的体式结构

1. 刘宋宗庙乐歌的体式结构

王韶之《宗庙登歌》八首

《北平府君歌》：“4，4”结构，凡8句。

《相国掾府君歌》：“4，4”结构，凡8句。

《开封府君歌》：“4，4”结构，凡8句。

《武原府君歌》：“4，4”结构，凡8句。

《东安府君歌》：“4，4”结构，凡8句。

《孝皇帝歌》：“4，4”结构，凡8句。

《高祖武皇帝歌》：“4，4”结构，凡16句。

《七庙享神歌》："4，4"结构，凡12句。

谢庄《世祖庙歌》二首

《孝武皇帝歌》："4，4"结构，凡24句。

《宣太后歌》："4，4"结构，凡8句。

殷淡等《章庙乐舞歌辞》十五首

宾出入奏《肃咸乐歌辞》二章：均"4，4"结构16句，凡32句。

牲出入奏《引牲乐歌辞》："4，4"结构，凡12句。

荐豆呈毛血奏《嘉荐乐歌辞》："4，4"结构，凡24句。

迎神奏《韶夏乐歌辞》："4，4"结构，凡16句。

皇帝入庙北门奏《永至乐歌辞》："4，4"结构，凡10句。

太祝祼地奏《登歌乐辞》二章：均"4，4"结构12句，凡24句。

章皇太后神室奏《章德凯容之乐舞歌辞》："4，4"结构，凡8句。

明帝造昭皇太后室神室奏《昭德凯容之乐舞歌辞》："4，4"结构，凡8句。

明帝造宣皇太后神室奏《宣德凯容之乐舞歌辞》："4，4"结构，凡8句。

皇帝还东壁受福酒奏《嘉胙之乐舞辞》：首"3，3"结构2句，接"5，5"结构10句，凡12句。

送神奏《昭夏之乐舞歌辞》二章：均"3，3"结构10句，凡20句。

皇帝诣便殿奏《休成之乐歌辞》："4，4"结构，凡24句。

2. 南齐宗庙乐歌的体式结构

谢超宗《太庙乐歌》十六首

群臣出入奏《肃咸乐》："4，4"结构，凡12句。

牲出入奏《引牲乐》："4，4"结构，凡12句。

荐豆呈毛血奏《嘉荐乐》：“4，4”结构，凡12句。

迎神奏《昭夏乐》：“4，4”结构，凡12句。

皇帝入庙北门奏《永至乐》：“4，4”结构，凡12句。

太祝祼地奏《登歌》：“4，4”结构，凡12句。

皇祖广陵丞府君神室奏《凯容乐》：“4，4”结构，凡8句。

皇祖太中大夫府君神室奏《凯容乐》：“4，4”结构，凡8句。

皇祖淮阴令府君神室奏《凯容乐》：“4，4”结构，凡8句。

皇曾祖即丘令府君神室奏《凯容乐》：“4，4”结构，凡8句。

皇祖太常卿府君神室奏《凯容乐》：“4，4”结构，凡8句。

皇考宣皇神室奏《宣德凯容乐》：“4，4”结构，凡8句。

昭皇后神室奏《凯容乐》：“4，4”结构，凡8句。

皇帝还东壁上福酒奏《永祚乐》：“4，4”结构，凡12句。

送神奏《肆夏乐》：“3，3”结构，凡12句。

皇帝诣便殿奏《休成乐》：“4，4”结构，凡12句。

褚渊《太庙登歌》二首：

均“4，4”结构12句，凡24句。

王俭《太庙二室乐歌》

太祖高皇帝神室奏《高德宣烈乐》：“4，4”结构，凡24句。

穆皇后神室奏《穆德凯容乐》：“4，4”结构，凡8句。

高宗明皇帝神室奏《明德凯容乐》：“4，4”结构，凡24句。

3. 梁代宗庙乐歌的体式结构

沈约《宗庙登歌》七首

均“4，4”结构10句，凡70句。

沈约《小庙乐歌》二首

《舞歌》：“4，4”结构，凡16句。

《登歌》：“4，4”结构，凡14句。

4. 陈代宗庙乐歌的体式结构

陈初并用梁乐，唯改七室舞辞。陈代宗庙乐歌仅见《太庙舞辞》七首载籍。

皇祖步兵府君神室奏《凯容舞辞》："4，4"结构，凡8句。

皇祖正员府君神室奏《凯容舞辞》："4，4"结构，凡8句。

皇祖怀安府君神室奏《凯容舞辞》："4，4"结构，凡8句。

皇高祖安成府君神室奏《凯容舞辞》："4，4"结构，凡8句。

皇曾祖太常府君神室奏《凯容舞辞》："4，4"结构，凡8句。

皇祖景皇帝神室奏《景德凯容舞辞》："4，4"结构，凡8句。

皇考高祖武皇帝神室奏《武德舞辞》："4，4"结构，凡24句。

三、南朝燕射乐歌的体式结构

1. 宋齐燕射乐歌的体式结构

王韶之《宋四厢乐歌》五篇

《肆夏乐歌》四章：均"4，4"结构8句，凡32句。

《大会行礼歌》二章：均"4，4"结构8句，凡16句。

《王公上寿歌》："3，3。5，5"结构，凡4句。

《殿前登歌》三章：均"4，4"结构8句凡24句。

《食举歌》十章

其一："4，4"结构8句，"5，5"结构8句，凡16句。

其二："4，4"结构6句，"3，3"结构6句，"5，5""2，4"结构各2句，凡16句。

其三："3，3"结构14句，"4，3"结构2句，凡16句。

其四："3，3"结构6句，"4，4"结构4句，"3，4""4，3"结构各2句，凡14句。

其五："4，4"结构2句，"5，5"结构6句，凡8句。

其六："3，3"结构2句，"5，5"结构4句，"4，4""4，3"结构各2句，凡10句。

其七："3，3"结构，凡12句。

其八："3，3"结构，凡14句。

其九："3，3"结构，凡10句。

其十："3，3"结构，凡12句。

南齐的元会大飨四厢乐歌辞多仍刘宋旧辞，其临轩乐，亦奏《肆夏》"于铄"四章。将《宋书·乐志》与《南齐书·乐志》对勘发现，南齐《四厢乐歌》仅改动了《宋四厢乐歌》的个别字句，如"皇宋"改为"皇齐"、"宋京"改为"齐京"等；在句式结构上仅将《食举歌》第一章《晨羲》"万方毕来贺，华裔充皇庭"两句五言，改成"万方来贺，华夷充庭"四言；将第二章《五玉》"休哉"二言改成了"休哉休哉"四言。其他均保留了《宋四厢乐歌》旧辞。其体式结构与刘宋燕射歌辞基本一致。

2. 梁陈燕射乐歌的体式结构

沈约造《三朝雅乐歌》十九首

众官出入奏《俊雅》三首：均"4，4"结构10句，凡30句。

皇太子出入奏《胤雅》："4，4"结构，凡14句。

王公出入奏《寅雅》："3，3"结构，凡14句。

上寿酒奏《介雅》三首：均"5，5"结构6句，凡18句。

食举奏《需雅》八首：均"7，7。7，7。7"结构5句，凡40句。

撤馔奏《雍雅》三首：均"4，4"结构10句，凡30句。

萧子云《三朝雅乐歌》十九首，其句式结构完全遵循沈约辞。沈约《相和五引》五首，其《角引》《徵引》《宫引》《商引》《羽引》的句式均为"7，7，7"3句结构，凡15句。萧子云《相和五引》五首的句式也遵循沈约辞。陈代的燕射礼仪多沿袭梁代，所谓“祠用宋曲，宴准梁乐”①。其三朝乐歌的体式结构与梁代完全一致。

四、南朝雅舞歌辞的体式结构

刘宋王绍之造《前舞》《后舞》辞两篇：均为“4，4”结构，凡24句。

南齐《前舞凯容歌》《后舞凯容歌》：歌辞依用宋辞，体式结构与宋一致。

南齐《前舞阶步歌》《后舞阶步歌》辞两首：均为“4，4”结构，凡16句。

沈约造梁《大壮舞》《大观舞》辞两篇：均为“4，4”结构，凡24句。

通过以上对南朝宋、齐、梁、陈四朝宫廷仪式歌辞体式结构的考察和梳理发现，南朝的宫廷仪式歌辞在句式结构上有如下特点：

第一，南朝宋、齐、梁、陈四代的宫廷仪式乐歌，可以分为宋齐和梁陈两个发展阶段。南齐多依刘宋之旧，所以宋齐两朝的宫廷仪式歌辞，其内容和体式均大致相同。梁武帝本自诸生，博通前载，对前代宫廷仪式乐歌多有改革；陈代则多依前代之旧，“祠用宋曲，宴准梁乐”。所以，梁陈两代的宫廷仪式乐歌的内容和体式则大体一致。

第二，宋齐的郊祀乐歌多依循两汉魏晋的体式结构。颜延之所造“宋南郊乐歌”多“4，4”结构，仅迎送神歌、飨神歌有“3，3”和“4，4”两种体式，晋傅玄造飨神歌也有“3，3”“4，4”两种体式。其中“3，3”结构则沿袭《汉郊祀歌》十八曲中的“练时日”和“赤蛟绥”两曲的体式结构。这两曲分别是《汉郊祀歌》的“迎神曲”和“送神曲”。“4，4”结构则是西周以来郊祀乐歌的典型体式，《汉郊祀歌》、晋傅玄造《晋郊祀歌》均以“4，4”结构为主体。谢庄所造的“宋明堂乐歌”，其“迎神”“送神”“登歌”及“太祖文皇帝歌”或依汉郊祀迎送神歌辞的“3，3”结构，或依《周

① 魏徵等：《隋书》，中华书局1973年版，第308页。

颂》四言旧体，以四言为主体而间杂三言、五言。而祠“五帝”歌辞，则依“五行”之数，采用三言、五言、六言、七言和九言体式，萧子显《南齐书·乐志》说：“未详以数立言，为何依据也。”①

五行学说是古人认知宇宙世界的基本观念，自夏商时代到战国，逐渐完善。基于阴阳五行观念，古人往往将春、夏、秋、冬四季的认识与四帝、四神及四方、四色相关联，形成对应关系。五帝之祠就是这种关系的一种反映，《史记·乐书》所谓“春歌《青阳》，夏歌《朱明》，秋歌《西皞》，冬歌《玄冥》”②，就是指汉代四郊祭祀所奏乐歌。《周礼·小宗伯》载：“兆五帝于四郊。”孔颖达《礼记正义·郊特牲》释郑玄注曰：“郑云春迎青帝于东郊，夏迎赤帝于南郊，季夏迎黄帝于南郊，秋迎白帝于西郊，冬迎黑帝于北郊。”③《吕氏春秋》《礼记·月令》等文献对春、夏、秋、冬四季与四帝、四神及四方、四色的关联多有阐释。认为天上有太皞、炎帝、少皞、颛顼四方天地，地上有句芒、祝融、蓐收、玄冥四方佐神，天地的运动生成春、夏、秋、冬四季，分别对应东、南、西、北四方，五行所属为木、火、金、土，象征的颜色为青、朱、白、黑。④谢庄以“五行”之数为依据创作“五帝”祭歌，其实是从祭祀“五帝”的文化功能上赋予其象征意义，其“三言、五言、六言、七言和九言”体式，自然是依据各家“五行之数”的折中取舍。

第三，沈约所造梁代雅乐歌辞，在二郊、太庙仪式中是同用的。值得注意的是，其郊祀乐歌在依循传统仪式乐歌“3，3”“4，4”两种句式基础上，还采用了“5，5”句式。《皇雅》三首乃“皇帝出入”所奏乐歌，“宋孝建二年秋《起居注》奏《永至》”⑤。谢超宗《齐南郊乐歌》之《永至》乐歌的句式结构为“4，4”结构，凡12句。沈约造梁雅乐歌《皇雅》三首的句

---

① 萧子显：《南齐书》，中华书局1972年版，第172页。
② 司马迁：《史记》，中华书局1982年版，第1178页。
③ 孔颖达：《礼记正义》，《十三经注疏》，上海古籍出版社1997年影印，第1445页。
④ 参徐春燕《论〈郊祀歌〉十九章》，东北师范大学硕士学位论文，2008年，第23页。
⑤ 魏徵等：《隋书》，中华书局1973年版，第292页。

式结构为“5，5”结构，凡6句。另一点值得注意的是，沈约造梁代“祠五帝”的《明堂登歌》的句式全用“4，4”结构12句，一改宋代谢庄、齐代谢朝宗等以“五行”之数为句的做法。《汉郊祀歌》中《帝临》《青阳》《朱明》《西暤》《玄冥》，分别是祭祀皇帝、青帝、赤帝、白帝、黑帝的乐歌①，其句式均为“4，4”结构12句。可见，沈约五帝《明堂登歌》的句式结构是对《汉郊祀歌》的沿袭。

第四，南朝宋、齐、梁、陈四代的宗庙乐歌和雅舞歌辞继承了历代经典的“4，4”结构句式。从《周颂·清庙》到《汉安世房中歌》，再到傅玄、曹毗的两晋《宗庙乐歌》，其句式结构均以“4，4”结构为主体。南朝的宗庙乐歌也以“4，4”结构为主体，仅殷淡《章庙乐舞歌》《嘉胙乐》以“5，5”结构为主，送神奏《昭夏乐》(二章)及谢超宗《太庙乐歌》送神奏《肆夏乐》为“3，3”结构句式。

第五，现存最早的燕射乐歌辞是西晋傅玄所造。《南齐书·乐志》载：“元会大飨四厢乐歌辞，晋泰始五年太仆傅玄撰。正旦大会行礼歌诗四章，寿酒诗一章，食举东西厢乐十三章。”②晋初，“食举亦用《鹿鸣》”③。傅玄所造乐歌均为“4，4”结构，当依循了《诗经·鹿鸣》的句式结构。荀勖所造《晋四厢乐歌》，也“皆为四言，唯《王公上寿酒》一篇为三言五言”。张华和成公绥所造《晋四厢乐歌》则对汉魏食举歌辞“或二言，或三言，或四言，或五言”的“长短不齐”的句式，“一皆因就，不敢有所改易”④。南朝宋齐的《四厢乐歌》主要采用了张华、成公绥的《晋四厢乐歌》句式结构，王韶之造《宋四厢乐歌》，皇帝及客入奏《肆夏乐歌》四章、《大会行礼歌》二章、《殿前登歌》三章为“4，4”结构，《上寿酒歌》“3，3。5，5”结构，均与张华等歌辞句式相同，其《食举歌》十章

① 王先谦《汉书补注》释《帝临》曰：“此祀中央黄帝歌。”上海古籍出版社2008年影印，第485页。

② 萧子显：《南齐书》，中华书局1972年版，第185页。

③ 房玄龄等：《晋书》，中华书局1974年版，第685页。

④ 沈约：《宋书》，中华书局1974年版，第539页。

有“3，3”结构四章，其余六章均是“5，5”“4，4”“3，3”结构互相组合的杂言体式，还有个别“4，3”“3，4”结构的句式。这种句式结构也与张华、成公绥《食举歌》的句式结构是大体一致的。而沈约造《梁三朝雅乐歌》的句式结构则较宋齐出现了诸多变化：一是所有乐歌辞均采用齐言句式，《俊雅》《胤雅》《寅雅》《雍雅》等大会行礼歌辞用“4，4”或“3，3”结构、《介雅》上寿酒歌辞用“5，5”结构、《需雅》食举歌辞用“7，7”结构。二是增加“5，5”“7，7”结构的比例。《需雅》食举乐歌八章全用“7，7”结构，上寿酒用“5，5”结构，在三朝乐歌的开头引进《相和五引》。这些做法都体现了梁陈燕射乐歌对当时流行的娱乐乐歌的主动吸纳。

可见，南朝宫廷仪式乐歌的创作，一方面是对西周以来仪式乐歌体式的继承和遵循，另一方面又体现了对当下流行乐歌体式的主动吸纳，是传统与当下二元融合的产物。从遵循历代仪式乐歌传统而言，“4，4”结构是从周代礼乐仪式中提炼出的典型句式，已经成为历代宫廷礼乐仪式意义的经典表达，并蕴含了特殊的象征性意味。至于谢庄采用“五行”之数建构“五帝”乐歌的体式结构，也是对礼乐传统的遵循，其遵循的是礼乐的文化功能指向上的象征意义。当然，这些乐歌的句式结构与之相伴的乐曲具有一定的关系，但并不受乐曲所决定，正如西晋司律中郎将陈颀所言，这些歌辞，无论是二言、三言、四言、五言的杂言还是“4，4”结构的齐言，“被之金石，未必皆当”①。从吸收南朝当下流行乐歌说，沈约在宫廷仪式乐歌中对“7，7”“5，5”结构的吸纳，一定程度上体现了当下流行语言习惯对南朝宫廷仪式乐歌创作的影响。在南朝，“5，5”句式的齐言结构无论在吴歌、西曲等民间乐歌中，还是在文人徒诗中都已经普遍流行，成为社会广泛采用的诗歌体式。“7，7”七言结构在魏晋南北朝民间乐歌中也开始逐渐流行，如《豫州歌》《并州歌》《陇上歌》

① 沈约：《宋书》，中华书局1974年版，第539页。

《河中之水歌》《巴东三峡歌》等，都是当时七言体式的歌谣。沈约将《相和五引》吸收进梁代元会大飨仪式，并采用“7，7”句式结构，充分体现了梁代对民间歌谣中常用句式结构积极接受的态度。

第三节　南朝鼓吹乐歌的体式结构

宋、齐的鼓吹乐“并用汉曲，又充庭用十六曲”①。《宋书·乐志》著录刘宋“今鼓吹铙歌”《上邪曲》四解、《晚芝曲》九解、《艾如张曲》三解，“乐人以音声相传，训诂不可复解”②。其歌辞的体式结构暂未能揭晓。

一、谢朓《齐随王鼓吹曲》的体式结构

齐武帝永明八年，谢朓奉镇西随王教于荆州道中作《齐随王鼓吹曲》十曲。一曰《元会曲》，二曰《郊祀曲》，三曰《钧天曲》，四曰《入朝曲》，五曰《出藩曲》，六曰《校猎曲》，七曰《从戎曲》，八曰《送远曲》，九曰《登山曲》，十曰《泛水曲》。③ 此十曲均为“5，5”结构，凡10句。

二、沈约《梁鼓吹曲》的体式结构

《隋书·乐志》载，梁武帝命沈约制《鼓吹》新歌十二曲“以述功德”④：一曰《木纪谢》，言齐谢梁升也；二曰《贤首山》，言武帝破魏军于司部，肇王迹也；三曰《桐柏山》，言武帝牧司，王业弥章也；四曰《道亡》，言东昏丧道，义师起樊邓也；五曰《忱威》，言破加湖元勋也；六曰《汉东流》，言义师克鲁山城也；七曰《鹤楼峻》，言平郢城，兵威无敌也；八曰《昏主恣淫慝》，言东昏政乱，武帝起义，平九江、姑熟，大破朱雀，伐罪吊人也；九曰《石首局》，言义师平京城，仍废昏，定大事

① 魏徵等：《隋书·乐志》，中华书局1973年版，第304页。
② 沈约：《宋书》，中华书局1974年版，第660—661页。
③ 郭茂倩：《乐府诗集》，中华书局1979年版，第293页。
④ 魏徵等：《隋书·乐志》，中华书局1973年版，第304—305页。

也，十曰《期运集》，言武帝应箓受禅，德盛化远也；十一曰《于穆》，言大梁阐运，君臣和乐，休祚方远也；十二曰《惟大梁》，言梁德广运，仁化洽也。沈约《梁鼓吹曲》歌辞的体式结构如下：

《木纪谢》："3，3"结构，凡30句。

《贤首山》："3，3"结构，凡24句。

《桐柏山》："3，3"结构16句，"4，4"结构2句，凡18句。

《道亡》："7，7"结构10句，中间一"三字"句，凡11句。

《忱威》："7，7"结构，凡6句。

《汉东流》："3，3"结构2句起，接"4，4"结构8句，凡10句。

《鹤楼峻》："3，3。7，7。3，4，4。5，5。"凡9句。

《昏主恣淫慝》："5，5"结构，凡10句。

《石首局》："3，3"结构，凡18句。

《期运集》："3，5"结构起，接"5，5"结构8句，凡10句。

《于穆》："4，5"结构4句，"3，3"结构4句，"5，5"结构4句，"4，4"结构2句，凡14句。

《惟大梁》："5，4""3，5""5，7"结构各2句，凡6句。①

沈约《梁鼓吹曲》的体式结构与魏缪袭《鼓吹曲》的体式结构大体一致，仅个别篇章略有差别。可见，《梁鼓吹曲》是按照魏晋以来的鼓吹乐曲式进行创作的，与魏晋鼓吹曲多言战阵之事，以叙功业的赞颂功能是一脉相承的。陈代"祠用宋曲，宴准梁乐"，陈太建元年"采梁故事"所定三朝乐仪中，其多个环节有"鼓吹作"。何承天《鼓吹铙歌》"未被于乐"，大多歌辞仅仅是"铺陈古题之义"，与"古辞"意义不合，倒是为梁陈文人"赋题"拟乐府的创作提供了思路。谢朓《齐随王鼓吹曲》多写"道路"游观，当是应随郡王萧子隆道路出行"鼓吹乐"表演写作的歌辞，与元会表演的鼓吹乐是不一样的，所以其歌辞体式结构全使用当时流行的"5，5"

① 郭茂倩：《乐府诗集》，中华书局1979年版，第297—300页。

齐言句式。

第四节　北朝宫廷仪式乐歌的音乐类别

北朝是对与南朝共存的北方五个王朝的总称。包括北魏、东魏、西魏、北齐、北周五朝，重点是北魏、北齐、北周三个王朝。从公元386年拓跋珪建立北魏到公元581年北周被隋所代，历时196年。北朝各国的宫廷礼乐文化建设是中华礼乐文化的重要组成部分，特别是对隋朝的礼乐文化具有重要意义。总体而言，北朝的宫廷仪式乐歌的类别与南朝大致相同，也有郊祀乐歌、宗庙乐歌、燕射乐歌等几种。

一、北魏宫廷仪式乐歌

北魏与其他各王朝一样，十分重视宫廷礼乐文化建设。天兴元年(公元398)，拓跋珪建国不久，“诏尚书吏部郎邓渊定律吕，协音乐”，孝武帝永熙二年(公元533)朝廷众官审定长孙稚、祖莹等重臣修订的金石之乐，历时百余年。北魏宫廷仪式音乐的类型也大致有郊祀之乐、宗庙之乐和燕射之乐三类。①。

道武帝天兴元年冬，诏尚书礼部郎邓渊“定律吕，协音乐”，北魏郊庙、燕射之乐始具雏形。

《魏书·乐志》载：

> 及追尊皇曾祖、皇祖、皇考诸帝，乐用八佾，舞《皇始》之舞。《皇始舞》，太祖所作也，以明开大始祖之业。后更制宗庙。皇帝入庙门，奏《王夏》，太祝迎神于庙门，奏迎神曲，犹古降神之乐；乾豆上，奏登歌，犹古清庙之乐；曲终，下奏《神祚》，嘉神明之飨

① 李方元将北魏宫廷音乐分成“宗庙之乐”“郊祀之乐”“四时飨宴之乐”“掖庭后宫之乐”“殿庭大飨之乐”“鼓吹之乐”“夷舞方乐”七类。若按其总体功能与用途言可分为宫廷仪式之乐与宫廷娱乐之乐两类，宫廷仪式之乐又不出“郊祀”“宗庙”“燕射”三类。见李方元《北魏宫廷音乐机构考》，《音乐研究》1999年第2期。

也；皇帝行礼七庙，奏《陛步》，以为行止之节；皇帝出门，奏《总章》，次奏《八佾舞》，次奏送神曲。”①

又载：

> 孟秋祀天西郊，兆内坛西，备列金石，乐具，皇帝入兆内行礼，咸奏舞《八佾》之舞。太祖初，冬至祭天于南郊圜丘，乐用《皇矣》，奏《云和》之舞，事讫，奏《维皇》，将燎；夏至祭地祇于北郊方泽，乐用《天祚》，奏《大武》之舞。②

又载：

> 正月上日，飨群臣，宣布政教，备列宫悬正乐，兼奏燕、赵、秦、吴之音，五方殊俗之曲。四时飨会亦用焉……掖庭中歌《真人代歌》，上叙祖宗开基所由，下及君臣废兴之迹，凡一百五十章，昏晨歌之，时与丝竹合奏。郊庙宴飨亦用之。③

孝文帝元宏“垂心雅古，务正音声”。太和以后，诏中书监高闾、给事中公孙崇等理定雅乐。其间，文明太后、高祖孝文帝“并为歌章，戒劝上下，皆宣之管弦”。此后，宣武、孝明、孝庄、节闵、孝武诸帝均曾对宫廷郊庙雅乐进行过整理和修订。

《魏书·乐志》载：

> 普泰中，前废帝诏录尚书长孙稚、太常卿祖莹营理金石。永熙二年春，稚、莹表曰：“普泰元年，臣等奉敕营造乐器，责问太乐前来郊丘悬设之方，宗庙施安之分。……太武皇帝破平统万，得古雅乐一部，正声歌五十曲，工伎相传，间有施用。自高祖迁居，世宗晏驾，内外多事，礼物未周。今日所有《王夏》《肆夏》之属二十三曲，犹得击奏，足以阐累圣之休风，宣重光之盛美。”④

对长孙稚、祖莹的奏表，孝武帝诏曰：“六代之舞者，以大为名，

① 魏收：《魏书》，中华书局1974年版，第2827页。
② 魏收：《魏书》，中华书局1974年版，第2827—2828页。
③ 魏收：《魏书》，中华书局1974年版，第2828页。
④ 魏收：《魏书》，中华书局1974年版，第2836—2841页。

今可准古为《大成》也。凡音乐以舞为主，故干戈羽龠，礼亦无别，但依旧为文舞、武舞而已。余如议。”①至此，北魏郊庙之乐才算基本完备。但北魏朝郊庙之乐辞，今已不存，仅从《魏书·乐志》相关记载略知其大概。

《魏书·乐志》载：

初，侍中崔光、临淮王彧并为郊庙歌词而迄不施用，乐人传习旧曲，加以讹失，了无章句。后太乐令崔九龙言于太常卿祖莹曰："声有七声，调有七调，以今七调合之七律，起于黄钟，终于中吕。今古杂曲，随调举之，将五百曲。恐诸曲名，后致亡失，今辄条记，存之于乐府。"莹依而上之。九龙所录，或雅或郑，至于谣俗、四夷杂歌，但记其声折而已，不能知其本意。又名多谬舛，莫识所由，随其淫正而取之。乐署今见传习，其中复有所遗，至于古雅，尤多亡矣。

又载：

初，高祖讨淮、汉，世宗定寿春，收其声伎。江左所传中原旧曲，《明君》《圣主》《公莫》《白鸠》之属，及江南吴歌、荆楚西声，总谓《清商》。至于殿庭飨宴兼奏之。其圜丘、方泽、上辛、地祇、五郊、四时拜庙、三元、冬至、社稷、马射、籍田，乐人之数，各有差等焉。②

北魏宫廷礼乐文化的最明显特点是"华戎兼采""雅俗"杂糅。北魏宫廷礼乐文化政策的兼容性，使宫廷仪式音乐中夹杂了大量方乐夷舞，俗乐杂曲。

二、北齐宫廷仪式乐歌

北齐建国前，高欢掌控北魏朝政，并迁都邺城，立元善见建立东

① 魏收：《魏书》，中华书局1974年版，第2842—2843页。
② 魏收：《魏书》，中华书局1974年版，第2843页。

魏。《隋书·音乐中》载："齐神武霸迹肇创，迁都于鄴，犹曰人臣，故咸遵魏典。及文宣初禅，尚未改旧章。宫悬各设十二镈钟于其辰位，四面并设编钟磬各一簨虡，合二十架。设建鼓于四隅。郊庙朝会同用之。"①文宣帝天保时期，尚药典御祖珽"因采魏安丰王延明及信都芳等所著《乐说》而定正声，始具宫悬之器，仍杂西凉之曲，乐名《广成》"，称为"洛阳旧乐"。② 北齐严格意义上的礼乐建设始于孝昭帝皇建元年，完成于武成帝时期。

《北齐书·孝昭帝纪》载：

(皇建)元年九月壬申，诏议定三祖乐。癸丑，有司奏太祖献武皇帝庙宜奏《武德》之乐，舞《昭烈》之舞；世宗文襄皇帝庙宜奏《文德》之乐，舞《宣政》之舞；显祖文宣皇帝庙宜奏《文正》之乐，舞《光大》之舞。诏曰可。③

《隋书·音乐》载：

武成之时，始定四郊、宗庙、三朝之乐。群臣入出，奏《肆夏》。牲入出，荐毛血，并奏《昭夏》。迎送神及皇帝初献、礼五方上帝，并奏《高明》之乐，为《覆寿》之舞。皇帝入坛门及升坛饮福酒，就燎位，还便殿，并奏《皇夏》。以高祖配飨，奏《武德》之乐。为《昭烈》之舞。裸地，奏登歌。其四时祭庙及禘祫皇六世祖司空、五世祖吏部尚书、高祖秦州刺史、曾祖太尉武贞公、祖文穆皇帝诸神室，并奏《始基》之乐，为《恢祚》之舞。高祖神武皇帝神室，奏《武德》之乐，为《昭烈》之舞。文襄皇帝神室，奏《文德》之乐，为《宣政》之舞。显祖文宣皇帝神室，奏《文正》之乐，为《光大》之舞。肃宗孝昭皇帝神室，奏《文明》之乐，为《休德》之舞。其入出之仪，同四郊之礼。④

① 魏徵等：《隋书》，中华书局 1973 年版，第 313 页。
② 魏徵等：《隋书》，中华书局 1973 年版，第 314 页。
③ 李百药：《北齐书》，中华书局 1972 年版，第 82 页。
④ 魏徵等：《隋书》，中华书局 1973 年版，第 314 页。

北齐宫廷仪式音乐多遵循北魏传统，郊祀、宗庙、朝会等主要礼仪用乐是大致同用的，只是根据不同的礼仪内容分别创制歌辞。《隋书·音乐志》著录北齐《大禘圆丘及北郊歌辞》十三首、《五郊迎气乐辞》五首、《明堂乐歌辞》十一首、《享庙乐辞》十八首、《元会大飨歌辞》二十五首，但均未注明作者。[①]《北齐书·陆卬传》载，陆卬，字云驹，累迁给事黄门侍郎、吏部郎中，“齐之郊庙诸歌，多卬所制”[②]。

此外，北齐元会大飨所奏乐歌还有《文舞阶步辞》《文舞辞》《武舞阶步辞》《武舞辞》四篇。

三、北周宫廷仪式乐歌

北周的礼乐文化是在西魏基础上建构的。“周太祖迎魏武入关，乐声皆阙”，西魏建立后，便着手宫廷礼乐文化的建设。

《周书·儒林传》载：

> 及太祖受命，雅好经术。求阙文于三古，得至理于千载，黜魏、晋之制度，复姬旦之茂典。卢景宣学通群艺，修五礼之缺；长孙绍远才称洽闻，正六乐之坏。由是朝章渐备，学者向风。[③]

西魏恭帝元年，平梁荆州，大获梁代乐器，依准这些乐器，“制其歌舞”，开始了全面的宫廷仪式礼乐建构。《隋书·音乐》对其郊庙用乐、燕射用乐均有详明记载。大概是因为宇文觉代西魏自立的原因，这套礼仪“虽著其文，竟未之行也”[④]。

北周礼乐建设的重要时期是周武帝宇文邕时期。保定四年，改革宫廷音乐机构，天和元年，造《云山舞》，天和六年，省掖庭四夷乐，建德二年建成六代乐。其具体礼仪如《隋书·音乐中》所载：

---

① 郭茂倩：《乐府诗集》较《隋书》多《北齐北郊乐歌》八首，其辞多同南郊，仅据北郊仪式内容改动个别字句，此不录。见《乐府诗集》，中华书局 1979 年版，第 38—40 页。

② 李百药：《北齐书》，中华书局 1972 年版，第 470 页。

③ 令狐德棻：《周书》，中华书局 1971 年版，第 806 页。

④ 魏徵等：《隋书》，中华书局 1973 年版，第 332 页。

其郊祀用乐为：

南郊则《大夏》降神，《大护》献熟，次作《大武》《正德》《武德》《山云之舞》。北郊则《大护》降神，《大夏》献熟，次作《大武》《正德》《武德》《山云之舞》。雩坛以《大武》降神，《正德》献熟，次作《大夏》《大护》《武德》《山云之舞》。五郊朝日，以《大夏》降神，《大护》献熟。神州、夕月、籍田，以《正德》降神，《大护》献熟。”

其宗庙用乐为：

太庙祫帝，则《大武》降神，《山云》献熟，次作《正德》《大夏》《大护》《武德之舞》。时享太庙，以《山云》降神，《大夏》献熟，次作《武德之舞》。拜社，以《大护》降神，《大武》献熟，次作《正德之舞》。

朝会宴飨用乐为：

朝会则皇帝出入，奏《皇夏》。皇太子出入，奏《肆夏》。王公出入，奏《骜夏》。五等诸侯正日献玉帛，奏《纳夏》。宴族人，奏《族夏》。大会至尊执爵，奏登歌十八曲。食举，奏《深夏》，舞六代《大厦》《大护》《大武》《正德》《武德》《山云之舞》。①

武帝以梁鼓吹熊罴十二案，每元正大会，列于悬间，与正乐合奏。宣帝时，革前代鼓吹，制为十五曲。②

今存北周郊祀歌辞二十八首（圆丘歌十二首、方泽歌四首、五帝歌十二首），宗庙歌辞十二首，燕射歌辞有《五声调曲》歌辞二十四首（宫调曲五首、变宫调曲二首、商调曲四首、角调曲二首、徵调曲六首、羽调曲五首），其曲序曰：“元正飨会大礼，宾至食举，称觞荐玉。六律既从，八风斯畅。以歌大业，以舞成功。”③皆为庾信所作。

---

① 魏徵等：《隋书》，中华书局 1973 年版，第 332—333 页。
② 魏徵等：《隋书》，中华书局 1973 年版，第 342 页。
③ 郭茂倩：《乐府诗集》，中华书局 1979 年版，第 211 页。

第五节　北朝宫廷仪式乐歌的体式结构

一、北朝郊祀乐歌的体式结构

1. 北齐郊祀乐歌的体式结构

大禘圆丘及北郊歌辞十三首

夕牲群臣入门奏《肆夏》乐辞："4，4"结构，凡12句。

迎神奏《高明乐》辞："4，4"结构，凡12句。

牲出入奏《昭夏》辞："4，4"结构，凡12句。

荐毛血奏《昭夏》辞："4，4"结构，凡12句。

进熟，皇帝入门奏《皇夏》辞："4，4"结构，凡12句。

皇帝升丘奏《皇夏》辞："4，4"结构，凡8句。

皇帝初献奏《高明乐》辞："3，3"结构，凡8句。

皇帝奠爵讫奏《高明乐》《覆焘》之舞辞："4，4"结构，凡8句。

皇帝献太祖配飨神座奏《武德》之乐、《昭烈》之舞辞："4，4"结构，凡8句。

皇帝饮福酒奏《皇夏》乐辞："5，5"结构，凡12句。

送神，降丘南陛奏《高明乐》辞："3，3"结构，凡12句。

紫坛既燎奏《昭夏》乐辞："4，4"结构，凡12句。

皇帝还便殿奏《皇夏》辞："4，4"结构，凡12句。

五郊迎气乐辞五首

青帝降神奏《高明乐》辞："3，3"结构，凡12句。

赤帝降神奏《高明乐》辞："7，7"结构，凡6句。

黄帝降神奏《高明乐》辞："5，5"结构，凡8句。

白帝降神奏《高明乐》辞："4，5"结构，凡4句。

黑帝降神奏《高明乐》辞："4，2"结构，凡8句。

明堂乐歌辞十一首

夕牲，群官入自门奏《肆夏》歌辞："4，4"结构，凡12句。

太祝令迎神奏《高明乐》《覆焘舞》辞："3，3"结构，凡24句。

太祖配飨奏《武德乐》《昭烈舞》辞："4，4"结构，凡24句。

牲出入奏《昭夏乐》辞："4，4"结构，凡12句。

荐血毛奏《昭夏》辞："4，4"结构，凡12句。

进熟，皇帝入门奏《皇夏》辞："4，4"结构，凡12句。

皇帝初献奏《高明乐》《覆焘舞》辞："3，3"结构，凡8句。

皇帝祼献奏《高明乐》《覆焘舞》辞："4，4"结构，凡8句。

皇帝饮福酒奏《皇夏》辞：首句"3，3"结构，接"5，5"结构10句，凡12句。

太祝送神奏《高明乐》《覆焘舞》辞："3，3"结构，凡24句。

皇帝还便殿奏《皇夏》辞："4，4"结构，凡12句。①

2. 北周郊祀乐歌的体式结构

北周郊祀歌辞二十八首

圆丘歌十二首

降神奏《昭夏》："4，3"结构，凡8句。

皇帝将入门奏《皇夏》："4，4"结构，凡12句。

俎入奏《昭夏》："4，4"结构，凡12句。

奠玉帛奏《昭夏》："4，4"结构，凡8句。

皇帝升坛奏《皇夏》："4，4"结构，凡12句。

皇帝初献作《云门》之舞辞："3，3"结构，凡8句。

皇帝初献配帝作《云门》之舞辞："4，4"结构，凡8句。

---

① 魏徵等：《隋书·音乐志》，中华书局1973年版，第314—320页。

皇帝初献及献配帝毕奏《登歌》："3，3"结构，凡18句。

皇帝饮福酒奏《皇夏》："4，4"结构，凡12句。

撤奠奏《雍夏》："3，3"结构，凡16句。

帝就望燎位奏《皇夏》："4，4"结构，凡12句。

帝还便座奏《皇夏》："4，4"结构，凡12句。

方泽歌四首

降神奏《昭夏》："4，4"结构，凡16句。

奠玉奏《昭夏》："4，4"结构，凡8句。

初献奏《登歌》辞："4，4"结构，凡16句。

望坎位奏《皇夏》："4，4"结构，凡8句。

祠五帝歌十二首

奠玉帛奏《皇夏》辞："4，4"结构，凡8句。

初献奏《皇夏》："4，4"结构，凡18句。

皇帝初献青帝奏《云门》舞："3，3"结构，凡16句。

皇帝初献配帝奏舞："4，4"结构，凡8句。

皇帝初献赤帝奏《云门》舞："4，3"结构，凡7句。

皇帝献配帝奏舞："4，4"结构，凡8句。

皇帝初献黄帝奏《云门》舞："5，5"结构，凡12句。

皇帝初献配帝奏舞："5，5"结构，凡8句。

皇帝初献白帝奏《云门》舞："4，4"结构，凡12句。

皇帝初献配帝奏舞："4，4"结构，凡8句。

皇帝初献黑帝奏《云门》舞："6，6"结构，凡10句。

皇帝初献配帝奏舞："3，3"结构，凡6句。①

北齐郊祀乐歌的体式结构与南齐是基本一致的：北齐《南郊乐歌》十三首与南齐完全一致；北齐《五郊迎气乐歌》五首与南齐《明堂乐歌》十五

① 魏徵等：《隋书·音乐志》，中华书局1973年版，第333—339页。

首之“歌五帝”五首的结构完全一致；北齐《明堂乐歌》十一首，仅“太祖配飨奏《武德乐》《昭烈舞》辞”一首，南齐《明堂乐歌》中无，其余十首与南齐《明堂乐歌》十五首之其他十首也完全一致。北周的礼乐制度以姬周为标榜，其基本框架仿照《周礼》建构，与其他各国稍有不同，因此其郊祀乐歌也不尽相同。具体而言，“圆丘”“方泽”之乐歌与他国“南北郊”之乐歌大体一致，“祠五帝歌”则与“明堂乐歌”相当。但其具体的祭祀内容则同中有异，如《圆丘》歌中有“奠玉帛奏歌”“撤奠奏歌”等，《祠五帝乐歌》中，分别有“配帝”之舞辞。

综合来看，庾信所造《北周郊祀乐歌》，其乐舞之名多依《周礼》，其乐辞体式则在南齐和梁代乐歌体式基础上有所变化。《圆丘歌》帝入门、俎入、帝初献、帝就望燎位、帝还便座等六首与南齐《南郊乐歌》体式相同，“皇帝饮福酒”为“4，4”结构，与南齐“3，3”结构不同，但与梁代《雅乐歌辞》皇帝饮福酒奏“献雅”的“4，4”结构一致；其不同之处有：降神所奏《昭夏》乃“4，3”结构的七言句，历代迎神、送神乐歌中以“3，3”结构居多，偶有“4，4”结构。其《祠五帝歌》，多数遵循谢庄以“五行”之数为句，但也有变化，如将初献白帝的“4，5”九言结构，直接改为“4，4”结构。

二、北朝宗庙乐歌的体式结构

1. 北齐宗庙乐歌的体式结构

享庙乐辞十八首

夕牲，群臣入奏《肆夏》辞：“4，4”结构，凡12句。

迎神奏《高明》登歌乐辞：“4，4”结构，凡12句。

牲出入奏《昭夏乐》辞：“4，4”结构，凡12句。

荐血毛奏《昭夏》辞：“4，4”结构，凡12句。

进熟，皇帝入北门奏《皇夏乐》辞：“4，4”结构，凡12句。

太祝裸地奏《登歌》乐辞："4，4"结构，凡12句。

皇帝升殿，殿上作《登歌》乐辞："4，4"结构，凡32句。

初献皇祖司空公神室奏《始基乐》《恢祚舞》辞："4，4"结构，凡8句。

初献皇祖吏部尚书神室奏《始基乐》《恢祚舞》辞："4，4"结构，凡8句。

初献皇祖秦州使君神室奏《始基乐》《恢祚舞》辞："4，4"结构，凡8句。

献太祖太尉武贞公神室奏《始基乐》《恢祚舞》辞："4，4"结构，凡8句。

献皇祖文穆皇帝神室奏《始基乐》《恢祚舞》辞："4，4"结构，凡12句。

献高祖神武皇帝神室奏《武德乐》《昭烈舞》辞："4，4"结构，凡24句。

献文襄皇帝神室奏《文德乐》《宣政舞》辞："4，4"结构，凡16句。

献显祖文宣皇帝奏《文正乐》《光大舞》："4，4"结构，凡24句。

皇帝还东壁，饮福酒奏《皇夏》乐辞："4，4"结构，凡12句。

送神奏《高明乐》辞："3，3"结构，凡12句。

皇帝诣便殿奏《皇夏》乐辞："4，4"结构，凡12句。①

2. 北周宗庙乐歌的体式结构

宗庙歌辞十二首

皇帝入庙门奏《皇夏》："4，4"结构，凡16句。

① 魏徵等：《隋书·音乐志》，中华书局1973年版，第321—324页。

降神奏《昭夏》："4，4"结构，凡16句。

俎入，皇帝升阶奏《皇夏》："4，4"结构，凡8句。

皇帝献皇高祖奏《皇夏》："5，5"结构，凡8句。

皇帝献皇曾祖德皇帝奏《皇夏》："5，5"结构，凡10句。

皇帝献皇祖太祖文皇帝奏《皇夏》："5，5"结构，凡16句。

皇帝献文宣皇太后奏《皇夏》："4，4"结构，凡12句。

皇帝献闵皇帝奏《皇夏》："5，5"结构，凡12句。

皇帝献明皇帝奏《皇夏》："5，5"结构，凡16句。

皇帝献高祖武皇帝奏《皇夏》："5，5"结构，凡18句。

皇帝还东壁，饮福酒奏《皇夏》："4，4"结构，凡12句。

皇帝还便坐奏《皇夏》："4，4"结构，凡12句。①

北齐《享庙乐辞》十八首，十七首采用"4，4"结构，仅送神奏《高明乐》一首"3，3"结构。现存历代宗庙乐歌均采用四言句式，汉《安世房中歌》十七首，"4，4"结构的四言句式十三首；傅玄、曹毗所造两晋《宗庙歌》全为"4，4"结构的四言句式；王绍之造《宋宗庙登歌》全为"4，4"结构的四言句式；南齐谢超宗造《齐太庙乐歌》，也仅送神奏《肆夏乐》辞为"3，3"结构，其余均为"4，4"结构的四言句式。可以说，北齐宗庙乐歌是严格遵循了历代宗庙乐歌的体式结构，特别是对南齐宗庙乐歌体式的遵循。庾信造《北周宗庙歌辞》十二首，在仪式开始的"皇帝入庙门""降神""俎入"，以及结尾的"饮福酒""还便坐"等仪式规程中，其歌辞采用了传统宗庙乐歌的"4，4"结构的四言句式。但在中间对诸先祖神室的献奠仪式中，大胆采用"5，5"结构的五言句式，突破了历代宗庙乐歌的句式结构。

① 魏徵等：《隋书·音乐志》，中华书局1973年版，第339—341页。

三、北朝燕射乐歌的体式结构

1. 北齐燕射乐歌的体式结构

元会大飨歌辞十首

宾入门，四厢奏《肆夏》辞：“4，4”结构，凡8句。

皇帝出阁奏《皇夏乐》辞：“4，4”结构，凡8句。

皇帝当扆，群臣奉贺奏《皇夏》辞：“4，4”结构，凡8句。

皇帝入宁变服，黄钟、太簇二厢奏《皇夏》辞：“4，4”结构，凡16句。

皇帝变服，移幄坐于西厢，帝出升御坐，姑洗奏《皇夏》辞：“4，4”结构，凡16句。

王公奠璧奏《肆夏》辞：“4，4”结构，凡8句。

上寿，黄钟厢奏《上寿曲》辞：“3，3”“5，5”结构各2句，凡4句。

皇太子入，至坐位，酒至御，殿上奏登歌辞三章：均“4，4”结构8句，凡24句。

食至御前奏《食举乐》辞十章

其一：“4，4”结构8句，接“5，5”结构2句，接“4，4”结构2句，再接“5，5”结构4句，凡16句。

其二：“4，4”结构6句，接“5，5”结构2句，接“3，4”结构2句，再接“3，3”结构6句，凡16句。

其三：“3，3”结构2句，接“4，3”结构2句，再接“3，3”结构16句，凡20句。

其四：“3，4”结构2句，接“4，3”结构2句，接“3，3”结构2句，再接“4，4”结构4句，凡10句。

其五：“4，3”结构2句，接“5，5”结构6句，凡8句。

其六："3，3"结构2句，接"5，5"结构4句，接"4，4"结构2句，再接"4，3"结构2句，凡10句。

其七："3，3"结构，凡12句。

其八："3，3"结构，凡12句。

其九："3，3"结构，凡10句。

其十："3，3"结构，凡12句。

皇帝入，钟鼓奏《皇夏》辞："4，4"结构，凡8句。①

2. 北齐雅舞歌辞的体式结构

《文舞阶步辞》："4，4"结构，凡16句。

《文舞辞》："4，4"结构，凡24句。

《武舞阶步辞》："4，4"结构，凡12句。

《武舞辞》："4，4"结构，凡24句。②

3. 北周燕射乐歌的体式结构

《五声调曲》歌辞二十四首

宫调曲五首：均为"5，5"结构，16句二首，14句二首、18句一首。

变宫调曲二首：均为"5，5"结构，凡16句。

商调曲四首：均为"4，5"结构的九言句式，8句、12句各两首。

角调曲二首：

其一："8，8"结构2句，接"4，4"结构4句，接"8，8"结构2句，再接"4，4"结构8句，又接"8，8"结构2句，再接"4，4"结构8句。

其二："4，4"结构4句，接"8，8"结构2句，再接"4，4"结构

---

① 魏徵等：《隋书·音乐志》，中华书局1973年版，第325—328页。
② 魏徵等：《隋书·音乐志》，中华书局1973年版，第328—329页。

16句，又接“8，8”结构2句。

徵调曲六首：均为“7，7”结构，8句两首、12句一首、24句一首、20句一首、16句一首。

羽调曲五首：均为“6，6”结构，14句两首、16句三首。①

北齐的元会大飨乐歌的体式结构与南齐完全一致，而北周的《五声调曲》歌辞却别出心裁，每种调式采用一种句式：宫调、变宫采用“5，5”结构句式、商调采用“4，5”结构的九言句式、角调采用“8，8”结构与“4，4”结构交替、徵调采用“7，7”结构、羽调采用“6，6”结构。

总体而言，北齐的宫廷仪式乐歌是基本按照南齐宫廷仪式乐歌的体式结构模拟而成的，体现了对历代宫廷仪式乐歌传统的遵循。而庾信所造的北周宫廷仪式乐歌的体式结构，在折中取舍齐梁宫廷仪式乐歌的体式基础上做了大胆的创新。北周宫廷仪式乐歌体式，既体现了对各代宫廷仪式乐歌体式的继承，又体现出新的创造。其新创的趋向主要体现为两方面：一是句式的齐言化；二是对当下普遍流行的语言句式的充分吸收。

第六节　南北朝娱乐歌辞及其体式

一、南朝吴声、西曲歌辞的体式结构

吴声、西曲歌辞是指《乐府诗集》“清商曲辞”收录的吴声歌辞、西曲歌辞和梁武帝改创的“江南上云乐”歌辞三部分。《乐府诗集》曰：“江南吴歌、荆楚西声，总谓之清商乐。”②

1. 吴声歌辞的体式特征

现存于《乐府诗集》的六朝吴歌曲辞370余首，涉及25个曲调，这

① 郭茂倩：《乐府诗集》，中华书局1979年版，第211—216页。
② 郭茂倩：《乐府诗集》，中华书局1979年版，第638页。

些歌辞的作者有宋武帝、梁武帝、隋炀帝等帝王，有鲍照等著名文人，也有王金珠、包明月等内人，但更多地是无名氏作品。现将吴歌的体式结构做如下分析：

晋宋齐辞《子夜歌》四十二首："5，5"四句结构。

晋宋齐辞《子夜四时歌》七十五首："5，5"四句结构。

梁武帝《子夜四时歌》七首："5，5"四句结构。

王金珠《子夜四时歌》八首："5，5"四句结构。

无名氏《子夜变歌》三首："5，5"四句结构。

晋宋梁辞《上声歌》八首："5，5"四句结构。

无名氏《欢闻歌》："5，5"四句结构。

无名氏《欢闻变歌》六首："5，5"四句结构。

无名氏《前溪歌》七首："5，5"四句结构5首；"5，5"五句结构2首。

宋武帝《丁督护歌》五首："5，5"四句结构。

无名氏《团扇郎歌》六首："5，5"四句结构。

另《七日夜女歌》九首、《长史变歌》三首、《黄生曲》三首、《黄鹄曲》四首、《碧玉歌》三首、《桃叶歌》三首等均为"5，5"四句结构。

《长乐佳》七首："5，5"四句结构4首；"5，5，5"结构3首。

《懊侬歌》十四首："5，5"四句结构12首；"5，5，5"结构2首。

《华山畿》二十五首："5，5"四句结构1首；"5，5，5"结构12首；"3，5，5"结构11首；"3，5，5，5"结构1首。

《读曲歌》八十九首："5，5"四句结构70首；"5，5，5"结构4首；"3，5，5"结构9首；"3，5，5，5"结构2首；"5，5，7，5"结构2首；"5，5，5，7"结构1首；"3，5。3，3，5"结构1首。

隋炀帝《春江花月夜》二首："5，5"四句结构。

陈后主《玉树后庭花》："7，7"结构，凡6句。

隋炀帝《泛龙舟》："7，7"结构，凡8句。

《神弦歌》十八首："5，5"四句结构8首；"5，5，5"结构2首；"4，4"四句结构2首；"5，5"六句结构3首；"3，3，7"结构1首；"5，5，5，7"结构1首。①

总体而言，吴歌的体式结构以"5，5。5，5"为标准结构，五言四句、结构短小。仅有少量五言三句和五言五句的诗歌。如《前溪歌》："前溪沧浪映，通波澄渌清。声弦传不绝，千载寄汝名，永与天地并。"②《常乐佳》："欲知长乐佳，仲陵罗淑女，媚兰双情谐。"③《华山畿》《读曲歌》有少量"3，5，5""3，3，5"等结构。

2. 西曲歌辞的体式特征

现存于《乐府诗集》的六朝西曲歌辞共176首，涉及33个曲调，无名氏作品居多，其中舞曲歌辞16曲112首，倚歌辞16曲36首，普通曲辞3曲28首。现将西曲歌的体式结构做些分析：

《石城乐》《乌夜啼》《莫愁乐》《估客乐》《襄阳乐》《三洲歌》《襄阳踏铜蹄》《采桑度》《江陵乐》《青阳度》《来罗》《那呵滩》《孟珠》《翳乐》《夜黄》《夜度娘》《长松标》《双行缠》《黄督》《平西乐》《攀杨枝》《寻阳乐》《拔蒲》《作蚕丝》《杨叛儿》《西乌夜飞》等二十六曲均为"5，5"四句结构。

梁武帝《乌夜啼》"7，7"结构，凡8句；刘孝绰《乌夜啼》"5，5"结构，凡8句；庾信《乌夜啼》二首"7，7"八句结构、"5，5"八句结构各1首；梁武帝、梁元帝、萧子显、徐陵、岑之敬《乌栖曲》共十四首均为"7，7"四句结构。

① 郭茂倩：《乐府诗集》，中华书局1979年版，第641—688页。
② 郭茂倩：《乐府诗集》，中华书局1979年版，第658页。
③ 郭茂倩：《乐府诗集》，中华书局1979年版，第665页。

《青骢白马》《共戏乐》《女儿子》三曲为“7，7”两句结构；《寿阳乐》为“5，3，5”三句结构；《安东平》为“4，4”四句结构；无名氏《月节折杨柳歌》十三首为“5，5。5。3，5，5”结构。①

可见，西曲歌的典型体式是“5，5。5，5”四句结构；其次是“7，7”两句结构。少数曲调的“3，5”句式结构应是对曲调表演形态的歌辞记录，其中的三言，大多是类似表达感叹的呼号，或者是演唱时的“套语”。

“西曲歌”体式结构上有一个特别值得注意的现象是，很多曲调的多首歌辞之间存在场景与场景之间的连贯性，有的歌辞甚至用韵也是一致的。如梁文帝《乌栖曲》四首：

芙蓉作船丝作绋，北斗横天月将落。采莲渡头碍黄河，郎今欲渡畏风波。

浮云似帐月如钩，那能夜夜南陌头。宜城投泊今行熟，停鞍系马暂栖宿。

青牛丹毂七香车，可怜今夜宿倡家。倡家高树乌欲栖，罗帷翠被任君低。

织成屏风金屈膝，朱脣玉面灯前出。相看气息望君怜，谁能含羞不自前。

梁武帝《襄阳踏铜蹄》三首：

陌头征人去，闺中女下机。含情不能言，送别沾罗衣。

草树非一香，花叶百种色。寄语故情人，知我心相忆。

龙马紫金鞍，翠毦白玉羁。照耀双阙下，知是襄阳儿。

梁文帝《乌栖曲》四首分别描写了乘船出游、停鞍系马、借宿倡家、男女欢会等四个场景；梁武帝《襄阳踏铜蹄》三首则呈现了与情人分别、相思和重聚的三种情景。诗歌语意相连，意脉连贯。

① 郭茂倩：《乐府诗集》，中华书局1979年版，第688—724页。

又如《石城乐》其一：

布帆百余幅，环环在江津。执手双泪落，何时见欢还。

其二：

大艑载三千，渐水丈五余，水高不得渡，与欢合生居。

《三洲歌》其一：

送欢板桥弯，相待三山头。遥见千幅帆，知是逐风流。

其二：

风流不暂停，三山隐行舟。愿作比目鱼，随欢千里游。

《三洲歌》二诗之间用顶针修辞连接，不仅诗意连贯，而且还同用“尤”韵。有学者称西曲的这种现象为“场景联章叙事”，并对此有深入论述。[①] 类似这种“联章”的作品，其实不仅是“场景”，还有时令、事象等要素，也不仅“叙事”，也有抒情言志。如《月节折杨柳歌》十三首，以月令为线索将这些作品关联起来。[②] 这种关联当与西曲这种舞曲音乐的表演结构有密切关系。据《古今乐录》记载，“西曲”大多是舞曲，如《石城乐》《乌夜啼》《莫愁乐》《估客乐》《襄阳乐》《三洲歌》《襄阳踏铜蹄》《采桑度》《江陵乐》《青骢白马》《共戏乐》《安东平》《那呵滩》《孟珠》《翳乐》《寿阳乐》等十六曲，《古今乐录》均有“旧舞十六人，梁八人”的记载。说明“西曲”是以载歌载舞的方式集体表演的舞曲。集体舞曲，应当有一定长度的音乐旋律，但目前所存西曲歌辞，大多是篇幅短小的五言四句体，若只是用单首歌辞配曲，显然无法表演。可见，西曲当是以若干首歌辞，通过联章组合的形式表演。正如吴钊、刘东升《中国音乐史略》所说：“西曲中的舞曲，往往有数段歌词，可组成分节歌；也可由若干首歌曲连接起来，构成组曲的形式。”[③]这种联章组合的表演方式，自然要求所组合的歌词具有一定的关联性，西曲歌辞各首之间的关联大概是这

① 曾智安：《西曲舞曲与张若虚〈春江花月夜〉的曲辞结构》，《文学遗产》2008 年第 5 期。
② 郭茂倩：《乐府诗集》，中华书局 1979 年版，第 722 页。
③ 吴钊、刘东升：《中国音乐史略》，人民音乐出版社 1983 年版，第 60 页。

样产生的。

3.《江南弄》《上云乐》歌辞的体式特征

《江南弄》《上云乐》，是梁武帝在西曲基础上创制而成的两组乐曲。《古今乐录》曰：

梁天监十一年冬，武帝改西曲，制《江南上云乐》十四曲，《江南弄》七曲：一曰《江南弄》，二曰《龙笛曲》，三曰《采莲曲》，四曰《凤笛曲》，五曰《采菱曲》，六曰《游女曲》，七曰《朝云曲》。又沈约作四曲：一曰《赵瑟曲》，二曰《秦筝曲》，三曰《阳春曲》，四曰《朝云曲》，亦谓之《江南弄》云。①

又曰：

《上云乐》七曲，梁武帝制，以代西曲。一曰《凤台曲》，二曰《桐柏曲》，三曰《方丈曲》，四曰《方诸曲》，五曰《玉龟曲》，六曰《金丹曲》，七曰《金陵曲》。②

梁代三朝仪式用乐有"《上云乐》歌舞伎"③，说明《上云乐》开始用于朝廷的三朝仪式活动。

现存《江南弄》歌辞有：梁武帝7首，梁简文帝3首，沈约4首。另有梁简文帝等人《采莲曲》歌辞11首。现将《江南弄》《上云乐》的句式结构梳理如下：

梁武帝《江南弄》七首：

《江南弄》《龙笛曲》《采莲曲》《凤笙曲》《采菱曲》《游女曲》《朝云曲》："7，7。7。3，3。3，3。"

梁简文帝《江南弄》三首

《江南曲》《龙笛曲》《采莲曲》："7，7。7。3，3。3，3。"

---

① 郭茂倩：《乐府诗集》，中华书局1979年版，第726页。
② 郭茂倩：《乐府诗集》，中华书局1979年版，第744页。
③ 魏徵等：《隋书》，中华书局1973年版，第303页。

沈约《江南弄》四首

《赵瑟曲》《秦筝曲》《阳春曲》《朝云曲》："7，7。7。3，3。3，3。"

据《古今乐录》载，梁武帝、梁简文帝《江南弄》十曲均有和歌，其和歌为"3，5"结构。

梁武帝《上云乐》七曲

《凤台曲》《方诸曲》：均为"3，3。3，5，5。4，5。"

《桐柏曲》《方丈曲》《玉龟曲》：均为"3，3。3，3。5，5。4，5。"

《金丹曲》："3，3。3，3。5，4，5。"

《金陵曲》："3，5。3，3，5。4，5。4，5。"

据《古今乐录》载，《上云乐》五曲有和歌，其句式结构有"3，3""5""3，7"三种，句式没有固定。

可见，经梁武帝改造的《江南弄》《上云乐》已经是梁代宫廷娱乐音乐，音乐结构有正曲，有和歌，结构相对固定。其句式结构以"5，5""3，3""7，7"为主，也有"3，5""4，5""3，7"等结构，这些句式结构都是魏晋南北朝时期民歌常用的。

二、北朝娱乐歌辞的体式结构

北朝娱乐歌辞大多已经失传，现有少量歌辞保存于《乐府诗集》的《横吹曲辞》《杂歌曲辞》和《杂歌谣辞》中。

《梁鼓角横吹曲》：

"5，5"四句结构者，有《企喻歌辞》四首、《琅琊王歌辞》八首、《紫骝马歌辞》六首、《紫骝马歌》、《黄淡思歌辞》四首、《慕容垂歌辞》三首、《陇头流水》三首、《淳于王歌》二首、《地驱歌乐辞》四首、《折杨柳歌辞》五首、《折杨柳枝歌》四首、《幽州马客吟歌辞》《慕容家自鲁企由谷歌》《高阳乐人歌》二首、温子升《白鼻騧》，共十五曲49首。

“7，7”两句结构者，有《巨鹿公主歌辞》三首、《地驱乐歌》四首、《隔谷歌》其二。

“7，7”四句结构者，有《捉搦歌》四首。

《隔谷歌》其一为“7，3，3。7，3，3”结构。

另有《陇头歌辞》三首为“4，4”四句结构。

《雀劳利歌辞》为“4，3。4，3”结构。

《东平刘生歌》为“7，3，7”结构。①

其中“7，3，3”“4，3，4，3”两种结构与“7，7”结构在节奏上是一致的。可见，《梁鼓角横吹曲》的句式结构多采用“5，5”“7，7”两种，至于“7，3，3”“4，3”“7，3，7”等句式都是民歌演唱中对“7，7”句式结构的灵活使用。

《杂曲歌辞》中的北朝歌辞很少，能确定者仅三首：

《杨白花》：“5，5”两句，接7，7”结构六句，凡8句。

《于阗采花》《阿那瓌》：“5，5”四句结构。②

《杂歌谣辞》中，能确定为北朝歌辞的有以下六首：

《北军歌》：“7，7”两句结构。

《咸阳王歌》：“5，5。7，5。7，5。”

《郑公歌》：“3，3。5，5。”

《裴公歌》：“4，4”四句结构。

《长白山歌》：“7，7”四句结构。

《敕勒歌》：“3，3。4，4。3，3，7。”③

《杂曲歌辞》《杂歌谣辞》中有“5，5”“7，7”“4，4”等齐言结构，也有“7，5”“3，3，7”等杂言结构，相对《梁鼓角横吹曲》而言，杂言句式

① 郭茂倩：《乐府诗集》，中华书局1979年版，第362—373页。
② 郭茂倩：《乐府诗集》，中华书局1979年版，第1040、1041、1094页。
③ 郭茂倩：《乐府诗集》，中华书局1979年版，第1210、1211、1212页。

相对多一些。但这些句式结构也都是南朝娱乐歌辞所常用的。

《乐府诗集》载录的《梁鼓角横吹曲》，据《古今乐录》的记载，由两部分构成：一部分是梁代乐府中保留的北方鼓角横吹曲《企喻》等三十六曲；另一部分是当时乐府中演唱的胡吹旧曲三十曲。《杂曲歌辞》《杂歌谣辞》所录北朝歌辞，大多是在北方流传的。不管是在北方流传还是在南方流传，这些歌辞都无一例外地进行了汉语的翻写。正如《乐府诗集》《敕勒歌》解题曰："其歌本鲜卑语，易为齐言，故其句长短不齐。"①进行了汉语的翻写，自然得符合当时的汉语习惯，因此北朝娱乐歌辞与南朝娱乐歌辞，在句式结构上是大体一致的。也就是说，无论南朝娱乐歌辞，还是北朝娱乐歌辞，其在句式结构上没有大的变化。可见，南北朝娱乐歌辞最大的区别在于其主题内容和用语风格，不在于语言的句式结构。

① 郭茂倩：《乐府诗集》，中华书局1979年版，第1212页。

第十二章
南北朝文人拟乐府与乐府体的新变

第一节　乐府诗题名及其命题方式

乐府诗的题名与命题方式一方面反映出乐府诗的音乐形态，另一方面也反映出诗歌的结构特征。因此对乐府诗的题名与命题方式的研究是乐府诗体学的重要议题。广义的乐府诗包括一切歌唱形态的歌辞和魏晋时期的文人拟乐府，还有唐代的新乐府，其题名丰富多样。如元稹《乐府古题序》曰："诗之流为二十四名：赋、颂、铭、赞、文、诔、箴、诗、行、咏、吟、题、怨、叹、章、篇、操、引、谣、讴、歌、曲、词、调，皆诗人六义之余而作者之旨。由操而下八名皆起于郊祭、军宾、吉凶、苦乐之际。在音声者，因声以度词，审调以节唱，句度短长之数，声韵平上之差，莫不由之准度。而又别其在琴瑟者为操引，采民甿者为讴谣，备曲度者，总得谓之歌曲词调。斯皆由乐以定词，非选词以配乐也。由诗而下九名，皆属事而作，虽题号不同，而悉谓之为诗可也。后之审乐者，往往采取其词，度为歌曲，盖选词以配乐，非由乐以定词也。而纂撰者由诗而下十七名，尽编为《乐录》。"[①]元稹认为，被采入《乐录》者，有诗、行、咏、吟、题、怨、叹、章、篇、操、引、谣、讴、歌、曲、词、调等十七种。这十七种与音乐有关的歌辞名称，反映

① 冀勤点校：《元稹集》，中华书局2010年版，第291页。

了其音乐形式和表演风格，即“在琴瑟者为操引，采民甿者为讴谣，备曲度者，总得谓之歌曲词调”。对这些诗题名称之“义”的辨析有助于更好地把握这些乐府歌辞的体式特征。

一、乐府诗题名释义

汉魏六朝使用最广的要数“歌”“曲”“讴”“谣”“操”“引”“行”“吟”等题名。为行文的方便，在此将对汉魏六朝时期乐府诗所用名称分为几组进行讨论。

1. 歌与曲

从绪论对“歌”与“诗”的考辨可知，“歌”的概念大概产生于殷商时代，其主要证据是甲骨文中有表示“咏唱”的“可”字。据许慎《说文解字》对“歌”“哥”“可”的解释，“歌”的本义是“哥”，“哥”又从“二可”，“可”是口气舒缓。“二可”则像两人口气舒缓地咏唱。《说文》曰“歌，咏也”，揭示了“歌”的咏唱行为。如“心之忧矣，我歌且谣”(《诗经·魏风·园有桃》)。后来又逐渐增加了表示“乐声”和以“长其言”咏唱的名词。《尚书·尧典》“诗言志，歌永言”[①]及《释名》“人声曰歌”[②]，揭示了“歌”“长其言”的咏唱方式，以与“诗”的重义相区别；《毛传》“曲合乐曰歌，徒歌曰谣”[③]，及《月令章句》“乐声曰歌”[④]，则揭示了“歌”的“合乐”咏唱方式，以与“谣”的徒声相区别。可见，“歌”的本质属性是其音乐性。

汉代，对乐府歌辞通名之“歌诗”，又名“歌曲”或“诗”。如《史记·乐书》：“又尝得神马渥洼水中，复次以为《太一之歌》，歌曲曰……”“后伐大宛得千里马，马名蒲梢，次作以为歌，歌诗曰……”[⑤]《汉书·

① 孔颖达：《尚书正义》，《十三经注疏》，上海古籍出版社1997年影印本，第131页。
② 刘熙：《释名·释乐器》，中华书局2016年版，第98页。
③ 孔颖达：《毛诗正义》，《十三经注疏》，上海古籍出版社1997年影印本，第357页。
④ 桂馥：《说文解字义证》，齐鲁书社1987年版，第748页。
⑤ 司马迁：《史记》，中华书局1982年版，第1178页。

礼乐志》：高祖“作风起之诗，令沛中童儿百二十人习而歌之。……多举司马相如等数十人造为诗赋，略论律吕，以合八音之调，作十九章之歌。”[①]又曰：“《安世房中歌》十七章，其诗曰……《郊祀歌》十九章，其诗曰……”[②]《汉书·艺文志》著录汉代歌辞二十八家三百一十四篇篇名，通称“歌诗”。可见，在汉代“歌诗”连称时多指乐府歌辞，而“歌”与“诗”分述时，“歌”多指“歌曲”，“诗”专指歌辞。在汉代，“歌”是一种普遍的音乐形态，据《宋书》对相和歌的描述，“相和，汉旧歌也，丝竹更相和，执节者歌”[③]，可见，“歌”虽然“合乐”，但未必有严格的调式和乐器伴奏。这种音乐形态在各地民歌中普遍使用，所以《乐府诗集》“杂歌谣辞”中收录的各地杂歌，均用“歌”命名，如早自尧舜时期的《击壤歌》《卿云歌》，晚至晋宋时期的《庾公歌》《凤凰歌》《历阳歌》等。

曲，指音乐曲调。段玉裁《说文解字注》曰：“又乐章为曲，谓音宛曲而成章也。”[④]《国语·周语上》载：“故天子听政，使公卿至于列士献诗，瞽献曲。”韦昭注云：“曲，乐曲也。”[⑤]《乐府诗集》“燕射歌辞”收录《周五声调曲》之《宫调曲》五首、《变宫调曲》二首、《商调曲》四首、《角调曲》二首、《徵调曲》六首、《羽调曲》五首。汉有《朱鹭》等二十二曲列于《鼓吹曲》，魏使缪袭改制《魏鼓吹曲》十二曲，吴使韦昭改制《吴鼓吹曲》十二曲、晋使傅玄制《晋鼓吹曲》二十二曲、谢朓制《齐随王鼓吹曲》十曲。

《乐府解题》曰：“汉横吹曲二十八解，李延年造。”魏晋以来传十曲：《黄鹄》《陇头》《出关》《入关》《出塞》《折杨柳》《黄覃子》《赤之扬》《望行人》。后又有《关山月》《洛阳道》《长安道》《梅花落》《紫骝马》《骢马》《雨

① 班固：《汉书》，中华书局 1962 年版，第 1045 页。
② 班固：《汉书》，中华书局 1962 年版，第 1046—1052 页。
③ 沈约：《宋书》，中华书局 1974 年版，第 603 页。
④ 段玉裁：《说文解字注》，上海古籍出版社 1988 年版，第 637 页。
⑤ 徐元诰：《国语集解》，中华书局 2002 年版，第 11 页。

雪》《刘生》八曲，合十八曲。① 又有《梁鼓角横吹曲》六十六曲。②

清商曲辞之“西曲”中有《乌栖曲》《莫愁曲》《襄阳曲》《雍州曲》《大堤曲》等称曲，梁武帝改制的《江南弄》七首中，有《龙笛曲》《采莲曲》《凤笙曲》《采菱曲》《游女曲》《朝云曲》，沈约作《江南弄》四首称《赵瑟曲》《秦筝曲》《阳春曲》《朝云曲》。

综合来看，凡称曲者大多为器乐曲和舞曲，重在突出曲调自身的旋律特征和风格。

2. 讴与谣

“讴”与“谣”是对民间歌曲的通称，如元稹所说，“采民甿者为讴谣”。班固曰：“采诗夜诵，有赵代秦楚之讴。”③《乐府诗集》“杂歌谣辞”解题所举周之秦青、雍门之韩娥、卫人王豹、齐人绵驹、鲁人虞公等皆善讴者。从对韩娥之讴的描述看，讴乃“曼声哀哭”“曼声长歌”，即为抑扬其声的徒歌。

《尔雅》曰：“徒歌谓之谣。”“谣”也是徒歌的一种。汉魏六朝现存谣歌，多为童谣，即儿歌。诸多谣辞，文献所载仅指明其兴起的地方，未必指明是童谣，但其实就是童谣。如《后汉书·马廖传》载马廖上疏长乐宫以劝成德政，引“长安语”曰：“城中好高髻，四方高一尺；城中好广眉，四方且半额；城中好大袖，四方全匹帛。”④唐李贤注“长安语”曰：“当时谚言。”《玉台新咏》称为“汉时童谣歌”，《乐府诗集》称“《城中谣》”。有的谣歌虽然是成人用于特殊政治目的而撰写的，这是成人借助谣歌这种儿童传唱的艺术形式达到其特殊目的。最典型的是北周韦孝宽利用谣歌离间北齐皇帝与大将斛律光的故事。

---

① 郭茂倩：《乐府诗集》，中华书局 1979 年版，第 311 页。
② 郭茂倩：《乐府诗集》，中华书局 1979 年版，第 362 页。
③ 班固：《汉书》，中华书局 1962 年版，第 1045 页。
④ 范晔：《后汉书》，中华书局 1965 年版，第 853 页。

《北史·斛律金传》载：

> 周将韦孝宽惧光，乃作谣言，令间谍漏之于邺曰："百升飞上天，明月照长安。"又曰："高山不摧自崩，槲树不扶自竖。"珽续之曰："盲老公背上下大斧，饶舌老母不得语。"令小儿歌之于路。提婆闻，以告其母。令萱以饶舌为斥己，盲老公谓祖珽也，遂协谋，以谣言启帝曰："斛律累世大将，明月声震关西，丰乐威行突厥，女为皇后，男尚公主，谣言可畏。"①

先是北周韦孝宽令人制作，并由北周间谍带到北齐邺城，经北齐朝臣祖珽的补充，并授意儿童在道路上歌唱，最终达到株杀斛律光的目的。这组歌谣虽是北周人撰写的，非源自民间的自发行为，但它使用了"小儿歌之于路"的童谣形式。从现存谣歌的内容及艺术风格看，"谣"应该就是儿歌。

3. 操与引

元稹说"在琴瑟者为操引"，是指"操""引"二名为琴曲歌辞的专名。《乐府诗集》"琴曲歌辞"解题曰："自伏羲制作之后，有瓠巴、师文、师襄、成连、伯牙、方子春、钟子期，皆善琴。而其曲有操、有引、有弄。"又引《琴论》曰："和乐而作，命之曰畅，言达则兼济天下而美畅其道也。忧愁而作，命之曰操，言穷则独善其身而不失其操也。引者，进德修业申达之名也。弄者，情性和畅，宽泰之名也。"②据《琴论》载，古琴曲有五曲、九引、十二操，即：《鹿鸣》《伐檀》《驺虞》《鹊巢》《白驹》五曲，《烈女引》《伯妃引》《贞女引》《思归引》《霹雳引》《走马引》《箜篌引》《琴引》《楚引》九引，《将归操》《猗兰操》《龟山操》《越裳操》《拘幽操》《岐山操》《履霜操》《朝飞操》《别鹤操》《残行操》《水仙操》《襄陵操》十二操。

---

① 李延寿：《北史》，中华书局1974年版，第1969—1970页。

② 郭茂倩：《乐府诗集》，中华书局1979年版，第821—822页。

4. 行与篇

行，主要指相和三调中的弦奏曲。《尔雅·释乐》曰："徒鼓瑟谓之步，徒吹谓之和，徒歌谓之谣。"清郝懿行注曰："徒者，空也，但也，犹独也。徒鼓瑟谓之步者，'步'犹'行'也。《文选·乐府诗》注引《歌录》有《齐瑟行》，'行'即步之意也。"[①]《文选》所载曹植《名都篇》《美女篇》《白马篇》三篇皆曰"齐瑟行"[②]。《齐瑟行》之"行"即"步"之意，又"步"即"徒鼓瑟"，那么，"行"与"步"一样，也是"徒鼓瑟"。所谓"徒鼓瑟"是指没有歌辞的弦奏曲。逯钦立先生对相和歌与清商三调音乐结构进行了分析："丝竹更相和"的相和歌，歌的时候只用节打着拍子清唱，并不配弦索。而清商三调歌辞未唱前有几部"弦"，唱的时候有几部"歌弦"，唱罢一解还有"送声弦"，歌辞的头腹尾三部分都应用了"弦"。认为三调歌辞特别加"行"，乃歌辞本身加上弦奏以后所命的新名。[③] 可见，相和三调称"行"，意味着徒弦在其音乐结构中占据了主体地位。

"行"这种弦奏曲，往往在相和三调正曲之前作为引曲使用。[④]《文选·乐府上》李善注"饮马长城窟行"曰："《音义》曰：'行，曲也。'"[⑤]《隋书·经籍志》著录有应劭撰《汉书集解音义》二十四卷、韦昭撰《汉书音义》七卷、萧该撰《汉书音义》十二卷，又著录萧该撰《文选音》三卷。[⑥] 虽不能确知李善所引《音义》为何书，但可以肯定最迟是隋萧该时代的著作。唐代颜师古注《汉书·司马相如传》"为鼓一再行"曰："行，谓曲引也。古乐府《长歌行》《短歌行》，此其义也。"[⑦]可见，隋唐时期，释"行"

---

① 郝懿行：《尔雅义疏》，中华书局 2017 年版，第 544 页。

② 李善注：《文选》，上海古籍出版社 1986 年版，第 1287—1289 页。

③ 逯钦立：《相和歌曲调考》，《文史》第十四辑，中华书局 1982 年版；又见《逯钦立文存》，中华书局 2010 年版，第 357 页。

④ 参王立增《乐府诗题"行""篇"的音乐含义与诗体特征》，《文学遗产》2007 年第 3 期。

⑤ 李善注：《文选》，上海古籍出版社 1986 年版，第 1278 页。

⑥ 魏徵等：《隋书》，中华书局 1973 年版，第 953 页。

⑦ 班固：《汉书》，中华书局 1962 年版，第 2531 页。

为“曲”“曲引”。所谓“曲引”即引曲，乐章开头的序曲。陈智匠《古今乐录》曰：“若《罗敷》《何尝》《双鸿》《福钟》等行，亦皆‘艳歌’。”①《乐府诗集》“相和歌”解题曰：“大曲又有艳，有趋，有乱……艳在曲之前，趋与乱在曲之后。”②

《说文解字》释“篇”曰：“篇，书也。一曰关西曰榜篇。从竹扁声。”段注曰：“书，著也，著于简牍者也，亦谓之篇。汉人亦曰卷，卷者，缣帛可捲也。”③唐成玄英《南华真经疏序》曰：“篇以编简为义，古者杀青为简，以韦为编，编简成篇，犹今连纸成卷也。”④可见，“篇”是与“卷”相对的书写概念，指简牍书写中编简而成的单位。在乐府诗中主要用于相和三调歌辞的文人拟作和杂曲歌辞。

二、乐府诗的命题方式

乐府诗的命题方式主要有据辞拟题、因事立题、以曲代题和曲辞合题等四种类型。

1. 据辞立题

所谓据辞立题，是指取歌辞头两字或头一句作为标题。汉《郊祀歌》二十首，均以每首歌辞的头两字或三字为题，如《练时日》《青阳》《西颢》《天马》等；相和歌之古辞如《江南》《东光》《鸡鸣》《乌生》《平陵》等。这些歌辞都是诸如“郊祀歌”“铙歌”“相和歌”等一类或一组歌辞的集合，前面大标题中往往以表示功能或音乐方式的名称为标题。如“郊祀歌”指示音乐的功能，“铙歌”“相和歌”指示音乐方式，“歌”则是一种音乐类别的泛称。据以为题的头两字或三字仅仅用来具体指称该首歌辞，以与同类或同组的其他歌辞相区别，不具有概括歌辞内容和意义的功能。汉

① 郭茂倩：《乐府诗集》，中华书局 1979 年版，第 579 页。
② 郭茂倩：《乐府诗集》，中华书局 1979 年版，第 377 页。
③ 段玉裁：《说文解字注》，上海古籍出版社 1988 年版，第 190 页。
④ 董诰等：《全唐文》卷九二三，中华书局 1983 年影印本，第 9615 页。

魏六朝乐府诗大多是以这种方式命题的，反映了人们对乐府诗音乐特性的重视。

2. 因事立题

所谓因事立题，是指以歌辞的内容和音乐功能为导向的诗歌命题方式。晋宋以降的郊庙歌辞多用这种命题方式，如傅玄《晋郊祀歌》的诗题名称有“夕牲歌”“迎送神歌”“享神歌”；傅玄《晋天地郊明堂歌》的诗题名称“夕牲歌”“降神歌”“天郊享神歌”“地郊享神歌”“明堂享神歌”；颜延之《宋南郊登歌》的诗体名称“夕牲歌”“迎送神歌”“享神歌”。张华、成公绥的“晋四厢乐歌”的诗歌名称有“王公上寿诗”“食举东西厢诗”“正旦大会行礼诗”等。这是从歌曲的音乐文化功能角度对歌辞的命题。又如缪袭《魏鼓吹曲十二首》、韦昭《吴鼓吹曲十二曲》的诗歌虽然是取歌辞的头二字为题，但多数诗题名与诗歌主题一致。《宋书·乐志》载：“汉第三曲《艾如张》，今第三曲《获吕布》，言曹公东围临淮，生擒吕布也。”“汉第四曲《上之回》，今第四曲《克官渡》，言曹公与袁绍战，破之于官渡也。”“今第五曲《旧邦》，言曹公胜袁绍于官渡，还谯收藏死亡士卒也。”“今第六曲《定武功》，言曹公初破邺，武功之定，始乎此也。”“今第七曲《屠柳城》，言曹公越北塞，历白檀，破三郡乌桓于柳城也。”“今第八曲《平南荆》，言曹公平荆州也。”“今第九曲《平关中》，言曹公征马超，定关中也。”“今第十曲《应帝期》，言曹文帝以圣德受命，应运期也。”“今第十二曲《太和》，言魏明帝继体承统，太和改元，德泽流布。”①《吴鼓吹曲》，如《乌林》是“言曹操既破荆州，从流东下，欲来争锋。大皇帝命将周瑜逆击之于乌林而破走也。”又如《克皖城》是“言曹操志图并兼，而令朱光为庐江太守。上亲征光，破之于皖城也。”②这种命题方式，虽然诗歌标题与诗歌主题开始趋于吻合，但主要还是以诗歌所

① 沈约：《宋书》，中华书局 1974 年版，第 644—647 页。
② 沈约：《宋书》，中华书局 1974 年版，第 657—658 页。

配合的礼乐文化功能为主，与唐代新乐府“因事立题，无复依榜”的情况有所不同。这种命题方式在魏晋及以后的礼乐歌辞中逐渐兴起。

3. 以曲代题

所谓以曲代题，是指以乐曲名代替诗歌标题。《梁鼓角横吹曲》六十六首中的大部分诗歌是以曲代题的，如《企喻歌辞》“男儿欲作健，结伴不须多。鹞子经天飞，群雀两向波。”又如《紫骝马歌辞》“高高山头树，风吹叶落去。一去数千里，何当还故处。”①这些诗歌仅以《企喻》《琅琊王》《钜鹿公主》《紫骝马》《黄淡思》《地驱乐》《雀劳利》《慕容垂》《陇头流水》等乐曲代替，未另标诗题。《乐府诗集》曰：“《古今乐录》有《梁鼓角横吹曲》，多叙慕容垂及姚泓时战阵之事，其曲有《企喻》等三十六曲，乐府胡吹旧曲又有《隔谷》等歌三十曲，总六十六曲，未详时用何篇也。”②可见，这组歌曲多是北朝鲜卑乐曲，在南北交流中被传到南方并进入梁代的音乐机关。③ 这种方式反映了这组歌辞是“以乐存辞”的方式保存下来的。

以曲代题的还有“吴歌”“西曲”歌辞。“吴歌”如《子夜歌》《欢闻歌》《上声歌》《前溪歌》《长史变》等，“西曲”如《石城乐》《乌夜啼》《估客乐》《襄阳乐》《三洲歌》《江陵乐》等。《宋书·乐志》曰：“吴歌杂曲，并出江东，晋宋以来，稍有增广。”④吴歌是建业及周边地区的民谣俗曲。西曲则是在荆、郢、樊、邓地区民歌谣曲的基础上经文人加工的歌舞曲。这些曲辞篇幅短小，《乐志》《乐谱》载录时没有为每首歌辞命名，而是以歌曲的名称通称歌辞了，这种以曲代题的方式，意在突出这些乐曲特别的音乐风格和歌唱方式。这些地方歌曲，以其特别的音乐风格得名，歌辞往往是不固定的，在现实生活中，人们是可以依曲而唱新辞的，所以这

① 郭茂倩：《乐府诗集》，中华书局 1979 年版，第 363、365 页。
② 郭茂倩：《乐府诗集》，中华书局 1979 年版，第 309—310 页。
③ 参拙作《魏晋南北朝乐府歌辞研究》，上海古籍出版社 2009 年版，第 314—315 页。
④ 沈约：《宋书》，中华书局 1974 年版，第 549 页。

些歌辞并不需要特别另立标题。

4. 曲辞合题

所谓曲辞合题，是指将曲名与辞名组合在一起共同作为乐府诗的标题，最典型的是相和歌辞。

《古今乐录》引张永《元嘉技录》曰：“相和有十五曲，一曰《气出倡》，二曰《精列》，三曰《江南》，四曰《度关山》，五曰《东光》，六曰《十五》，七曰《薤露》，八曰《蒿里》，九曰《觐歌》，十曰《对酒》，十一曰《鸡鸣》，十二曰《乌生》，十三曰《平陵东》，十四曰《东门》，十五曰《陌上桑》。”①《气出倡》《精列》《江南》等均为曲名。

沈约《宋书・乐志》载录这些歌辞时，取歌辞头两字、三字或一句作为歌辞标题，并将曲名一并列入标题，如下表：

《宋书・乐志》相和歌辞题名方式一览表②

序号	歌辞名	曲　名	辞作者	备注
1	驾六龙	《气出倡》	武帝词	
2	厥初生	《精列》	武帝词	
3	江南可采莲	《江南》	古词	
4	天地间	《度关山》	武帝词	
5	东光乎	《东光》	古词	
6	登山有远望	《十五》	文帝词	
7	惟汉二十二世	《薤露》	武帝词	
8	关东有义士	《蒿里行》	武帝词	
9		《觐歌》		无词
10	对酒歌太平	《对酒》	武帝词	

① 郭茂倩：《乐府诗集》，中华书局1979年版，第382页。
② 沈约：《宋书》，中华书局1974年版，第603—608页。

续表

序号	歌辞名	曲　名	辞作者	备注
11	鸡鸣高树巅	《鸡鸣》	古词	
12	乌生八九子	《乌生》	古词	
13	平陵东	《平陵》	古词	
14		《东门》		无词
15	弃故乡	《陌上桑》	文帝词	
16	今有人		楚辞钞	
17	驾虹霓		武帝词	

从上表可见，凡“古词”，曲名与词名是一致的，这大概是汉代乐府诗最常见的“据辞立题”拟提方式的保留；凡文人“拟辞”则曲名与词名开始不一致了。为了区别不同的拟词，则给每首拟词以“据辞立题”的方式独自拟一个题，与曲名共同作为诗歌的标题。

相和歌曲清商三调歌辞的标题较相和歌有新的变化：一是所有曲调名均有“行”字；二是古辞曲调名与歌辞头二字、三字有了区别；三是曲调名与歌辞名组合为题比较普遍。这些变化从张永《元嘉正声技录》、王僧虔《大明三年宴乐技录》及沈约《宋书·乐志》对乐府歌辞的题录中可以见出。

如《古今乐录》曰：

“王僧虔《大明三年宴乐技录》，平调有七曲：一曰《长歌行》，二曰《短歌行》，三曰《猛虎行》，四曰《君子行》，五曰《燕歌行》，六曰《从军行》，七曰《鞠歌行》。”①

“王僧虔《技录》，清调有六曲：一曰《苦寒行》，二曰《豫章行》，三曰《董逃行》，四曰《相逢狭路间行》，五曰《塘上行》，六曰《秋胡行》。”②

“王僧虔《技录》，瑟调曲有《善哉行》《陇西行》《折杨柳行》《西

① 郭茂倩：《乐府诗集》，中华书局1979年版，第441页。
② 郭茂倩：《乐府诗集》，中华书局1979年版，第495页。

门行》《东门行》《东西门行》《却东西门行》《顺东西门行》《饮马行》《上留田行》《新成安乐宫行》《妇病行》《孤子生行》《放歌行》《大墙上蒿行》《野田黄爵行》《钓竿行》《临高台行》《长安城西行》《武舍之中行》《雁门太守行》《艳歌何尝行》《艳歌福钟行》《艳歌双鸿行》《煌煌京洛行》《帝王所居行》《门有车马客行》《墙上难用趋行》《日重光行》《蜀道难行》《棹歌行》《有所思行》《蒲坂行》《采梨橘行》《白杨行》《胡无人行》《青龙行》《公无渡河行》。”①

从《古今乐录》引王僧虔《大明三年宴乐技录》看，刘宋时期的“清商三调”曲调名后均加一“行”字。沈约《宋书·乐志》著录清商三调时，曲名不仅加“行”字，还对每首歌辞冠以标题。如下表：

《宋书·乐志》清商三调歌诗命名方式一览表②

序号	调　名	歌辞名	曲　名	辞作者	备　注
1	平调	周西	短歌行	武帝词	六解
2		秋风	燕歌行	文帝词	七解
3		仰瞻	短歌行	文帝词	六解
4		别日	燕歌行	文帝词	六解
5		对酒	短歌行	武帝词	六解
6	清调	晨上	秋胡行	武帝词	四解
7		北上	苦寒行	武帝词	六解
8		愿登	秋胡行	武帝词	五解
9		上谒	董桃行	古词	五解
10		蒲生	塘上行	武帝词	五解
11		悠悠	苦寒行	明帝词	五解

① 郭茂倩：《乐府诗集》，中华书局 1979 年版，第 534—535 页。
② 沈约：《宋书》，中华书局 1974 年版，第 608—622 页。

续表

序号	调　名	歌辞名	曲　名	辞作者	备　注
12	瑟调	朝日	善哉行	文帝词	五解
13		上山	善哉行	文帝词	六解
14		朝游	善哉行	文帝词	五解
15		古公	善哉行	武帝词	七解
16		自惜	善哉行	武帝词	六解
17		我徂	善哉行	明帝词	八解
18		赫赫	善哉行	明帝词	四解
19		来日	善哉行	古词	六解
20	大曲	东门	东门行	古词	四解
21		西山	折扬柳行	文帝词	四解
22		罗敷	艳歌罗敷行	古词	三解
23		西门	西门行	古词	六解
24		默默	折扬柳行	古词	四解
25		园桃	煌煌京洛行	文帝词	五解
26	大曲	白鹄	艳歌何尝行(飞鹄行)	古词	四解
27		碣石	步出夏门行	武帝词	四解
28		何尝	艳歌何尝行	古词	五解
29		置酒	野田黄雀行	东阿王词	四解
30		为乐	满歌行	古词	四解
31		夏门	步出夏门行(陇西行)	明帝词	二解
32		王者布大化	櫂歌行	明帝词	五解
33		洛阳令	雁门太守行	古词	八解
34		白头吟	与櫂歌同调	古词	五解

《宋书·乐志》对歌辞的冠名方式基本上是取歌辞的头二字、三字形成，属于“据辞立题”的方式。平调曲5首、清调曲6首、瑟调曲8首，共19首歌辞均是以此方式冠名的。

十五大曲，有11首也是以此方式冠名，但有4首有了变化，一是《艳歌罗敷行》“罗敷”，二是《步出夏门行》“碣石”，三是《雁门太守行》“洛阳令”，四是《櫂歌》“白头吟”。在此对这四首歌辞的称名略作辨析。

我们先看《艳歌罗敷行》。《乐府诗集》在相和曲解题中提到，《古今乐录》引张永《元嘉正声技录》的载录，相和歌十五曲之第十五曲曰《陌上桑》，指出《陌上桑》是“十三曲有辞”者之一，其辞乃“《陌上桑》并古辞是也”，又说“《陌上桑》歌瑟调，古辞《艳歌罗敷行》‘日出东南隅’篇。”[①]郭茂倩《乐府诗集》对“相和歌辞”曲调先后的排列是根据张永《元嘉正声技录》的顺序，将“日出东南隅”古辞排在相和歌曲《陌上桑》中，但在解题中特别提到《陌上桑》：“一曰《艳歌罗敷行》”，并引《古今乐录》曰：“《陌上桑》歌瑟调，古辞《艳歌罗敷行》《日出东南隅篇》。”[②]这些文献透出的信息有三方面：一是“日出东南隅”古辞曾配“相和歌”《陌上桑》曲，后来荀勖“撰旧词施用”于“清商三调”时，将之改成瑟调曲《艳歌罗敷行》。二是瑟调曲《艳歌罗敷行》“日出东南隅篇”还是以曲调名与歌辞头一句共同组合成诗歌的题名。三是沈约《宋书·乐志》的题名方式也有提炼歌辞内容和主题命名的“因事立题”的做法。如《艳歌罗敷行》“罗敷”、《雁门太守行》“洛阳令”都是这种拟题方式。《古今乐录》引王僧虔《技录》云：“《雁门太守行》歌古洛阳令一篇。”[③]

《步出夏门行》，据王僧虔《大明三年宴乐技录》有《陇西行》，而无《步出厦门行》。沈约《宋书·乐志》著录魏明帝《步出夏门行》“夏门”篇，

① 郭茂倩：《乐府诗集》，中华书局1979年版，第382页。
② 郭茂倩：《乐府诗集》，中华书局1979年版，第410页。
③ 郭茂倩：《乐府诗集》，中华书局1979年版，第573页。

其下有注曰："一曰《陇西行》"。明帝歌辞头句为"步出夏门行"。可见，《宋书·乐志》大曲《步出夏门行》本为《陇西行》，因魏明帝歌辞头句"步出夏门"，又称此调为《步出夏门行》，沈约《宋书·乐志》取《步出夏门行》为曲调名也是遵循了汉代乐府诗"据辞立题"的习惯。沈约以"碣石"作为歌辞名，是因为歌辞"东临碣石"首句而来。《宋书·乐志》歌辞中"东临碣石"前的部分为该曲的"艳辞"，"艳"是大曲表演时的"序曲"，是相对独立于正曲之外的部分。

《櫂歌行》"白头吟"，《古今乐录》引王僧虔《技录》："楚调曲有《白头吟行》《泰山吟行》《梁甫吟行》《东武琵琶吟行》《怨诗行》。"又曰："《白头吟行》歌古'皑如山上雪'篇。"①可见，《白头吟行》是一首楚调曲，《宋书·乐志》收入十五大曲，并说"《白头吟》与《櫂歌》同调"，《櫂歌》是瑟调曲，说明《白头吟行》被纳入大曲《櫂歌行》曲调中演唱。这里，沈约为了突出"皑如山上雪"歌辞既是楚调《白头吟行》，现在又进入大曲《櫂歌行》演唱，所以将歌辞题目冠以《白头吟》，既突出其楚调的历史，又揭示其"白头不相离"的主题。在大曲曲名上没有明确标示《櫂歌行》，只注明"与《櫂歌》同调"的演唱情况，说明《白头吟》歌辞虽进入大曲与《櫂歌》同调演唱，但在具体表演方式上也许存在一些差别，从魏明帝《櫂歌》"王者布大化"歌辞的对比中可窥知一些信息：《櫂歌》"王者布大化"，五言四句一解，共五解，结尾有趋辞四句，共二十四句。《白头吟》古辞五解，一解五言四句，二解五言六句，三解、四解五言四句，五解五言八句，共二十六句，无趋辞。

其实，《宋书·乐志》将乐曲名与歌辞名组合在一起为诗歌冠名的方式，王僧虔《大明三年技录》中多有体现，如《古今乐录》引王僧虔《技录》云："《短歌行》'仰瞻'一曲，魏氏遗令，使节朔奏乐，魏文帝制此辞，自抚筝和歌。"②

① 郭茂倩：《乐府诗集》，中华书局1979年版，第599页。
② 郭茂倩：《乐府诗集》，中华书局1979年版，第446页。

沈约《宋书》七十卷纪传成书于南齐永明六年(公元488)，三十卷志是后来续成的，《乐志》称“邹衍”为“邹羡”，是避梁武帝萧衍的讳，《乐志》成书当在梁天监元年(公元502)梁武帝即位以后。张永《元嘉正声技录》和王僧虔《大明三年宴乐技录》均早于《宋书·乐志》。

总体来说，相和歌曲中曲辞合题的命题方式主要体现在两个方面：一是将表示乐器演奏旋律的“行”加在歌辞名之后作为相和曲调名。二是将曲调名与歌辞名组合在一起作为一首歌辞的冠名。

第二节　刘宋文人拟乐府与南朝乐府体

一、刘宋文人拟乐府及其创作模式

1. 刘宋文人拟乐府概述

东晋的文人拟乐府创作是相对沉寂的。东晋百年，现存拟乐府作品仅有刘琨《扶风歌》、杨方《合欢诗》、梅陶《怨诗行》、张骏《薤露行》《东门行》、谢尚《大道曲》、孙绰《璧玉歌》、王献之《桃叶歌》、桃叶《答王团扇歌》、谢道韫《泰山吟》、谢芳姿《团扇歌》、赵整《琴歌》、陶渊明《挽歌》等十余首。[①] 刘宋时期，文人拟乐府创作又开始活跃起来，谢灵运、鲍照等一大批诗人创作了大量拟乐府作品，形成魏晋之后文人拟乐府创作的又一高峰。郭茂倩《乐府诗集》共收录刘宋时期文人拟乐府约180首，涉及诗人20余人。具体如下：

鲍照八十七首，谢灵运十七首，何承天十五首，谢惠连十二首，汤惠休十首，吴迈远九首，孝武帝刘骏七首，孔欣、颜延之、刘义恭各三首，伍辑之、孔甯子、刘铄、荀昶、鲍令晖各二首，袁淑、何偃、颜

① 上列诗人及作品，以逯钦立《先秦汉魏晋南北朝诗》为据，中华书局1983年版，第849—1012页。

竣、庾徽之、颜师伯、袁伯文各一首。

2. 刘宋文人拟乐府的用调特点

刘宋文人拟乐府的用调类别涉及《鼓吹曲》《横吹曲》《相和歌曲》《清商三调》《杂曲歌》《舞曲》《琴曲》《吴歌西曲》《杂歌谣》等九大类。其各类别曲题具体使用情况如下：

鼓吹曲：何承天《朱路篇》《思悲公篇》《雍离篇》《战城南篇》《巫山高篇》《上陵者篇》《将进酒篇》《君马篇》《芳树篇》《有所思篇》《雉子游原泽篇》《上邪篇》《临高台篇》《远期篇》《石流篇》等十五题。

横吹曲：《梅花落》一题。

相和歌曲：《江南思》《蒿里》《挽歌》《采桑》《日出东南隅行》《王昭君》《楚妃叹》七题。

清商三调歌曲：平调曲有《长歌行》《置酒高堂上》《猛虎行》《燕歌行》《从军行》《鞠歌行》六题；清调曲有《苦寒行》《豫章行》《相逢行》《相逢狭路间》《长安有狭邪行》《三妇艳》《塘上行》《秋胡行》八题；瑟调曲有《善哉行》《陇西行》《折扬柳行》《东门行》《却东西门行》《顺东西门行》《上留田行》《放歌行》《飞来双白鹄》《艳歌行》《煌煌京洛行》《门有车马客行》《櫂歌行》十三题；楚调曲有《白头吟行》《泰山吟行》《东武吟行》《怨诗行》四题；共三十一题。

吴歌西曲：《丁督护歌》《采菱歌》《阳春歌》《萧史曲》四题①。

舞曲：《淮南王》《白纻曲》《白纻歌》三题。

琴曲：《雉朝飞》《幽兰操》《别鹤操》《楚朝曲》《楚明妃曲》《胡笳曲》《秋风曲》七题。

杂曲歌：《出自蓟北门行》《君子有所思行》《悲哉行》《白马篇》《升天行》《松柏篇》《会吟行》《北风行》《苦热篇》《春日行》《朗月行》《堂上歌

---

① 鲍照：《吴歌三首》，未注明具体用调，此不计入题数。郭茂倩《乐府诗集》，中华书局1979年版，第640页。

行》《前缓声歌》《缓歌行》《结客少年场行》《游子移》《鸣雁行》《空城雀》《自君之出矣》《长相思》《行路难》《长别离》《杞梁妻》《冉冉孤生竹》《淫思古意》《夜坐吟》《杨花曲》等二十七题；另有《乐府诗集》未收的鲍照诗《少年时至衰老行》《阳春登荆山行》《贫贱苦愁行》《边居行》《邽街行》五题；共三十二题。

杂歌谣：《扶风歌》《中兴歌》《劳歌》三题。

可见，刘宋时期文人拟乐府创作，使用最多的曲题是相和歌、清商三调和杂曲歌等几种类别，特别是对清商三调歌曲和杂曲歌的拟作最多。这与魏晋文人拟乐府，特别是与曹植、陆机拟乐府所用曲题基本一致。相和歌是汉代旧歌，魏明帝时期有十三曲，刘宋时期张永《元嘉正声技录》载“相和有十五曲”。清商三调是西晋荀勖等人在相和歌基础上，“因弦管金石，造歌以被之”而成的。其所造之辞多采汉魏“旧辞”，特别是曹氏三祖的乐府作品在清商三调中最多。据智匠《古今乐录》、张永《元嘉正声技录》及王僧虔《大明三年宴乐技录》记载，平调曲《短歌行》《燕歌行》《鞠歌行》三曲、清调曲《苦寒行》《董逃行》《塘上行》《秋胡行》四曲、瑟调曲《善哉行》《艳歌罗敷行》《折扬柳行》《西门行》《东门行》《櫂歌行》《陇西行》《雁门太守行》《艳歌何尝行》《煌煌京洛行》《门有车马客行》等十八曲、楚调曲《白头吟行》《怨诗行》二曲，在刘宋时期都是可歌的。虽然刘宋时期的相和歌、清商三调近四十曲可以歌唱，但歌辞都是魏晋旧辞，未见刘宋文人拟作进入相和三调曲歌唱的记载。①

3. 刘宋文人拟乐府的几种模式

刘宋时期的文人拟乐府已经是典型的拟篇之作，主要是对汉魏古辞或文人拟辞的拟作。大概有这么几种创作模式：一是依循原作主题延展；二是从原作的某一点生发拓展新主题；三是以曲题为主题的咏题。

---

① 关于相和三调在南朝的演唱情况，详见拙著《魏晋南北朝乐府歌辞研究》“南朝文人歌辞创作用调分析”的具体考证，上海古籍出版社 2009 年版，第 326—342 页。

第一，在原作主题上延展。如谢灵运《长歌行》“倏烁夕星流”篇，《乐府解题》曰：“古辞云‘青青园中葵，朝露待日晞’，言芳华不久，当努力为乐，无至老大乃伤悲也。……若陆机‘逝矣经天日，悲哉带地川’则复言人运短促，当乘间长歌，与古文合也。”①谢灵运《长歌行》是对陆机《长歌行》的拟作，是在陆诗“人运短促，当乘间长歌”主题上的延展，诗的结尾“幸赊道念戚，且取长歌欢”，与陆诗结尾“迨及岁未暮，长歌乘我闲”有异曲同工之妙。谢陆二诗的篇幅结构相同，陆诗用先韵、谢诗用寒韵，汉代先韵、寒韵同属元韵部。又如谢灵运《猛虎行》，古辞以“饥不从猛虎食，暮不从野雀栖”开头，后两句“野雀安无巢，游子为谁骄”点明题意，劝诫游子当谨于立身。陆机依循古辞，以“渴不饮盗泉水，热不息恶木阴”开篇，结语“眷我耿介怀，俯仰愧古今”，表达了志士不以艰险而改节的精神品质。谢诗依循前二诗，以“贫不攻九疑玉，倦不憩三危峰”开篇，接着以“美物标贵用，志士厉奇踪”，抒写其雄伟的抱负和理想，结尾以“伐鼓功未著，振旅何时从”，表达报效王命、振旅从军的愿望。该诗在依循古辞和陆机拟作主题的基础上进行延展。谢灵运《燕歌行》“孟冬”篇依循曹丕《燕歌行》“秋风”“别日”篇有关“时序迁换，行役不归，妇人怨旷无所诉”的主题。谢惠连《燕歌行》“四时”篇是对陆机《燕歌行》“四时”篇的拟作，陆机诗结尾“别日何早会何迟”，绾合曹丕《燕歌行》“别日”篇的开头“别日何易会何难”，突出“别离相思”主题。只是谢惠连诗在“别离相思”基础上，宕开一笔，以“余独何为志无成，忧缘物感泪沾缨”结尾，既是游子对思妇“何为淹留无归声”的回答，也是诗歌笔触的转向，表达了游子对“志无成”的感伤，较以往“离别相思”主题又延展了一层意义。颜延之《从军行》“苦哉”篇依循《从军行》曲调“军旅苦辛”的主题，并以陆机《从军行》“苦哉”篇为拟作对象，叙述“远征人”的苦辛。此类作品是文人拟乐府创作最多的，成为文

① 郭茂倩：《乐府诗集》，中华书局1979年版，第442页。

人拟乐府创作的基本模式。

第二，从原作的某一点生发拓展新主题。文人拟乐府还有一种模式就是从原作题材、主题，本事，或者意象出发，生发拓展出新的主题来。如谢惠连《秋胡行》“春日”篇，根据秋胡妇采桑于郊，秋胡回家至郊不识其妇，而遗金取悦其妇的本事，生发出在“春日迟迟，桑何萋萋”的春日里，与一位含笑女子的邂逅情景，最后表达其“良愿难谐”的苦恼。《秋胡行》“系风”篇表达追求汉水女神和洛神而不得的忧愁。其主题与傅玄《秋胡行》演绎秋胡的本事大不相同，但又是从本事的“路遇采桑妇”和“金诱未遂”情节生发出来的。颜延之《秋胡行》写夫妻的离别相思之情，也是从秋胡与妻的本事生发而出的。如《东门行》，古辞的主题是劝诫士人“君复自爱莫为非”，鲍照《东门行》“伤禽”篇则从古辞“士拔剑将去，妻子牵衣留之”的情节处，生发出感伤离别的新主题。又如谢灵运《却东西门行》“慷慨”篇，从曹操《却东西门行》“鸿雁”篇“冉冉老将至，何时反故乡”的意象中生发出对“人生随时变，迁化焉可祈”的感叹。特别突出的如鲍照《放歌行》“蓼虫”篇，以铺叙的手法将官场钻营奔竞的腐败风气一一呈现，最后“今君有何疾，临路独迟回”两句，表达了作者不愿被污浊世风所染的气节。《乐府诗集》引《歌录》曰：“《孤子生行》，亦曰《放歌行》。”[①]《孤子生行》一曰《孤儿行》。原作《孤儿行》古辞的主题是反映“孤儿为兄嫂所苦，难与久居”的社会问题的。

第三，以曲题为主题的赋题。鲍照《梅花落》直接歌咏梅花“霜中能作花，露中能作实”的坚韧品质。赋题之作使主题与曲题相一致，类似于后世自由拟题的徒诗创作。鲍照《煌煌京洛行》“凤楼十二重”篇“始则盛称京洛之美，终言君恩歇薄”，诗歌以曲题的铺叙进入主题。而晋乐所奏曹丕《煌煌京洛行》“夭夭”篇则是通过对历史人物的评说，表明诗人“虚美难假，偏轮不行”的观点。鲍照这首作品在《鲍明远集》中称《代陈

① 郭茂倩：《乐府诗集》，中华书局1979年版，第567页。

思王京洛篇》，现存《曹植集》无《京洛篇》，大概是失传了吧。以曲题为主题的赋题之作，当数鲍照《拟行路难》十八首最为典型，诗歌围绕“世路艰难及离别悲伤之意”展开，尽管题材内容涉及诸如年命之悲、空闺之怨、戍边之愁、困顿之叹等各方面境遇，但诗歌的主题与曲题《行路难》的字面意是高度吻合的。

当然，赋题法不始于鲍照，魏晋文人拟乐府的初期就已存在。如陈琳《饮马长城窟行》紧扣“饮马长城窟”展开叙事，诗歌以“饮马长城窟，水寒伤马骨”开篇，接着铺叙因少健在边城修筑长城，导致内地多寡妇的现实，发出“男儿宁当格斗死，何能怫郁筑长城”的心声。诗歌后半通过筑城役卒夫妻间往来书信的两段对话，揭露朝廷无休止的劳役给人民带来的深重灾难。而《饮马长城窟行》“青青河畔草”古辞则主要叙写思妇对远道之人的思念之情。西晋陆机也有部分赋题之作，如《櫂歌行》“迟迟暮春日”篇，叙写春日泛舟所见的优美画面，其中“名讴激清唱，榜人纵櫂歌”与曲题相绾合。而晋乐所奏的魏明帝曹睿《櫂歌行》“王者布大化”则是“备言平吴之勋”①。刘宋孔宁子《櫂歌行》依循陆机“乘舟鼓櫂”主题而作，写上巳节乘舟水嬉的盛大壮观场面。谢灵运《泰山吟》叙写泰山的风景和历史。东晋义熙末年何承天私造的《鼓吹铙歌》十五篇，“虽有汉曲旧名，大抵别增新意”，也多是根据旧曲的赋题之作，所以“其义与古辞考之多不合”②。

《乐府解题》曰：“《泰山吟》，言人死精魄归于泰山，亦《薤露》《蒿里》之类也。”③陆机《泰山吟》“幽途延万鬼，神房集百灵。长吟泰山浉，慷慨激楚声。”也是依循原曲调的主题。鲍照的赋题之作，如《梅花落》《拟行路难》十八首，进一步强化了曲题与诗歌主题的对应关系。

刘宋文人拟乐府的三种模式，其实也是对魏晋文人拟乐府创作模式

① 郭茂倩：《乐府诗集》，中华书局1979年版，第593页。
② 郭茂倩：《乐府诗集》，中华书局1979年版，第287页。
③ 郭茂倩：《乐府诗集》，中华书局1979年版，第605页。

的继承和发扬，特别是对曹植、陆机乐府诗创作方法的发扬。

二、鲍照拟乐府与文人乐府体的确立

鲍照是刘宋时期乐府诗创作最多的诗人，也是汉魏六朝时期乐府诗创作最多的诗人。郭茂倩《乐府诗集》收录鲍照乐府诗三十九题八十二首，逯钦立《先秦汉魏晋南北朝诗》收录鲍照乐府诗四十四题八十七首。

1. 鲍照拟乐府的曲题类别

鲍照乐府诗使用的曲题涉及横吹曲、相和歌、清商三调、杂曲、舞曲、琴曲、吴歌西曲、杂歌等类别。具体使用情况如下：

横吹曲：《梅花落》一题。

相和歌曲：《采桑》《蒿里行》《挽歌》《王昭君》四题。

清商三调歌曲：《东门行》《放歌行》《煌煌京洛行》（代陈思王京洛篇）《门有车马客行》《棹歌行》《白头吟》《东武吟行》七题。

杂曲歌：《出自蓟北门行》《君子有所思行》《悲哉行》《白马篇》《升天行》《松柏篇》（拟傅玄《龟鹤篇》）《苦热篇》《朗月行》《堂上歌行》《结客少年场行》《少年时至衰老行》《阳春登荆山行》《贫贱苦愁行》《边居行》《邽街行》《鸣雁行》《行路难》《北风凉行》《空城雀》《夜坐吟》《春日行》二十一题。

舞曲：《白纻舞歌词》《白纻曲》《淮南王》三题。

琴曲：《别鹤操》《幽兰操》《雉朝飞》三题。

吴歌西曲：《萧史曲》《采菱歌》《吴歌》三题。

杂歌：《扶风歌》《中兴歌》二题。[①]

从鲍照乐府诗所用曲题看，还是以相和歌、清商三调和杂曲歌为主，与魏晋时期文人拟乐府用调大体一致。但鲍照乐府诗开始关注晋宋

---

① 逯钦立：《先秦汉魏晋南北朝诗》，中华书局 1983 年版，第 1257—1280 页。

时期逐渐流行的吴歌、西曲。

2. 鲍照拟乐府的创作特点

鲍照乐府诗创作的总体特点是在继承曹植、陆机拟乐府模式的基础上进行创变。曹植乐府诗大部分是以原曲调的歌辞内容为蓝本进行的拟篇之作，在主题、题材及内容上与原作保持着一定的联系。这样，就形成了曹植拟乐府的几个重要特点：其一，以代言为主的情感表达方式。他的拟篇乐府，往往通过神话故事或他事他物的比喻象征，委婉地表达自己的个体情感。其二，叙事性的结构安排。诗歌篇幅以叙述历史故事、美女遭遇或他人他事为主，叙事角度以第三人称为主。陆机的拟乐府则进一步固化了曹植诗歌的这些特点：一是在题材和主题上更多地依循汉魏古题，在古题范围内拓展、创新；二是以第三人称叙事的结构安排；三是将个体情感融汇在诗歌普世性情感的表达之中。这样，既保留了拟乐府与汉乐府的内在联系，又满足了文人个体情感的表达需求。鲍照拟乐府在曹植、陆机开创的文人拟乐府创作的基础上进行了新的创变，呈现出新的特点。鲍照乐府诗的新变，可以从其拟题方式上进行分析。

鲍照乐府诗的拟题方式大致有三种类型：一是直接用曲题名，如《梅花落》《采菱歌》《幽兰》《王昭君》《中兴歌》等；二是在曲题前加“拟”字，如《拟行路难》等；三是在曲题前加“代”字，如《代东武吟》《代出自蓟北门行》《代结客少年场行》《代东门行》《代白头吟》等，这一类型最多，在《鲍照集》中有三十三题。① 鲍照乐府诗的新变主要体现在“代××

① 《文选》收录鲍照乐府诗《东武吟》《出自蓟北门行》《结客少年场行》《东门行》《苦热行》《白头吟》《放歌行》《升天行》八首，诗题无“代”字。《玉台新咏》卷四收录鲍照“杂诗”九首，有《代京洛篇》《拟乐府白头吟》《采桑诗》三首、乐府《朗月行》《东门行》二首；卷九收录鲍照杂诗八首，有《代淮南王》二首、《代白纻歌辞》二首、《行路难》四首。《艺文类聚》收录鲍照乐府诗有《结客少年场行》《出自蓟北门行》《苦热行》《代君子有所思行》《东武吟行》《驱马上东门行》《代京洛篇》《代陈王白马篇》《升天行》《放歌行》《代淮南王》《代白纻辞歌》。《初学记》有《代京洛篇》。而《乐府诗集》概不用“代”字。本文统计依丁福林、丛玲玲《鲍照集校注》，中华书局2012年版。

行”这一类型的作品中。其“代××行”之“代”字约相当于“替代”的意思，在鲍照乐府诗中的具体指意大概有三种情况：

第一，代人言。所谓“代人言”是指作者通过旧题乐府以代人立言，或表情言志，或劝世戒俗。如清张玉谷《古诗赏析》卷十七评鲍照《代东武吟》曰：“此代从军老卒诉苦望恤之诗。”①清吴淇《六朝选诗定论》卷十三论鲍照《代东门行》曰：“乐府有《东门行》，曰‘出东门，不顾归’，乃妇人送别归而叹于室，词至哀切。参军所拟，乃代行者别后之词。”论《代放歌行》曰：“合通篇二十二句论之，是作者代放臣之言。题曰《代放歌行》，‘代’字盖指作者，代放臣。”论《代君子有所思行》曰：“按乐府有《君子有所思行》，盖登山而见世人之奢华，因思古人之贤哲也。此虽用乐府题，而体则古诗，故不用行字。却于题上添一‘代’字，言当今之世并无君子，故代为之词云。”②

鲍照此类乐府诗往往借乐府旧题转出新意，或劝世或讽时，充满强烈的现实感。如《代结客少年场行》，据曹植《结客行》“结客少年场，报怨洛北邙”为题，写一位侠士年少时结交任侠之客为游乐之场，而终悔无成的故事，以劝诫世人。元方回《文选颜鲍谢诗评》卷三曰：“此谓侠少，晚而悔者。朱家、郭解之徒，终贻悔吝，况区区杀人亡命子乎？可以为戒也。”③清方东树《昭昧詹言》卷六亦云：“‘升高’以下，为盱豫之悔，亦所以为讽也。”④《苦热行》是拟曹植《苦热行》之作。《乐府解题》曰：“《苦热行》备言流金烁石、火山炎海之艰难也。若鲍照云：‘赤阪横西阻，火山赫南威。’言南方瘴疠之地，尽节征伐，而赏之太薄也。”⑤朱乾《乐府正义》也指出，鲍照此作乃“刺功高赏薄”⑥。诗人依循曹植《苦

① 张玉谷、许逸民：《古诗赏析》，中华书局2017年版，第418页。
② 吴淇：《六朝选诗定论》，广陵书社2009年版，第344、346、339页。
③ 李庆甲：《瀛奎律髓汇编》，上海古籍出版社1996年版，第1889页。
④ 东方树：《昭昧詹言》，人民文学出版社1961年版，第181页。
⑤ 郭茂倩：《乐府诗集》，中华书局1979年版，第937页。
⑥ 朱乾：《乐府正义》，乾隆五十四年秬香堂本，昭和五十五年(1980)影印本，第791页。

热行》日南、交止火山炎海之艰，连续用十六句诗铺叙南方苦热之状，诗后半借戈船、伏波二将军之典，影射宋文帝二十三年，檀和之、宗悫征伐林邑功高而赏薄之事。代人之言，正是汉乐府及魏晋文人拟乐府常用的代言体叙事传统。

第二，代己意。所谓“代己意”，是指作者通过乐府旧题委婉表达己意，抒发个人情感。如鲍照《代出自蓟北门行》是借曹植《艳歌行》“出自蓟北门，遥望胡地桑”两句诗而自拟诗题之作，其主题也从曹植的“艳歌”转为“从军报国”之志，结尾“时危见臣节，乱世识忠良。投躯报明主，身死为国殇”，寄托了鲍照自己的人生理想。对此，朱乾《乐府正义》曰：“古称燕赵多佳人。《出自蓟北门》本曹植《艳歌行》，与从军无涉。自鲍照借言燕蓟风物及征战辛苦，竟不知此题为艳歌矣。盖乐府有转有借，转者就旧题而转出新意，借者借前题而裁以己意。”①又如《代白头吟》，是鲍照借乐府旧题以自伤身世之作，元刘履《选诗补注》评之曰：“此殆明远为人所间，见弃于君，故借是题以喻所怀。”②又如《代陈思王白马篇》通过拟曹植《白马篇》以表达诗人自己立功边塞的愿望，特别是结尾“去来今何道，单贱生所钟。但令塞上儿，知我独为雄”四句，委婉地表达了因出生贫贱而壮志难酬的不平之气，是一首借乐府旧题以代己意的作品。朱嘉徵《乐府广序》说此诗“正接出言外感慨”③。明钟惺、谭元春《古诗归》卷十二评鲍照《代放歌行》曰：“乐府拟不如代，拟必求似，代则犹能自出，作者择之。”④

鲍照借乐府旧题以裁己意者甚多，而且总是在诗歌的结尾发表议论，寄托作者的人生感慨。如《代陈思王京洛篇》，诗歌叙述一女子备受君王爱幸恩宠的荣光，以及对色衰爱弛、不得所终的忧惧。结尾“古来

---

① 朱乾：《乐府正义》，乾隆五十四年秬香堂本，昭和五十五年(1980)影印本，第740—741页。

② 丁福林、丛玲玲：《鲍照集校注》，中华书局2012年版，第167页。

③ 朱嘉徵：《乐府广序》，《续修四库全书》，上海古籍出版社年2002年影印本，第427页。

④ 钟惺、谭元春：《诗归》，湖北人民出版社1985年版，第226页。

共歇薄，君意岂独浓。唯见双黄鹄，千里一相从”，借女子之口表达了诗人对自身处境的感慨。《乐府解题》说该诗“始则盛称京洛之美，终言君恩歇薄，有怨旷沉沦之叹”①。又如《代陆平原君子有所思行》是对陆机《君子有所思行》的拟作，陆机诗的主题是劝诫膏粱之士“雕室丽色，不足为久欢，宴安酖毒，满盈所宜敬忌”②。鲍诗借题发挥，转以君子对奢侈荒淫君主的规谏，结尾“智哉众多士，服理辨昭昧”，更是借众多君子之口，抒发了作者自己难以抑制的激越情绪。鲍照此类乐府诗，虽以乐府为题，而“体则古诗”。明钟惺、谭元春《古诗归》卷一二评鲍照《代东门行》为“促节厉响，情思婉转，乐府中古诗”③。所谓“体则古诗”或“乐府中古诗”，是指鲍照乐府诗中多抒发个人情志和人生感慨这一特点。一般而言，乐府诗和古诗的区别，主要体现在古诗往往以抒情言志为主，而乐府长于叙事，尤其是汉代以来的文人拟乐府，多以叙事为主，这大概是当时文人对乐府诗的一种基本理解和认识吧。

第三，代旧题。所谓“代旧题”，是指作者根据乐府旧题或旧辞的相关内容自拟新题。如梅鼎祚《古乐苑》卷三六，释鲍照《代少年时至衰老行》曰：“按《鲍照集》题上并有‘代’字，则此必旧有是作，而照拟之也。大抵为嗟老伤穷，羁旅无聊之意而已。”④鲍照类似的作品还有《代夜坐吟》《代北风凉行》《代阳春登荆山行》《代贫贱愁苦行》《代边居行》《代邽街行》《代空城雀》等。

其实，这种拟乐府的方法从曹植就开始尝试了，曹植的诸多杂曲乐府都是自拟新题之作。如《乐府诗集・杂曲歌辞》解题曰：“曹植之《惟汉》《苦思》《欲游南山》《事君》《车已驾》《桂之树》等行，《磐石》《驱车》《浮萍》《种葛》《吁嗟》《鰕䱇》等篇，傅玄之《云中白子高》《前有一樽酒》《鸿雁生塞北行》《昔君》《飞尘》《车遥遥篇》，陆机之《置酒》，谢惠连之

① 郭茂倩：《乐府诗集》，中华书局1979年版，第582页。
② 郭茂倩：《乐府诗集》，中华书局1979年版，第893—894页。
③ 钟惺、谭元春：《诗归》，湖北人民出版社1985年版，第225页。
④ 梅鼎祚：《古乐苑》，《四库全书》第1395，北京出版社2012年影印本，第389页。

《晨风》，鲍照之《鸿雁》，如此之类，其名甚多，或因意命题，或学古叙事，其辞具在，故不复备论。”①所谓“因意命题”，是指根据诗歌主题自拟新题。曹植其中有一组乐府诗就是用“当××行”的方式命题的，如《当来日大难》《当墙欲高行》《当欲游南山行》《当事君行》《当车已驾行》等。黄节注曹植《当来日大难》曰：“乐府古辞《善哉行》曰：‘来日大难，口燥唇干。’子建此篇取以命题，盖拟《善哉行》也。曹植拟《善哉行》为《日苦短》。《乐府正义》曰：‘当，代也，以此代《来日大难》也。’”②对其他几首“当××行”诗题的注释中，有古辞“已佚”“不传”的提示。曹植以“当××行”为题的这组乐府诗，有以己题代旧题的意味，即“因意命题”之作。可见，鲍照“代××行”的拟题方式是继承曹操“当××行”而来的，“当”与“代”均是“替代”之意。只是鲍照进一步扩大其范围，不管是否有旧辞都用“代”字，以实现其借乐府旧题代己意的意图。

总体而言，鲍照的拟乐府，比较突出地体现了两个特点：一是以乐府旧题以裁己意，通过乐府表达诗人个体情志；二是对社会现实的强烈观照。但鲍照乐府诗的情感表现是在汉魏文人拟乐府所建立的基本传统中展开的，即力求在古题中遇今事、见新意、抒真情。在代人立言的作品中，作者往往以老卒、行者、放臣、侠客、将领等故事的叙述为主，通过这些人物之口表达对现实的劝诫和讽谏。在借乐府旧题代己之意的作品中，更多地表达了自己的人生境遇和感慨，甚至不少奋激之辞，也是借诗中的具体事件和人物之口表现的。第三种自拟新题以代旧题的作品，作者的主体性更强，很多作品其实就是诗人的自由拟题创作。鲍照乐府诗，要么根据曹植、陆机乐府诗中的某些诗句拟题，要么遵循汉魏乐府诗的基本主题和“叙事”传统创作，体现了鲍照对汉魏乐府诗传统精神的理解。③

---

① 郭茂倩：《乐府诗集》，中华书局1979年版，第885页。

② 黄节：《曹子建诗注》，中华书局2008年版，第147页。

③ 参葛晓音《鲍照“代”乐府体新探——兼论汉魏乐府创作传统的特征》，《上海大学学报》2009年第2期。

魏晋以来的文人拟乐府有拟调和拟篇两种方式，也体现了“应歌”和“作诗”的两种立场。曹氏三祖的乐府诗从“应歌”立场出发，多“借古乐府写时事”，保持了民歌“缘事而发”的传统，直接抒情的作品居多。曹植的乐府诗虽然也以抒情言志为主，往往借助诗中的人物和事件，通过比兴象征手法，特别是他那些“事谢丝管”的杂曲歌辞，更是注意借题代言，这是对汉乐府代言体传统的延续，陆机则把曹植的这些特点进一步推广，从而建构了文人拟乐府的“作诗”立场。鲍照乐府诗显然是在曹植、陆机的拟乐府创作模式上的发展和演进。通过鲍照的乐府诗创作实践，文人拟乐府作为一种区别于文人徒诗的诗歌体式进一步得到文人的认可，齐梁文人拟乐府的盛行，就是很好的证明。萧统《文选》中选录曹植乐府诗四首、陆机十七首、鲍照八首，也能说明此三人的乐府诗创作模式得到齐梁文人的广泛认可。因刘宋文人大量参与拟乐府创作，推动了人们对乐府诗的认识，并逐渐形成了拟乐府的创作规范，文人乐府诗的体类特征得以确立。

三、拟乐府的文本传播与文人乐府体的建构

汉魏文人拟乐府作为一种诗歌体式得到齐梁文人的广泛认可，与文人拟乐府的文本传播方式是密不可分的。

汉魏时期曾配乐演唱的乐府诗，在东晋、刘宋时期大约有一半尚可演唱。据王僧虔《大明三年宴乐技录》载，“清商三调”有《短歌行》《燕歌行》《鞠歌行》《苦寒行》《秋胡行》《善哉行》等 6 曲于刘宋大明年间可歌，其中《短歌行》歌武帝《周西》《对酒》、文帝《仰瞻》3 篇，《燕歌行》歌文帝《秋风》《别日》2 篇，《苦寒行》歌武帝《北上》1 篇，《秋胡行》歌武帝《晨上》《愿登》2 篇，《善哉行》歌武帝《古松》《自惜》、文帝《上山》《朝日》《朝游》、明帝《赫赫》《我徂》等 7 篇，计 15 篇[①]，到梁陈时期则大多

① 郭茂倩：《乐府诗集》，中华书局 1979 年版，第 441、184 页。

“不歌”[①]。刘宋时期，虽然尚有半数相和三调可歌，但歌辞已经固定为魏晋时期的十五篇，未见刘宋文人乐府诗入乐演唱的记载。

另一方面的事实是，从东汉末年特别是三国以降，总集、别集的编纂逐渐兴盛，开始出现了“乐府”或“歌词”的专集。

《隋书·经籍志》著录了《古乐府》《乐府歌辞钞》《歌录》《古歌录钞》《晋歌章》等9部歌辞集。并著录亡佚歌辞集24部。如“《乐府歌诗》二十卷，秦伯文撰；《乐府歌诗》十二卷，《乐府三校歌诗》十卷，《乐府歌辞》九卷；《太乐歌诗》八卷，《歌辞》四卷，张永记；《魏宴乐歌辞》七卷，《晋歌章》十卷；又《晋歌诗》十八卷，《晋宴乐歌辞》十卷，荀勖撰；……《古今九代歌诗》七卷，张湛撰；《三调相和歌辞》五卷，《三调诗吟录》六卷……《太乐备问钟铎律奏舞歌》四卷，郝生撰。”[②]荀勖、郝生，西晋人，张湛东晋人，张永刘宋人。可见这些歌辞集多数结集于两晋时期，有的甚至更早。对刘宋影响最大的曹植、陆机的乐府诗，其诞生之初就是“无诏伶人，事谢丝管”的案头之作。

魏晋文人拟乐府的文本传播，有效刺激了刘宋文人拟乐府的创作热情。鲍照、谢灵运、颜延之、谢惠连等文人创作了大量的拟乐府作品，这些作品要么以曹植、陆机作品为拟写对象，要么由曹植、陆机作品引出新题，形成了以拟曹植、陆机乐府诗为主的创作高潮。如荀勖《乐录》载左延年《从军行》曰：“苦哉边地人，一岁三从军。三子到敦煌，二子诣陇西。五子远斗去，五妇皆怀身。”写边地人因子从军、无人养家之苦。陆机《从军行》“苦哉远征人”写征人行役之苦，刘宋颜延之《从军行》则直接依拟陆机作品，叙征人之苦，并特别引用陆诗第一句“苦哉远征人”点明题旨。谢惠连《豫章行》也是依拟陆机“泛舟”篇写离别之苦的，连诗歌的结构都大致相同。谢灵运、谢惠连依拟陆机《顺东西门行》；陆机、鲍照依拟曹植《门有车马客行》；鲍照依拟曹植《白马篇》

① 吴大顺：《魏晋南北朝乐府歌辞研究》，上海古籍出版社2009年版，第331—343页。
② 魏徵等：《隋书·经籍志》，中华书局1973年版，第1085页。

《升天行》；等等。

现存《乐府诗集》“杂曲歌辞”中的许多乐府旧题，其实都是刘宋等后世文人拟写曹植、陆机等人的乐府诗而形成的，郭茂倩《乐府诗集》将之作为乐府诗的另一题名收录。如鲍照《苦热行》源自曹植《苦热行》“行游到日南，经历交趾乡，苦热但曝露，越夷水中藏”①。《出自蓟北门行》源自曹植《艳歌行》“出自蓟北门，遥望胡地桑”。《结客少年场行》源自曹植《结客篇》“结客少年场，抱怨洛北邙”。《南史》载：吴迈远“好自夸而蚩鄙他人，每作诗，得称意语，辄掷地呼曰：‘曹子建何足数哉。’”②此处“何足数”的“数”是指比较起来很突出的意思，吴迈远的意思就是自己的诗句比曹植的更好。吴迈远把曹植作品作为作诗的标杆，以贬低曹植来抬高己作。若从相反的角度理解，这件事背后所体现的事实是，在刘宋文人心目中，曹植一直是他们诗歌创作的旗帜。

总体而言，刘宋文人对曹植杂曲乐府的依拟是很多的，特别是鲍照等人因意命题的乐府大多源自曹植作品，对陆机三调乐府诗的依拟也较多。因为曹植很多作品，如《惟汉》《事君》《车已驾》等行，《磐石》《浮萍》《种葛》等篇，本身就是或“因意命题”或“学古叙事”的“作诗”行为，不是“应歌”之作。陆机的拟三调乐府早已融合了曹植杂曲乐府的创作，也是典型的“拟篇”之作。可见，在创作机制上刘宋文人的拟乐府已经是典型的案头之作。正如下列材料所述：

《南史·颜延之传》载：

延之与陈郡谢灵运俱以辞采齐名，而迟速悬绝。文帝尝各敕拟乐府《北上篇》，延之受诏便成，灵运久之乃就。延之尝问鲍照己与灵运优劣，照曰：“谢五言如初发芙蓉，自然可爱。君诗若铺锦列绣，亦雕缋满眼。”③

① 郭茂倩：《乐府诗集》，中华书局1979年版，第937页。
② 李延寿：《南史》，中华书局1975年版，第1766页。
③ 李延寿：《南史》，中华书局1975年版，第881页。

颜、谢二人拟曹操《北上篇》其实就是一次“作诗”活动，鲍照从文本意义的角度评价谢诗“如初发芙蓉”，颜诗“若铺锦列绣，雕缋满眼”，说明刘宋时期的拟乐府与徒诗创作已无实质性区别。

又《北史·魏孝武帝纪》载：

帝内宴，令诸妇人咏诗，或咏鲍照乐府曰：“朱门九重门九闺，愿逐明月入君怀。”①

鲍照《松柏篇序》曰：

余患脚上气四十余日，知旧先借《傅玄集》，以余病剧，遂见还。开袠，适见乐府诗《龟鹤篇》，于危病中见长逝词，恻然酸怀抱。如此重病，弥时不差，呼吸之喘，举目悲矣！火药间缺而拟之。②

沈约《宋书·自序》载：

(沈田子)所著诗、赋、颂、赞、三言、诔、哀辞、祭告请雨文、乐府、挽歌、连珠、教记、白事、版、表、签、议一百八十九首。

(沈林子)所著诗、赋、赞、三言、箴、祭文、乐府、表、版、书记、白事、启事、论、老子一百二十一首。③

沈约《宋书·刘义庆传》载：

鲍照字明远，文辞赡逸，尝为古乐府，文甚遒丽。④

当时南方、北方的人们已普遍指称文人拟乐府为“乐府”或“古乐府”，特别是沈约已经将“乐府”与“诗”分别立类。可见，刘宋时期已经具有明确的文体意识，文人拟乐府已经被视为一种区别于文人徒诗的诗歌体式。

曹植、陆机等文人乐府诗的文本传播是导致刘宋文人拟乐府兴盛的重要因素。魏晋乐府的文本传播引起接受者对乐府文本内容的重视，乐

① 李延寿：《北史》，中华书局 1974 年版，第 174 页。
② 丁福林、丛玲玲：《鲍照集校注》，中华书局 2012 年版，第 706 页。
③ 沈约：《宋书》，中华书局 1974 年版，第 2452、2459 页。
④ 沈约：《宋书》，中华书局 1974 年版，第 1477 页。

府的诗学意义得以凸显。接受者对乐府诗文本意义的兴趣，反过来刺激了创作者的热情，激发了文人参与拟作的兴趣。这是刘宋以后乐府诗脱离音乐环境而依然兴盛的根本原因。

第三节　齐梁赋题法与乐府体的新变

一、齐梁文人拟乐府概述

齐梁文人拟乐府呈现出全面兴盛的局面，无论拟作数量，还是拟题的范围都是最多、最广的。《乐府诗集》收录齐梁文人拟乐府共 560 余首，涉及音乐曲调有鼓吹曲、横吹曲、相和三调歌曲、吴歌西曲、杂舞歌曲、琴曲、杂曲、杂歌等 8 大类别，有主名诗人 70 余人。[①] 今依《乐府诗集》的音乐分类对齐梁文人拟作情况略作梳理：

1. 拟鼓吹曲者

有“汉鼓吹铙歌”十八曲中的《朱鹭》《上之回》《战城南》《巫山高》《将进酒》《芳树》《有所思》《雉子斑》《临高台》《远期》等十曲，另有《玄云》《钓竿》两曲不在“汉鼓吹铙歌”18 曲内，共有拟诗 41 首。作者有齐王融、谢朓、刘绘、虞羲，梁武帝、梁简文帝、梁元帝、昭明太子、范云、丘迟、沈约、吴均、王僧孺、张率、刘孝绰、庾肩吾、王筠、王泰、费昶、戴暠、裴宪伯等 21 人。

2. 拟横吹曲者

拟“汉横吹”旧曲，有《龙头水》《入关》《出塞》《折杨柳》《关山月》《洛阳道》《长安道》《梅花落》《紫骝马》《骢马》《骢马驱》《刘生》等 12 曲，

---

① 齐梁礼乐文化建设中，文人受诏制作的南北郊、明堂、太庙乐歌、三朝雅乐歌、鼓吹乐歌、前后雅舞歌及鞞舞、拂舞等各类仪式性音乐歌辞均不计在内。

拟“梁鼓角横吹曲”，有《雍台》1曲，共有拟诗27首。作者有梁武帝、梁简文帝、梁元帝、沈约、吴均、刘孝标、刘孝威、刘邈、庾肩吾、车𣪺等10人。

3. 拟相和三调歌曲者

拟相和六引，有刘孝威《公无渡河》1首，沈约、萧子云《宫》《商》《角》《徵》《羽》各1首，共11首。

拟相和曲，有《江南思》《江南曲》《江南可采莲》《度关山》《对酒》《鸡鸣篇》《鸡鸣高树巅》《乌生八九子》《城上乌》《陌上桑》《采桑》《罗敷行》《日出东南隅行》等13曲，有拟诗29首。作者有梁简文帝、范云、沈约、柳恽、王训、吴均、张率、刘遵、萧子显、刘绥、刘孝威、刘邈、王筠、王台卿、朱超、戴暠、沈君攸、姚翻等18人。

拟吟叹曲，有《王昭君》《明君词》《昭君叹》《楚王吟》《楚妃怨》《楚妃叹》《楚妃吟》《楚妃曲》《王子乔》等9曲，有拟诗12首。作者有梁简文帝、江淹、沈约、吴均、张率、武陵王萧纪、王筠、施荣泰、范静妇沈氏等9人。

拟四弦曲，有梁简文帝《蜀国弦》1首。

拟平调曲，有《长歌行》《短歌行》《铜雀伎》《当置酒》《双桐生空井》《君子行》《燕歌行》《从军行》等8曲，有拟诗25首。作者有齐代诗人谢朓，梁代有梁简文帝、梁元帝、江淹、沈约、何逊、吴均、张率、萧子显、刘孝绰、刘孝仪、戴暠等12人。

拟清调曲，有《豫章行》《相逢行》《相逢狭路间》《长安有狭斜行》《三妇艳》《中妇织流黄》《塘上行苦辛篇》《蒲生行》《江蓠生幽渚》《秋胡行》等10曲，有拟诗29首。作者有齐王融、谢朓，梁武帝、梁简文帝、昭明太子、沈约、吴均、张率、刘遵、刘孝绰、刘孺、刘孝威、庾肩吾、王筠、徐防、王冏等16人。

拟瑟调曲，有《善哉行》《陇西行》《东西门行》《却东西门行》《饮马长城窟行》《青青河畔草》《泛舟横大江》《上留田》《新城安乐宫》《雁门太守行》《飞来双白鹤》《艳歌行》《煌煌京洛行》《月重轮》《蜀道难》《櫂歌行》《蒲坂行》《胡无人行》等18曲，拟诗32首。作者有齐王融、陆厥，梁武帝、梁简文帝、梁元帝、江淹、沈约、何逊、吴均、刘遵、刘孝绰、刘孝威、徐摛、庾肩吾、戴暠、阮研、荀昶等17人。

拟楚调曲，有《梁甫吟》《东武吟》《怨歌行》《长门怨》《班婕妤》《玉阶怨》等6曲，有拟诗14首。作者有齐谢朓、虞炎，梁简文帝、梁元帝、江淹、沈约、柳恽、刘孝绰、何思澄、孔翁归、费昶等11人。

齐梁文人所拟相和三调八大类别歌曲共70余曲，150余首，规模十分庞大。

4. 拟吴声西曲者

拟吴声歌，有王金珠《子夜变歌》《上声歌》《欢闻歌》《欢闻变歌》《阿子歌》《丁督护歌》、包明月《前溪歌》、梁武帝《团扇郎》，共8首。

拟西曲歌，有梁简文帝、刘孝绰《乌夜啼》；梁简文帝、梁元帝、萧子显《乌栖曲》；齐武帝萧赜、释宝月《估客乐》；梁武帝、沈约《襄阳踏铜蹄》；梁武帝《杨叛儿》；梁武帝、梁简文帝、沈约《江南弄》；梁简文帝、梁元帝、刘孝威、朱超、沈君攸、吴均等《采莲曲》；梁简文帝、陆罩、费昶、江淹、江洪、徐勉《采菱曲》；檀约、吴均《阳春歌》；梁武帝《上云乐》；张融《萧史曲》等11曲，共48首。

5. 拟杂舞歌曲者

有沈约《临碣石》、刘孝威《小临海》、张率《白纻歌》3曲，共11首。

6. 拟琴曲者

有梁简文帝、吴均《雉朝飞操》；张率《思归引》；梁简文帝、沈君攸《双燕离》；梁简文帝、沈约《贞女引》；梁简文帝、吴均《别鹤》；张率

《走马引》；梁简文帝《龙丘引》；吴均《燕荆轲》；王淑英妻沈氏《昭君怨》；江奂、吴均、江洪《渌水曲》；陶弘景、江洪《胡笳曲》；江洪《秋风》；吴均《绿竹》；徐孝嗣、朱孝廉《白雪歌》；沈约、王僧孺《湘夫人》；张融《霹雳引》等 16 曲，共 29 首。

7. 拟杂曲歌辞者

有齐王融《神仙篇》《少年子》《自君之出矣》《思公子》《王孙游》《秋夜长》《优旦吟》《江皋曲》8 首、《法寿乐》12 首、《永明乐》10 首，共 30 首。谢朓《王孙游》《曲池水》《江上曲》3 首、《永明乐》10 首，共 13 首；陆厥《齐歌行》《南郡歌》《邯郸曲》3 首；孔稚圭《白马篇》2 首；陆瑜《仙人览六著》、虞羲《自君之出矣》、释宝月《行路难》各 1 首。有齐一代，拟杂曲歌辞者共 18 题，52 首。

有梁沈约《君子有所思行》《悲哉行》《白马篇》《齐讴行》《缓歌行》《乐未央》《携手曲》《夜夜曲》8 首，《永明乐》10 首，共 18 首。梁简文帝《妾薄命》《当垆曲》《升仙篇》《采菊篇》《苦热行》《东飞伯劳歌》《生别离》《茱萸女》《爱妾换马》《枣下何纂纂》《金乐歌》《夜夜曲》《独处愁》《桃花曲》《树中草》15 首。吴均《少年子》《秦王卷衣》《妾安所居》《携手曲》《大垂手》《小垂手》《夹树》《送归曲》《城上麻》9 首、《行路难》4 首，共 13 首。刘孝威《妾薄命》《斗鸡篇》《结客少年场行》《行行游且猎》《东飞伯劳歌》《爱妾换马》《半渡溪》7 首。有刘孝胜《妾薄命》《升天行》《武溪深行》、梁元帝《吴趋行》《半路溪》《金乐歌》、范静妻沈氏《当垆曲》《映水曲》《登楼曲》、沈君攸《薄暮动弦歌》《羽殇飞上苑》《桂楫泛河中》、费昶《行路难》《思公子》《发白马》各 3 首，共 15 首。有宗夬《荆州乐》《遥夜吟》、何逊《苦热行》《轻薄篇》、梁武帝《阊阖篇》《邯郸歌》、昭明太子《长相思》《上林》、张率《长相思》《清凉》、徐勉《迎客曲》《送客曲》、王筠《侠客篇》《行路难》各 2 首，共 14 首。有范云《自君之出矣》、江淹《古别离》、任昉《苦热行》、柳恽《芳林篇》、王僧孺《白马篇》、徐悱《白马篇》、纪少瑜《建兴苑》、陶弘景《寒夜怨》、萧子显《南征曲》、谢微《济黄河》、谢举《凌云台》、张嵊《短策》、江从简《采荷调》、庾肩吾《爱妾换马》、戴暠《神仙篇》、车𣪍《车遥遥》、李镜远《蛱蝶行》各1首，共17首。有梁一代，拟杂曲歌辞者共73题，99首。

齐梁文人拟作杂曲歌辞，共91题，151首，与拟相和三调歌曲的规模大致相当。

8. 拟杂歌辞者

齐代有陆厥《京兆歌》《左冯翊歌》《李夫人及贵人歌》《临江王节士歌》4首、《中山王孺子妾歌》2首，张融《白日歌》1首，共7首。

梁代有梁简文帝《行幸甘泉宫》《淫豫歌》2首、庾肩吾《未央才人歌》、刘孝威《行幸甘泉宫》、王台卿《云歌》、范静妻沈氏《挟琴歌》各1首，共6首。

二、赋题：齐梁文人拟乐府的新变

比较魏晋刘宋的文人拟乐府，齐梁乐府诗的最大特点是使用赋题的方法来构思立意，建立乐府诗标题与主题的关联，消解乐府古题传统对文人拟作的制约。所谓赋题法，是指严格地由题面着笔，按照题面所提示的内容倾向运思取材的创作方法。钱志熙认为，“赋题法作为一个明确的方法而出现，是始于齐代永明末沈约倡议写作的赋汉鼓吹曲名”①。当时称之为“赋曲名”。如王融有《同沈右率诸公赋鼓吹曲二首》(即《巫山高》《芳树》)、谢朓有《同沈右率诸公赋鼓吹曲名二首》(即《芳树》《巫山高》)、刘绘《同沈右率诸公赋鼓吹曲二首》(即《巫山高》《有所思》)等。从魏晋刘宋文人拟乐府来看，由曲题题面着笔构思立意的赋题之作应是文人拟乐府之初就已使用的一种方法，只是魏晋刘宋的文人拟乐府

① 钱志熙：《齐梁拟乐府诗赋题法初探——兼论乐府诗写作方法之流变》，《北京大学学报》(哲社版)1995年第4期。

以拟调和拟篇为主，赋题法只是偶尔使用。到了沈约时代，齐梁文人拟乐府才普遍使用，特别是以对汉代“鼓吹曲”和“横吹曲”的拟作为标志，从而开启了文人赋题乐府的创作高潮。

概而言之，齐梁文人乐府的赋题法大致有三种情况：一是所拟曲题与原辞主题，或曲题的本事有一定联系；二是所拟曲题与原辞的主题没有联系；三是所拟曲题的原辞已不存，或根本没有原辞。下面将分别对这三种情况进行分析。

1. 对曲题与原辞主题有关之题的拟赋

齐梁文人的赋题乐府，很多都与原辞或者原曲本事有一定关联，能看到拟作与古题的某些联系。如刘孝威《乌生八九子》拟相和曲《乌生八九子》，古辞言“乌母生子，本在南山岩石间，而来为秦氏弹丸所杀。白鹿在苑中，人可得以为脯，黄鹄摩天，鲤在深渊，人可得而烹煮之。则寿命各有定分，死生何叹前后也”①。刘孝威此诗从曲题“乌生八九子”题面立意，铺叙乌的生存境遇，《乐府解题》曰其“但咏乌而已”。吴均、朱超则进一步以《城上乌》为题进行拟写。又如鲍照、梁简文帝、姚翻、吴均、刘邈、沈君攸等《采桑》，各自从“采桑”题面意义展开联想，但诗的主题不离女子采桑。“采桑”之曲题来自《陌上桑》古辞，这些拟作均与古辞存在一定关联。梁元帝、刘孝绰、孔翁归等人《班婕妤》是对陆机《班婕妤》的拟写，这些拟作主要以《班婕妤》曲题的本事为素材，构思立意，曲题与原辞主题基本一致。

齐梁文人杂曲乐府大多都是赋题之作，且以赋魏晋文人拟作之题居多。虽然有些拟作主题与原作还存在一定的联系，但主要是根据原作曲题意义展开，至于原作中曲题之外的意义多不涉及。如梁简文帝、任昉、何逊《苦热行》，以曹植、鲍照《苦热行》为依拟对象，但主要是从曲

① 郭茂倩：《乐府诗集》，中华书局1979年版，第408页。

题的题面意义展开的联想和铺叙，曹植、鲍照原作中题面之外的讽喻意义在拟作中已不复存在。刘孝威《行行游且猎》是拟张华《游猎篇》的作品，其主题内容“备言游行射猎之事”①，以赋题为主。

齐梁文人赋题之法已广泛使用于各类拟乐府诗的创作，特别对当时兴盛的吴歌西曲的拟作也多用赋题法。如宋武帝《丁督护歌》写督护北征之事，与徐逵之妻哀切叹息之声“丁督护”原辞已多有不同。又如梁武帝《团扇郎》曰：“团扇复团扇，持许自遮面。憔悴无复理，羞与郎相见。”所用也是赋题之法。梁代文人拟作的一组《采莲曲》是典型的赋题之作。

梁简文帝《采莲曲》：

晚日照空矶，采莲承晚晖。风起湖难度，莲多摘未稀。棹动芙蓉落，船移白鹭飞。荷丝傍绕腕，菱角远牵衣。

刘孝威《采莲曲》：

金桨木兰船，戏采江南莲。莲香隔蒲渡，荷叶满江鲜。房垂易入手，柄曲自临盘。露花时湿钏，风茎乍拂钿。

朱超《采莲曲》：

艳色前后发，缓楫去来迟。看妆碍荷影，洗手畏菱滋。摘除莲上叶，拕出藕中丝。湖里人无限，何日满船时。

沈君攸《采莲曲》：

平川映晓霞，莲舟泛浪华。衣香随岸远，荷影向流斜。度手牵长柄，转楫避疏花。还船不畏满，归路讵嫌赊。

吴均《采莲曲》：

锦带杂花钿，罗衣垂绿川。问子今何去，出采江南莲。辽西三千里，欲寄无因缘。愿君早旋返，及此荷花鲜。②

这里引录的五首《采莲曲》都是采用赋题法创作的，虽然各自立意有别，但均由“采莲”关键意象展开。除吴均一首有遥寄相思之意外，其余

① 郭茂倩：《乐府诗集》，中华书局1979年版，第970页。
② 郭茂倩：《乐府诗集》，中华书局1979年版，第731—732页。

四首均采用赋笔铺叙女子采莲的景象。若将这组五言体诗歌与梁武帝等人《江南弄》中的《采莲曲》做一对比，更能说明这组诗歌的赋题意味。

梁武帝《采莲曲》：

游戏五湖采莲归，发花田叶芳袭衣。为君侬歌世所希。世所希，有如玉。江南弄，采莲曲。

梁简文帝《采莲曲》：

桂楫兰桡浮碧水，江花玉面两相似。莲疏藕折香风起。香风起，白日低。采莲曲，使君迷。①

《古今乐录》曰："梁天监十一年冬，武帝改西曲，制《江南上云乐》十四曲，《江南弄》七曲：一曰《江南弄》，二曰《龙笛曲》，三曰《采莲曲》……"②可见，梁武帝的《采莲曲》是配乐演唱的。梁简文帝拟作与武帝诗的体式结构完全一致，均为"7，7。7。3，3。3，3"句式，且换韵规律也是一致的。梁简文帝的这首《采莲曲》很显然是对武帝《采莲曲》的拟调之作。这两首杂言结构的《采莲曲》是当时的乐奏辞，而前举五言结构的《采莲曲》显然是根据《采莲曲》曲题字面意义进行的赋题之作。当然，《采莲曲》配乐演唱的乐辞本和赋题而成的文辞本，其主题都与《采莲曲》的曲题保持一致。

2. 对曲题与原辞主题无关之题的拟赋

相和三调和鼓吹曲是汉魏时期合乐可歌的曲调，其歌辞名多以歌辞首句或曲调名替代，所以与歌辞的主题往往不一致，曲题与歌辞主题也多不相关。齐梁文人对这些曲调的拟作，多以拟赋曲题为主，如相和曲《对酒》原辞为曹操的"对酒歌，太平时"，《乐府解题》曰："魏乐奏武帝所赋《对酒歌太平》，其旨言王者德泽广被，政理人和，万物咸遂。若梁

① 郭茂倩：《乐府诗集》，中华书局 1979 年版，第 727、729 页。
② 郭茂倩：《乐府诗集》，中华书局 1979 年版，第 726 页。

范云‘对酒心自足’，则言但当为乐，勿徇名自欺也。”①范云、张率《对酒》篇则重点从题面“对酒”展开，铺叙饮酒为乐的场面。魏晋乐所奏《鸡鸣》古辞的主题是劝诫兄弟之间当相为表里，而梁刘孝威《鸡鸣篇》则“但咏鸡而已”。瑟调曲《煌煌京洛行》晋乐所奏曹丕“夭夭桃园”篇，是“言虚美者多败”，鲍照“凤楼十二重”、梁简文帝“南游偃师县”、戴暠“欲知佳丽地”诸篇则“盛称京洛之美”②。又如瑟调曲《櫂歌行》，晋乐奏魏明帝“王者布大化”，“备言平吴之勋”，而陆机“迟迟暮春日”、孔宁子“君子乐和节”、梁简文帝“妾家住湘川”等诗，从曲题“櫂歌”题面着笔，拟赋“乘舟鼓櫂”之乐。梁简文帝《雁门太守行》也是赋题之作，《雁门太守行》古辞是赞美洛阳县令王涣美政事迹的，梁简文帝“轻霜中夜下”则从“雁门太守”题面立意，备言边城征战之思，最后以“非关买雁肉，徒劳皇甫规”作结，反用皇甫规雁门之问的典故，绾合雁门太守的题面意象。所以，《乐府解题》特别指出此诗是“据题为之”③。

齐梁文人拟作的《巫山高》是最典型的赋题之作。“汉鼓吹铙歌十八曲”《巫山高》古辞曰：

巫山高，高以大，淮水深，难以逝。我欲东归，害梁不为？我集无高曳，水何梁汤汤回回。临水远望，泣下霑衣。远道之人心思归，谓之何！④

该辞大意是说，从征远道之人思归心切，中道有巫山、淮水的险阻，既无桥又无船，面对汤汤河水一筹莫展的焦急之情。

齐虞羲拟作曰：

南国多奇山，荆巫独灵异。云雨丽以佳，阳台千里思。勿言可再得，特美君王意。高唐一断绝，光阴不可迟。

---

① 郭茂倩：《乐府诗集》，中华书局1979年版，第403页。
② 郭茂倩：《乐府诗集》，中华书局1979年版，第582页。
③ 郭茂倩：《乐府诗集》，中华书局1979年版，第574页。
④ 郭茂倩：《乐府诗集》，中华书局1979年版，第228页。

王融拟作曰：

想像巫山高，薄暮阳台曲。烟云乍舒卷，猨鸟时断续。彼美如可期，寤言纷在瞩。怃然坐相望，秋风下庭绿。

刘绘拟作曰：

高唐与巫山，参差郁相望。灼烁在云间，氛氲出霞上。散雨收夕台，行云卷晨障。出没不易期，婵娟似惆怅。

梁元帝拟作曰：

巫山高不穷，迥出荆门中。滩声下溅石，猿鸣上逐风。树杂山如画，林暗涧疑空。无因谢神女，一为出房栊。

范云拟作曰：

巫山高不极，白日隐光晖。蔼蔼朝云去，溟溟暮雨归。岩悬兽无迹，林暗鸟疑飞。枕席竟谁荐，相望空依依。①

以上五首拟作，从对乐府古题“巫山高”的铺叙入手，各诗立意略有不同，有的直接与宋玉《高唐赋》“巫山云雨”故事相联系，有的在描绘巫山风物中杂以“巫山云雨”之典，均已与古辞“思归”本意不相关联，而意在指涉男女欢会的主题。《乐府解题》曰：“古词言，江淮水深，无梁可渡，临水远望，思归而已。若齐王融‘想像巫山高’，梁范云‘巫山高不极’，杂以阳台神女之事，无复远望思归之意也。”②

齐梁文人拟魏晋杂曲的乐府诗，有的曲题与原辞主题的关联也不大。如梁简文帝《妾薄命》是拟赋曹植《妾薄命》而成的作品。曹植《妾薄命》有诗两首，写京城权贵泛舟作乐、追求声色的荒淫，其中隐含对“燕私之欢不久”的感叹，其主题与曲题的关系不明显。梁简文帝“名都多丽质”则重点从题面“妾薄命”的内容指涉立意，写“良人不返、王嫱远聘、卢姬嫁迟”三类女子的薄命境遇。

---

① 郭茂倩：《乐府诗集》，中华书局1979年版，第238—239页。
② 郭茂倩：《乐府诗集》，中华书局1979年版，第228页。

3. 对曲题无原辞之题的拟赋

齐梁文人对“横吹曲”的拟作均为无原辞的赋题之作。如拟“横吹曲”有梁元帝、刘孝威、车𣚔《陇头流水》；吴均《入关》；刘孝标《出塞》；梁元帝、简文帝、刘邈《折杨柳》；梁元帝《关山月》；梁简文帝、梁元帝、沈约、庾肩吾、车𣚔《洛阳道》；梁简文帝、梁元帝、庾肩吾《长安道》；吴均《梅花落》；梁简文帝、梁元帝《紫骝马》等。

据《乐府诗集》解题，横吹曲是西汉张骞从西域传入的，李延年因胡曲更造新声二十八解，乘舆以为武乐。《乐府解题》曰：“魏晋以来，唯传十曲：一曰《黄鹄》，二曰《陇头》，三曰《出关》，四曰《入关》，五曰《出塞》，六曰《入塞》，七曰《折杨柳》，八曰《黄覃子》，九曰《赤之扬》，十曰《望行人》。后又有《关山月》《洛阳道》《长安道》《梅花落》《紫骝马》《骢马》《雨雪》《刘生》八曲。”[①]目前仅见刘宋、梁陈以后的文人拟作，并无古辞，也无魏晋拟作。《乐苑》以为这些曲调“其辞并亡，惟《出塞》一曲，诸本载云古辞”。“横吹曲”作为乘舆仪式乐，或许本身就没有古辞。[②] 因无古辞可依，拟作全从曲题题面所提示的内容展开联想，构思立意。如《梅花落》：

宋鲍照《梅花落》曰：

> 中庭杂树多，偏为梅咨嗟。问君何独然，念其霜中能作花，露中能作实。摇荡春风媚春日，念尔零落逐风飙，徒有霜华无霜质。

梁吴均《梅花落》曰：

> 隆冬十二月，寒风西北吹。独有梅花落，飘荡不依枝。流连逐霜彩，散漫下冰澌。何当与春日，共映芙蓉池。[③]

鲍照此诗从曲题“梅花落”三字着笔，突出了梅花“霜中作花、露中作实”

---

① 郭茂倩：《乐府诗集》，中华书局1979年版，第311页。

② 参王运熙《乐府诗述论》，上海古籍出版社1996年版，第219页；钱志熙《齐梁拟乐府诗赋题法初探——兼论乐府诗写作方法之流变》，《北京大学学报》1995年第4期。

③ 郭茂倩：《乐府诗集》，中华书局1979年版，第349页。

的坚韧品格，并斥责了杂树春日“零落逐风飙”，及其“徒有霜华无霜质”的“质之不坚”。张玉谷《古诗赏析》曰：“此赋《梅花落》本意也。”①吴均的诗歌也从“梅花落”题面立意构思，紧扣题面的“落”字着笔，“流连逐霜彩，散漫下冰澌”两句写出了梅花在严寒中随风飘落，追逐霜彩而翻飞、弥漫四散地撒落在冰澌之上的生动景象，最后“何当与春日，共映芙蓉池”两句，抒发诗人对梅花生存境遇的感慨。两首作品都是从曲题题面赋咏梅花，已是典型的咏物之作。此外，如梁元帝、刘孝威、车觳的《陇头流水》，也从“陇头”“陇水”等曲题字面的关键意象着笔，写征人思乡之情。梁元帝、梁简文帝、刘邈的《折杨柳》则从题面“折杨柳”这一关键意象，写征人的离别相思之情。

从以上对齐梁文人赋题乐府三种情况的分析可知，齐梁文人的赋题乐府，无论拟赋曲题与原辞有关之题，还是拟赋曲题与原辞无关之题，拟作都主要是从曲题的意义层面展开联想和想象，突出曲题蕴含的内容倾向，与古题的音乐风格、原辞的主题内容和体式结构已经没有太大的关联。至于对原辞已佚或本无原辞的曲题拟赋，更是与曲题的音乐及体式相去甚远。可见，齐梁文人拟乐府已经从魏晋的拟调、拟篇为主向赋题为主转变，使拟乐府对汉魏古题、古辞或曲调原辞的依循中，逐渐转向对曲题字面意义的关注和开掘，对魏晋文人所建构的拟乐府诗的体制结构产生积极的消除作用，从而拓展了文人拟乐府的自由创作空间。

三、赋题法与齐梁文人拟乐府的体式建构

齐梁文人拟乐府对赋题法的普遍使用，一是摆脱了对汉魏乐府古题、古辞或原辞的依循，逐渐构建起拟乐府主题与曲题的对应关系，使文人拟乐府创作获得了更大的自由空间。二是为文人拟乐府创作在体制结构方面随时而变提供了便利，不断将齐梁的时代新曲、新体吸纳进文

① 丁福林、丛玲玲：《鲍照集校注》，中华书局 2012 年版，第 623 页。

人拟乐府创作中。三是在诗歌创作题材上将与边塞、征战有关的曲题引向女性和宫体。其中，在体式建构上，齐梁文人将新体诗的声律要求和篇制结构充分吸纳到拟乐府创作中，从而创立了以新体写旧题的拟乐府体制。

1．永明新体诗声律要素对齐梁文人拟乐府的渗透

齐梁文人拟乐府在体式上的最大新变，是将永明新体诗的声律和对偶使用到拟乐府创作中。

关于永明体，《南齐书·陆厥传》载：

> 永明末，盛为文章。吴兴沈约、陈郡谢朓、琅邪王融以气类相推毂。汝南周颙善识声韵。约等文皆用宫商，以平上去入为四声，以此制韵，不可增减，世呼为“永明体”。①

《梁书·庾肩吾传》载：

> 齐永明中，文士王融、谢朓、沈约文章始用四声，以为新变，至是转拘声韵，弥尚丽靡，复逾于往时。②

可见，永明体是永明末年，王融、谢朓、沈约等文士尝试使用的一种诗歌新体式。其体制结构虽然还没有像唐代五律体那样固定，但强调“一简之内，音韵尽殊，两句之中，轻重悉异”③。

王融、谢朓、沈约等人现存作品中，已有很多诗句完全符合唐人律句律联的标准。刘跃进先生曾对此三人入选《文选》《玉台新咏》《八代诗选》的五言四句、五言八句、五言十句，共九十二首诗歌进行了平仄分析，完全符合唐代律诗格律的诗句，沈约占 47%、谢朓占 48%、王融 41%。④ 此三人乐府诗中，完全符合唐代律诗格律的诗句，王融占 40%、谢朓占 37%、沈约占 42%，若将“平平仄平仄”这种特殊律句也计算的

① 萧子显：《南齐书》，中华书局 1972 年版，第 898 页。
② 姚思廉：《梁书》，中华书局 1973 年版，第 690 页。
③ 沈约：《宋书》，中华书局 1974 年版，第 1779 页。
④ 刘跃进：《门阀士族与永明文学》，三联书店 1996 年版，第 116 页。

话，王融占46%、谢朓占43%、沈约占51%，其中还有很多诗歌中出现符合唐代格律诗的律联。①

齐梁文人拟作《鼓吹曲》《横吹曲》，基本上是采用永明体新诗体式创作的。如王融拟鼓吹曲《巫山高》《芳树》《临高台》、谢朓拟鼓吹曲《芳树》《临高台》等作品，诗歌结构均为五言八句，其中很多严整的对偶句，平仄相间的律句也不少。齐梁文人拟相和三调旧题，也多使用永明体式。

如沈约《江南曲》：

> 櫂歌发江潭，采莲渡湘南。宜须闲隐处，舟浦予自谙。罗衣织成带，堕马碧玉簪。但令舟楫渡，宁计路嵚嵚。②

其格律结构为：仄平平平平，仄平仄平平。平平平仄仄，平仄平仄平。平平仄平仄，仄仄仄仄平。仄仄平平仄，仄仄仄平平。该诗五言八句中，“宜须闲隐处”（平平平仄仄）、“罗衣织成带”（平平仄平仄）、“但令舟楫渡”（仄仄平平仄）、“宁计路嵚嵚”（仄仄仄平平）四句为律句。

庾肩吾《陇西行》：

> 借问陇西行，何当驱马征。草合前迷路，云浓后暗城。寄语幽闺妾，罗袖勿空萦。③

其格律结构为：仄仄仄平平，平平平仄平。仄仄平平仄，平平仄仄平。仄仄平平仄，平仄仄平平。全诗六句几乎全用律句，特别是“草合前迷路，云浓后暗城”平仄相间、对仗工整，是完全符合唐人格律要求的律联。

梁简文帝《雁门太守行》：

> 轻霜中夜下，黄叶远辞枝。寒苦春难觉，边城秋易知。风急旍旗断，途长铠马疲。少解孙吴法，家本幽并儿。非关买雁肉，徒劳

① 吴大顺：《魏晋南北朝乐府歌辞研究》，上海古籍出版社2009年版，第513页。
② 郭茂倩：《乐府诗集》，中华书局1979年版，第385页。
③ 郭茂倩：《乐府诗集》，中华书局1979年版，第544页。

皇甫规。①

其格律结构为：平平平仄仄，平仄仄平平。仄仄平平仄，平平平仄平。平仄平平仄，平平仄仄平。仄仄平平仄，平仄平仄平。平平平仄仄，平平平仄平。全诗十句，九句为律句，前四句的格律完全符合唐人格律诗要求。特别是"寒苦春难觉，边城秋易知"；"风急旍旗断，途长铠马疲"两联，格律精严，对仗工稳。

2. 齐梁新体诗篇制结构对齐梁文人拟乐府的渗透

汉魏乐府诗作为音乐歌辞，其篇制结构与其音乐旋律的长短有密切关系。如相和三调歌曲中有"艳""趋""乱"，又分"解"，解有三解、五解多少不等，歌辞的长短也因之不同。但齐梁文人的拟乐府却普遍地"缩短"了拟作的篇幅长度，形成以"五言八句"为主的篇制结构。

拟鼓吹曲：

拟《朱鹭》为五言十句、五言八句；《上之回》五言十句、《战城南》五言八句、《巫山高》五言八句、《芳树》五言八句居多，五言十句一首、《有所思》五言八句居多，五言十句二首、《雉子斑》《临高台》五言八句、刘孝绰《钓竿》五言十六句。

拟横吹曲：

《陇头水》五言八句、五言十句，刘孝标《出塞》五言八句，《折杨柳》五言八句，《关山月》五言八句，《洛阳道》《长安道》五言八句，《梅花落》五言八句。

拟相和三调歌曲：

魏乐所奏魏武帝《度关山》杂言三十二句，梁简文帝拟诗杂言十八句，戴暠拟诗杂言三十四句，柳恽拟诗五言八句，刘遵拟诗五言十句。魏乐所奏为武帝诗《对酒》杂言二十四句，梁范云拟诗五言八句，张率拟

① 郭茂倩：《乐府诗集》，中华书局1979年版，第574页。

诗五言十二句。魏晋乐所奏《鸡鸣》古辞五言三十句，梁刘孝威拟诗《鸡鸣篇》杂言十二句，梁简文帝拟诗《鸡鸣高树巅》五言八句。魏晋乐所奏《乌生》古辞杂言二十六句，梁刘孝威拟作《乌生八九子》杂言二十六句，吴均拟作《城上乌》五言八句。晋乐所奏魏武帝《陌上桑》杂言十八句，吴均、王筠拟作《陌上桑》五言八句。鲍照《采桑》五言二十六句，梁简文帝拟作五言十四句，姚翻、沈约等人的拟作多五言八句。

平调曲齐谢朓、梁何逊、刘孝绰《铜雀伎》诗五言八句居多、江淹诗五言十四句。《君子行》古辞五言十二句，陆机拟诗五言二十句，梁简文帝、沈约拟诗五言六句，戴暠拟诗五言十句。王粲《从军行》五言二十句至三十句不等，陆机拟诗五言二十句，颜延之拟诗五言二十四句，梁简文帝拟诗五言十二句，梁元帝拟诗五言十句，沈约拟诗五言二十句，而吴均、刘孝仪拟诗则均为五言八句。

宋孔欣、昭明太子、沈约拟清调曲《相逢狭路间》均五言二十句以上，而刘孺拟诗则五言十句、刘遵拟诗五言八句。曹植《蒲生行浮萍篇》五言二十四句，谢朓拟诗《蒲生行》则五言十句、沈约拟诗《江蓠生幽渚》五言二十句。魏晋乐所奏魏武帝《秋胡行》共五解五言六十句，王融拟诗《秋胡行》七首均为五言八句。

瑟调《陇西行》古辞五言三十二句，梁简文帝拟诗五言十二句二首，庾肩吾拟诗五言六句。《饮马长城窟行》古辞五言二十句，沈约拟诗五言六句。晋乐所奏曹植《怨歌行》五言二十二句，傅玄《怨歌行朝时篇》五言二十八句，梁简文帝《怨歌行》五言十八句，江淹《怨歌行》五言十句，沈约《怨歌行》五言八句。楚调曲《班婕妤》的齐梁拟诗多为五言八句。

拟杂曲歌辞：

曹植《美女篇》五言三十句，梁简文帝、萧子显拟诗为五言十句。曹植《仙人篇》五言三十句，齐陆瑜拟诗《仙人览六著篇》五言八句，王融拟诗《神仙篇》五言十句，梁简文帝《升仙篇》五言八句。陆机《齐讴行》五言二十句，沈约拟诗五言八句。此外，齐梁文人还有诸多杂曲歌辞都在五言八句至十二句之间，如梁李镜远拟《蛱蝶行》、沈约《悲哉行》等。

以上对齐梁文人四类拟作歌辞的结构体式进行了考察。从中可见，齐梁文人的拟作较汉魏乐奏辞或古辞的结构普遍“缩短”，且基本保持在八句至十二句之间，结构相对整齐。当然，也有少量拟作仍是依循汉魏乐奏辞或古辞的结构进行的，在体式结构上与原作保持大体一致。

齐梁文人乐府诗对永明新体诗四声格律要素和结构特点的吸纳是自觉的，已经渗透到乐府诗各类题材，从而创立了以新体写旧题的乐府诗体制。这种创新为文人拟乐府的创作注入了新的活力，对隋唐乐府诗创作具有重要的启示意义。

四、唐代文人的赋题乐府及唐代歌行体

由于齐梁赋题法的广泛使用，拟乐府创作逐渐摆脱了乐府古题和原辞体式的束缚，建立起曲题与作品主题的对应关系，为文人拟乐府创作提供了极大的自由空间，进一步激发了文人拟乐府创作的热情。唐代文人乐府诗主要是以齐梁赋题法为基础进行创作的赋题乐府。

1. 唐代文人的赋题乐府创作

唐代乐府诗创作的拟题方式大体有拟赋古题和即事名篇两种。拟赋古题是古题乐府，即事名篇则是新题乐府。

元稹《乐府古题序》曰：

> 沿袭古题，唱和重复，于文或有短长，于义咸为赘剩。尚不如寓意古题，刺美见事，犹有诗人引古以讽之义焉……近代唯诗人杜甫《悲陈陶》《哀江头》《兵车》《丽人》等，凡所歌行，率皆即事名篇，无复依傍。予少时与友人乐天、李公垂辈，谓是为当，遂不复拟赋古题。昨梁州见进士刘猛、李馀各赋古乐府诗数十首，其中一二十章，咸有新意，予因选而和之。其有虽用古题，全无古义者，若《出门行》不言离别，《将进酒》特书列女之类是也。其或颇同古义，

全创新词者，则《田家》止述军输、《捉捕》词先蝼蚁之类是也。刘、李二子方将极意于斯文，因为粗明古今歌诗同异之旨焉。①

元稹此处所说的“沿袭古题，唱和重复”就主要是指拟赋古题的创作风气，至于“寓意古题，刺美见事”则是唐代诗人对齐梁赋题法的改进。赋题法同时也为“即事名篇，无复依傍”的新题乐府创作开启了新路。

从郭茂倩《乐府诗集》所录唐人乐府诗情况看，有拟鼓吹曲辞、横吹曲辞、相和三调歌辞，也有拟吴歌西曲歌辞。这些拟作多为沿袭古题的“唱和”之作。如唐代郑世翼、沈佺期、卢照邻、张循之、刘方平、皇甫冉、李端、于濆、孟郊、李贺、僧齐己等人拟赋鼓吹曲辞《巫山高》诸作，皆从曲题《巫山高》着笔，以“巫山”“云雨”“神女”“楚王”等意象建构诗意，铺叙巫山环境，杂以楚王与巫山神女的典故，其主题不离“巫山”之事。唐代诗人拟赋横吹曲辞《折杨柳》，也均从曲题“折杨柳”立意构思。

如卢照邻《折杨柳》：

倡楼启曙扉，园柳正依依。鸟鸣知岁隔，条变识春归。露叶疑啼脸，风花乱舞衣。攀折聊将寄，军中书信稀。

沈佺期《折杨柳》：

玉窗朝日映，罗帐春风吹。拭泪攀杨柳，长条宛地垂。白花飞历乱，黄鸟思参差。妾自肝肠断，傍人那得知。②

这两首作品是对曲题《折杨柳》的直接拟赋，通过对女子攀折杨柳情态的铺叙，表达其相思离别之情。张九龄、孟郊、李端等诗人的作品也是直接赋题之作，如“纤纤折杨柳，持此寄情人”（张九龄）；“杨柳多短枝，短枝多别离。赠远累攀折，柔条安得垂”（孟郊）；“赠君折杨柳，颜色岂能久”（李端）等，这些诗句直接绾合曲题。卢思道、沈佺期、刘方平等拟赋《梅花落》，也是专咏梅花的作品，通过咏梅之落以感时迈、聊寓相思，均为赋题唱和之作。

---

① 冀勤点校：《元稹集》，中华书局2010年版，第292页。

② 郭茂倩：《乐府诗集》，中华书局1979年版，第330页。

唐人的很多拟乐府，往往通过对古题的拟赋，影射社会现实。如李白、韩愈拟相和三调歌辞《猛虎行》。《乐府诗集》曰：《猛虎行》古辞曰："饥不从猛虎食，暮不从野雀栖。野雀安无巢，游子为谁骄。"陆机《猛虎行》"渴不饮盗泉水，热不息恶木阴""言从远役，犹耿介，不以艰险改节也。"[①]李白《猛虎行》开篇点题："朝作猛虎行，暮作猛虎吟。肠断非关陇头水，泪下不为雍门琴。"接着引入安禄山叛乱、河北河南州郡相继陷没的现实，又以张良、韩信自况，感叹今时朝廷"亦弃青云士"，自己"有策不敢犯龙鳞"，表达诗人空有一腔报国之志，而不为朝廷任用的悲哀。韩愈《猛虎行》"猛虎虽云恶，亦各有匹侪"，以猛虎以比唐代残忍暴虐的诸节度使不恤将士而终为将士所逐的现实。清方世举认为此诗乃"有为而作，所云犷暴好杀灭绝天伦，非泛泛拟古"。[②] 李白、韩愈的《猛虎行》均以《猛虎行》曲题作为立意的基础，并进一步关涉唐代的现实问题，正如元稹所说，是"寓意古题，刺美见事"之作。

2. 赋题法与唐代歌行体

唐代七言歌行的兴盛，在中国诗歌史上是一个突出的创作现象。而七言歌行在唐代的兴盛与赋题法的广泛使用也有密切关系。

有关歌行概念的内涵与外延，自唐代以来的学者认识各有不同：唐代元稹、白居易、李绅等人将新题乐府和具有乐府性诗题的非古题乐府七言古诗称为歌行；宋代李昉《文苑英华》、宋敏求《李太白文集》、严羽《沧浪诗话》将古题乐府与歌行相区别，称具有歌辞性诗题的七言古诗为歌行；明代王世贞、胡应麟、胡震亨、许学夷等人将七言古诗概称歌行，而吴讷、徐师曾等人将古诗与歌行相区分，将新乐府视为歌行。清代冯班《钝吟杂录·论歌行与叶祖德》曰："今之歌行，凡有四例：咏古题，一也；自造新题，二也。赋一物，咏一事，三也；用古题而别出新

① 郭茂倩：《乐府诗集》，中华书局1979年版，第462—463页。
② 方世举：《韩昌黎诗集编年笺注》，中华书局2012年版，第639页。

意，四也。”[①]总体而言，歌行是从唐代兴起的一种与七言古诗、古题乐府、新题乐府有诸多交叉关系的七言诗体。唐宋人强调歌行与古题乐府之别，明清人多主张歌行与七言古诗之同。薛天纬称唐宋歌行观为“小歌行”观，明清歌行观为“大歌行”观。[②]

冯班说的四类歌行中，咏古题、用古题而别出新意两类都是拟赋古题之法在歌行中的使用，至于自造新题就是指唐代的新题乐府诗的做法。

如李贺《艾如张》曰：

> 锦襜褕，绣裆襦。强强饮啄哺尔雏。陇东卧穟满风雨，莫信笼媒陇西去。齐人织网如素空，张在野春平碧中。网丝漠漠无形影，误尔触之伤首红。艾叶绿花谁剪刻，中藏祸机不可测。[③]

《乐府诗集》解题曰：“古词曰：‘艾而张罗。’又曰：‘雀以高飞奈雀何？’《谷梁传》曰：‘艾兰以为防，置旃以为辕门。’谓因蒐狩以习武事也。兰香草也，言艾草以为田之大防是也。若陈苏子卿云：‘张机蓬艾侧。’唐李贺云：‘艾叶绿花谁剪刻。’俱失古题本意。”[④]李贺《艾如张》是一首歌行，其直接赋题，不依《艾如张》古题本意。

又如张籍拟赋《朱鹭》：

> 翩翩兮朱鹭，来泛春塘栖绿树。羽毛如翦色如染，远飞欲下双翅敛。避人引子入深堑，动处水纹开滟滟。谁知豪家网尔躯，不如饮啄江海隅。[⑤]

张籍《朱鹭》也是歌行体，写一只翩翩而飞的朱鹭，春日在绿树间嬉戏，为了躲避人的箭头而掉进深沟中的情景。末两句“谁知豪家网尔躯，不如饮啄江海隅”，以朱鹭的口吻表达了诗人逃避残酷现实的归隐之情。

---

① 王夫之等：《清诗话》，上海古籍出版社 1999 年版，第 41 页。
② 薛天纬：《唐代歌行论》，人民文学出版社 2006 年版，第 497 页。
③ 郭茂倩：《乐府诗集》，中华书局 1979 年版，第 234 页。
④ 郭茂倩：《乐府诗集》，中华书局 1979 年版，第 226 页。
⑤ 郭茂倩：《乐府诗集》，中华书局 1979 年版，第 233 页。

全诗主体以铺叙朱鹭为主，末两句笔锋转向现实，现出新意。关于唐人歌行的赋题，清人冯班有一段评析。

冯班《钝吟杂录·正俗》曰：

> 乐府须伶人知音律增损，然后合调。陈王、士衡多有佳篇，刘彦和以为“无诏伶人，故事谢丝管”。则于时乐府，已有不歌者矣。后代拟乐府，以代古词，亦同此例也。文人赋乐府古题，或不与本词相应，吴兢讥之，此不足以为嫌，唐人歌行皆如此。盖诗人寓兴，文无定例，率随所感。吴兢史才，长于考证，昧于文外比兴之旨，其言若此，有似鼓瑟者之记其柱也。必如所云，则乐府之文，所谓床上安床，屋上架屋，古人已具，何烦赘剩耶？又乐府采诗以配声律，出于伶人增损并合，剪截改窜亦多，自不应题目，岂可以为例也？杜子美创为新题乐府，至元、白而盛。指论时事，颂美刺恶，合于诗人之旨，忠志远谋，方为百代鉴戒，诚杰作绝思也。①

这段话说到几层意思：第一，乐府是伶人增损音律而成的和调之辞，曹植、陆机多有乐府佳篇，因“无诏伶人”而成不歌的乐府诗。第二，后代拟乐府与曹植、陆机拟乐府的性质是一样的，都是不歌之乐府。第三，文人拟赋乐府古题，不必追求与本辞主题内容的一致。第四，唐人赋古题的歌行都是与古题本辞不一致的寓兴之作。第五，杜甫的新题乐府，指论时事、颂美刺恶的现实精神，符合诗歌对比兴寄托的追求。在这里，冯班充分肯定了唐代歌行的赋题之法，特别是对杜甫开创的“即事名篇，无复依傍”的新题乐府，给予了高度的评价。

总之，齐梁文人拟乐府对赋题法的使用，对乐府古题和本辞产生了极大的消解作用，这种消解为拟乐府提供了自由的创作空间。从此，乐府拟作既可以沿袭古题之义而赋予时代新的体式结构，也可以寓意古题，挖掘古题的时代意义，从而为乐府拟作在主题内容和体式结构上的

① 王夫之等：《清诗话》，上海古籍出版社1999年版，第42页。

创新提供了更为广阔的空间。因赋题法的广泛使用而逐渐形成的乐府诗主题与曲题的对应关系，为自立新题的新乐府创作提供了思路，唐代新题乐府的创作就是循此思路展开的。可以说，唐代的古题乐府、歌行体和新题乐府创作的兴盛繁荣，都与齐梁文人乐府赋题法的开创和普及有密不可分的联系。

结语

本课题以“乐府”歌诗为中心，对两汉魏晋南北朝时期各类诗歌的体式形态、生成机制、建构过程及流变情况进行了系统的梳理和探讨。全书由绪论和十二章正文构成，正文分上、中、下三编。

绪论“先秦韵文体及其生成机制：汉魏诗体生成的历史根基”，简要梳理了先秦韵文体的体式形态及其生成机制，为汉魏诗体研究提供历史的视角和方法论参考。

上编“汉代诗歌体式的生成与流变研究”，由五章构成：

第一章“汉代宫廷仪式乐歌的音乐类别与诗体形式”，梳理了汉代宫廷仪式乐歌《郊祀歌》十九章、《安世房中歌》十七章的体式形态、文化功能及生成机制。

第二章“汉代乐府娱乐歌诗的体式特征”，梳理了汉代相和歌、清商三调古辞等汉代乐府娱乐歌诗的体式形态、生成模式。

第三章“汉代杂歌谣辞的体式特征”，分析了汉代主名的杂歌诗和主名的民间歌谣的体式形态。

第四章“《汉鼓吹铙歌》十八曲歌诗的体式建构”，分析了《汉鼓吹铙歌》十八曲的体式形态、曲调来源、活动空间及语体特征。

第五章“两汉魏晋文人诗歌的体式建构”，重点分析了汉代主名文人徒诗、无主名杂诗、魏晋文人诗的体式形态、生成模式和传播方式。

中编“魏晋诗歌体式建构与流变研究”，由五章构成：

第六章“魏晋宫廷仪式乐歌的音乐类别”，分析了宫廷仪式乐歌的音乐类别、体式形态，探讨了鼓吹署建制调整与魏晋《鼓吹乐》雅化的关系。

第七章“魏晋娱乐乐歌的音乐类别与歌辞体式”，集中探讨了清商曲的音乐类别、清商三调歌辞的体式形态及魏晋舞曲的体式特征。

第八章“魏晋礼乐文化建设与文人拟乐府体式建构”，探讨了魏晋礼乐文化导向、清商署的建立及荀勖正乐等礼乐文化活动与魏晋礼乐制度对魏晋文人拟乐府体式建构的作用。

第九章“魏晋文人拟乐府与文人乐府体的建构”，重点分析了魏晋文人拟乐府的两种方式以及曹植、陆机等魏晋文人拟乐府对文人乐府体建构的意义。

第十章“乐府文本生成与汉魏五言诗体式建构”，讨论了“乐辞本”与“文辞本”两种乐府诗文本的生成方式，以及“乐辞本”和“文辞本”在传播与接受中对魏晋文人五言诗体式建构的意义。

下编“南北朝乐府诗的体式建构与流变研究”，由两章构成：

第十一章“南北朝乐府歌辞的体式特征”，重点分析了南北朝乐府歌辞的体式形态及其演变。

第十二章“南北朝文人拟乐府与乐府体的新变”，集中讨论了刘宋文人拟乐府对文人乐府诗体式建构的意义，齐梁乐府的赋题法如何带动了文人乐府体的新变。

基于“文化文体学”视角，本研究重点揭示了人的文化活动对文体生成的重要意义。在对各类诗歌的论述中特别关注以下几方面内容：一是分别从不同诗体的具体功能入手分析其体式特征、生成机制和流变过程。二是重点分析各时代的音乐文化活动、口语与书面语、歌辞记录与文本书写等文体生成的主要机制。三是特别重视各时代诗体建构中上层文化圈与民间文化圈、地方文化与全域文化之间的交流与互动关系。课题正文中已对各章观点和结论作了具体申说，在此拟对两汉魏晋南北朝诗体形式生成与流变的基本规律和相关学理作进一步说明。

其一，文体是人们在“文事”活动中建立起的一种体式规范。人们在使用“文”的文化实践中，从“文事”的预期功能出发，将“文”的语言形式和篇章结构进行总结，抽象出若干格式规则，对具有相同规则的“文”就视为某种“文体”。文体从模糊到清晰、从初形到完形，最终指向的是特定时代所要求的通用、完整而具有全域性的普适价值。因此，文体学研究，不仅要呈现某种文体的形态特征，更要揭示其生成过程中人们的文化活动，以及历史文化的运行机制。就两汉魏晋南北朝诗体生成与建构来说，各代礼乐文化制度及其礼乐建设活动，对相应诗体形式建构的影响是很明显的。如西汉帝王对楚声的广泛接受、汉武帝“立乐府”“采歌谣”的礼乐文化活动，对汉乐府体式建构产生的关键性作用；魏晋礼乐文化制度改革，特别是荀勖的正乐行为，对清商三调歌诗体式的完形，以及文人拟乐府体式的发展走向的重要作用等。

其二，文体的文化功能是在人们使用文体的行为中实现的。人们在发挥文体功能的实践中建立文体规则的直接目的，其实是为人们确立一种集体的写作范式。可以说，文体的生成，是在文体的文化功能和操作行为的共生与互动中渐次完形，并经主流文化圈的集体确认而最终确立的。如文人乐府体是魏晋南北朝历代文人对拟乐府模式的选择与使用中建立起来的。早期文人拟乐府有拟调和拟篇两种方式，曹植拟乐府由拟调向拟篇的转向，为文人乐府体建构提供了方向。陆机对曹植拟乐府模式的进一步提炼，确立了晋宋文人拟乐府的基本模式。鲍照、谢灵运、颜延之、谢惠连等刘宋文人拟乐府创作实践，推动了人们对乐府诗学意义和体式规范的群体确认，使文人乐府体得以确认。齐梁文人乐府的赋题法，建立起乐府诗题与主题的关联，消解了乐府古题传统对文人拟作的制约，为文人拟乐府在体制上的新变获得极大的自由，从而开启了唐代古题乐府、歌行体和新题乐府创作兴盛繁荣的局面。

其三，汉语雅言体系的变迁及其雅言与俗语的交流互动是诗歌体式建构的重要机制。雅言（文言）体系是汉字与四方“通语”的结合与互动中生成的一种主导性语言形式。而雅言又是不断发展演化的，雅言发展演化中对俗语方言的吸收，以及俗语方言的不断雅言化，是牵引文体新变的内生动力。两汉魏晋南北朝时期无论是乐府诗还是文人徒诗，其体式建构的基本趋势都是雅言化、全域化和美感化。魏晋仪式乐歌较汉代同类乐歌四言体齐言结构明显增多，是基于对四言体雅言系统的遵循；而魏晋文人拟乐府和文人徒诗创作出现的“五言腾涌”局面，又当是对乐府民歌五言体式的吸收和雅言化处理的结果。两汉魏晋南北朝诗体建构中雅言与方言俗语的交流互动是诗体新变的重要动力。

其四，诗歌音乐与文本传播方式及其相互转化是两汉魏晋南北朝诗体建构的又一重要机制。汉乐府的音乐传播，使汉代乐府诗体式结构呈现明显的“歌辞”性特征。汉乐府是在汉代民间歌谣基础上加工整理而成的，汉乐府的叙事性是对歌谣“感于哀乐，缘事而发”叙事传统的继承；汉乐府音乐加工的“正俗”目的，将民间歌谣一人一时之事、一己之情，升华为全社会的众人之事、普世之情，从而形成汉乐府普世化情感特征；相和三调分解表演的传播方式，形成乐府诗叙事的片段化、场景化突出，而连续性、完整性较弱的特点。可见，音乐的曲式结构对诗歌篇章结构具有明显的制约。魏晋时期曹植、陆机等文人拟乐府的文本传播激发了文人拟乐府的创作热情，在刘宋时期形成以鲍照、颜延之、谢灵运等文人拟乐府的创作高潮，逐渐形成乐府拟作的创作原则和体式规范，文人乐府体得以确立。在“辞”“乐”分离的文化语境中，乐府“文辞本”的广泛传播以及文人接受中的齐言化处理，也促进了汉魏五言诗体式的生成。

其五，文人五言体是在两汉魏晋时期音乐与语言双重规定和双向建构中形成的。汉武帝“立乐府而采歌谣”，以及民间乐府在汉代宫廷的广泛传播，是五言体生成的基础和源泉，相和三调等乐府演唱艺术的曲式结构对五言体篇制结构形成产生了重要影响，五言体乐府的文辞本在文人中的广泛传播以及文人对乐府文辞本的雅言化翻写，确立了五言句式的典范地位。再经魏晋文人在五言诗创作中的提炼和抽象，五言体最终得以确立。其中涉及音乐与语言的双向建构、雅言与俗语的交流互动、文人文化圈与民间文化圈的互渗与交融等多种因素。但贯穿始终的是人们在使用五言体的文事活动中的选择和群体确认。可以说，文人五言诗的体式是音乐文化、汉语发展和文人群体规范等多方面因素综合作用的结果。

主要参考书目

1. 〔汉〕孔安国传，〔唐〕孔颖达等正义．尚书正义[M]//十三经注疏影印本．上海：上海古籍出版社，1997.

2. 〔汉〕郑玄注，〔唐〕孔颖达等正义．毛诗正义[M]//十三经注疏影印本．上海：上海古籍出版社，1997.

3. 〔汉〕郑玄注，〔唐〕贾公彦疏．周礼注疏[M]//十三经注疏影印本．上海：上海古籍出版社，1997.

4. 〔汉〕郑玄注，〔唐〕贾公彦疏．仪礼注疏[M]//十三经注疏影印本．上海：上海古籍出版社，1997.

5. 〔汉〕郑玄注，〔唐〕孔颖达等正义．礼记正义[M]//十三经注疏影印本．上海：上海古籍出版社，1997.

6. 〔魏〕王弼等注，〔唐〕孔颖达等正义．周易正义[M]//十三经注疏影印本．上海：上海古籍出版社，1997.

7. 〔晋〕郭璞注，〔宋〕邢昺疏．尔雅注疏[M]//十三经注疏影印本．上海：上海古籍出版社，1997.

8. 〔清〕孙希旦集解．礼记集解[M]．北京：中华书局，1989.

9. 〔宋〕朱熹．诗集传[M]．北京：中华书局，2017.

10. 杨伯峻注．春秋左传注[M]．北京：中华书局，1990.

11. 徐元诰集解．国语集解[M]．北京：中华书局，2002.

12. 〔汉〕司马迁．史记[M]．北京：中华书局，1959.

13. 〔汉〕班固．汉书[M]．北京：中华书局，1962.

14. 〔晋〕陈寿．三国志[M]．北京：中华书局，1959.

15. 〔刘宋〕范晔．后汉书[M]．北京：中华书局，1965.

16. 〔唐〕房玄龄等．晋书[M]．北京：中华书局，1974.

17. 〔梁〕沈约．宋书[M]．北京：中华书局，1974.

18. 〔梁〕萧子显．南齐书[M]．北京：中华书局，1972.

19. 〔唐〕姚思廉．梁书[M]．北京：中华书局，1973.

20. 〔唐〕姚思廉．陈书[M]．北京：中华书局，1972.

21. 〔北齐〕魏收．魏书[M]．北京：中华书局，1974.

22. 〔唐〕李百药．北齐书[M]．北京：中华书局，1972.

23. 〔唐〕令狐德棻等．周书[M]．北京：中华书局，1971.

24. 〔唐〕李延寿．南史[M]．北京：中华书局，1975.

25. 〔唐〕李延寿．北史[M]．北京：中华书局，1974.

26. 〔唐〕魏徵等．隋书[M]．北京：中华书局，1973.

27. 〔后晋〕刘昫．旧唐书[M]．北京：中华书局，1975.

28. 〔宋〕欧阳修，宋祁等．新唐书[M]．北京：中华书局，1975.

29. 〔宋〕王溥．唐会要[M]．上海：上海古籍出版社，1991.

30. 〔唐〕李林甫等撰，陈仲夫点校．唐六典[M]．北京：中华书局，1992.

31. 〔唐〕杜佑．通典[M]．北京：中华书局，1988.

32. 〔宋〕郑樵．通志[M]．北京：中华书局，1987.

33. 〔宋〕司马光撰，〔元〕胡三省音注．资治通鉴[M]．影印本．上海：上海古籍出版社，1987.

34. 〔元〕马端临．文献通考[M]．北京：中华书局，1996.

35. 〔汉〕应邵撰，王利器校注．风俗通义[M]．北京：中华书局，1981.

36. 〔汉〕刘安．淮南子[M]//诸子集成本．上海：上海书店，1986.

37. 〔北齐〕颜之推．颜氏家训[M]//诸子集成本．上海：上海书店，1986.

38. 〔晋〕葛洪．抱朴子[M]//诸子集成本．上海：上海书店，1986.

39. 〔刘宋〕刘义庆撰，〔梁〕刘孝标注，余嘉锡 笺疏．世说新语笺疏[M]．上海：上海古籍出版社，1993.

40. 〔清〕章学诚．文史通义[M]．北京：中华书局，1985.

41. 〔隋〕虞世南．北堂书钞[M]．据孔氏三十三万卷堂影钞本影印．天津：天津古籍出版社，1998.

42. 〔唐〕徐坚．初学记[M]．北京：中华书局，1962.

43. 〔唐〕欧阳询．艺文类聚[M]．上海：上海古籍出版社，1982.

44. 〔宋〕李昉等．太平御览[M]．影印本．北京：中华书局，1960.

45. 〔宋〕李昉等．文苑英华[M]．北京：中华书局，1966.

46. 〔宋〕晁公武．郡斋读书志[M]．上海：上海古籍出版社，1990.

47. 〔宋〕陈振孙．直斋书录解题[M]．上海：上海古籍出版社，1987.

48. 〔清〕永瑢等．四库全书总目提要[M]．北京：中华书局，1965.

49. 〔宋〕洪兴祖．楚辞补注[M]．北京：中华书局，1983.

50. 〔梁〕萧统编，〔唐〕李善注．文选[M]．上海：上海古籍出版社,1986.

51. 〔陈〕徐陵编，穆克宏点校．玉台新咏笺注[M]．北京：中华书局，1985.

52. 〔清〕严可均辑．全上古三代秦汉三国六朝文[M]．北京：中华书局，1958.

53. 逯钦立辑．先秦汉魏晋南北朝诗[M]．北京：中华书局，1983.

54. 夏传才．曹操集校注[M]．石家庄：河北教育出版社，2013.

55. 洪顺隆．魏文帝曹丕年谱暨作品系年[M]．台北：台湾商务印书馆，1989.

56. 〔魏〕曹植撰，赵幼文校注．曹植集校注[M]．北京：人民文学出版社，1984.

57. 黄节注．曹子建诗注[M]．北京：中华书局，2008.

58. 王巍．曹植集校注[M]．石家庄：河北教育出版社，2013.

59. 吴云．建安七子集校注[M]．天津：天津古籍出版社，2005.

60. 〔晋〕陆机撰，金涛声点校．陆机集[M]．北京：中华书局,1982.

61. 〔晋〕陆云撰，黄葵点校．陆云集[M]．北京：中华书局，1988.

62. 〔刘宋〕鲍照撰，丁福林、丛玲玲注．鲍照集校注[M]．北京：中华书局，2012.

63. 〔唐〕李白撰，瞿蜕园、朱金城校注．李白集校注[M]．上海：上海古籍出版社，1980.

64. 〔唐〕杜甫撰，〔清〕仇兆鳌注．杜诗详注[M]．北京：中华书局,1979.

65. 〔唐〕元稹撰，冀勤点校．元稹集[M]．北京：中华书局，2010.

66. 〔唐〕白居易撰，顾学颉校点．白居易集[M]．北京：中华书局，1979.

67. 〔宋〕郭茂倩．乐府诗集[M]．北京：中华书局，1979.

68. 〔清〕陈祚明．采菽堂古诗选[M]．上海：上海古籍出版社，2008.

69. 〔清〕沈德潜．古诗源[M]．北京：中华书局，2006.

70. 〔清〕朱乾．乐府正义[M]．秬香堂刻本．杭州：浙江图书馆藏，1789(乾隆五十四年).

71. 〔唐〕刘肃．大唐新语[M]．北京：中华书局，1984.

72. 〔明〕胡应麟．诗薮[M]．上海：上海古籍出版社，1958.

73. 〔梁〕刘勰撰，范文澜注．文心雕龙注[M]．北京：人民文学出版社，1958.

74. 〔清〕东方树．昭昧詹言[M]. 北京：人民文学出版社，1961.

75. 〔清〕何文焕．历代诗话[M]. 北京：中华书局，1981.

76. 丁福保．历代诗话续编[M]. 北京：中华书局，1983.

77. 郭绍虞．清诗话续编[M]. 上海：上海古籍出版社，1983.

78. 〔清〕王夫之等．清诗话[M]. 上海：上海古籍出版社，1999.

79. 朱自清．诗言志辨[M]. 上海：上海古籍出版社，1998.

80. 曹道衡．中古文学史料丛考[M]. 北京：中华书局，2003.

81. 〔梁〕钟嵘撰，曹旭笺注．诗品笺注[M]. 北京：人民文学出版社，2009.

82. 陈寅恪著，万绳楠整理．魏晋南北朝史讲演录[M]. 合肥：黄山书社，1987.

83. 陈寅恪．金明馆丛稿初编[M]. 北京：三联书店，2001.

84. 杨荫浏．中国古代音乐史稿[M]. 北京：人民音乐出版社，1981.

85. 吴钊，刘东升．中国音乐史略[M]. 北京：人民音乐出版社，1983.

86. 蔡仲德．中国音乐美学史资料注释[M]. 北京：人民音乐出版社，1990.

87. 刘师培著，陈引驰编校．刘师培中古文学论集[M]. 北京：中国社会科学出版社，1997.

88. 黄侃．文心雕龙札记[M]. 上海：上海古籍出版社，2000.

89. 陆侃如，冯沅君．中国诗史[M]. 北京：人民文学出版社,1956.

90. 黄节．汉魏乐府风笺[M]. 北京：人民文学出版社，1958.

91. 张可礼．三曹年谱 [M]. 济南：齐鲁书社，1983.

92. 萧涤非．汉魏六朝乐府文学史[M]. 北京：人民文学出版社，1984.

93. 陆侃如．中古文学系年[M]. 北京：人民文学出版社，1985.

94. 刘知渐．建安文学编年史[M]. 重庆：重庆出版社，1985.

95. 曹道衡，沈玉成．南北朝文学史[M]．北京：人民文学出版社，1991.

96. 张永鑫．汉乐府研究[M]．南京：江苏古籍出版社，1992.

97. 赵敏俐．汉代诗歌史论[M]．长春：吉林教育出版社，1995.

98. 梁启超．中国美文及其历史[M]．北京：东方出版社，1996.

99. 胡适．白话文学史[M]．北京：东方出版社，1996.

100. 郑振铎．中国俗文学史[M]．北京：东方出版社，1996.

101. 罗根泽．乐府文学史[M]．北京：东方出版社，1996.

102. 罗宗强．魏晋南北朝文学思想史[M]．北京：中华书局,1996.

103. 王运熙．乐府诗述论[M]．上海：上海古籍出版社，1996.

104. 刘跃进．门阀士族与永明文学[M]．北京：三联书店，1996.

105. 郭建勋．汉魏六朝骚体文学研究[M]．长沙：湖南教育出版社,1997.

106. 李昌集．中国古代曲学史[M]．上海：华东师范大学出版社，1997.

107. 吴小平．中古五言诗研究[M]．南京：江苏古籍出版社,1998.

108. 曹道衡．南北朝文学编年史[M]．北京：人民文学出版社,2000.

109. 钟肇鹏．古籍丛残汇编[M]．北京：北京图书馆出版社，2001.

110. 刘跃进．秦汉文学编年史[M]．北京：商务印书馆，2006.

111. 马银琴．两周诗史[M]．北京：社会科学文献出版社，2006.

112. 薛天纬．唐代歌行论[M]．北京：人民文学出版社，2006.

113. 赵敏俐．汉代乐府制度与歌诗研究[M]．北京：商务印书馆，2009.

114. 木斋．古诗十九首与建安诗歌研究[M]．北京：人民出版社，2009.

115. 钱志熙．汉魏乐府艺术研究[M]．北京：学苑出版社，2011.

116. 马银琴．周秦时代诗的传播史[M]．北京：社会科学文献出版社,2011.

117. [美]宇文所安．中国早期古典诗歌的生成[M]. 北京：三联书店，2012.

118. 葛晓音．先秦汉魏六朝诗歌体式研究[M]. 北京：北京大学出版社，2012.

119. 刘跃进．秦汉文学地理与文人分布[M]. 北京：中国社会科学出版社，2012.

120. 赵辉．先秦文学发生研究[M]. 北京：人民出版社，2012.